드래곤 라자

4

이영도 판타지 장편소설

드래곤 라자

4

항구의 소녀

황금가지

차 례

일러두기

드래곤 라자 신판에서는 구판에서 활용된 단어 중 일부 단어를 저작권 문제로 인하여 수정하게 되었습니다.

독자분들의 양해 부탁드립니다. 감사합니다.

제7부

항구의 소녀

……그리하여 드래곤 라자는 분연히 일어났다. 그는 드래곤을 사랑하고 인간을 사랑하는 자. 그러나 그 역시 그 스스로를 사랑하는 자인 것이다. 드래곤과 인간의 매개자였으되 그 스스로를 타인과 연결시켜 주는 매개물 또한 그 자신이다. 우리들 모두가 자신을 변화시켜 타인과의 매개물로 만들듯이. 보라. 그대는 부모에게 보이는 얼굴이 다르고 연인에게 보여주는 행동이 다르지 아니하냐. 그대의 원수를 향해 내뱉는 언어가 다르고 그대의 은인에게 드리는 사례가 다르지 않으냐. 그러므로 그대와 타인을 연결시켜 주는 매개자는 다름아닌 그대 자신. 이는 저 드래곤 라자도 더불어 마찬가지였음이니…….

「품위 있고 고상한 겐턴 시장 말레스 추발렉의 도움으로 출간된, 믿을 수 있는 바이서스의 시민으로서 겐턴 사집관으로 봉사한 현명한 돌로메네 압실링거가 바이서스의 국민들에게 고하는 신비롭고도 가치 있는 이야기」 돌로메네 지음, 770년. 제3권 527쪽.

1

모두들 몸의 리듬이 엉망이었지만 억지에 가깝게 일어났다.

모두가 일어나고 나자 벌써 늦은 오후였다. 아프나이델은 그동안 하이 프리스트가 몇 번 찾아왔다는 이야기를 전해 주었다.

"하이 프리스트께서?"

"예. 일어나는 대로 좀 보고 싶다고 하시더군요."

"전부 다 말입니까?"

"아뇨. 칼만 오시면 된답니다."

"그래요? 흠."

문이 열렸다. 그리고 수련사들이 들어왔다.

우리가 일어난 것을 어떻게 알았는지 수련사들은 황송스럽게도 대야와 물을 가져다주었고 우리는 감사히 세수를 마쳤다. 그러고 나자 곧 수련사들은 식사도 가져다주었다. 길시언은 크게 감사했다.

"이런, 죄송합니다. 에델브로이의 지팡이여."

여드름이 드문드문 나 있는 수련사는 수줍게 웃으며 말했다.

"천만의 말씀. 아직은 그 지팡이가 되지는 못했습니다."

"예, 그럼 에델브로이의 어린 나무여. 종규에는 식사 시간에 대해 엄격할 것이 명시되어 있을 텐데요?"

"그렇습니다. 하지만 그것은 저희 길을 찾는 이들의 마음이 풀어지는 것을 경계하기 위함이지 손님들의 행동을 구속하기 위함은 아닙니다."

길시언은 그 말에 고개를 갸웃거렸으나 곧 적당히 감사 치레를 하고는 수련사들을 돌려보냈다. 늦은 오후니까 수련사들은 아마도 경전 봉독 시간일 것이다. 수련사들은 맛있게 드시라고 말하고는 물러났다.

길시언은 식사를 들면서 말했다.

"하이 프리스트는 우리에게 많은 친절을 베푸시는군요."

칼도 고개를 끄덕였다.

"그렇군요. 이렇게 식사 시간까지 어겨가면서……. 흐음. 그분의 희망을 꼭 들어드려야 될 텐데요. 부담스럽군요."

다른 사람은 대략 대여섯 번쯤 베어먹어야 다 먹을 빵을 두 입만에 끝장낸 샌슨이 입에서 빵가루를 튀겨가며 말했다. 저건 샌슨 브레스다…… 으으으.

"그런데요, 쩝쩝, 지금쯤 시내에서는, 쩝, 꿀꺽! 난리가 났겠죠?"

"응? 왜 그러는가, 퍼시발 군?"

"아니, 저, 우리가 도둑 길드를 찾아갈 필요가 있을까요?"

"응? 무슨 말인가?"

"소문이 나지 않았겠습니까. '아무도 들어갈 수 없는 저택이 털렸다.', 이런 식으로. 시내가 대단히 삼엄할 것 같습니다만? 그러니까 넥슨더러 네리아를 데리고 여기로 오라고 배짱을 부려보지요. 넥슨도 소문을 들었을 테니까 우리가 성공한 것을 알았을 겁니다. 도둑 길드로 찾아가는 것은 위험하지 않을까요?"

"위험하다라. 흠."

맞아. 위험하겠군. '수고했다. 그럼 이만 죽어라.' 헷, 옛날 이야기에 나오는 악당은 항상 그 모양이잖아? 뭐, 넥슨은 옛날 이야기에 나오는 악당과는 많이 다르긴 하지. 품위도 있고, 게다가 재가 프리스트이기도 하고. 그러나 칼은 고개를 가로저었다.

"확신할 순 없지만 아마 소문은 나지 않았을 걸세."

"예? 그런 엄청난 집이 털렸는데?"

"퍼시발 군. 자네는 퍽 자랑스러운 모양이군? 하긴 우리는 도둑 길드의 누구도 들어갈 수 없다는 저택을 침입하기는 했네."

그 말에 샌슨은 자랑스러운 표정을 지었다. 그게 자랑스러운가? 결국 도둑질인데. 하긴 불가능에 가까운 일이니까. 그러나 칼은 고개를 가로저었다.

"하지만 소문은 나지 않을 것 같아."

"왜지요?"

"도둑맞은 물건이 공개되어선 안 되는 물건이니까."

"아! 그렇군요."

샌슨은 자기 머리를 딱 쳤다. 아프나이델도 그 말에 고개를 끄덕였다.

"옳은 말입니다. 하지만 샌슨 씨의 의견에도 일리가 있는데요."

길시언도 그 말에 고개를 끄덕였다. 샌슨에게 뒤지지 않는 모습의 반모범적인 식사 태도로 나를 상당히 감동하게 만들고 있던 위대한 노커 엑셀핸드가 위대한 트림을 꺽꺽 하면서 말했다.

"그럼, 끄어억! 에, 그놈보고 여기로 오라고 하세!"

칼도 고개를 끄덕였다.

"그래야 되겠군요. 안전을 도모하기 위해서라도, 네리아 양과 서류의 교환은 안전한 곳에서 이루어져야겠습니다."

나는 칼의 말에 그만 웃어버렸다. 아이고, 능구렁이!

"똑바로 말해야죠, 칼. 네리아와 가짜 서류의 교환이라고."

"응? 허허. 그렇구먼."

다른 사람들도 모두 그 말에 씨이익 웃었다. 왠지 한겨울에 땅 파면 나오는, 뱀들이 득실거리는 땅굴 같다. 으으으……, 이런 사악한 사람들 사이에서 내 섬세하고 순진한 성품이 타격을 입지는 않을까?

칼은 하이 프리스트를 만나기 위해 떠났다. 그러자 심심해진 샌슨은 나에게 팔씨름을 하자느니 하면서 괴롭히기 시작했다. 망할. OPG 없다고 이렇게 괴롭히냐? 내가 펄쩍펄쩍 뛰면서 악을 바락바락 써대자 샌슨은 길시언에게 대무나 하자고 말해서 길시언을 어이없게 만들었다.

"신전에서 대무를요?"

그래서 샌슨은 구석에서 몹시 가여운 얼굴을 하고 있게 되었다. 아프나이델은 그 모습을 보며 웃더니 이루릴의 그것만큼이나 큼직한 책을 꺼내어 읽기 시작했다. 엑셀핸드는 숫돌을 꺼내어 도끼날을 갈기 시작했다. 쓰으윽, 싸아악.

모두들 평화스러워 보였지만 이 평화에는 숨겨진 면이 있다. 모두들 나름대로 왜 할슈타일 후작이 이 군사 기밀 서류를 가지고 있는지를 추측해 보고 있는 것이다. 갑자기 닥친 일이라 모두들 이해가 되지 않아서 고민하고 있었다. 결국 엑셀핸드가 먼저 도끼를 가는 손놀림에 맞추어 흥얼거리듯이 말했다.

"할슈타일이란 후작, 왜 이런 서류를?"

아프나이델은 책장을 넘기던 손을 잠시 멈추더니, 곧 책을 내려놓고 말했다.

"가장 쉽게 생각하면, 스파이겠죠."

"후작이 무엇 때문에?"

"자이펀과의 거래를 생각하는 것이 아닐까요."

길시언은 구미가 동한다는 표정을 지었다. 그는 침착하지만 진지한 어투로 말했다.

"칼은 이런 말씀을 하셨습니다. 자신이 생각하기에 세상에서 가장 아름다운 프림 블레이드……, 그만 둬엇! 에, 어, 죄송합니다. 칼은 전쟁중에는 많은 일이 가능하다고 말했습니다. 후작은 자이펀과 손을 잡고 둥글게 돌며 춤이라도……, 야 이, 빌이먹을 칼아아악!"

진지한 태도는 온데간데없이 사라지고 길시언은 검무를 추기 시작했다. 그래서 구석에서 가여운 표정을 하고 있던 샌슨은 죽을 힘을 다해 도망쳤다. 길시언은 너무 흥분해서 검을 아무렇게나 휘두르며 욕지거리를 뱉어내고 있었기 때문에 잘못했다간 눈먼 칼에 맞아죽을지도 모르니까. 아프나이델이 길시언의 말을 이었다.

"자이펀과 손을 잡고 바이서스를 전복시킨다, 이런 말입니까?"

길시언은 간신히 흥분을 가라앉히고 말했다.

"예. 그렇게 말했습니다. 내 생각에도 그건 말이 되는 것 같습니다."

"예. 일리 있는 말입니다. 그렇다면 전하께서 그를 체포, 구금하시겠지요."

"그렇게 되긴 어렵습니다."

길시언의 말에 아프나이델은 고개를 갸웃거렸다.

"아니 그게 무슨 말씀입니까? 반역자를 건드릴 수 없다니요."

"죄와 벌이 같이 다니면 얼마나 좋겠습니까. 하지만 할슈타일 후작은 건드릴 수 없습니다. 후작은 건드리기엔 너무 민감해서……, 아냐! 에, 건드리기엔 세력이 너무 큽니다. 캇셀프라임은 패퇴되었지만 아직 드래곤은 남아 있습니다."

드래곤이 남아 있다고? 나는 질문했다.

"크라드메서요?"

"아니, 자이펀 전선에서 싸우고 있는 지골레이드. 지골레이드의 드래곤 라자는 역시 후작의 가문에 입양된 양자이긴 합니다만, 지골레이드를 생각해서라도 할슈타일 후작을 건드리는 것은 현명한 일이 되지 못합니다."

으어. 죄와 벌은 함께 다니는 게 아니군. 젠장. 아프나이델은 미간을 문지르다가 말했다.

"아, 그렇습니까. 하지만 그것은 국왕 전하께서 정하실 일이고, 우리는 이 서류를 가져다드리기만 하면 될 것입니다."

길시언은 그 말에 고개를 끄덕이긴 했다. 하지만 그는 아직 찜찜한 표정이었다. 그 얼굴이 재미있어서 나는 한마디 말을 걸어보았다.

"전쟁에는 관심 없다고 하시더니, 역시 걱정은 되시나 보군요?"

"응? 무슨 말이냐?"

"지금 나라 일을 걱정하고 있잖아요. 국왕 전하의 곁에는 전문가가 많아서 걱정하지 않는다고 말한 사람이 기억나거든요."

길시언은 피식 웃었다. 그러고는 다시 창문 쪽을 바라보았다.

그의 굵은 눈썹이 부드럽게 움직여 창문 밖의 관목들을 향했다. 그는 나직하게 말했다.

"솔직히 걱정 안 될 수는 없다. 동생이고, 우리나라니까."

'우리나라' 라. 이렇게 말할 수도 있을 텐데. '내 나라가 될지도 몰랐던 나라' 라고. 어쨌든 그는 순종 모험가는 못 되겠군. 흐흠. 대화가 끊어질 즈음해서, 방문이 열렸다.

방문이 열리며 들어선 것은 칼이었다.

"다녀오셨습니까?"

샌슨의 말에 칼은 고개를 끄덕였다. 그런데 칼은 뭐가 그리 급한지 우리 쪽으로 걸어오면서 말했다.

"이상하군요. 소문이 났습니다."

"예?"

칼은 테이블 옆에 앉더니 우리를 모두 모이게 했다. 모두들 빠른 몸놀림으로 테이블 주위에 모여앉자 칼은 낮은 목소리로 말했다.

"하이 프리스트께서 물어왔습니다. 어제 할슈타일 후작의 저택이 도둑을 맞았다는 이야기를 꺼내시더군요. 나는 그랬냐는 식으로 대답하긴 했습니다만 하이 프리스트는 지나가는 어투로 우리가 어젯밤 늦게 들어온 이유가 궁금하다는 투의 말씀을 하셨습니다."

"예?"

모두들 어이없는 얼굴이 되었다. 아프나이델이 고개를 크게 갸웃거리며 말했다.

"후작이 정신이 나갔나? 아, 그것, 이상하군요. 도둑맞았다는 것을 말한다면 도둑맞은 물건에 대해서도 말해야 될 텐데?"

"그렇소. 이상한 일이오. 어쨌든 하이 프리스트께는 모르는 일이라고 딱 잡아뗐습니다."

엑셀핸드가 머리를 마구 긁적거리더니 말했다.

"흐음…… 그것 참! 골치 아프군. 도대체 뭐가 어떻게 돌아가는 것인지 모르겠어?"

칼은 고개를 끄덕이며 말했다.

"이 서류는 조속히 전하께 전해 드려야겠습니다. 그러려면 먼저 네리아 양을 빨리 구해야 됩니다. 퍼시발 군, 네드발 군."

"예."

"네드발 군이 안내하게. 도둑 길드를 찾아가서 우리가 그 책을……. 아니, 소문이 났다면 그쪽에서도 알고 있을 거야. 우리가 그 책을 가지고, 에, 길시언? 수도에서 가장 많은 사람들이 왔다갔다하는 곳이 어디입니까?"

"예? 그야 중앙 광장이겠죠. 루트에리노 대왕 기념관이 있는."

"알겠습니다. 오늘은 날씨도 좋고. 네드발 군과 퍼시발 군은 넥슨에게 우리가 책을 가지고 중앙 광장에서 기다리고 있을 테니 네리아를 데리고 나오라고 전하게. 무슨 말을 하든 듣지 말고 무조건 지금 당장 중앙 광장으로 오라고 말하게나. 알았지?"

"지금 당장이오?"

칼은 고개를 끄덕이며 몸을 일으켰다. 그러고는 방 한쪽에 놓여 있던 아프나이델의 배낭을 들어올리며 말했다.

"그래. 그리고 길시언은 이 서류를 가지고 즉시 임펠리아를 찾아가십시오. 길시언은 전하를 바로 만나뵐 수 있을 것입니다. 아프나이델, 배낭을 열어 서류를 꺼내드리십시오."

아프나이델은 배낭을 열었다. 길시언은 서류를 받아들고는 말했다.

“책이 가짜라는 것을 알면 넥슨이 가만 있지 않을 겁니다. 내가 있는 것이 낫지 않겠습니까?”

“괜찮습니다. 사람이 많은 곳에서 서툰 짓은 못할 테고, 그리고 그런 야외에서 책을 뒤지며 종이를 확인하지는 않을 겁니다. 그리고 우리는 네리아 양을 돌려받자마자 임펠리아로 달려가겠습니다. 부탁이니 우리를 맞아들일 준비를 좀 갖춰주시겠습니까? 국왕 전하께 그 정도의 부탁은 드릴 수 있을 것 같습니다만.”

“예. 알았습니다.”

그때 아프나이델이 주저하는 목소리로 말했다.

“저, 임펠리아로 갑니까?”

“예. 그곳보다 안전한 곳이 있겠습니까?”

“음. 그렇군요. 알겠습니다.”

아프나이델은 약간 당황한 표정으로 고개를 끄덕였다. 뭐지? 마법사는 궁성을 싫어하나?

어쨌든 나와 샌슨은 곧 도둑 길드로 출발할 준비를 갖추었다. 그리고 칼과 아프나이델, 그리고 엑셀핸드는 책을 들고 중앙 광장으로 출발했다. 길시언은 중앙 광장까지 그들을 안내한 다음 임펠리아로 달려가기로 했다.

대로에서 소란을 피운다는 것은 예의에 어긋난다. 그러나 우리는 주위의 눈살을 찌푸리게 할 정도로 소란을 부리고 있었다. 특히 샌슨은 여전히 그 험악한 표정과 힘이 넘치는 몸짓으로 주위 사람들이 감히 불평을 말할 엄두를 내지 못하게 만들고 있었다. 물론 우리에게서 꽤 멀어진 다음에 안 들리도록 구시렁거리는 것은 수도 시민의 당연한 자유다.

"아닌 것 같은데."

"이……! 머릿속에 여자 생각밖에 없는 녀석아! 어떻게 모른단 말이야?"

나는 샌슨을 째려본 다음 그를 무시하며 다시 다음 골목으로 걸어갔다. 가벼운 발걸음, 그리고 그에 보조를 맞추듯이 가볍게 튀어나온 콧노래.

"성밖 물레방앗간에……."

"그만해! 말 돌리지 말고!"

"젠장, 나도 돌겠다고! 네리아 따라서 딱 한 번 와봤어. 이런 망할, 무슨 골목길이 이렇게도 복잡해? 거기가 거기 같고 저기도 거기 같고 요기도 거기 같단 말이야!"

거기란 말을 너무 많이 했더니 턱이 아프다. 샌슨은 인간이 망각을 할 수 있다는 사실을 무시하기로 작정했는지 '그래도 기억해 내야 된다, 멍청아, 한 번 가봤으면 당연히 알아야지, 넌 그럼 절벽에서 한 번 떨어지고도 다음번에 또 절벽으로 걸어갈 셈이냐?' 등의 말도 안 되는 말을, 그것도 아주 큰 목소리로 뱉어내고 있었다.

"너무 늦잖아!"

"저기다!"

"어? 어디, 어디 말이야?"

"저기, 저기 있다! 바로 저거야, 샌슨에게 필요한 것은! 가서 머리 좀 식히고 와."

샌슨은 내 손가락을 따라갔다가 건초상 앞에 있는 말 여물통을 보고는 펄쩍펄쩍 뛰면서 고래고래 고함을 지르기 시작했다.

"크아악! 이 망할 자식아!"

샌슨이 너무 고함을 지르자 슈팅스타마저도 좀 놀란 모양이다. 샌슨이 서 있던 곳 바로 옆에 있던 포목점에서 주인이 더 이상 못 참겠는지 천 자르는 가위를 들어보이며 고함을 질렀다.

"이 자식아! 입 닥치지 않으면 이걸로 혀를 잘라줄 거야!"

"뭐야? 말 다했어? 자식아! 잘라봐, 잘라봐!"

샌슨은 머리 끝까지 화가 나서 말에서 내린 다음 그 젊은 포목점 주인에게 삿대질을 하며 걸어가기 시작했다. 어이구, 안 되겠다. 나도 재빨리 제미니에서 내려 샌슨을 붙잡았다. 젠장, 질질 끌려가네. 난 있는 힘을 다해 샌슨을 끌어보려 애쓰면서 그 포목점 주인에게 대신 사과했다.

"죄송합니다! 이 청년 겉보기엔 멀쩡해 보여도 사실 말로 해선 못 알아듣는 지진아예요. 정상인인 제가 대신 사과할 테니……."

딱! 오! 반가운 소리. 젠장.

분명히 이 근처 어디인 것 같은데? 샌슨은 내 귀를 붙잡아 당기며 말했다.

"자식아! 얼마든지 찾아갈 수 있다며? 뭐라고? 포목점 지나 건초상 돌아가면 바로 나오니까 눈 감고도 찾아가, 가, 가……."

"어……?"

잠깐. 포목점과 건초상?

샌슨과 나는 서로 얼굴을 한 번씩 쳐다보았다. 그러고는 말들의 고삐를 쥔 채로 다시 뒤로 돌아서 우리가 서 있던 포목점에서 그 뒤의 건초상으로 지나갔다. 그러자 그 뒤에 구둣가게가 보였다.

샌슨은 무거운 목소리로 말했다.

"슬라임 같은 놈……."

슬라임 같은 머리로 취급받게 되다니. 그것도 다른 사람도 아닌 샌슨에게! 죽고 싶다는 감정이 이다지도 쉽게 느껴지는 것이었구나. 으으. 그래도 별로 할 말은 없군.

우리는 말들을 세워두고는 구둣가게로 들어섰다.

역시, 기억난다. 여기다. 늙수그레한 노인 자크가 앉아서 구두를 쥐고 꿈지럭거리고 있었다. 노인 자크는 우릴 흘긋 보더니 곧 내 얼굴을 알아차렸다. 뭐라고 말을 꺼내기도 전에 노인 자크는 자리에서 일어나 벽에 걸린 구두 중의 하나를 잡아당기더니 말했다.

"내려가 봐."

"수고하세요."

어울리는 대답인지 모르겠지만 일단 그렇게 말해 주었다. 노인 자크는 괴상한 눈길로 날 보더니 다시 자기 자리로 돌아가 망치를 들고 구두를 또닥거리기 시작했다. 샌슨은 벽의 구두를 당기자 구석 벽이 열리는 모습을 보고는 눈이 휘둥그레졌지만 어쨌든 그대로 걸어갔다.

안으로 들어서자 역시 아래로 내려가는 나선 계단이 보였다. 샌슨은 신중한 걸음걸이로 계단을 내려갔고 나도 그 뒤를 따랐다. 아래에 내려가자 샌슨은 곧장 문을 두드렸다. 정말 앞뒤 없군.

"누구야?"

샌슨은 잠깐 얼떨떨한 표정을 짓더니 곧 담담한 표정으로 대답했다.

"나야."

아이고 맙소사. 나는 머리를 좀 가로젓고는 대신 말했다.

"약속대로 네리아를 찾으러 왔다. 문 열어."

"들어와."

문이 열렸다. 샌슨은 문만 열고는 일단 안으로 들어가지 않고 밖에 선 채 안을 살폈다. 안에는 여러 명의 남자들이 모여 서 있었다. 몇몇은 테이블에 몰려앉아 있었고 몇몇은 벽에 기대어 서 있었다. 넥슨 휴리첼도 보였다. 그는 전에 왔을 때 청년 자크가 앉아 있던 그 책상 뒤에 앉아 있었다. 넥슨은 우릴 보더니 말했다.

"자네들인가?"

샌슨은 고개를 가로저으며 말했다.

"젠장. 정말 당신이 길드 마스터였군. 프리스트가 도둑 길드의 마스터라니. 지나가던 개가 웃겠다. 쳇."

샌슨의 이 막나가는 말에 안에 있던 남자들의 얼굴이 사나워졌다. 그러나 넥슨은 별로 표정을 바꾸지도 않은 채 말했다.

"그런데, 거기 서 있을 건가?"

샌슨은 안으로 들어가지 않았다. 안으로 들어가면 포위되기 쉬워서 그러는 모양이다.

"내 마음이야. 네리아는 어디 있지?"

"잘 있어. 물건은?"

"소문은 들었을 텐데."

그러자 구석에 있던 남자 하나가 밝은 얼굴로 말했다.

"들었어. 자네들이 진짜 그 집을 털었……."

남자의 말은 이어지지 않았다. 넥슨이 사납게 그 남자를 노려보았던 것이다. 넥슨은 거의 이를 가는 듯한 목소리로 말했다.

"끼어들지 마라."

남자는 창백해진 얼굴을 옆으로 꺾었다. 넥슨은 다시 고개를 돌려 우리 쪽을 보고 말했다.

"축하하지. 도대체 어디 가서 그런 도둑을 구했지?"

"응?"

우리는 얼빠진 표정을 지었지만 다행히도 어두운 바깥에 서 있어서 우리 표정은 잘 보이지 않는 모양이다. 넥슨은 말했다.

"내가 모르는 도둑인 걸 보니 길드 소속은 아닌 것 같은데. 할슈타일 저택에 침입할 정도의 도둑이 그렇게 명성이 없다니, 놀라워. 그 이름을 알고 싶은데?"

샌슨은 빙긋 웃었고 나도 킬킬거리며 말했다.

"당신 알 바가 아니야. 어쨌든 그 이상한 책은 우리가 가지고 있어. 그런데 무슨 그런 책을 원하는 거지?"

"내용을 봤나?"

"그래. 술집 안내서가 왜 필요하지?"

"내가 그 책을 필요로 하는 이유를 자네가 알아야 할 필요는 있는가?"

"없지. 관심 없어. 그런데 네리아는 어디 있지?"

넥슨은 갑자기 자리에서 일어났다.

나는 자신도 모르게 뒤로 한 발자국 물러났다. 그러나 샌슨은 그 자리에서 꼼짝도 하지 않고 앞을 바라보고 있었다. 넥슨은 방 한가운데 서서 불빛을 등지고 서 있었다. 그래서 그의 모습은 어두컴컴했으나 그의 눈만은 번쩍번쩍 빛나며 우리를 노려보고 있었다. 나는 잠깐 숨이 막혀서 샌슨을 쳐다보았다.

샌슨은 바깥의 어둠 속에서 방 안의 넥슨을 바라보고 있었다. 샌슨도 바깥의 어둠 속에서 오로지 그 눈만이 타오르고 있었다. 넥슨이 번쩍거리는 눈빛이라면 샌슨은 불타오르는 눈빛. 운차이!

나 이제 당신을 이해할 수 있을 것 같아. 이것이 살기인가?

넥슨은 말했다.

"자네, 그날 아침 대무하는 모습을 봤지."

"그랬지."

"길시언 폐태자를 봐주면서 하고 있더군."

뭐라고? 샌슨은 찔끔한 표정이더니 다시 씨이익 웃으며 말했다.

"눈이 좋군. 좋은 대무 상대는 구하기 어렵거든. 하지만 네게 시답잖은 칭찬이나 들으려고 온 것은 아냐. 네리아는 어디 있냐고 한 번만 더 물으면, 에, 어, 후치야?"

"세 번째."

"그래. 세 번째다. 대답해."

넥슨은 갑자기 옆을 바라보았고 그러자 서 있던 사내들 중 하나가 옆의 문을 열고 들어갔다. 잠시 후 그는 네리아의 팔을 붙잡고 돌아왔다. 샌슨은 걱정스러운 표정으로 네리아를 바라보며 뭐라고 말하려 했다. 그때 네리아는 크게 입을 벌렸다.

"흐아아아……. 아이, 씨이잉! 왜 깨워? 치잇."

샌슨은 기막힌 표정으로 말했다.

"허, 참. 팔자가 좋았나 보지?"

네리아는 눈을 비비다가 샌슨의 목소리를 듣고는 놀란 표정으로 주위를 둘러보더니 곧 문 바깥에 서 있는 우리들을 발견했다.

"음냐, 쩝. 응? 어라? 야! 후치! 왜 돌아왔어?"

"아이고 돌겠네. 당신이 인질이니 뭐니 하는 말을 해가지고서 죽을 고생을 해서 푸른 책을 찾아왔는데, 지금 무슨 말을 하는 거예요?"

네리아의 눈이 동그래졌다.

"뭐야? 진짜 그걸 훔쳐내었어?"

네리아는 그렇게 말하며 우리 쪽으로 걸어오려고 했다. 그러나 그때 넥슨의 손이 빠르게 움직였다. 넥슨은 네리아의 팔을 쥐었다.

"아아아악!"

네리아는 비명을 지르며 제자리에 주저앉았다. 저 자식이! 샌슨이 먼저 고함질렀다.

"무슨 짓이야!"

넥슨은 씨익 웃으며 샌슨을 바라보았다. 그리고 그 동안에도 네리아는 팔을 빼내기 위해 몸부림을 쳤다. 그녀의 눈에서 눈물이 떨어지는 것이 보인다.

"아, 아윽! 좀, 야, 이 개 같은 자식아앗! 으, 으흑! 이, 이거 못 놔아!"

"저 새끼가!"

나는 앞으로 뛰어들려고 했다. 샌슨이 내 어깨를 붙잡지 않았다면 난 뛰어들었을 것이다. 샌슨에게 어깨를 붙잡힌 채 난 넥슨을 쏘아보았다. 빌어먹을 자식! 내 OPG를 끼고 있었다!

"그건 내 거다! 돌려줘!"

"싫어."

이 황당한 대답. 도대체 뭐라고 반박할 말이 없다. 몰염치하고 무자비하고 잔인한 대답이다. 무슨 논리가 닿지 않는다. 나는 얼빠진 얼굴로 넥슨을 바라보았다. 넥슨은 피식거리며 말했다.

"이렇게 좋은 걸 왜 돌려줘? 바보 아냐?"

"이이익!"

말이 통하지 않는 놈, 좋아. 그럼 공격 방향을 바꿔보지. 난 옆에 서 있던 남자들에게 외쳤다.

“저따위 거지 같은 성격의 두목을 모시고 있냐? 끼리끼리 정말 어울린다. 하! 당신들 입에 든 것도 저 녀석에게 내어주지? 혹시 아내나 애인은 안 내줘? 그러고도 아무 말도 못하지?”

내가 생각해도 좀 심하다 싶은 말이니 남자들의 표정이 극도로 험악해진 것이야 당연하다. 남자들 사이에서 폭언이 튀어나왔다.

“저, 새끼! 잡아! 이리와, 이새꺄!”

“네가 나와봐, 문 밖으로 머리만 내밀어봐, 어깨가 시원하게 만들어줄 테니까!”

그때 넥슨은 고함을 질렀다. “입들 닥쳐!” 그리고 그와 동시에 샌슨도 내 어깨를 잡아당겼다.

“그만해, 후치.”

넥슨은 샌슨보다는 훨씬 과격한 방법으로 부하들을 꾸짖었다. 그는 네리아의 팔을 놓더니 곧장 고함을 지른 부하에게 다가갔다. 다른 사내들이 허겁지겁 옆으로 비키는 가운데 넥슨은 빠르게 그 남자에게 다가섰다. 남자는 질린 얼굴로 넥슨을 바라보며 엉거주춤 뒤로 물러났다. 퍽! 넥슨의 발이 남자의 배에 박혔다. 남자는 배를 감싸쥐며 쓰러졌다.

넥슨은 쓰러진 남자를 계속 걷어차며 으르렁거렸다.

“저런 꼬마의 말에 넘어가? 엉? 네가 그러고도 길드의 도둑이냐!”

퍽! 퍼벅! 남자는 신음소리를 토했다. 몇 번이고 쓰러진 남자를 걷어차던 넥슨은 마지막으로 세차게 걷어차 남자를 벽쪽으로 데구르르 구르게 만들었다. 주위의 남자들은 모두 말릴 엄두도 내지 못한 채 그 모습을 바라보았다.

그러나 주저앉아 있던 네리아는 그 모습에 놀라더니 뽀르르 달려갔다. 그녀는 벽쪽에 굴러가 끙끙거리는 남자의 앞을 가로막았다. 넥슨은 험한 눈초리로 네리아를 바라보았지만 네리아는 눈을 쭉 찢으며 넥슨을 노려보았다. 죽어도 비키지 않겠다는 얼굴이다. 넥슨은 더 못 참겠다는 듯이 다리를 들어올렸고 네리아는 눈을 질끈 감았다. 그때였다.

"차면 죽는다."

샌슨의 낮은 목소리가 넥슨의 다리를 붙잡았다. 넥슨은 고개를 돌려 문밖의 샌슨을 바라보았고 샌슨은 굳은 얼굴 그대로 넥슨을 노려보며 낮은 목소리로 말했다.

"해봐라. 넌 바로 죽는다."

넥슨은 주춤하더니 다시 똑바로 섰다. 샌슨은 미동도 하지 않고 그 모습을 바라보고 있었다. 넥슨은 호흡을 가다듬더니 말했다.

"우리 거래 이야기나 하지. 책을 내놔."

샌슨은 목에 뭐가 걸린 듯한 낮은 목소리로 말했다.

"따라와라."

"응?"

"내가 머리가 빈 줄 알아? 여기로 책을 가져오게. 책은 다른 일행이 가지고 있다. 거기로 안내할 테니 네리아를 데리고 따라와라."

"준비가 철저했군."

갑자기 샌슨이 고함을 질렀다.

"이 자식아! 네게 칭찬 들으려고 온 거 아니라고 했지! 네리아를 데리고 얌전히 따라와라. 그리고!"

샌슨은 애써 숨을 고르며 낮게 말했다.

"따라오는 동안, 다시는 네리아에게 손을 대지 마라."

샌슨은 바위 같은 음성으로 말했다. 나는 침을 꿀꺽 삼켰다.

넥슨은 한숨을 쉬며 남자의 앞을 가로막고 있는 네리아를 바라보았다. 네리아의 팔은 벌겋게 물들어 있었고 그녀는 고개를 떨구고는 손목을 어루만지고 있었다. 하지만 쓰러진 남자 앞에서 비켜나지 않았다.

목에 뜨거운 것이 느껴진다. 네리아는 전혀 얼굴을 보여주지 않았지만 그녀의 어깨는 위아래로 떨리고 있었다. 울고 있는 것이다. 넥슨은 다시 고개를 돌리더니 차분하게 말했다.

"농담이 아니군. 알았어, 가자."

샌슨은 대답하지 않고 몸을 돌려 계단을 다시 올라가기 시작했다. 나는 네리아를 좀더 바라보다가 허둥지둥 샌슨을 따라 올라갔다. 다시 바깥으로 나온 우리는 각자 말에 올라탔다.

잠시 말 위에서 기다리는 동안, 나는 샌슨에게 물었다.

"진짜야?"

"뭐가?"

"봐주면서 했다는 말과 죽이겠다는 말."

"길시언에겐 비밀이야. 그리고 두 번째 것은, 나도 모르겠어. 하지만 뛰어들었을 가능성이 높아."

난 잠시 멀거니 샌슨의 얼굴을 바라보았으나 샌슨은 별 표정 없이 구둣가게의 정문을 노려보고 있었다. 그런데 잠시 후 옆에 있던 건초상에서 누군가가 말을 타고 나오는 모습이 보였다.

2

몸을 돌리자 말 다섯 마리가 보였다. 넥슨이 있었고 나머지 네 명의 남자들이 그 뒤에 서 있었다. 그리고 그들 중에는 롱소드를 어깨에 멘 그 과묵한 마부도 있었는데 그 마부의 등 뒤에 네리아가 타고 있었다. 밝은 곳에서 보니 네리아의 얼굴엔 눈물 자국이 가득했다. 하지만 네리아는 별로 신경 쓰지 않는다는 듯이 눈을 닦아버리고는 우리에게 미소까지 지어보였다.

넥슨은 우리에게 다가오며 말했다.

"가실까요?"

어? 말투가 바뀌었네? 아하. 바깥으로 나왔으니까? 하긴 그러고 보니 지나가던 시민들은 이렇게 많은 남자들이 말을 타고 서 있자 의아한 표정으로 바라보고 있었다.

샌슨은 잠시 어리둥절한 표정을 짓고 있었기에 내가 먼저 말했다.

"예. 그런데 넥슨 씨. 중앙 광장으로 가고 싶은데, 좀 안내해 주겠어요?"

넥슨의 눈가에 순간 빛이 번뜩였다. 이 자식아! 중앙 광장은 사람들이 가장 많이 오가는 장소라며? 속 아프지? 그러나 넥슨은 차분한 목소리로, 심지어 부드럽게까지 느껴지는 목소리로 말했다.

"그러니? 알았다. 날 따라오렴."

"그럼, 부탁드릴게요."

나와 샌슨, 그리고 넥슨은 천천히 걸어가기 시작했다. 그리고 네리아와 네 명의 남자들 역시 평온한 걸음걸이로 우리들 뒤에서 따라왔다.

뒤가 좀 근질거리는군. 하지만 넥슨은 계속 평온한 얼굴로 샌슨에게 말을 걸고 있었다.

"날씨가 좋죠? 아직은 가을이라 해도 좋겠군요."

샌슨은 물끄러미 앞만 바라보다가 퉁명스럽게 말했다.

"난 겨울이오."

넥슨은 빙긋 웃고는 다시 말을 걸었다.

넥슨의 인도를 받아가며 우리는 중앙 광장으로 걸어갔다. 넥슨은 계속 샌슨이나 나에게 말을 걸었고 그것은 대개 기품 있고 온화한 말들이었다. 정말 혀를 내두르고 싶군. 샌슨은 거의 대답을 하지 않거나 퉁명스런 몇 마디만을 짤막하게 뱉어내었지만 난 가차없이 대답해 주었다.

"후치? 초장이라고?"

"예. 생각해 보세요. 직업이라는 것은 모두들 고귀한 거예요. 그런 점에서 난 초장이라는 것이 자랑스러워요. 세상에는 도둑이라는 직업도 다 있대요. 허 참! 도대체 어떻게 생겨먹은 인간들이 그런 고약한 직업을 가지는 걸까요? 아, 물론 도둑들 중에는 어쩔 수 없이 그렇게 된 사람도 있겠죠. 하지만 그런 도둑들을 다시 등쳐먹으며 사는 길드 마스터는 도저히 인간이라고 불러주기엔 아까울 정도로 지저분하고 더럽고 야비한 놈일 거예요. 넥슨 씨 생각은 어떠세요?"

"……그렇게 생각하니. 음. 그래. 그건 그렇고 해가 기울어가는구나."

"예. 해가 기울어가네요. 그건 도둑들이 활동할 시간이 다가온다는 의미죠. 그러면 그 도둑 길드의 마스터는 입이 찢어져라 웃으며 지는 해를 바라보고 있겠죠. 내 도둑들아! 붉은 노을을 바라보며 칼날을 다듬어라! 이제 달려가 나의 배를 불려줄 보물을 훔쳐와라! 뭐 이렇게 노래를 부르고 있을지도 몰라요. 아마 붉은 노을보다 더 시뻘건 혓바닥에서 침을 질질 흘리고 있을지도 몰라요. 그렇다고 생각하지 않으세요?"

샌슨이 킬킬거리기 시작했고 넥슨은 여전히 온화한 표정으로 말했다.

"글쎄……, 그럴 수도 있겠지. 아, 저기 저 건물이 보이지? 저게 루트에리노 대왕 기념관이다."

"예. 루트에리노 대왕 기념관을 바라보며 수도 시민들은 우리나라라고 부를 수 있는 나라를 이 대륙 위에 세운 그를 생각하고 기릴 거예요. 하지만 도둑 길드의 마스터라면 저런 건물은 아무짝에도 쓸모없는 건물이라고 생각하겠죠. 훔칠 물건이 들어 있지 않은 집은 집이 아니라고 생각할 테니까요. 그의 더럽고 야비한 근성에서 설마 고귀한 추모의 감정 같은 것이 나오겠어요? 도둑 길드의 마스터라는 것은 절대적인 인간 말종이고 세상에서 제거해도 상관없는 목록을 만들 때 가장 먼저 그 이름을 올리게 되겠지요. 이런 제 생각에 대해 어떻게 생각하세요?"

넥슨은 다른 사람에게는 미소로 보일지 모르지만 나에게는 이를 드러내는 것으로 보이는 표정을 지었다. 그리고 샌슨은 얼굴을 크게 일그러뜨리며 웃음을 참고 있었다.

잡담을 하느라 정신이 없어서, 나는 사실 그 기념관을 바라보지 않았다. 하지만 넥슨이 사납게 노려보는 바람에 나는 시선을 돌렸다. 그러자 넓은 광장과, 그 중앙에 있는 작은 건물이 보였다.

커다란 삼단 케이크처럼 생긴 계단이 둥글게 놓여 있고 그 위에 건물이 서 있었다. 계단들은 모두 큼직큼직하고 넓었다. 그러나 그 위에 있는 건물은 그렇게 크지 않았다. 방을 넣는다면 네 개 이상은 들어가지 않을 정도로.

하지만 그것은 아름다웠다. 건물 전체는 커다란 팔각형이었고 여덟 개의 기둥마다 칼을 짚고 선 기사의 모습이 조각되어 있었다. 마치 건물이 여덟 기사에 의해 수호되는 듯한 모습이었다. 저게 여덟 별인가?

그리고 기둥과 기둥 사이의 벽에는 부조가 새겨져 있었다. 그 그림들의 모습은 아마도 루트에리노 대왕의 업적들을 단계별로 새겨둔 것인 모양이다. 지금 정면으로 보이는 조각에는 커다란 거인이 바위를 들고 있는 모습이 보였고 그 앞에 검을 곧게 세워 들고 있는 한 기사의 모습이 보였다. 저건 아무래도 그덴 산의 거인과 겨룬 싸움을 나타내고 있는 모양이다. 그렇다면 저 자그마한 기사의 모습이 루트에리노 대왕인 모양이군. 조각가가 최대한 상상력을 발휘한 모양인지, 거인과 대왕의 크기 비교는 사실적이었지만 대왕의 모습은 작아 보이지 않았다. 멋있는데?

중앙 광장에는 오후의 뉘엿해진 햇살을 받으며 계단에 앉아서 담소를 나누는 사람들, 혹은 누군가의 약속을 기다리는 것인지 가만히 서서 눈길을 어디로 둘지 몰라하는 사람들, 그저 바쁘게 오가는 사람들이 가득했다. 확실히 사람들이 꽤나 많군.

"말에서 내려라."

넥슨은 그렇게 말하며 말에서 내렸다. 뭐지? 젠장, 내가 네 말을 왜 들어야 해? 그러나 넥슨은 설명했다.

"기념관 앞에서 말을 타고 지나갈 수는 없다."

아, 그런가? 샌슨은 아직 믿을 수 없다는 듯이 주위를 둘러보았다. 그러나 지나가는 사람들 중에 말에서 내려 말고삐를 쥔 채 걸어가는 사람의 모습을 보자 그도 말에서 내렸다.

뒤를 보니 따라오고 있던 네 명도 말에서 내렸다. 그 마부는 한 손에 네리아의 트라이던트를 들고는 연인이나 된 듯이 네리아의 팔짱을 끼고 있었고 네리아는 뭐 씹은 듯한 얼굴이 되었지만 뿌리치고 달아날 배짱은 없는 모양이다. 나머지 세 명이 네리아를 거의 둘러싸듯이 서 있었다.

넥슨이 갑자기 말했다.

"좋은 장소로군. 당신들 정말 철두철미한데?"

샌슨은 으르렁거렸을 뿐 별로 대답하지 않았다. 나도 별로 신경 쓰지 않고 주위를 둘러보았다. 그때였다.

"여, 넥슨 씨! 반갑습니다!"

칼의 목소리였다. 칼은 광장 중앙에 있는 그 계단들 중 가장 낮은 단 위에 서서 우리를 내려다보고 있었다. 그리고 그 옆에는 엑셀핸드가 검은 빛이 뿜어나오는 듯한 눈으로 내려다보며 서 있었다. 칼은 트레일과 에보니 나이트호크의 말고삐를 쥔 채 서 있었고 엑셀핸드는 래셔널 셀렉션의 고삐를 잡고 서 있었다. 드워프가 말고삐를 붙잡고 서 있으니 그것 정말 희한하군. 그런데 아프나이델은 어디 있지?

넥슨은 조금도 당황하지 않고 친근하게 말했다.

"아, 많이 기다리게 해서 죄송합니다."

양쪽 다 정말 뱀 같은 모습이로다. 으음.

샌슨은 갑자기 걸음을 빨리했고 나도 그의 뒤를 따랐다. 우리는 계단 아래에 멈춰 서서 뒤로 돌아 넥슨을 바라보았다. 말은 없었지만 우리 둘은 칼과 엑셀핸드를 보호하듯이 서서 넥슨을 가로막은 것이다.

칼은 친절한 얼굴 그대로 넥슨에게 걸어갔다. 그러나 그는 우리 두 명보다 더 앞으로 나가지는 않았다. 엑셀핸드도 따라 걸어왔다. 넥슨은 주저없이 걸어와서 칼에게 손까지 내밀었다. 무서운 놈. 칼은 조금 찔끔했지만 곧 표정을 풀고 손을 내밀었다. 이런, 안 돼!

예상대로다. 넥슨과 악수한 칼이 갑자기 움찔하는 것이 보였다. 칼이 이를 악무는 것이 느껴졌다. 제기랄 녀석! 넥슨은 칼의 손을 꽉 쥐면서 낮게 말했다.

"시골뜨기 주제에 머리가 돌아간다……, 틀림없이 네놈의 머리지? 궁성에서는 왕을 크게 놀라게 했다는 이야기도 들리더군."

몸에 전율이 감돈다. 지금까지 말을 타고 오면서 보여주던 침착하고 부드러운 모습이 아니었다. 넥슨은 사악한 목소리로 쉭쉭거리듯이 말했다.

칼의 얼굴이 벌겋게 변했고 그의 이마에선 땀이 흘러내렸다. 넥슨의 손에 쥐어진 칼의 손은 허옇게 바뀌어 있었다. 샌슨은 험악한 표정으로 노려보며 당장이라도 검을 뽑아들 듯했다. 하지만 저쪽에서는 아직까지 네리아가 붙잡혀 있다. 나와 샌슨은 턱을 부들부들 떨면서 넥슨을 노려보았다.

그때 엑셀핸드가 나섰다.

"여어, 반갑구먼! 넥슨이라고 했던가?"

그렇게 말하며 엑셀핸드 역시 손을 내밀었다. 그러자 넥슨은 어쩔 수 없이 칼의 손을 놓았다. 엑셀핸드 덕분에 살아난 칼은 한숨을 쉬었지만 곧 걱정스러운 표정으로 엑셀핸드를 바라보았다. 넥슨은 역시 엑셀핸드의 손을 쥐었다.

"넥슨 휴리첼입니다. 하이 프리스트께 말씀 들었습니다. 노커님."

"아, 자네 재가 프리스트라고 했지? 나 엑셀핸드 아인델프……일세."

엑셀핸드의 말끝이 흐려졌다. 넥슨은 또 손을 꽈악 쥐어버린 것이다. 엑셀핸드는 부르르 턱수염을 떨더니 팔에 힘줄이 돋아나도록 마주 쥐었다. 엑셀핸드의 온몸이 부들부들 떨릴 정도였다. 장담해도 좋다. 지금 엑셀핸드는 평생 가장 강력한 힘을 쓰고 있을 것이다. 하지만 넥슨은 부드럽기 짝이 없는 얼굴이다. 제기랄 자식. 남의 물건으로!

누가 봐도 이상하게 보일 즈음에야 넥슨은 손을 놓았다. 엑셀핸드는 이를 악물면서 넥슨을 노려보았다. 젠장. 그의 두꺼운 손이 허옇게 변해 있었다. 샌슨은 어깨를 부들부들 떨고 있었지만 넥슨은 여유 만만한 얼굴로 말했다.

"아, 참. 제게 주실 책이 있었죠?"

으응? 젠장. 지금 책을 줄 순 없어! 네리아가 먼저야! 이걸 어떻게 말해야 하지? 칼은 떨리고 있는 오른손을 아래로 늘어뜨린 채 말했다.

"예. 네리아도 그 책을 받으면 크게 기뻐하겠죠. 어? 같이 나왔군요! 네리아!"

칼은 넥슨이 미리 대답하기도 전에 네리아를 크게 불렀다. 그러자 저쪽에 있던 네리아도 마주 손을 들면서 외쳤다.

"칼 아저씨! 아저씨! 우와, 오래간만이에요!"

네리아가 호들갑을 떨자 그 마부는 어쩔 수 없이 네리아의 팔을 놓아버렸다. 네리아는 그대로 마치 몇 년 만에 만난 좋아하는 친척 아저씨에게 달려오듯이 팔을 흔들며 달려왔다. 네리아는 아예 풀쩍 뛰어 칼에게 안겨버렸다. 칼은 당혹하는 눈치도 전혀 없이 기쁜 듯이 말했다.

"어이구, 어디 보자. 많이 컸구나? 이젠 숙녀가 다 되었는걸?"

감탄이다……. 나와 샌슨보다도 더 손발이 잘 맞는군. 샌슨과 나는 얼빠진 얼굴로 엄청난 호흡을 보여주는 네리아와 칼을 바라보았고 넥슨은 뭐 씹은 얼굴이 되었다. 네리아는 칼의 가슴에 얼굴을 마구 부비며 계속 외쳐대었다.

"제가 얼마나 보고 싶었는 줄 아세요? 엉엉. 너무 하셨어요! 이 예쁜 네리아가 보고 싶지도 않았어요? 편지라도 쓰셨어야지요!"

"그래그래, 미안하구나. 하지만 여기 이렇게 오지 않았니?"

주위의 그 누가 봐도 따사로움이 넘치는 광경이었다. 사람들은 모두 별일이 아니구나 하는 표정으로 흘긋 바라보다가 곧 걸어갔다. 넥슨이 뭐라고 말하려 할 때, 칼은 재빨리 선수를 쳤다.

"감사합니다! 넥슨 씨. 아, 참. 저기 아프나이델 씨가 넥슨 씨께 드릴 것이 있다고 해서 모셔왔습니다."

넥슨은 칼이 가리키는 쪽을 보았다. 그러자 광장 저편에 있는 아프나이델의 모습이 보였다.

아프나이델은 앰블런트 제일의 고삐를 쥔 채로 광장 주위의 건물들 중 하나에 몸을 기대고 서 있었다. 그리고 아프나이델의 다리 옆에는 무슨 가방 같은 것이 하나 놓여 있었다. 칼의 손짓이 신호였던 모양인지, 아프나이델은 손을 들어 위로 휘저어 보이더니 살짝 자신의 옆에 놓여 있는 가방을 가리켰다. 넥슨은 의아한 표정으로 칼과 아프나이델을 번갈아 쳐다보았다.

칼과 네리아가 서로 손을 맞잡고 뒤로 걸어갔다. 넥슨은 눈썹을 찌푸리며 앞으로 한 발자국 내딛었다. 그때 샌슨과 내가 그의 앞을 막았다. 넥슨은 우리 둘을 사납게 노려보며 이를 드러내었다. 그때 광장 저편에 있던 아프나이델이 떨리는 음성으로 외쳤다.

"아, 넥슨! 반갑습니다!"

아프나이델은 그렇게 외치며 다시 한 번 가방을 가리켰다. 넥슨은 사나운 눈길로 아프나이델을 바라보았지만 아프나이델은 이쪽으로 걸어오지 않았다. 칼은 빠르게 말했다.

"감사합니다. 넥슨. 그럼 안녕히 가십시오."

어느 틈엔가 칼은 에보니 나이트호크의 말고삐를 네리아에게 건네주었다. 네리아는 그것을 받아들고는 잠시 사나운 눈길로 넥슨을 노려보았다. 넥슨은 잠시 어떻게 해야 할지 모르겠다는 얼굴이 되었다. 그러나 그가 원하는 책은 분명히 저쪽에 있는 아프나이델의 옆에 있는 가방에 들어 있을 것이다. 넥슨은 재빨리 손을 들어올려 뒤에 서 있던 마부에게 손짓했다.

"가서 책을 받아오너라."

마부는 곧장 아프나이델에게 걸어갔다. 젠장! 칼의 얼굴에 낭패감이 떠올랐다.

대충 알겠다. 넥슨과 그 일행이 모두 아프나이델 쪽으로 걸어가면(여기선 말을 못 타니까), 그 틈에 이 자리를 벗어날 생각이었나 보다. 그리고 아프나이델은 가방을 놔둔 채 말에 올라타 다른 곳으로 달려가 버리고. 그런데 넥슨은 그대로 우리 앞에 서 있었고 넥슨의 부하들도 마찬가지다. 저 입이 무거운 마부 녀석만이 아프나이델에게 걸어가고 있는 것이다. 칼은 힘겹게 말했다.

"저, 우리들은 이만 바빠서……. 그럼 이만 실례하겠습니다."

"아뇨, 섭섭하게 왜 그런 말씀을. 이렇게 오래간만에 만났는데 만나자마자 헤어지다니요. 잠시만 시간을 내어주십시오."

넥슨은 유려하게 말했고 칼의 얼굴은 점점 굳어졌다. 젠장. 결국 저쪽의 마부는 아프나이델에게 거의 다가갔다. 그때 아프나이델이 외쳤다.

"이보시오, 여보세요!"

아프나이델은 떨리는 목소리였지만 분명한 어조로 외쳤다. 그러고는 곧 허둥지둥 말을 끌면서 이쪽으로 달려오기 시작했다. 마부는 주위의 눈을 의식해 그런 아프나이델에게 제동을 걸지는 않았다. 아프나이델은 로브 자락을 마구 흩날리며 달려왔다.

그런데 그는 그 가방을 놔둔 채로 달려온 것이다.

넥슨은 움찔하는 표정이 되더니 몸을 조금 저쪽으로 기울였다. 아프나이델은 주저없는 태도로 달려왔고 그러자 그쪽으로 걸어가던 마부는 아프나이델과 가방을 번갈아 쳐다보더니 곧 가방 쪽으로 걸어갔다. 그 사이에 아프나이델은 우리 쪽으로 달려왔다. 넥슨의 부하들이 사나운 동작을 취했지만 역시 그를 막아서지는 못했다.

아프나이델은 칼에게 다가가더니 그의 팔을 황급히 붙잡으며 말했다.

"어서, 급합니다! 기다리십니다!"

칼은 잠시 얼떨떨한 얼굴이 되더니 곧 알아차렸다는 듯이 고개를 끄덕이며 넥슨에게 말했다.

"이런, 아무래도 이만 가봐야겠습니다. 그럼, 이만."

그리고 칼은 두말하지 않고 몸을 돌려 아프나이델이 뛰어온 반대 방향으로 걸어가기 시작했다. 아프나이델은 그의 팔을 잡아끌며 더욱 급하게 걸어가려고 애쓰는 모양이었다. 엑셀핸드와 네리아도 덩달아 걸어갔고, 나와 샌슨도 그 뒤를 막아서는 자세로 걸어갔다. 잠시 넥슨은 저쪽의 가방과 멀어져가는 우리를 번갈아 쳐다보며 당황했다. 그 짧은 시간 동안 우리는 이미 꽤 멀어져버렸다. 아프나이델이 호들갑을 떨면서 칼을 잡아끌었기 때문이다.

맨 뒤에 걸어가던 나는 고개를 슬쩍 돌려 저쪽의 마부를 바라보았다. 마부는 가방을 들어올리더니 그 안의 내용물을 확인하는 표정이었다. 마부는 곧 넥슨에게 고개를 끄덕였다. 그러자 넥슨은 안심한 표정을 짓더니 우리에게 미소까지 보내주었다. 저 망할 미소! 제기랄, 기분 같아서는 도망은커녕 저놈 얼굴을 한번 갈겨주고 싶은데.

우리가 광장 끝까지 와서 말에 올라탈 준비를 했을 때였다.

그 마부는 어느새 넥슨에게 돌아가 가방을 건네주었다. 가방을 열어젖히고는 그 푸른 책을 꺼내어 휘리릭 넘기는 넥슨의 모습이 아스라이 보였다. 요놈아. 책은 그대로지만 서류는 없다!

응? 저게 뭐냐?

넥슨은 갑자기 책을 집어던지더니 고함을 질렀다. 온 광장이 쩌렁쩌렁 울리는 목소리였다.

"제기랄, 저놈들 붙잡아! 빼돌렸다!"

이런! 어떻게 벌써 알았지? 내 속마음을 읽었나? 우리는 후다닥 말에 올라탔다. 샌슨은 엑셀핸드를 거의 집어던지듯이 래셔널 셀렉션 위에 올려놓았고 엑셀핸드는 죽어라고 말의 목을 껴안았다. 그리고 샌슨은 슈팅스타에 올라탔고 네리아는 멋지게 몸을 날려 에보니 나이트호크에 올라탔다. 그러나 아프나이델은 허둥거리며 몇 번이나 발을 헛디뎠다. 젠장! 급히 제미니에 올라탄 나는 뒤를 돌아보았다.

남자들은 허둥거리며 말을 끌면서 달려오고 있었다. 좋아! 광장에서는 말에 탈 수 없다고 했지! 이러면 시간은 충분하겠군. 그러나 다음 순간, 나는 말 위에 올라타고 질주해 오는 넥슨을 보고는 내가 너무 순진했음을 깨달았다. 넥슨은 고함을 질렀다.

"병신들아! 말을 끌고 뛰냐! 차라리 업고 뛰지 그러냐!"

남자들은 완전히 당황해 버린 모양이었다. 광장에서는 말에 탈 수 없다는 규칙과 우두머리의 호된 명령 사이에서 혼란에 빠져 있었다. 그러나 넥슨은 무서운 속도로 달려오고 있었고 그러자 남자들도 허둥지둥 말에 올라탔다. 광장의 시민들이 비명과 욕지거리를 뱉어내기 시작했다.

"꺄악! 사람 살려!"

"저게 돌았나?"

"이 자식들아! 여기가 어디라고 말을? 어, 으아!"

고함을 지르던 시민 하나는 넥슨이 뽑아든 롱소드를 보고는 놀라 달아나버렸다. 뭐야, 저 자식! 완전히 갈 데까지 가보자는 거냐? 광장에 있던 시민들이 좌우로 좌악 갈라졌고 넓은 중앙 광장에는 순식간에 공포의 기운이 번져나갔다. 그때 뒤에서 고함소리가 들려왔다.

"후치! 달려가!"

샌슨이었다. 고개를 돌리자 아프나이델이 힘겹게 앰뷸런트 제일에 올라타는 모습이 보였다. 그러자 칼은 곧장 말을 출발시켰고 샌슨과 네리아도 출발했다. 나도 허둥지둥 제미니를 걷어찼다.

"이랴, 하아하앗!"

제기랄, 저 자식이 이렇게까지 마구 나올 줄은 몰랐는데? 그 서류가 뭐 그리 중요한 것이라고? 물론 중요한 거지만, 저놈이 왜 저렇게 마구 나오는 거지?

"비켜! 비켜요!"

앞에서는 샌슨이 목이 터져라 고함을 지르면서 달려가고 있었다. 슬쩍 보니 엑셀핸드의 얼굴은 백짓장 같았다. 그렇게 하얀 드워프의 얼굴은 처음 보았다. 네리아도 정말 빠르게 달려가고 있었다. 슈팅스타와 에보니 나이트호크는 그 커다란 덩치로 골목길을 거의 가로막듯이 하고 달려갔다. 그리고 그 뒤로 아프나이델과 엑셀핸드가 달려갔고 칼과 내가 제일 마지막이었다.

"으아아아아아!"

주위의 시민들은 모두 죽어라고 뛰어 그 앞에서 비켜났다. 여섯 마리의 말들이 골목을 질주하니 그만한 구경거리가 없다. 벽에 달라붙을 수 있었던 자는 그래도 나은 편이었고 급히 우리들을 피하느라 진흙탕에 데굴데굴 구르는 사람까지 보였다. 그때였다.

저 앞에 웬 아이 하나가 골목길에 주저앉는 것이 보였다. 다섯 살? 여섯 살? 꼬마는 멍한 얼굴로 땅바닥에 앉아서 달려오는 우리를 바라보고 있었다. 이런 제기랄! 골목이 너무 좁아서 급하게 움직일 수 없다!

"꺄아아악!"

옆에서 들려오는 자지러지는 비명소리. 아이의 어머니인가? 주위의 사람들이 맹렬히 그 여자를 붙잡았지만 그 여자는 무서운 힘으로 주위 사람들을 뿌리치고는 길가로 뛰어들었다. 그러고는 아이를 부둥켜안았다. 앞에서 샌슨이 고함을 질렀다.

"꼼짝 마시오!"

"이힝힝힝!"

슈우우웃! 슈팅스타는 그대로 날아올랐다. 그 여자의 등 위로 잠시 그림자가 하늘을 가렸다. 슈팅스타는 가볍게 여자와 아이를 뛰어넘었다. 여자는 놀라서 머리를 들었으나 그 뒤에 달려가던 에보니 나이트호크를 보더니 다시 급하게 머리를 숙였다.

"뛰어! 뛰지 않겠다면 날아!"

네리아의 어처구니없는 기합소리, 에보니 나이트호크는 거대한 덩치에 걸맞게 가뿐히 여자와 아이를 뛰어넘었다. 주위에서 탄성이 터져나왔다. 그 다음은 아프나이델. 아프나이델은 눈을 꼭 감은 채 말을 뛰어넘게 했다. 앰뷸런트 제일도 가볍게 뛰어넘었다. 정말 걱정스러운 장면, 오, 엑셀핸드!

"카리스 누멘께 맹세코 뛰지 않으면 널 잡아먹을 거야!"

나라도 뛰어넘겠다. 래셔널 셀렉션, 한때 엘프를 태웠던 그 말은 서툰 기수를 싣고도 마치 자신의 의지인 것처럼 가볍게 뛰어넘었다. 엑셀핸드는 비명을 질렀다.

"봤냐! 세계 최고의 드워프 기수다! 우하하!"

그 웃음소리가 사라지기도 전에 트레일이 여자와 아이를 뛰어

넘었다. 잠깐, 트레일까지 뛰어넘으면 그 다음은 누구냐? 여자는 머리를 쳐들 엄두도 내지 못했다. 젠장! 이건 연습도 하지 않았어! 하지만 어차피 인생에 연습이 어디 있냐? 제미니, 너만 믿는다!

"하아앗!"

제미니! 네가 해내는구나!

제미니는 부드럽게 뛰어올랐다. 잠깐 동안 몸의 중량감이 사라지고 주위의 처마들이 내 눈높이까지 내려왔다 싶더니, 곧 격렬한 충격이 엉덩이를 가격했다. 좋아! 엉덩이가 부서져도 좋다! 주위에선 박수소리가 터져나왔고 뒤를 보니 그 여자는 안도의 눈물을 흘리며 고개를 드는 모습이 보였다. 그때였다. 주위에서 다시 비명소리가 터져나왔다.

"이보시오, 고개를 숙여요!"

"고개 숙여요, 아줌마!"

여자는 질겁하며 고개를 숙였다. 그리고 저쪽에서 달려오는 넥슨과 그 부하들, 사람들은 손에 땀을 쥐었다. 다시 한번 곡예가 펼쳐지는 것을 기대하면서. 여자 역시 머리를 푹 숙인 채 다시 뛰어넘어가기를 기다렸다. 그러나 그 기대는 무너졌다.

"꺄아아악!"

콰드득, 콰곽!

"으아아아아!"

도저히 못참겠다. 나는 말을 돌렸다. 빌어먹을 자식! 길거리에 뒹구는 시체는 이미 형체를 알아볼 수가 없다. 흐르는 핏물. 제기랄, 제기랄 놈! 이 죽일 놈아! 넥슨은 여자와 아이를 밟아버리며 지나쳐왔다! 그리고 그 뒤로 그 부하들이 이미 죽은 그 시체를 다시 죽이기 시작했다. 두 번 죽이는구나, 두 번! 주위 사람들의 하얀 얼굴. 도저히 믿을 수 없는 것을 보아버린 그 눈동자들은 자신이 본 장면을 거부하고 있었다. 너덜거리는 여자의 치마와 핏덩이로 바뀌어버린 아이. 눈 앞이 부옇게 바뀌어온다.

"너, 죽인다!"

바스타드를 뽑아드는 손바닥이 차갑다. 젠장, 손에 도는 한기가 너무 차가워 바스타드를 놓칠 것 같았다. 눈을 닦는다. 바스타드를 부여잡는다. 넥슨, 머리를 날려주마!

"죽인다앗!"

제미니의 허리를 걷어찬다. 제미니는 달려가기 시작했다. 순식간에 넥슨의 모습이 커진다. 개새끼! 입에 미소를 띠고 있다! 넥슨은 롱소드를 뽑아들더니 앞으로 뻗었다. 나도 바스타드를 들어 앞으로 뻗고는 돌격 자세로 나아갔다. 온몸의 흔들림은 말의 동작과 내 몸 자체의 경련으로 더욱 심해진다. 모든 것이 흔들린다. 그러나, 모든 것들이 흔들리는 가운데 단 하나가 움직이지 않고 있다. 절대의 부동으로 그것은 차갑게 나를 겨냥하고 있다. 넥슨의 눈! 인간의 눈이 아니다. 저건 사람이 아냐!

"매직 미사일!"

힘겨운, 짜내는 듯한 아프나이델의 고함소리. 내 등 뒤에서 하얀 빛의 화살이 하나 훽 날아왔다. 그것은 그대로 내 옆을 지나쳐 넥슨에게 날아갔다. 당황한 넥슨은 칼을 휘둘렀지만 그 빛의 화살은 그대로 넥슨이 아니라 그 말을 명중시켰다. 무서운 속도로 달리고 있던 넥슨에겐 그것으로 충분했다. 말은 나가떨어졌고 넥슨은 그대로 하늘을 날아 옆의 건물을 부수고 들어가버렸다. 쾅! 콰드득! 목조의 건물 벽은 크게 부러지며 넥슨을 받아들였고 뒤를 따라오던 그 부하들은 날리는 먼지와 나뭇조각으로 급히 말을 멈추었다. 갑자기 귓가에 샌슨의 목소리가 들려왔다.

"말을 돌려! 이 자식아, 말을 돌려!"

"저 자식 죽이고 나서!"

"이 빌어먹을 자식이!"

그때 샌슨과 함께 돌아왔던 엑셀핸드가 빠르게 말했다.

"말을 돌려라."

나는 잠시 엑셀핸드를 바라보았다. 질린 얼굴로 래셔널 셀렉션 위에 앉아 있는, 그러나 엑셀핸드의 눈은 날 바라보고 있었다. 그 눈은 나에게 명령이 아니라 호소를 말하고 있었다.

"제에기랄!"

제미니를 뒤로 돌렸다. 뒤에서는 자욱하게 피어오르는 먼지, 그리고 사람들의 비명소리와 울음소리가 하늘을 찌른다. 난 몸을 돌려 달려갔다.

볼이 차갑다. 젖은 볼에 부딪히는 바람은 내 얼굴을 저며내는 것 같다. 하염없이 눈물이 흐른다. 무슨 눈물이 이렇게도 많이 흐르는 거지? 우리가 여기로 도망오지만 않았다면, 저 여자와 아이는 죽지 않았겠지. 그리고 아이는 커서 행복을 노래하고 사랑에 목멜 수도 있었겠지. 어른이 될 수 있었겠지. 무엇이 되었을까? 아이는 과연 무엇이 될 수 있었을까?

그러나 이제 그 가능성, 그 열리지 않은 미래, 아무것도 남지 않았다. 남은 것은 차가운 대로 위에서 식어가는 핏덩어리 시체뿐이다. 파리가 몰려들고 있을까? 먼지가 그 위에 쌓이고 있을까?

"으아아아아!"

3

"어명을 전한다. 전시 특별 명령 제89호로 넥슨 휴리첼을 체포한다. 수단 방법을 가리지 않고 넥슨 휴리첼을 긴급 수배, 체포하라. 넥슨 휴리첼을 보호하거나 은닉시켜 주는 자 역시 국왕에 대한 반역자로 간주한다. 휴리첼 백작가로 출동하여 모든 서류와 동산을 압류하고, 휴리첼 가문과 그 방계 가문 소속의 모든 부동산과 권리를 무기한부로 동결한다. 즉각 시행하라!"

"예!"

궁성 수비대 분대장들의 엄청난 호령소리. 그러나 나는 풀이 죽은 채 베란다에서 멍한 얼굴로 그것을 내려다보고 있었다.

이 가을에도 꽃이 만발한 궁성의 풍경이 아름답다. 바람에 따라 흩날리는 꽃잎들이 궁성의 회색 돌벽들을 아름답게 수놓았다. 하지만 내 마음 속은 너무도 살풍경하다.

궁성까지 달려오던 순간의 영상들이 머릿속에 어지럽다.

다급한 샌슨의 얼굴, 눈이 빠져라 우리를 바라보는 시민들의 모습, 달리는 말, 거칠게 볼을 할퀴는 바람, 궁성 앞에서 우릴 기다리다가 그대로 안으로 끌고 들어간 길시언의 모습, 그리고 우리를 2층으로 끌고 오던 모습, 다급하고 빠른 말, 말, 말. 그러나 난 아무것도, 아무런 말도 기억나지 않는다. 그러한 순간순간마다 항상 내 머리를 떠나지 않고 있던 것은 흩어진 시체, 땅을 적시는, 그리고 도로의 포석 사이로 기하학적으로 흘러가는 핏물, 직선으로 흐르다가 직각으로 꺾여 흐르는 핏물, 그 위로 이를 번뜩이며 달려오는 넥슨의 모습, 넥슨의 무서운 모습, 인간의 웃음이 아닌 서늘한 웃음뿐이다. 아무것도 보이지 않는다. 하늘이 새하얗다. 아니, 캄캄한가? 넥슨의 얼굴만이 보일 뿐이다. 웃고 있다. 웃고 있어?

머리카락을 쓰다듬는 손길이 느껴진다.

"머리가 엉망이야."

네리아였다. 난 고개를 돌려 네리아를 바라보았다. 네리아는 싱긋 웃었다. 그것은 생전 처음 보는 종류의 미소였다. 하지만 곧 나도 그런 미소를 지을 수 있었다.

"달리다 보니까……."

네리아는 내 대답에 고개를 끄덕이고는 손가락을 갈퀴처럼 만들어서 내 머리를 빗어내렸다. 난 가만히 그녀의 손을 잡아내렸다.

"괜찮아요. 네리아."

네리아는 손을 모아쥐고는 내 얼굴을 올려다보았다. 그녀는 갑자기 내 팔을 잡아당기며 말했다.

"들어가자, 후치. 할슈타일 후작이 설명하겠대."

"예에."

베란다에서 방 안으로 몸을 돌렸다. 이곳은 임펠리아 3층의 회의실이었고, 회의실 안에는 일행들이 제각각의 자세로 앉아 있었다. 주위로는 방문들이 있었다. 간신히 그 방들이 우리의 침실로 배정받은 방이라는 것이 기억났다. 난 테이블에 앉은 사람들을 바라보았다.

칼은 회의실 가운데 테이블에 엄한 얼굴을 하고 곧은 자세로 앉아 있었으며 샌슨과 엑셀핸드도 테이블 주위에 앉아 있었다. 그러나 말 위에서 마법을 사용하느라 몹시 지쳐버린 아프나이델은 안락의자에 거의 쓰러지듯이 앉아 있었다. 칼은 그에게 말을 걸었다.

"좀 괜찮으십니까, 아프나이델?"

"아, 예. 죄송합니다. 워낙 모자란 재주라……."

"천만에 말씀이오. 당신이 아니었다면 누가 넥슨을 저지했겠소."

아프나이델은 겸연쩍게 웃었다.

나는 고개를 돌려 테이블 반대편을 보았다. 길시언과 함께 할슈타일 후작이 앉아 있었다. 길시언은 날 보더니 손을 들어올려 보였다. 난 목례하고는 테이블에 앉았다. 네리아도 내 곁에 앉았다.

할슈타일 후작이 입을 열었다.

"여러분의 수고에 감사를 드립니다."

칼은 그 말에 멋쩍은 미소를 지었다. 우리가 할슈타일 후작에게 한 수고는? 그의 집을 털었지, 뭐. 할슈타일은 유머 감각은 찾아보려야 찾아볼 수도 없는 저런 얼굴로 이렇게 말해 왔고, 그래서 우리는 모두 고개를 거북하게 꺾었다. 할슈타일 후작은 계속 냉랭하게 말했다.

"그 수고가 좀 이상하긴 했지만, 어쨌든 도움이 되었소."

"설명해 주시겠습니까?"

"알았소."

후작은 먼저 화려한 소매의 주름을 잡아 폈다. 그러곤 손을 가볍게 올려 손짓을 해가면서 설명했다.

"여러분들도 아시다시피 넥슨 휴리첼은 도둑 길드를 장악해 왔습니다. 그는 잃어버린 가문의 영광에 대한 갈망에 가득 차 있었습니다. 그의 삼촌이 되는 카뮤 휴리첼의 사망 이후 크라드메서가 미드 그레이드에 끼친 해악은 말로 할 수 없을 정도요."

"알고 있습니다."

"그렇군. 어쨌든 그 대가로 휴리첼 백작가는 많은 지위와 권리를 상실하게 되었소. 다행히도 그 가문이 지난 세월 동안 바이서스에 행해 온 충성과 노력을 감안하신 전하의 성총으로 백작의 지위는 상실치 않게 되었지만, 결국 그 로넨 휴리첼은 군부에 백의종군하는 신세와 다를 바 없게 되었소. 그 명문가의 수장이 대자이편 전쟁의 최전선이 아닌 당신네 영지 같은 곳에 출동하게 된 것만 보아도 대충 짐작할 거요."

당신네 영지? 쳇. 헬턴트 영지가 어때서. 국왕 전하도 그러더니 할슈타일 후작도 우리 속을 긁는군.

할슈타일 후작은 냉랭한 어법 그대로 감정을 드러내지 않으며 말했다.

"그러나 불행히도 반골의 기질은 그 가문의 전통이었나 보오. 넥슨 휴리첼이 에델브로이의 성직자 흉내를 내게 된 것은 모든 사람들의 예상 밖이었소. 아마도 로넨 휴리첼 백작은 더 이상 자식에게 기대를 걸 수가 없게 되자 자신의 힘으로 가문의 영예를 되찾을 생각이었던 것 같소. 그래서 그는 아무르타트 정벌군에 자원한 것이지."

"그렇군요……."

"그렇소. 그런데 그의 아버지를 실망시켜 가며 에델브로이의 재가 프리스트가 된 넥슨이지만, 나에게는 그가 석연찮은 구석이 있는 것처럼 보였소. 그래서 나는 그를 주의해서 보았지. 그는 성직자의 길을 걸을 인물이 아니었소. 다른 사람들은 몰라도 내 눈엔 그의 아버지보다 그가 더 격렬한 야망을 가진 인물로 보였소. 그가 에델브로이의 재가 프리스트가 된 것도 어쩌면 그의 야망을 감추기 위한 것일지도 모른다……는 것이 내 생각이었지."

"그렇습니까?"

"그랬소. 그래서 나는 그를 예의 주시했소. 불행하게도 내 눈은 정확했소. 그의 아버지는 창칼을 어깨에 메고 전선으로 달려나가 가문의 영예를 되찾으려 했소. 존경받을 무인이지. 하지만 그는 가문의 영예보다 더 큰 것을 과녁으로 삼고 있었소. 그는 불경하게도 왕좌를 노리고 있었던 모양이오."

사람들의 눈이 동시에 커지는 소리가 들리는 것 같다. 할슈타일 후작은 냉랭하게 말했다.

"도대체 언제부터 이루어진 일인지는 모르겠지만, 그는 이 바이서스 임펠의 도둑 길드를 장악하게 되었소. 물론 반역의 중추부대로 삼을 만한 세력은 아니지만 전쟁 수행국인 바이서스에서는 충분히 위험한 힘이 될 수 있는 집단이오."

샌슨의 씩씩거리는 숨소리가 들려왔다. 전쟁 수행국인 바이서스에서는 도둑 길드라도 나라를 한번 뒤집을 수 있다? 흠. 어쩐지 일리 있는 말인 것 같다. 칼도 그렇게 말했다. '전쟁중에는 많은 일이 가능하다.'

"그리고 두 번째로, 그는 자이펀과의 협력을 기도했소."

"역시!"

길시언의 말이다. 언젠가, 레브네인 호수 옆. 그렇군. 칼은 다시 정확하게 지적했군. 밖으로 자이펀과 손을 잡으며, 안으로는 도둑 길드의 힘을 통해 내부를 장악한다. 이것이 반란 계획이었구나! 우리는 긴장한 얼굴로 할슈타일 후작을 노려보았다. 후작은 차가운 얼굴 그대로 말했다.

"다행히 나는 그자가 자이펀으로 파견한 밀사를 붙잡을 수 있었소. 넥슨은 에델브로이의 재가 프리스트였고, 따라서 그가 위임한 사람은 간단히 국경을 통과할 수 있었지. 하지만 그는 누군가가 그를 의심하고 있다는 것은 몰랐을 거요. 아실지 모르겠지만 전선에서 지골레이드와 함께 활약중인 내 아들 돌맨이 있소."

"들었습니다."

아아. 돌맨이라는 사람도 디트리히처럼 할슈타일 후작의 양자인가 보지? 그리고 지골레이드라는 드래곤과 함께 자이펀과의 전쟁에 참전하고 있고? 할슈타일 후작은 말했다.

"음. 어쨌든 내 아들이 나의 밀명을 받아서 그 밀사를 붙잡았지. 그 밀사의 품에서 나온 책은 나를 놀라게 만들었소. 당신들도 기억할 거요. 당신들이 내 집에서 가져간 책이니까."

우리는 다시 고개를 꺾었다. 할슈타일 후작의 얼굴에서 처음으로 미소 비슷한 것이 떠올랐다. 와! 저 얼굴에도 미소가 떠오를 수 있구나. 하지만 싸늘한 미소다.

"힐책하는 것은 아니오. 불쾌하긴 하지만."

"죄송합니다. 후작님."

"아니오. 길시언 왕자님께 이미 들었소. 불가피한 일이었다고 하더군. 어쨌든 나는 그 서류를 회수하는 데는 성공했지만 그 밀사의 입을 열게 하는 데는 실패했소. 그는 자결해 버렸지."

"자결을……."

"그렇소. 그래서 나로서는 난감한 지경에 빠지게 되었소. 그 서류는 되찾았지만 그 서류가 넥슨이 자이펀에게 건네려 한 서류라는 것을 입증할 수는 없었기 때문이오. 넥슨을 의심하고 그를 계속 감시해 온 것은 나 혼자뿐이오. 다른 사람들에게는 무슨 증거를 댈 수가 없었지."

"그럼, 미끼?"

칼은 이상한 말을 했다. 그러자 할슈타일 후작의 눈썹이 조금 움직였다.

"그렇소. 현명한 분이군. 나는 그 책이 우리 집에 있다는 소문을 내었소. 별로 어려운 일은 아니었소. 도둑 길드에게서 무엇을 감추는 것은 어려워도 무엇을 드러내는 것은 간단한 일이니까. 그래서 어떤 녀석이든 그 책을 되찾으러 오면, 그놈을 붙잡아 넥슨이 반역자임을 실토하게 만들 생각이었소."

그리고 그때, 다시 한번 할슈타일 후작의 얼굴에 희한한 미소가 떠올랐다.

"그날 낮, 당신들이 찾아왔을 때 난 당신들이 넥슨의 패거리일지도 모른다고 생각했지."

칼의 얼굴이 팍 붉어졌다. 아무리 그래도 나보단 낫다. 할슈타일 후작은 나에게 조금 징그러운 미소를 보낸 것이다. 으아, 맙소사!

"자네의 여장은 매우 인상적이었네, 소년."

네리아의 눈이 동그래졌고 난 눈을 질끈 감았다. 아이고, 유피넬이여! 할슈타일 후작은 다시 칼에게 말했다.

"그러나 칼 당신의 연기가 훨씬 더 훌륭했소. 결국 난 당신들이 그저 뜨내기일 거라고 생각했지. 심지어 불쾌하기까지 했고.

능란했소."

"감사하다고 말씀드릴 수는 없군요."

"그렇겠지. 그러고 곧장 우리 집을 터셨더군."

"다시 한번 사과드립니다."

"괜찮소. 당신들 덕분에 넥슨은 어쩔 수 없이 자신의 정체를 드러내고 말았소. 그 서류가 그에게 그토록 중요한 것이기에, 그는 대로상에서 그런 난동을 부렸지."

"중요한 서류……."

"그렇소. 넥슨은 자이펀과의 완벽한 신뢰 관계를 얻기 위해 그 서류를 선물 삼아 보내려 한 모양이오. 자이펀으로 하여금 전쟁에 승리하게 만들고, 그 대가로 이 나라의 통치를 원한 것이오. 이해하시겠지?"

"그렇군요."

"좋소. 어쨌든 귀하들의 노고에 찬사를 보내는 바이오. 국왕 전하와 모든 각료들을 대표해서."

할슈타일 후작은 정중히 목례까지 했다. 우리는 황급히 머리를 숙였다. 그때 칼이 말했다

"그럼 넥슨 휴리첼은 어떻게 됩니까? 그리고 그랜드스톰은……."

할슈타일 후작은 고개를 끄덕이며 말했다.

"넥슨은 당연히 반란자로서 체포, 처형될 것이오. 그랜드스톰에서는 그러한 반란자를 프리스트로 두었으니만큼 처벌을 받는 것이 마땅하겠지만, 아무래도 그랜드스톰은 모르는 일이며, 전통적으로 통치권은 신권의 경계를 존중하는 법이오. 신권 측에서도 마찬가지지만. 따라서 별다른 처벌은 받지 않을 것 같소."

"그렇군요. 그런데 제가 정말 궁금하게 여기는 것은 로넨 휴리첼 백작의 일입니다. 저, 국왕 전하께서는 아무르타트에게 줄 보석을 구해 주신다고 하셨습니다. 그런데 로넨 휴리첼은 반란자의 아버지이지 않습니까?"

"그건 그렇소. 하지만 아무르타트가 포로로 붙잡고 있는 것은 그만이 아니오. 그러니 그 일은 과히 걱정하지 않으셔도 될 것이오. 물론 전하께서 결정할 일이지만."

"그렇습니까. 알겠습니다."

"그럼, 이만들 쉬시오. 국왕 전하께서 조만간 당신들을 불러 직접 치하하실 것이오."

할슈타일 후작은 자리에서 일어났으며 우리들도 모두 일어났다. 후작은 가볍게 목례하고는 별 말도 없이 밖으로 나가버렸다. 우리는 다시 자리에 모여앉자 칼은 말했다.

"일이 그렇게 된 거였군. 그것 참."

길시언은 고개를 끄덕였다.

"그렇군요. 그 서류는 원래 넥슨이……."

의자에 거의 쓰러져 있던 아프나이델이 그 말을 이었다.

"아, 그래서 그렇군요. 그렇게 빨리 우리의 속임수를 알아차렸군요. 그가 직접 작성한 책이었으니까."

사람들은 모두 고개를 끄덕였다. 칼은 심호흡을 하고는 팔짱을 끼었다.

"그렇습니다. 어쨌든 넥슨의 일은 해결되었고, 이젠 다시 우리의 일을 생각해 볼 때로군요."

"우리의 일이오?"

"예. 붉은 머리 소녀의 추적 말입니다. 엉뚱하게도 반역자를 하나 색출하는 이득이 있었긴 하지만 아직 우리 추적의 원래 목표에는 별로 접근하지 못했군요."

길시언은 고개를 끄덕였다. 젠장. 그러고 보니 또 국왕 전하 좋은 일만 시켰군. 우리 일은 언제 하지? 네리아는 고심 어린 표정으로 말했다.

"지금보다 배는 어려워지겠어요. 에휴……."

"무슨 말입니까, 네리아 양?"

"길드 놈들이 눈에 불을 켜고 우리를 잡아먹으려 들 거라구요, 칼 아저씨."

"그렇겠군요. 어쩔 수 없지요."

그때 네리아는 실실 웃으며 칼에게 다가갔다. 그러고는 갑자기 칼의 목을 콱 껴안았다. 칼은 크게 놀랐다.

"으어어어?"

"그래도, 진짜 고마워요. 아직 인사 못했죠? 나 때문에 정말 고생들 하셨어요. 음!"

"으어, 어, 이런!"

네리아는 칼에게 키스했다. 칼은 눈이 둥그레져서 당황한 웃음을 지었다. 그리고 네리아는 고개를 들더니 우리를 둘러보았다.

"그 다음은……."

"바깥 날씨가 어마어마하게 궁금해!"

쿠당! 먼저 샌슨이 뛰쳐나갔고 그 뒤를 이어 내가 방을 뛰쳐나왔다. "나도 궁금해!" 내 뒤에서 네리아의 웃음소리가 크게 들려왔다.

나는 궁내부원들의 놀란 시선을 한몸에 받으며 정원까지 달려나왔다. 샌슨은 정원 한귀퉁이의 나무 아래에 앉아 있었다. 나도 그 옆에 앉았다.

샌슨은 온 얼굴을 찡그리며 말했다.

"에이, 이상한 일에 휘말려 버렸어."

샌슨의 말에 나는 그를 바라보았다. 샌슨은 투덜거리듯이 말했다.

"쳇. 수도에 오면 모든 사람들이 선량할 거라고 생각한 것은 아니야. 하지만 최소한 넉넉한 마음을 가지고 있을 거라고 생각했지. 젠장. 이렇게 심한 일들을 보고 들을 줄은 몰랐어. 부족할 것이 없는 사람들이, 왜 이리 지저분하게 구는 거지?"

나는 샌슨의 말에 고개를 끄덕였다. 갑자기 칼의 말이 생각났다.

"여기다 아무르타트를 데려다 놓을까?"

혼잣말 비슷한 내 말에 샌슨은 눈이 휘둥그레졌다.

"뭔 말이야?"

"그럼 최소한 서로 쥐어뜯고 싸울 생각은 못할 테니까."

"헤헷? 말도 되는 것 같다. 어지간히."

"말 안 돼?"

"서로 쥐어뜯고 싸우든, 아무르타트와 싸우든."

그게 또 그렇게 되나? 내가 잠시 생각에 잠기는 사이에 샌슨은 아예 땅에 드러누웠다. 그는 만사가 귀찮다는 표정을 지으며 머리를 벅벅 긁었다. 그러다가 갑자기 씨익 웃었다.

"이거 하나는 좋군."

"뭐가?"

"이 계절에 잔디에 드러누울 수 있다는 거."

"아이고, 오거야. 좋기도 하겠다. 췟. 데미 공주님께 감사!"

"알았어. 에, 데미 공주님께……, 음. 후치야? 네가 해봐라."

"뭐가 어려워? 그러니까 해지기 직전의 서녘 하늘, 가장 상쾌한 바람이 스치는 호수 표면, 가인의 손가락이 스치는 현의 울림, 가장 높은 나뭇잎에 반짝이는 밤이슬, 이 모든 것들의 아름다움으로 노래하라, 데밀레노스 공주님을."

"괜찮네. 하하하. 정식으로 노래 한번 불러봐."

나는 나무에 기대어앉아 궁성의 벽을 바라보았다. 11월의 하늘 아래에서도 여전히 푸르른 녹음이 그 벽을 물들이고 있었고, 세찬 바람이 불 때마다 흩날리는 꽃잎들은 대기를 타고 도는 분홍빛의 눈보라 같았다. 아름답군. 하지만, 젠장! 이따위 수도의 이따위 사람들을 위해 노래부르지는 않겠어! 나는 샌슨을 위해 노래부르겠어. 진짜 인간에 대한 노래를 불러주지. 들어보라구! 인간이 뭔지를.

나는 조용한 목소리로 노래불렀다.

검은 녹슬고
책은 낡아가지.
봄날에 새싹이 싹트고
미풍에 낙엽이 날리면
빛나는 이들, 모두 사라져가네.
노래는 물결처럼
전설은 바람처럼
매끄러운 가인의 입술에도
시간의 입맞춤이 더해지고

결국 모든 것은 자취도 남지 않네.
여기 잠시 서 있다가
결국엔 떠나가고
지나쳐 다시는 돌아오지 않는
이정표 없는 길을 하염없이 걸어가는
우리는 모두 세상의 나그네.
그러나 돌아보라!
그대 스치는 황량한 길가에도 꽃은 피어 있음을!
벗이여 노래하라!
50명의 꼬마들과 대마법사 펠레일을!
별빛이 스러지는 새벽이 올 때
대마법사 펠레일은 눈을 뜨네.
캄캄한 공허 속에서도 그는 보지.
마법보다 신비하고 신화보다 아름다운
사랑하는 그의 50명의 꼬마들을.
태양이 가장 아름다운 빛을 뿌릴 때
대마법사 펠레일은 웃음짓네.
뛰고, 달리고, 울고, 웃고,
노래하고, 고함지르고, 아이들은 다시 돌아와
팔에 매달려 노래부르네, 그 노래 귓가에 울리네.
석양이 어둠을 약속하며 부정할 때
대마법사 펠레일은 손을 젓네.
아이들은 달려가고 어둠이 모든 것을 덮지만
밤바람이 실어나르는 웃음소리들.
은은하게 울려퍼져 부드럽게 멀어지네.

루 루루루 루루루루루……

은은하게 울려퍼져 부드럽게 멀어지네.

라 라라라 라라라라라……

나그네는 고개 돌려 다시 밤 속으로 걸어가네.

매일 수 없는 그의 발걸음은 끝이 없지만

그러나 그의 귓가엔 아직도 울려퍼지네.

50명의 꼬마들의 아름다운 웃음소리가.

루 루루루 루루루루루……

라 라라라 라라라라라……

"루 루루루 루루루루루……."

샌슨이 미쳤다! 아니, 어떻게 샌슨이 여자 목소리를 내는 거지? 그런데 그 목소리 꼭 데미 공주님의 목소리 같네. 샌슨은 부리나케 일어나다가 머리맡에 있는 낮은 나뭇가지를 부러뜨렸다. 물론 그의 머리는 끄떡 없다. 달리 오거냐?

"데, 데미 전하. 인사드리옵니다."

나도 엉겁결에 일어났다. 허름한 작업복에 온갖 잡동사니를 쑤셔박고 손에는 전정 가위를 들고 있는 꺽다리 공주님. 데미 전하는 배시시 웃으며 우리를 바라보고 있었다.

"궁성에서 이런 노래를 듣는 것은 생전 처음이군요."

"사실대로 말씀드리면 공주님과 샌슨은 이 노래를 듣는 최초의 사람입니다."

"어머, 그런가요? 영광이네요. 그럼 이 노래는?"

"방금 지었습니다. 죄송합니다. 소란을 피워서……."

"아뇨. 괜찮습니다. 제가 말씀드린 이런 노래라는 것은 아무런 반주도 없이 그저 흥에 겨워 부르는 노래, 그런 노래를 처음 듣는다는 거지요. 궁중 음악 들어보셨어요? 참 졸리는 노래죠."

"그렇습니까. 아, 네."

샌슨은 놀란 눈으로 날 바라보고 있었다. 너 어떻게 그렇게 겁도 없이 공주님과 부담없이 말을 나누냐는 눈초리였다. 으악! 그러고 보니 내가 미쳤나 봐? 공주님은 배시시 웃으시더니 곧 샌슨에게 다가갔다. 샌슨은 당황해서 물러났으나 공주님은 허리를 굽혀 샌슨이 부러뜨린 나뭇가지를 주워들었다.

공주님은 작업복 주머니에서 천과 실 등을 꺼내었다. 그러고는 나뭇가지를 부러진 자리에 다시 가져다대고는 천으로 감싸고 실로 묶었다. 샌슨은 무안한 얼굴로 말했다.

"아, 죄송합니다. 저, 그런데 그런다고 다시 살아나지는 않을 텐데요?"

공주님은 실을 감으면서 빙긋 웃었다. 실을 단단히 묶고 나서 공주님은 두 손을 모았다. 기도? 공주님이 무언가를 웅얼거리자 곧 공주님의 두 손에서 빛이 나기 시작했다.

나와 샌슨은 입을 딱 벌리고 공주님을 바라보았다.

데미 전하는 나뭇가지를 감싼 천에 그 빛나는 손을 가져갔다. 잠시 어루만지듯 데미 전하의 손이 움직이자, 마치 그 손에서 나무로 빛이 옮겨가듯이 손에서 빛이 사라지며 나무가 잠시 빛을 뿜었다. 그러고는 조용히 그 빛이 희미해졌다.

그렇군. 공주님은 아샤스의 재가 프리스트였지. 놀랍군.

"이젠 괜찮을 거예요."

"아, 예. 다행입니다."

데미 공주님은 두 손을 작업복의 주머니에 쑤셔박은 자세로 서서는 우리를 바라보았다. 정말 공주님 같지 않아. 공주님은 미소를 띠며 말했다.

"감사드립니다."

"예? 뭘요?"

"덕분에 시집가지 않게 되었으니까요."

샌슨은 입을 딱 벌리고는 무슨 말인지 모르겠다는 표정을 지었다. 하지만 나는 그만 웃음을 터뜨렸다.

그렇군. 닐시언 국왕 전하는 데미 공주를 헤게모니아로 시집보내서 북부 대로의 상로를 확보하려고 했지. 소금값을 내려보기 위해서. 그런데 칼이 그건 안 된다고 말했지.

"죄송합니다……. 결혼을 방해해서."

"아뇨. 정말 가고 싶지 않았어요. 얼굴 한 번 못 본 사람에게 시집가라는 것은 가혹해요."

데미 공주는 팔을 펼쳐 주위를 가리켰다.

"그리고 이 정원을 두고 그 먼 북부의 땅으로 떠난다는 것은 몸서리가 쳐지는 일이었어요. 정말 고마워요."

"그렇습니까? 어, 그렇다고 해서 저희들에게 감사하실 필요는 없어요. 그건 우리 일행인 칼의 의견이었는걸요."

"그런가요? 그럼 칼 씨에게 감사드려야겠군요. 역시 여기 오셨지요?"

"예."

"그렇잖아도 찾아가는 길이었어요. 안내해 주시겠어요?"

"예? 아, 예."

데미 공주는 어슬렁거리듯이 걸어왔다. 아무래도 무슨 드레스 같은 것을 입은 모양을 상상할 수 없는 모습이다. 그녀는 작업복이 참 잘 어울리는 느릿하고 처지는 걸음걸이로 걸어왔다.

궁내부원들이 질겁하며 우리를 따라왔다. 삽시간에 거의 일개 소대에 가까운 궁내부원들이 데미 공주의 뒤를 따랐다. 이건 뭐야? 아, 수행원이구나. 그러나 데미 공주는 뒤를 보며 눈살을 찌푸렸다.

"내 주머니 튼튼해요."

"예?"

궁내부원 중에 하나가 얼빠진 목소리로 대답했다. 데미 공주는 어눌하다 싶을 정도로 낮게 대답했다.

"흘릴 거 없어요. 그러니 따라다녀 봐야 주울 것도 없어요."

샌슨과 난 터져나오는 웃음을 막기 위해 죽을 힘을 다해 입술을 틀어막았다. 그 궁내부원은 입을 크게 벌린 채 공주를 바라보다가 대단히 억울하다는 듯이 외쳤다.

"전하!"

"가서 일들 봐요."

그러나 궁내부원들은 전혀 흩어질 생각을 하지 않고 데미 공주의 뒤를 따라왔다. 데미 공주는 입술을 삐죽거리더니 곧 말없이 우리를 따라왔다. 잠깐, 그럼 뭐가 어떻게 된 거야? 궁내부원은 공주의 수행원이고, 공주는 우리를 수행하고 있나? 허헛, 참.

방에 도달하자 곧 궁내부원들은 다급히 앞으로 나서서 문을 열어주었다. 우리 때문이 아니라 공주님 때문이겠지. 흐흠. 공주님은 어깨를 으쓱하더니 안으로 들어갔고 우리도 따라 들어갔다.

방 안에서는 칼이 여전히 머리가 아프다는 표정으로 천장을 바라보고 있었고 엑셀핸드는 그런 칼의 표정을 보고 있기 괴롭다는 표정을 하고 있었다. 네리아는 안락의자에 쓰러져 누운 아프나이델을 괴롭히고 있었고 길시언이 제일 먼저 문소리를 들었다. 길시언은 우리들이 돌아온 줄 알았는지 가볍게 고개를 돌리다가 곧 눈이 커졌다. 그는 반가운 목소리로 외쳤다.

"어, 이런? 데미야!"

데미 공주는 잠깐 얼빠진 얼굴로 길시언을 바라보았다. 그녀는 우리가 길시언과 동행이라는 것을 몰랐던 모양이다. 하긴 그렇겠군. 데미 공주는 곧 쇳소리를 내었다.

"오빠!"

데미 공주는 정신없이 달려가 길시언에게 안겼다. 길시언은 데미 공주를 번쩍 들어올리다가 곧 숨막히는 신음을 흘렸다.

"으윽. 6년 전과는 다르구나."

데미 공주는 길시언의 가슴에 정신없이 얼굴을 비비며 말했다.

"그래, 응. 나 컸어. 응응, 너무해. 이렇게 클 때까지 얼굴도 비치지 않고, 너무했어! 내가 커가는 모습 하나도 보지 못했잖아?"

길시언은 따스하게 웃으며 데미 공주의 뒷머리를 쓸어내렸다.

"그랬다면 별로 놀랍진 않았을 거야. 갑자기 이런 모습을 보게 되니 놀라움이 더 큰데? 하하. 정말 예뻐졌구나."

"으응……, 오빠……."

데미 공주는 한참 후에야 좀 진정하게 되었다. 그러나 그녀는 잠시도 길시언의 옆에서 떠나지 않았다. 그녀는 길시언의 손을 꼬옥 잡은 채 칼에게 인사했다.

"여러분들의 이야기 들었어요. 국왕 전하께서 저보고 가서 인사를 전하라고 하시더군요."

"그러셨습니까?"

"예. 전하께서 직접 오셔야 되지만 넥슨의 뒷수습이 바쁘셔서."

흠. 그러니까 우리가 한 일은 귀족원의 원로가 되는 후작과 최고위 왕족인 공주가 감사를 드려야 되는 문제라는 말인 모양이군. 그래서 국왕 전하는 다른 사람을 보내지 않고 공주를 보낸 모양이다. 우리는 참 대단해. 하지만 생각해 보니 데미 공주가 더 대단하군. 그녀도 분명히 그런 의미를 알 텐데 저렇게 작업복 차림으로 어슬렁어슬렁 왔군.

칼은 싱긋 웃으며 말했다.

"백성된 도리를 다했을 뿐입니다."

데미 공주는 생긋 웃을 뿐 겸양에 다시 칭찬을 더해 이야기가 끝없이 이어지게 하진 않았다.

"국왕 전하께서는 내일쯤 여러분들을 장엄의 홀에서 접견하실 거예요."

칼은 기겁했다.

"자, 장엄의 홀? 오, 맙소사. 그럼 문무 백관들이……."

"다 불편한 옷을 입고 모이시겠지요."

일행은 모두 기가 막힌 표정을 지었다. 샌슨은 아예 까무러치는 표정을 지었다. 전사로서 장엄의 홀에 무릎을 꿇고 전하를 접견할 수 있다는 것은 최대의 영광이라고 했던가? 칼은 당황한 표정으로 말했다.

"그럴 필요까지는 없을 텐데요."

"전시엔 영웅이 필요해요."

데미 공주는 간단히 말했고 칼의 얼굴은 조금 일그러졌다.

"그렇군요……. 젠장."

아아아니! 젠장이라니! 공주님 앞에서 또다시! 아프나이델은 의자에서 굴러 떨어질 뻔했다. 그러나 데미 공주는 그저 생긋 웃으며 말했다.

"기분 나쁘시겠지만 이건 피하실 수 없어요. 당신들의 일은 꼭 공개해야 돼요. 대로에서의 난동도 설명해야 되고……. 그러니 잠시만 견디세요. 그렇게 길진 않을 거예요."

"알았습니다. 쳇. 하지만 예복이 없는데요?"

"내일 아침까지 모두 마련해 드리겠습니다. 비 전하가 아직 계시지 않으니 제가 궁성의 안살림을 책임지고 있거든요."

나는 피식 웃었다. 궁성의 안살림은 궁내부원들이 책임지는 거 아닌가? 칼은 고개를 끄덕였다. 그러자 데미 공주는 말했다.

"이건 공식적인 일이 아닙니다만, 저 개인적으로도 감사드려요."

"예?"

"고맙습니다. 덕분에 이 나라를 떠나지 않게 되었어요."

"무슨…… 아, 헤게모니아?"

"그렇습니다. 감사합니다."

칼은 기분좋게 웃으며 대답했다.

"천만에요, 공주님. 그건, 그저 우리나라의 상익 보호를 위한 조언이었습니다. 특별히 공주님을 염두에 두고 한 일은 아닙니다."

4

데미 공주의 눈이 갑자기 커졌다. 그러다가 그녀는 웃으며 말했다.

"칼 씨는, 정말 핸드레이크 같아요."

"예?"

"그날 전하께서 하신 일, 아직도 앙금이 남아 있으신가요?"

"……좋은 추억은 되지 못합니다."

"하지만 당신은 정말 핸드레이크 같아요. 핸드레이크도 페어리퀸 다레니안을 구했죠. 그러고는 페어리퀸 다레니안에게 '그건 그저 나의 왕, 루트에리노 전하를 위해 행한 일이었습니다. 특별히 페어리퀸 당신을 염두에 두고 한 일은 아닙니다.'라고 말했지요."

칼은 얼떨떨한 표정을 지었다. 오! 정말, 정말 오래간만이다. 아니, 처음인가? 칼이 우리들과 똑같이 잘 모르겠다는 표정을 지은 것이 말이다.

"저, 무슨 말씀인지 잘 모르겠습니다만?"

"예. 그러실 거예요. 그건 왕실 기록물에만 조금 남아 있는 이야기이고 핸드레이크는 자서전이나 자기 기록을 거의 남기지 않은 사람이니까요."

칼의, 저 독서가의 눈이 번쩍였다.

"확실히 그렇습니다. 그의 언행이나 업적은 거의 루트에리노 대왕님의 전기를 통해서만이 파악됩니다. 자랑할 만한 정도는 못 되지만 그래도 꽤 많은 서적을 읽어보았습니다만, 그 어떤 기록에도 핸드레이크는 직접 거론되는 일이 없더군요. 항상 다른 사람의 기록에만 조금씩 편린으로 나타날 뿐입니다."

"예. 그렇습니다. 그는 자신을 루트에리노 대왕의 그림자 속에 있게 하려고 애썼지요."

"그런데 공주님은 그 내용을 어디서 읽으셨습니까?"

"예. 왕실에 남아 있는 핸드레이크의 일지에서 읽었습니다. 일기라고 하기엔 작은, 그러니까 수기 비슷한 것입니다."

길시언은 얼떨떨한 얼굴이었다.

"그런 게 있어?"

데미 공주는 눈을 곱게 흘기면서 길시언을 바라보았다.

"읽으라는 책은 안 읽고 매일 궁성을 빠져나가 이상한 책이나……"

"으랏찻차! 야, 그거 나 어릴 때의 일이야!"

으음. 여동생이 저렇게 말할 때 자지러지는 것은 왕족이라고 해서 별 다를 바는 없군. 우리는 모두 겸연쩍은 얼굴로 궁성의 생김새를 관찰하기 시작했고 길시언은 벌겋게 된 얼굴로 테이블을 노려보았다. 데미 공주는 생글거리며 말했다.

"에, 어릴 때 읽은 이야기였어요. 그 이야기를 참 좋아했던 것으로 기억되는군요."

"애, 애는 원래 책을 좋아했어요, 예. 으하하하! 어릴 때부터 책하고 꽃 이외에는 아무것도 몰랐거든요. 껄껄껄!"

길시언은 아주 호탕하게 웃으려 애썼고 그래서 우리도 어쩔 수 없이 미소를 지어주었다. 오로지 칼만이 화장실로 달려갈 때의 표정으로 데미 공주를 쳐다보았다. 그 애걸하는 듯한 표정에 데미 공주는 천천히 설명했다.

"예……. 영광의 7주 전쟁 제2주째의 일입니다."

칼이 곧장 아는 척했다.

"연속으로 세 개 전투에서 패배를 거듭한 드래곤 로드가 더 이상 참지 못하고 직접 전선에 나타났을 때를 말씀하십니까?"

"훤히 외시는군요? 음, 조금 더 말씀해 보시겠어요?"

칼은 두 손을 깍지껴 무릎에 올리더니 그윽한 목소리로 말하기 시작했다.

"에, 그러니까 그 앞의 세 차례 전투는 드래곤 로드를 불러내기 위한 핸드레이크의 철저한 심리전이었습니다. 이 점은 대개의 전사학자들이 동감하는 바로서, 절대적 세력비에서 불리한 입장을 일거에 역전시키기 위해 단숨에 드래곤 로드를 공격하여 결판을 짓는다……는 핸드레이크의 작전이었지요. 아군의 피해를 돌보지 않는 그 완전한 파괴와 기만적인 전후 처리 방식은 드래곤 로드를 대로하게 만들었고, 결국 드래곤 로드는 친정을 결심하게 됩니다. 허즐릿의 저서에서도 여기까지는 핸드레이크의 전략적 우위였음을 인정합니다. 드래곤 로드가 스스로의 이점, 즉 방대한 배후 지원 세력과 수성만으로도 충분히 이길 수 있는 확실한 보급선의 이점을 포기하고 직접 전선에 나서게 만든 핸드레이크의 수완은 칭찬받아 마땅합니다."

아아! 샌슨마저! 외로워라. 아프나이델이나 길시언이 관심을 곤두세우는 것은 이해하더라도 샌슨까지 저 골치 아픈 이야기에 깊이 빠져들다니. 전사니까 그런가? 그래서 네리아와 나, 엑셀핸드는 멀뚱한 표정으로 칼의 이야기를 듣게 되었다. 하지만 칼의 이야기는 점점 재미있게 진행되었다.

"그러나 여기서 대륙 전사 최고의 전격전이 벌어지게 됩니다."

길시언이 무릎을 탁 쳤다.

"그렇습니다. 그건 정말 전무후무한 전격전입니다!"

"예. 장대한 전략에 의해 기어코 드래곤 로드의 친정을 이끌어 낸 지혜로운 핸드레이크는 전선 곳곳에 산개되어 있던 여덟 별, 루트에리노 대왕의 여덟 기사를 세미나스 평원으로 집결시킵니다. 핸드레이크의 전략적 우위가 가장 빛날 수 있었던 순간이었습니다. 그러나 드래곤 로드는 핸드레이크를 기만한 것입니다. 세미나스 평원으로 집결한다는 것은, 결국 부대의 이동이 노출된다는 의미였습니다. 그리고 핸드레이크에게 속아넘어간 것처럼 위장하여 여덟 별을 노출시키는 데 성공한 드래곤 로드는 세미나스 평원으로 나서는 대신, 그곳으로 향해 오고 있던 여덟 별의 각개 격파에 나섰습니다. 아직까지도 미스터리로 남아 있는 그 신속한 진격에 의해 여덟 별 중 세 개의 부대가 괴멸당했습니다. 세미나스 평원에서 그 비보를 접한 핸드레이크가 남긴 말이 기억나는군요."

"'이빨이 다 빠진 줄 알았는데, 아직 물어뜯을 힘은 남아 있군. 꽤 아픈데?'."

길시언의 우스꽝스러운 말과 표정에 우리는 미소를 지었다. 핸드레이크가 그렇게 말했다고? 허허, 참. 칼도 웃으며 말했다.

"예. 그러나 여덟 별 중 다섯이 남아 있었고, 핸드레이크는 좌절하는 대신 남은 세력을 유기적으로 결합시켜 간신히 후퇴에 성공합니다. 이 또한 허즐릿의 저서에서 '후퇴의 모범 답안은 아니지만, 최고 답안이다.' 라는 평가까지 받고 있는 걸작입니다."

"예. 그것은 정말 멋있었습니다. 그 상황에서 상대가 후퇴할 거라고 믿을 멍청이는 없었겠지요. 드래곤 로드가 추적을 단념한 것도 할말은 있을 겁니다."

길시언의 말에 칼은 고개를 끄덕였다. 데미 공주는 방그레 웃으며 말했다.

"정말 학식이 높으시군요. 7주 전쟁의 전사를 완전히 암기하시는 모양입니다. 그런데 그 2주째 전투의 후퇴전에서, 드래곤 로드의 암살이 기도되었다는 것은 모르시겠지요?"

칼의 눈이 커졌다.

"예? 암살이라고요?"

"이야기가 좀 긴데……, 괜찮으시겠어요?"

칼은 주위를 둘러보았고 모두들 찬성의 표시였다. 오늘 하루 동안 너무 심적 충격이 컸다. 느긋하게 옛날 이야기를 듣는 것도 좋겠지. 모두들 관심어린 표정을 짓자 칼 역시 찬성했다.

그래서 우리는 데미 공주의 부드러운 말소리로 영광의 7주 전쟁의 가장 급박했던 장면, 그러나 사람들에게는 거의 알려지지 않은 이야기를 듣게 되었다.

부러진 창과 검, 신음하는 병사와 그를 안락사시키는 동료의 눈물, 프리스트들의 소매는 이미 피와 땀에 굳어버려 더 이상 피에 젖지도 않는다. 부상자를 간호하기 바쁜 프리스트들에게는 음식물을 만들어낼 여력도 남지 않았다. 다행히 보급선을 최대한 안전하게 보호했던 핸드레이크의 선견지명으로 부상병들에게 음식물은 보급할 수 있었다. 그러나 용기는 보급할 수 없었다.

핸드레이크는 우울한 눈으로 속속 도착하는 부상병들의 행렬을 바라본다.

이곳으로 이동하는 도중 각개 격파당한 세 별의 군대다. 현 시점에서의 집결지는 세미나스 평원. 그들을 버리고 달아날 수는 없다. 부상병들의 행렬이라도 끝까지 기다려 모두 수용한 다음 이동해야 한다. 그러나 기다림의 시간이 길어지면 길어질수록 드래곤 로드의 손길은 더욱 가까워질 것이다.

패배한 세 별 중 캄드리는 온몸 곳곳에 꽂힌 화살을 뽑아내지도 않은 채 그의 주군 앞에 무릎을 꿇는다. 패장은 죽음 이외엔 바랄 것이 없으며, 죽을 육체에 치료는 필요없다는 그의 절규. 루트에리노 대왕은 눈물을 흘리며 그를 껴안는다. 주군의 품에서 기절한 캄드리는 프리스트들의 손에 넘겨진다.

라인버그는 피로한 얼굴이지만 언제나 그렇듯이 짤막하게 패전 보고를 마친다. 금일 일출 직전, 갈색 산맥 물푸레나무 고개에서 드래곤 로드의 본진으로 추측되는 부대와 조우. 1시간 전투 후 부대의 4할을 잃고 후퇴 결정. 주군의 처분을 기다립니다. 뻔뻔하다고까지 표현할 수 있는 무표정한 얼굴. 그러나 루트에리노 대왕은 그의 눈이 아닌 가슴으로 쏟아내는 피눈물을 본다. 루트에리노 대왕마저 목이 메어 간단히 그를 물러나게 한다. 가서 쉬도록. 패전의 책임은 묻지 않는다.

나머지 한 별은 우타크, 그의 활은 이제 다시는 멍청한 활이라 불리지 못할 것이다. 과녁 가운데를 맞추는 일 이외엔 아무것도 못한다고 해서 그의 활에게 붙인 루트에리노 대왕의 농담. 이봐, 가끔은 가운데 말고 조금 빗나가게 쏘아보라구? 그것, 너무 어려운데요. 싱글거리며 대답하던 우타크의 얼굴을 떠올리며 루트에리노 대왕은 부러진 우타크의 활을 부여잡는다. 유품인가? 그렇습니다. 기어코 루트에리노 대왕은 뜻모를 괴성을 지르고는 혼절해 버린다. 핸드레이크는 혀를 차며 그를 막사로 옮기도록 지시한다. 승전보다 더 어려운 패전의 뒷수습이지만 그렇다고 해서 루트에리노 대왕이 기절할 권리를 잃지는 않는다. 핸드레이크가 있으므로.

핸드레이크는 진지 외곽에 혼자 서서 먹구름 낀 하늘과 처참한 모습의 진지를 번갈아 보며 한숨을 쉰다.

여덟 별 중 최연장자인 제로딘이 핸드레이크에게 다가온다.

"뜻밖이군요."

"무슨 말씀이십니까?"

"부상병들을 기다려주실 줄은 몰랐습니다."

제로딘의 무골다운 시커먼 얼굴이 핸드레이크의 하얀 얼굴을 마주한다. 그 두꺼운 눈두덩이 아래에 차가운 시선이 번뜩인다.

"당신이라면, 즉각 후퇴 준비를 명령할 줄 알았습니다."

"후퇴? 후퇴는 다음 승리를 위해 하는 겁니다. 그리고 다음 승리를 위해서라면 부상병들이라도 끌고 가서 고쳐놔야 써먹을 수 있죠. 신병 모집과 훈련하는 비용보다는 부상병 치료 비용이 싸게 먹힙니다."

제로딘의 관자놀이가 사납게 떨린다. 핸드레이크는 무심하게 제로딘을 바라보다가 다시 시선을 돌려 먹구름 낀 하늘을 본다.

"비 맞는 건 싫은데."

무심한 말투. 수많은 부상병들에게 쏟아지는 비에 대해서 걱정하는 것이 아니라 마치 약속이 있는데 비가 올 것 같아서 걱정하는 것처럼 보인다. 제로딘은 기어코 말해 버린다. 몇 년 동안 묵혀두고 하지 않았던 말을.

"당신을 한 대 치고 싶습니다."

핸드레이크는 여전히 하늘을 본다.

"주먹 맞는 것은 더 싫은데."

제로딘은 목울대를 울렁거리다가 간신히 참는다.

"부상병의 수용에는 반나절이 소모될 것으로 판단됩니다. 야영 준비를 갖출까요?"

"그래야죠. 먹고 살자고 하는 일인데."

여덟 별 중 최연장자답게 제로딘은 검의 손잡이를 쥐었을 뿐 뽑지는 않는다. 제로딘은 물러난다.

핸드레이크는 생각한다.

반나절이면 드래곤 로드는 얼씨구나 하면서 바이서스 군을 공격할 것이다. 평소라면, 그리고 다른 사람이었다면 누구도 세 개의 부대를 패주시키고 나서 그날로 본진을 습격하려 들지는 않을 것이다. 그러나 그 신속한 부대 운용을 보고 난 후 핸드레이크는 드래곤 로드가 그날로 전투를 걸어올 것임을 믿어 의심치 않게 되었다.

더군다나 이 전격전은 처음부터 드래곤 로드가 핸드레이크의 기만 전술을 파악했음을 전제로 한다. 따라서 그는 만반의 준비를 갖추었을 것이다. 그는 오늘 온다. 남은 것은 다섯 별의 다섯 부대. 원래 계획대로 여덟 별의 여덟 부대가 다 집결했다면 승리의 자신도 있었다. 다섯 부대가 남은 지금이라도 방어에는 어느 정도 자신이 있다. 하지만 이 상태에서 드래곤 로드와 맞붙게 된다면 지리한 소모전으로 이끌어가는 것 외엔 방법이 없다. 그러나 소모전이라면 루트에리노 대왕 측이 절대적으로 불리하다. 그들의 보급선은 가늘다. 실처럼 가늘다. 핸드레이크가 드래곤 로드에게 기만 전술을 사용한 것도 이런 약점 때문이다.

"이빨이 다 빠진 줄 알았는데, 아직 물어뜯을 힘은 남아 있군. 꽤 아픈데? 젠장, 완전히 저쪽에게 자리 깔아주고 박수까지 치게 되었군."

이제 드래곤 로드는 자기 방식으로 싸울 수 있게 되었다. 전면전으로. 여덟 별이 아니라 다섯 별이므로 전면전의 승산은 드래곤 로드에게 훨씬 크다. 결코 도망쳐서 전력을 재정비할 시간은 주지 않을 것이다. 핸드레이크는 자신이 왜 수염을 기르지 않았는지 안타깝게 생각한다. 수염을 길렀다면 좀 잡아당겨 볼 텐데. 그래서 핸드레이크는 수염 대신 머리카락을 잡아당긴다. 그 모습을 보며 누군가가 웃음을 터뜨린다.

"페어리퀸?"

하늘 저편에서 다레니안이 그에게 날아온다.

페어리의 날개는 날고 있을 때는 거의 보이지 않을 정도로 투명하다. 햇빛이 찬란하게 빛나는 날씨였다면 반사광이 아름답겠지만 지금 먹구름 아래에서는 그런 반사광도 없다. 그래서 핸드레이크에겐 그녀가 둥둥 떠서 다가오는 것처럼 보인다.

핸드레이크는 그의 얼굴 앞쪽에 둥둥 떠 있는 다레니안을 보며 말한다.

"여기는 웬일이십니까?"

"당신의 승리를 보러 왔어요. 그런데 내 기대에 미치지 못하는군요."

"당신 구경거리를 제공하려고 싸우고 있는 것은 아닙니다."

핸드레이크의 대답에 페어리퀸의 얼굴이 굳어진다.

멀리 떨어져 있던 병사들이 황급히 고개를 돌리는 모습이 보인다. 핸드레이크에게 이상한 소문이 따라다니는 것도 당연하다. 그들 단순한 병사들에게는 간혹 밤중에 평원 한가운데 서서 허공에 뜬 요정과 이야기하곤 하는 핸드레이크의 모습이 너무도 무섭게 보였을 것이다. 게다가 지금은 먹구름이 끼었지만 낮이다. 병사들은 감히 제대로 쳐다보지도 못할 정도로 무서워하고 있었다. 그래서 그들은 지금 아무것도 못 본 체하는 것이다.

페어리퀸은 쌀쌀맞은 어투로 말한다.

"이대로 기다리다간 궤멸하는 당신의 모습을 내게 구경시켜 줄 것 같은데?"

핸드레이크는 차갑게 말한다.

"페어리답지 않은 저급한 취미시군요. 보고 싶으시다면 기다려 보시죠."

"패배할 건가요?"

"그렇지 않습니다."

"그럼, 어떻게 이길 거죠?"

핸드레이크는 잠시 고개를 돌리고 외면하는 병사들과, 그 너머로 보이는 부상병들의 모습을 바라본다. 페어리퀸도 그의 시선을 따라 바이서스 군의 처참한 모습을 보며 눈살을 찌푸린다. 핸드레이크는 말한다.

"이 상황에선, 잘 달아나는 것이 이기는 것이겠죠."

"드래곤 로드는 지금 당신이 달아나기만을 기다리고 있을 텐데?"

핸드레이크는 쓴 미소를 짓는다.

그라도 그럴 것이다. 바이서스 군은 맞서 싸워야 한다. 패배할 것이 두려워 달아난다면 드래곤 로드는 즉각 그 뒤를 칠 것이다. 그렇게 된다면 아마 궤멸이라는 결과 이외에 다른 결과를 바란다는 것은 욕심이 될 것이다. 그러나 맞서 싸운다고 이길 수 있는 것도 아니다. 의미가 있다면 패배의 순간을 조금 더 지연시킨다는 의미뿐. 어떤 방법으로도 좋은 결과는 얻기 어렵다. 핸드레이크는 다시 한번 자신이 왜 수염을 기르지 않았는가를 안타깝게 여긴다.

페어리퀸은 말한다.

"조언할까요? 달아나는 것이 좋겠군요."

"무슨 말입니까."

"부대를 해체하고 달아나 버리세요."

핸드레이크는 무서운 눈길로 페어리퀸을 노려본다.

루트에리노 대왕에게 그의 몸을 던진 후, 그와 더불어 갖은 고난의 세월을 견디며 키워온 꿈과 희망을 포기해 버리라고 말하는 요정의 여왕이 그의 눈앞에 있다. 지금 부대를 해체해 버린다면 다시 원점에서 시작하는 방법밖에 없다. 아니, 전보다 더 어려울 것이다. 아마도 다시는 그들의 꿈을 실현시킬 방법이 없을 것이다.

그러나 핸드레이크는 대답을 보류한다. 그는 눈을 돌려 다시 한번 부상병들의 신음소리가 들려오는 바이서스 군을 바라보았다. 저들을 다 죽일 것인가?

핸드레이크는 결심을 굳힌다.

"아니, 달아나지 않겠습니다."

페어리퀸은 차가운 눈으로 핸드레이크를 바라보며 노골적인 비난이 섞인 말투로 말한다.

"모두 함께 이루어지지 못한 꿈과 더불어 이 땅에 뼈를 묻겠다는 건가요?"

"아니, 대왕께서는 이루어진 꿈과 함께 이 땅을 통치하실 겁니다."

페어리퀸의 얼굴에 의아함이 떠오른다.

"왜 우리라고 하지 않고 대왕께서라고 하지요?"

"아무러면 어떻습니까."

페어리퀸은 핸드레이크의 얼굴을 똑바로 바라본다. 그러나 핸드레이크의 얼굴에는 잠시 결심의 빛이 떠오르다 사라졌을 뿐, 아무런 표정이 나타나지 않는다. 그는 갑자기 확고한 걸음걸이로 진지로 돌아가 버린다. 남겨진 페어리퀸 다레니안은 망연히 그 뒷모습을 바라본다.

암흑이 가릴 수 없는 것이 단 하나 있다. 암흑이다.

핸드레이크는 암흑이 되어 벌판을 가로지르고 있다. 엄밀하게 보면 그는 현재 날고 있는 것이다. 그의 몸은 암흑의 말에 실려 있다. 새카만 몸과 역시 새카만 갈기가 밤바람을 할퀸다. 눈에 잘 보이지 않는 희미한 다리는 거세게 움직여 허공을 밟고 있다. 그리고 하얀 눈에는 아무런 눈동자가 없다.

마법사의 의지에 따라 현실에 소환되는 말 팬텀 스티드는 무서울 정도의 속도로 세미나스 평원 위의 하늘을 가로지르고 있다. 유혈의 냄새를 담은 바람이 부는 세미나스 평원에 설 정도로 겁이 없는 자가 지금의 그를 본다면 오크와 복수의 화렌차가 복수의 대상물을 찾아 소리없는 비명을 지르며 달려가고 있다고 생각할 것이다. 그러나 전운이 감도는 세미나스 평원에는 지각 있는 생물은 전혀 다가오지 않고 있었고, 그래서 핸드레이크는 그야말로 무인지경을 달려가고 있다.

핸드레이크는 그날 저녁의 대화를 생각한다.

"도주를 제가 책임지라고 하셨습니까?"

제로딘은 어이없는 목소리로 말했다.

"대왕은 현재 극심한 충격으로 올바른 지휘를 하실 수 없는 상태니까요."

"그러나, 당신이 참모장이잖습니까?"

"무슨 말씀을. 바이서스 군율에는 참모장의 지휘권을 명시하는 부분이 없습니다."

제로딘은 어처구니없는 표정을 지었다.

"그러나, 당신은……."

당신이 실질적인 총지휘권자이지 않은가, 제로딘은 그 말을 하고 싶었다. 핸드레이크는 빙긋 웃었다.

"그 동안 절 한대 치고 싶으셨죠?"

갈수록 점입가경이다. 제로딘은 완전히 얼빠진 얼굴로 핸드레이크를 바라보았다.

"그래서, 당신을 싫어하는 부하들은 맡지 않겠다는 겁니까? 당신, 그 정도밖에 안 됩니까?"

"아니, 이 말을 하고 싶었습니다. 절 치고 싶다면 지금 치시죠. 다시는 기회가 없을 테니까."

"그게 무슨 말입니까?"

"현상황에서 도피란 말도 안 된다는 것은 미루어 짐작하실 겁니다."

"나도 검으로 뼈가 굵은 무부요. 대충은 짐작할 수 있소."

"따라서 도피를 하려면 적을 저지해야 됩니다."

"어떻게……, 당신!"

제로딘은 의자를 박차고 일어났다. 그러나 핸드레이크는 그대로 테이블에 앉은 채 말했다.

"유피넬의 저울에 실린 우리의 추는 너무 무겁군요. 아래로 처지고 있습니다. 헬카네스의 도움이 아닌 바에야 저울대를 다시 올릴 수는 없겠지요. 하지만 나는 마법사입니다."

제로딘은 핸드레이크를 노려보았다. 수년간 함께해 왔으면서도 처음으로 보내는 시선이다. 핸드레이크는 변함없는 어조로 말했다.

"저울눈을 속일 겁니다."

장탄식, 거부의 말, 호소, 감정과 상관없이 당신은 우리에게 필요하다. 그럴 수는 없다. 인륜에 의거한 갖가지 말들, 제로딘은 자신이 웅변의 대가임을 입증하기 위해 애썼다. 검으로 뼈가 굵었다는 제로딘, 아마 일생 최대의 연설이었을 것이다.

그러나 핸드레이크는 모두 무시했다.

"당신이 한 번이라도 날 설득한 적이 있습니까?"

제로딘은 입을 다물었다.

"대왕께는 알리지 마십시오."

"알겠습니다."

제로딘의 눈가에 참으로 오래간만에 눈물이 흘렀지만 그는 인식하지 못하고 있다.

그리고 핸드레이크는 세미나스 평원을 가로지르고 있다.

밤의 습격은 확실하다. 드래곤 로드는 어둠과 함께 공격해 올 것이다. 그러나 핸드레이크 역시 밤이 되기 전에는 단신으로 이곳을 가로지를 수 없다. 이것은 시간과의 싸움이다. 핸드레이크의 의지가 팬텀 스티드에게 전달되면서 팬텀 스티드는 북풍의 매서움으로, 그러나 남풍의 고요함으로 달려간다.

마침내 멀리 드래곤 로드의 진지가 보인다.

암습의 준비를 갖추는 그들의 모습은 분주해 보인다. 횃불이나 기타 등등의 조명은 거의 사용하지 않지만 핸드레이크는 느낄 수 있다. 확실한 승리의 예감으로 그들의 입가에서는 부지불식간에 낮은 웃음과 거친 고함소리가 새어나오고 있다. 사기를 북돋우는 고함소리이다. 저들이 과연 어제와 오늘 새벽에 걸쳐 세 개의 부대를 패주시킨 부대인가? 핸드레이크는 깊은 감동을 받았다. 피로한 모습이나 흐트러진 태도 같은 것은 없다. 마치 전투를 한 번도 치르지 않은 부대의 모습처럼 깨끗하고 정돈된, 규율이 흐르는 모습이다.

수백 년에 걸쳐 이 땅에 드래곤의 지배를 가능하게 한 저력이 느껴진다.

핸드레이크는 조용히 땅에 내려섰다.

드래곤 로드의 진지에서 훨씬 떨어진 언덕에 내려선 핸드레이크는 팬텀 스티드를 돌려보낸다. 그는 자리에 앉았다. 밤이슬의 축축함이 그를 적신다. 핸드레이크는 미간을 찌푸렸다가 피식 웃어버렸다.

죽을 것을 각오하고 찾아왔으면서, 옷이 젖는 것을 신경 쓰는군.

그는 고요하고 캄캄한 구릉의 기슭에 앉아 멀리 아래로 내려다

보이는 드래곤 로드의 진지를 바라보았다. 그러다가 그는 눈을 들어 하늘을 본다.

먹구름이 지독해서 별 하나도 보이지 않는데.

핸드레이크는 다리를 쭉 펴보았다. 딱딱하며 축축한 땅의 느낌이 다리 전체로 전해져 온다. 핸드레이크는 당황하며 다시 다리를 모아 가슴 앞에 세웠다. 너무 궁상맞아 보이는걸? 흠. 아무도 안 보겠지. 핸드레이크는 다리를 모으고 팔로 무릎을 감싸쥐었다. 그렇게 약간은 궁상맞은 모습으로 핸드레이크는 기다리기 시작했다.

귀뚜라미의 울음소리.

언덕을 스치는 바람에 풀들이 스치는 소리.

핸드레이크는 눈을 감는다.

세월을 되짚는다. 주군과의 만남, 동지적 결속력이라기보다는 차라리 애증에 가까운 감정들로 점철된 세월, 그러나 야망의 실현이 다가옴에 따라 보다 현실적으로 바뀌어버린 두 사람. 루트에리노 대왕은 루트에리노 대왕이고 핸드레이크는 핸드레이크다. 두 사람은 하나도 바뀌지 않았다. 그러나 세상은 바뀌었고 그들은 세상의 정점에 힘겹게 올라가고 있다. 그러나 이젠…….

주군께 글이라도 남기고 올 걸 그랬나.

핸드레이크는 눈을 뜬다.

드래곤 로드의 진문이 열린다. 선두는 항상 그래왔듯이 와이번의 부대들이다. 새카만 날개의 움직임은 먹구름 낀 밤하늘 아래 거의 판별이 어렵다. 하지만 적의에 충만한 그 붉은 눈만 보아도 충분하다. 핸드레이크는 그들을 보낸다. 와이번은 하늘로 솟구쳐 사라져간다.

그 다음 진문을 나서는 것은 오크들의 부대, 사나운 콧김소리가 언덕 위까지 들려온다. 핸드레이크는 마치 군대의 출병식을 구경하는 노인이나 된 듯이 태연히 앉아서 그 모습을 굽어본다. 오크들의 행렬은 끝이 없는 것 같았다. 핸드레이크는 박수라도 쳐줄까 하는 잡념이 들었다.

간혹 트롤들의 거체가 그 사이사이에서 움직인다. 쿵쿵거리는 발자국소리가 들려온다. 의외로군. 핸드레이크는 차라리 냉철한 제삼자의 시각으로 바라본다. 암습을 하려 하면서 저렇게 시끄러운 녀석들을 선봉으로? 핸드레이크는 쓴웃음을 짓는다. 고맙군, 드래곤 로드. 오늘밤의 암습쯤은 내가 예측할 거라고 믿는다는 말이지? 그렇다면 암습이 아니라 전면전의 개시가 되겠군.

드래곤 로드는 핸드레이크가 암습을 당할 거라고 믿지는 않는다. 그는 당당하게 진격한다. 그러나 그조차도 핸드레이크가 이렇게 무모한 짓을 벌일 거라는 생각은 못했다. 핸드레이크가 설마 드래곤 로드의 공격에 앞서 부대를 버려둘 것이라고는, 게다가 단신으로 드래곤 로드의 진지 곁에 와 있을 거라고는 꿈에도 생각지 않을 것이다. 더구나 핸드레이크에게 암살 따위의 가장 확률이 적은, 그러나 배당이 가장 높은 판을 노리는 도박사 기질이 있다고는 더욱 믿지 못할 것이다.

미안한데, 늙은이.

오크들의 행렬은 아직까지 이어진다. 놈들은 흥분했고 지금 당장이라도 서로에게 칼질을 해댈 것 같은 흉흉한 분위기이다. 하지만 핸드레이크는 행렬의 길이에 지루한 기분이 들어서 팔을 높이 올려 기지개를 켠다.

빨리 나와. 삶에 미련이 남을 것 같잖아.

그때 핸드레이크는 이상한 기분을 느낀다. 그는 자신이 무엇 때문에 이상한 기분이 들었는지 알아보기 위해 다시 한번 주의깊게 드래곤 로드 군의 편성을 바라본다. 지금 진문을 나서는 것은 손에 팔치온을 든 채 거대한 늑대들에 올라탄 오크들의 모습이다. 평범한 모습이지만, 이상한 일이다.

울프라이더가 왜 보병의 뒤에 나오지?

암습이라면 그럴 수도 있다. 울프라이더의 정숙성은 크게 떨어진다. 따라서 보병으로 선제 공격을 감행하고 혼란해진 적군들 사이로 울프라이더들이 뛰어든다……, 안 돼. 역시 그럴 수는 없다. 정숙성 하나를 위해 울프라이더의 돌격력을 포기하는 처사다. 게다가 암습이 아니지 않은가.

핸드레이크의 척추를 타고 싸늘한 기분이 든다. 그와 동시에,

"취이이익! 잡아라!"

울프라이더들은 정확히 핸드레이크가 서 있는 언덕으로 돌격해 온다. 늑대들의 포효가 철판을 긁는 칼날의 소름끼치는 매서움으로 핸드레이크를 후려친다. 핸드레이크는 벌떡 일어섰다. 뒤를 돌아본다. 선두에 진격했던 오크들과 트롤들은 이미 언덕 배후에 포진을 마쳤다. 플라이 주문? 안 된다. 날아올라도 도망갈 수는 없다. 와이번들이 상공에 대기하고 있겠지.

핸드레이크는 피식 웃는다. 난 하나인데 너무 많잖아.

바로 다음 순간 핸드레이크의 입이 빠르게 움직인다. 울프라이더들은 무서운 속도로 달려오고 있다. 늑대들의 발톱에 흩날리는 풀. 그러나 핸드레이크는 미동도 하지 않는다. 빠르게 끝난 캐스팅.

"타임 스톱!"

순간, 달려오던 울프라이더들이 허공에 얼어붙어 버린다.

밤바람과 늑대들의 거친 발놀림으로 흩날리던 풀들마저 단단한 조각상처럼 굳어버렸다. 시간은 핸드레이크에 의해서 그 거침없는 모래를 정지당하는 수모를 겪게 된다.

핸드레이크는 걸어간다. 그는 울프라이더들 중 가장 앞쪽에 달려오고 있던 오크에게 다가갔다.

오크의 입은 크게 벌어져 있고 그의 눈은 증오의 불길로 타오르고 있지만 움직임은 없다. 늑대의 앞발은 허공을 걷어찬 자세 그대로이다. 핸드레이크는 그놈을 바라보며 피식 웃은 다음 캐스팅한다.

"혹시 친구들 사이에서 주목받지 못해 불만이었다면, 좋은 기회가 왔어. 주제로는 '오크는 왜 취익취익거리는가.'가 어떨까?"

핸드레이크는 다시 그 뒤의 몇 마리를 지나친 다음 캐스팅에 들어갔다.

핸드레이크의 모습이 서서히 변한다. 키가 작아지고, 얼굴은 마치 돼지처럼 변한다. 이제 그는 한 마리 오크가 된다.

그리고 시간이 다시 흐르기 시작한다. 시간의 모래는 다시 떨어진다. 바람이 다시 불고, 풀은 흩날린다. 오크로 변한 핸드레이크가 씨익 웃는다.

곧 뒤쪽에서 핸드레이크의 마법에 의해 엄청난 지도력을 가지게 된 오크가 격렬한 토론의 불을 당겼다.

"취이익! 생각하라! 사랑하는 오크 동지들이여!"

좋은 시작이군.

"취익! 우리의 의사를 전달함에 있어, 취익! 취익취익거리는 소음이 무엇에 필요하냐, 취익! 우리는 오크의 자긍심을 버릴 셈인가? 취이이익! 취익취익거리는 소음은 흡사 우리를 돼지 같은 하등 동물, 인간이든 우리든 똑같이 먹을거리로밖에, 취익! 취급하지 않는 하등 동물로 여기게 하지 않는가! 취취취익!"

곧 격렬한 반응.

"취이익! 우리는 돼지가 아니다! 취익!"

"그렇다! 취익! 경애하는 나의 형제들이여! 취이익! 오오, 그대들에 대한 나의 사랑, 취취익! 벅차 끓어올라 말로 다할 수 없도다! 취익! 그러나 생각하라, 형제들이여, 오, 나의 아들이여! 까마귀가 취익취익거리는가? 피라미가 취익취익거리는가? 지렁이가 취익취익거리는가? 취이익취익! 그렇다면 우리가 왜 취익취익거려야 된단 말인가!"

오크의 감동어린 연설은 절정을 치닫고 있다. 인간이라면 누군가 나서서 끌어내려야 된다고 생각할 시점에서, 역시 오크들 중에서도 반골 오크 하나가 나선다.

"옳은 말이다. 취익! 그러나 본성을 억누르는 것은, 취익! 잔인한 처사다. 우리는 오크고, 취익! 오크는 취익취익거릴 때 가장 숭고한, 취익! 만족감과 기쁨을 느낀다! 취익! 그것은 우리의 자아의 확인이다! 취취취익!"

여지 없이 맞받아쳐야겠지.

"취익! 자아! 저열한 본능과 자아를 혼동하진, 취익! 말아라! 그러한 논법은 신물이 난다! 취췻! 음습한 욕망에 자아 확인이라는 이름의 면죄부를 주지 말지어다! 취익!"

핸드레이크는 고개를 가로저으며 달려간다.

그의 등 뒤의 언덕에서는 격렬한 노변 대토론이 더욱 열기를 더해가고 있었으며 주위의 군대들이 새카맣게 몰려들어 그 격렬한 토론에 참가한다. 그러나 핸드레이크는 생각한다.

도대체 어떻게 내가 온다는 것을 알았을까.

내가 한 짓은 도저히 논리적인 행동이 아니다. 그런데 이런 비논리적인 행동을 어떻게 추측할 수 있었을까. 마법을 써서 내 위치를 파악한 것인가? 아니다. 그런 마법의 기운은 느껴지지 않았다. 그가 나를 관찰했다면 난 느낄 수 있었을 것이다.

핸드레이크는 생각을 관두기로 한다. 어느새 본진 입구가 가까워지고 있다. 진지의 병사 오크들이 놀란 눈으로 언덕 위의 일대 소란을 바라보다가 그를 멈추게 한다.

"취익! 무슨 일인가!"

"취익취익. 급하다! 마법사의 마법으로, 취익! 부대가 혼란에 빠졌다! 급보다!"

핸드레이크의 다급한 오크 목소리에 오크들은 놀라서 목책을 열어준다. 핸드레이크는 부리나케 안으로 뛰어든다. 평소에 오크로 변하는 연습을 많이 해두었기에 다행이다. 그렇지 않았다면 갑자기 짧아진 다리 때문에 뛰는 것이 힘들었을 것이다.

핸드레이크는 그야말로 허겁지겁 달려간다.

그런데 드래곤 로드의 막사는? 마법을 사용한다면 들키게 될 것이다. 아예 여기서 그냥 자폭해 버릴까? 그러나 마법사의 정신은 그것을 가로막는다. 확실치 않은 방법에 기댈 수는 없다. 목숨을 건 만큼, 대가도 톡톡히 받아내어야 한다. 드래곤 로드는?

다행히도 핸드레이크는 급히 달려가는 장교급 정도로 보이는 오크를 본다. 장교급이 급히 달려간다면, 어디로 달려가 보고하겠는가. 핸드레이크는 그 뒤를 따른다.

진지답게 곳곳에 화톳불이 켜져 있다. 하지만 인간의 그것과는 달리 이 진지에 화톳불은 퍽이나 적다. 불을 싫어하는 놈들이 대부분이기에. 그래서 핸드레이크는 어둠을 타고 유유히 오크 장교를 쫓는다.

무거운 갑옷을 걸친 그 오크는 씩씩거리며 달려가더니 곧 중앙의 커다란 막사로 뛰어든다. 핸드레이크는 주의깊게 막사에 다가간다. 안에서 고함소리 같은 오크 장교의 보고가 들려온다.

"보고합니다, 드래곤 로드. 취익! 그 마법사는……."

핸드레이크는 주저하지 않았다. 그 뒤의 말은 필요없다. 여기 드래곤 로드가 있다는 것만 알면 그만이다. 핸드레이크는 캐스팅에 들어간다.

파악!

막사의 천이 찢어지며 핸드레이크의 옆구리에 화끈한 느낌. 이어 발끝에서 머리끝까지 일격에 관통하는 고통. 핸드레이크는 비명도 지르지 못한 채 찢어진 천막 안을 노려본다.

"죽이지 않겠다고 했잖아요!"

페어리퀸 다레니안. 그녀였군. 정신없이 퍼덕거리는 그녀의 날개는 으스름한 촛불 빛을 받아 눈부시게 빛난다. 핸드레이크는 시선의 초점을 좀 앞으로 당긴다. 그러자 천막과 함께 자신의 허리를 베어버린 남자의 모습이 보인다.

하얀 수염, 기다란 백발, 주름살 가득한 얼굴에 달려 있는 커다란 눈썹도 희다. 그 아래의 눈은 깊고 심원하다. 마법사의 초상화를 그리고 싶다면 최고의 모델이겠지. 그러나 그 마법사의 품격을 가지고 있는 늙은이는 거대한 롱소드로 핸드레이크의 허리를 베었다. 핸드레이크는 허물어진다.

노인은 쓰러진 핸드레이크를 경멸스럽다는 듯이 내려다보며 말했다.

"직접 보는 건 처음이군. 고작 암살인가. 믿기 어려웠거늘, 정말 실망을 금할 수 없군."

드래곤 로드로군. 폴리모프한 상태인가 보다. 하긴 원래의 거대한 몸이라면 이런 조그만 막사에 들어갈 수도 없겠지. 핸드레이크는 갑자기 우스워졌다.

페어리퀸 다레니안이 부리나케 날아온다. 그녀는 통곡한다.

"미안…… 미안해요. 핸드레이크. 내가……."

말을 제대로 잇지 못하던 그녀는 핸드레이크의 상처에 날아가 어떻게든 그 손으로 피를 막아보려 한다. 핸드레이크는 더 우스워졌다. 맨손으로 폭포를 막으려 드는 것과 같다. 다레니안은 한편으로는 눈물을 쏟으며 다른 한편으로는 드래곤 로드를 쏘아본다.

"죽이지 않겠다고 약속했잖아요!"

드래곤 로드는 별 말도 하지 않고는 검으로 다레니안을 후려갈겼다. 다레니안은 급히 피하려 했으나 페어리의 속도와 그 작은 몸에도 불구하고 드래곤 로드의 롱소드에 날개를 잃고 만다. 다레니안은 비명을 지르며 마치 날개 잃은 나비처럼 흐느적흐느적 떨어진다.

드래곤 로드는 싸늘한 목소리로 말한다.

"날파리나 다름없는 페어리 주제에 위대한 드래곤에게 명령하는 것인가."

그리고 드래곤 로드는 그대로 발을 들어 그야말로 파리라도 뭉개듯이 다레니안을 뭉갠다. 아니, 밟아버리려 한다. 날개를 다친 다레니안은 꼼짝도 하지 못한다.

"아압!"

핸드레이크는 죽을 힘을 다해 손을 뻗어 드래곤 로드의 발을 붙잡아 올려버린다. 순간적으로 균형을 잃은 드래곤 로드는 뒤로 기우뚱하고, 핸드레이크는 그 틈을 타서 몸을 굴린다. 벌떡 일어서는 그의 입에서 부상자의 그것이라고는 믿을 수 없을 만큼 빠르고 정확한 스펠이 읊어진다.

"게이트!"

중심을 잡은 드래곤 로드가 본 것은…… 허공에 만들어진 차원문과 그 앞에서 허리를 숙여 다레니안을 들어올리는 핸드레이크의 모습이다. 드래곤 로드는 노호하며 롱소드를 휘두른다. 아직 충분히 커지지 못한 게이트를 바라보며 핸드레이크는 주저없이 다레니안을 집어넣고는 옆으로 몸을 굴린다.

"핸드레이크!"

다레니안의 찢어지는 목소리는 차원문을 통과하며 희미해진다. 핸드레이크는 드래곤 로드의 롱소드는 간신히 피했으나 드래곤 로드에게 보고를 하고 있던 오크 장교는 생각지 못했다. 느닷없이 날아온 팔치온이 그의 다리를 할퀴고 지나간다. 검은 하늘이 붉게 보이는 이유는, 핸드레이크의 눈에 튀어들어온 핏방울 때문일까. 미친 듯이 타오르는 모닥불 때문일까.

"크윽!"

차원문을 통과하여 단숨에 드래곤 로드의 진지로부터 수백 큐빗 떨어진 평야까지 날아가 버린 다레니안은 허공에 튕겨져 나오자마자 날개를 잃은 극심한 고통을 느끼며 다시 땅에 떨어진다. 조그만 돌멩이조차도 페어리에겐 바위나 마찬가지다. 다레니안은 돌멩이와 흙덩이에 부딪혀 멍들고 상처입으며 땅에 구른다.

"으으윽……, 으음."

다레니안은 힘겹게 몸을 일으킨다. 몸이 부서져 나가는 고통이 느껴지지만, 다레니안은 입술을 깨물며 일어난다. 키를 덮는 풀들, 아무것도 보이지 않는다. 다레니안은 순간 몸을 부르르 떤다.

다레니안은 어처구니없는 걱정을 한다. 그녀가 가장 무서워하는 동물, 개구리가 다가올지도 모른다는 걱정이다. 움직이는 것은 뭐든 먹어버리니까. 하지만 곧 다레니안은 자기가 과잉 불안에 시달린다는 것을 깨닫는다. 이 언덕에 무슨 물기가 있다고 개구리가 있겠는가. 다레니안은 쓴웃음을 지으면서 똑바로 선다. 눈 앞을 완전히 가려버리는 잡초들 때문에 어디가 어딘지 알 수 없다.

"개굴."

"으아아아! 개구리다……!"

다레니안은 급히 몸을 돌린다. 실수다. 가벼운 페어리의 몸은 제자리에서 몇 바퀴나 돌면서 곧 중량감보다 원심력이 강해져 데구르르 굴러버린다. 다레니안은 고꾸라진 채 자신의 다리 사이로 뒤를 본다.

"하하하."

씨익 웃고 있는 핸드레이크의 얼굴이 보인다.

"핸드레이크!"

핸드레이크는 미소를 지은 채 그대로 무겁게 앞으로 쓰러진다.

"꺄아아!"

쾅! 다레니안은 눈을 감는다. 휘리릭. 다레니안은 날려가 버린다. 핸드레이크가 쓰러지면서 일으킨 바람은 가벼운 페어리를 멀찌감치 날려버린다. 다레니안은 힘겹게 핸드레이크에게 기어간다.

다레니안은 핸드레이크의 얼굴을 본다. 핏기없이 싸늘한 얼굴. 독한 죽음의 냄새가 퍼지는 것 같다.

"핸드레이크! 핸! 핸! 정신차려요!"

다레니안은 핸드레이크의 입술을 마구 민다. 그러고는 코를 잡아당긴다. 핸드레이크는 코가 간지러워진다.

"에취!"

데구르르……. 다레니안은 다시 온몸에 멍이 든다. 핸드레이크는 말한다.

"아직 안 죽었습니다."

허리에서 피를 흘리며 땅에 얼굴을 박고 있는 남자의 말투라기엔 차분하다. 다레니안은 눈물을 글썽이며 핸드레이크에게 기어간다.

"핸……."

"텔레포트 됩니까?"

핸드레이크가 말을 할 때 날리는 먼지가 다레니안에게는 먼지 폭풍이다. 하지만 다레니안은 애써 참아내며 되묻는다.

"예?"

"텔레포트 되냐구요."

"아…… 예. 기주했어요."

"절 좀 옮겨주십시오."

"아, 예. 저, 그리고 고마워요. 핸. 살려줘서."

핸드레이크는 피식 웃는다. 죽기 직전에라도 웃음을 지어야 남자라고 생각하는가 보다.

"그건 그저 나의 왕, 루트에리노 전하를 위해 행한 일이었습니다. 특별히 페어리퀸 당신을 염두에 두고 한 일은 아닙니다."

"예? 무슨 말입니까?"

"당신 덕분에 암살이 실패한 이상, 난 살아 있는 것이 주군께 도움이 되는 일입니다."

다레니안은 앞쪽 말에 창백해졌다가 곧 뒤쪽 말에 의아한 표정을 지었다.

"그래서?"

"살아나려면, 그 진지 안에서 내 편이 될 수 있는 유일한 존재를 이용하는 것이 낫겠지요."

"당신이 살기 위해서?"

"그렇습니다."

"그리고……, 당신이 살려는 이유는 주군을 위해?"

"그렇습니다."

다레니안은 잠시 말을 멈춘 채 핸드레이크를 바라본다. 예고없이 그녀의 입이 열린다.

"도대체 왜 사는 거예요!"

다레니안의 짜랑짜랑한 목소리. 물론 크지는 않지만 핸드레이크의 얼굴 바로 앞에서 들려오는 목소리라 핸드레이크에겐 천둥소리나 다름없다. 핸드레이크는 땅에 뺨을 가져다댄 채 옆으로 선 것처럼 보이는 다레니안을 바라본다.

"왜, 무엇 때문에 사는 거예요! 100년도 살지 못할 인생이면서, 왜 자기를 위해 살지 않아요!"

"다레니안……."

다레니안의 눈은 활활 타오르는 것 같다.

"내가, 내가 왜 드래곤 로드에게 그 사실을 알렸는지 알아요?"

"물론 날 체포되게 하려고 했겠지요."

"그래요! 그래야 당신이 죽지 않을 테니까! 오후에 당신 얼굴엔 모두 다 드러났어요. 당신이 죽을 생각이라는 것 알아차렸죠. 난 차라리 다행이라고 여겼어요. 당신이 체포되면, 이 지긋지긋한 전쟁도, 멍청한 이상도 모두 버리고 자신을 위해 살 수 있을 거라고 생각했죠!"

"그렇습니까?"

갑자기 다레니안은 핸드레이크의 손가락을 쥔다. 그녀는 낮지만 열성적인 어투로 말한다.

"핸. 늦지 않았어요. 지금이라도 괜찮아요. 자기를 위해 살아요. 당신이 루트에리노를 도와 왕국을 세울 수도 있어요. 그 왕국이 수천 년간 번영할 수도 있겠죠. 하지만 당신은 수천 년 후를 살지 않아요. 다른 사람 대신에 사는 것도 아니에요. 당신이 세운 왕국도 영원하지는 않을 거예요. 왜 가장 소중한 목숨을 쓸데없는 것 때문에 희생하려는 거죠?"

"쓸데없는 것……."

"그래요. 당신이 대륙 최고의 왕국을 세우고, 아니, 대륙을 아예 통일할 수도 있을지 몰라요. 하지만, 하지만 그것 때문에 자기 자신에게 충실하지 못했다면 당신은 과연 제대로 산 것이라고 말할 수 있나요?"

핸드레이크는 천천히 몸을 일으킨다. 격한 고통으로 신음이 흘러나오지만 핸드레이크는 언덕 위에 정좌한다. 밤바람이 그의 뜨거운, 그러나 차가운 뺨을 스친다.

핸드레이크는 손바닥을 내밀어 다레니안을 올라타게 한다. 핸드레이크는 손을 다리 위에 올려 다레니안을 내려다보며 말한다.

"사랑을 해본 적이 있습니까?"

다레니안은 느닷없는 질문에 의아해한다. 하지만 핸드레이크는 재촉하지 않고 그녀를 바라본다. 다레니안의 얼굴에 홍조가 떠오른다. 그녀는 단호하게 말한다.

"사랑을 하고 있어요."

이번엔 핸드레이크가 당황한다. 그는 물끄러미 자신의 손바닥에 올라타 있는 요정의 여왕을 내려다본다.

"날 사랑합니까."

다레니안은 고개를 끄덕인다. 핸드레이크는 눈을 들어 다레니안을 외면한다. 그는 밤하늘을 바라본다. 어느새 먹구름이 걷혔는지, 밤하늘엔 루미너스의 빛이 반짝인다. 핸드레이크는 달을 보며 말한다.

"그렇다면 내 모든 것을 사랑하십시오."

"예?"

"우리는 인간입니다. 당신 같은 페어리나 조화의 엘프가 아닙니다. 더군다나 독단의 드워프도 아닙니다. 나는 인간입니다."

"무슨 뜻이죠?"

"우리는 하나일 수 없는 존재입니다. 나는 주군의 신하 핸드레이크, 루트에리노의 친구 핸드레이크, 바이서스 군의 참모장 핸드레이크, 클래스 9의 마법의 마스터 핸드레이크, 드래곤 로드의 철천지 원수인 핸드레이크, 그리고……."

핸드레이크의 입이 잠시 멈추었다가 말한다.

"고귀한 페어리퀸의 사랑을 받는 핸드레이크입니다."

다레니안은 붉어진 얼굴로 핸드레이크를 올려다본다. 하지만 무정한 핸드레이크의 얼굴은 아래를 향하지 않는다. 그는 여전히 달을 향해 말한다. 밤기운이 차갑다.

"그리고 그 모든 것이 바로 나 핸드레이크입니다."

다레니안은 참지 못하고 말한다.

"무슨 말씀이죠?"

"인간은…… 유피넬과 헬카네스의 총애를 동시에 받습니다. 원래 불안하죠. 우리는 관계 속에 형성되는 존재입니다. 엘프나 페어리, 드워프들을 부러워할 수도 있겠지만, 부러워한다 해서 우리가 인간이 아닌 것은 아닙니다."

"모르겠어요. 무슨 말인지."

"페어리인 당신은 이해하기 어렵겠지요. 인간에게 있어 나는 하나일 수가 없다는 말입니다. '나'는 단수형이 아닙니다. 나라는 것은 원래 다면적이고 여럿입니다. 그래서 자기를 위해 산다는 말이 원래 통하지 않는 존재가 우리 인간입니다."

"왜죠? 왜 안 된다는 거죠? 굴뚝새에서부터 크라켄까지, 페어리에서부터 악마까지 모두 자신을 위해 살아요. 그런데 왜 인간은 그럴 수 없다는 거지요?"

"그래서 인간이죠."

다레니안은 얼빠진 얼굴로 핸드레이크를 올려다 본다. 핸드레이크는 침울하게 말한다.

"당신이 날 사랑하려 한다면, 대왕의 원대한 희망을 함께 수행하는 핸드레이크, 루트에리노의 인간적인 갈등에 같이 가슴 아파하는 핸드레이크, 바이서스 군의 승리를 위해 목숨을 거는 핸드레이크, 사상 최초로 클래스 10의 마법을 만들려 애쓰는 핸드레이크, 드래곤 로드를 죽이기 위해 무슨 짓이든 불사하는 핸드레이크, 이 모든 것을 사랑해야 합니다."

다레니안은 격하게 고개를 가로젓는다.

"모르겠어요, 모르겠어요. 당신은 내 눈앞의 핸, 그것일 뿐이잖아요? 핸을 사랑하려고 수많은 핸을 찾아낼 필요는 없어요. 여기, 언덕 위에 앉아 있는 핸이잖아요! 나를 들고 있는 핸이잖아요. 드래곤 로드가 당신을 죽이려고 그 많은 핸을 일일이 하나씩 죽이지는 않잖아요! 드래곤 로드는 오로지 여기 있는 이 핸만을 죽이면 그만이잖아요! 마찬가지예요. 나도 그 많은 핸을 사랑할 수는 없어요. 여기 있는 이 핸만 사랑해요."

핸드레이크는 드디어 얼굴을 내려 다레니안을 바라본다.

"그렇다면 당신은 나를 영원히 사랑할 수 없을 겁니다. 그리고 나 또한 당신을……."

다레니안은 충격에 말을 잃는다. 그런데 핸드레이크는 말을 채 맺지도 못한 채 두 번째로 앞으로 기울어진다. 다레니안은 크게 외친다.

"핸!"

5

어느새 기울어버린 햇빛이 베란다를 통해 들어온다.

방 안 허공으로는 사각형의 빛들이 조용히 흐르고 있다. 빛이 닿는 곳은 밝고, 닿지 않는 곳은 어둡다. 불그스름한 광선들과 검은 어둠 사이로 300년 전의 이야기가 휘감아돈다.

"그런 이야기는 전혀 듣지 못했습니다."

칼의 감탄 어린 목소리에 나는 정신을 차렸다.

와, 우와. 어느새 네리아나 엑셀핸드마저도 데미 공주님의 이야기에 빨려들어가 있었다. 아프나이델마저 몸을 일으켜 데미 공주 쪽으로 기울이고 있었다. 역사 이야기라면 항상 지루하지만 이건 정말 재미있는데? 역사에 관심을 좀 가져봐도 되겠네.

칼은 말했다.

"그래서, 핸드레이크는?"

"페어리퀸 다레니안은 핸드레이크를 바이서스 군으로 옮겨주었습니다. 그러고는 아무 말 없이 떠났지요. 프리스트들의 힘으로 핸드레이크는 구제되었습니다. 하지만 신력은 마력에 위험한 법. 핸드레이크는 이후 몇 주일 동안 마법을 쓸 수 없었습니다. 그러나 그는 침상에 누운 채 바이서스 군을 지휘했습니다."

"그 최고의 후퇴 작전이 침상에서 나왔습니까?"

샌슨의 어처구니없는 목소리였다. 길시언도 혀를 차고 있었고 데미 공주는 미소를 지었다.

"핸드레이크는 이렇게 말했다죠. 항상 모든 것을 마법과 연관 지어 생각하다가 마법을 완전히 배제해 놓고 생각하니 머리가 더 잘 돌아간다고."

우리는 모두 가벼운 웃음을 터뜨렸다. 흐흠. 갑자기 며칠 전의 빛의 탑의 소동이 생각나는군. 칼은 두 손을 맞잡아 무릎에 올려놓은 자세로 말했다.

"핸드레이크의 말은 시사하는 바가 많군요."

"흐음. 독단의 드워프라."

엑셀핸드가 투덜거리는 어투로 말했다. 석양의 햇빛이 닿은 그의 수염은 황금이었다. 칼 역시 황금빛으로 반짝이는 속눈썹을 움직여 미소를 지었다.

나의 왕이라.

그 말이 계속 머릿속에서 떠나지 않는데. 나의 왕이라. 그렇다면 그것은 내가 먼저고 왕이 나중이군. 왕은, 내가 있음으로서 존재할 수 있는 자인가. 그것 참.

에라, 관둬라.

저녁 식사 시간은 악몽이었다.

화려한 테이블로 안내되어 간 우리들은 단숨에 의기소침해졌다. 물론 엑셀핸드와 길시언, 그리고 샌슨은 제외된다. 우리는 불편한 마음으로 우리 속옷보다 더 깨끗한 식탁보가 덮인 식탁에 앉았고 궁내부원들은 모두 자기 동작의 완성도를 자랑하는 듯한 표정으로 우아하고 부드럽게 음식물들을 날라왔다. 아으, 아으! 궁성에서 식사를 하다니! 영광스러워라. 하지만 식탁에서 영광이란, 소금이나 양념처럼 꼭 필요한 것이긴커녕 전혀 도움이 되지 않는 것일 뿐만 아니라 오히려 방해가 되는 것임을 알게 되는 데는 많은 시간이 걸리지 않았다. 오우, 제길!

샌슨이 내 대신 창피를 당해 준 덕분에 난 간신히 샌슨처럼 손 씻는 물을 마시지는 않을 수 있었다. 그러나 요리라고 해도 고민이 없는 것은 아니다.

"뭘로 먹어야 되죠?"

난 나지막하고도 심각하게 칼에게 질문했다. 내 앞에 있는 요리의 이름을 알게 되는 것까지 바라지는 않는다. 다만, 이게 손으로 집어먹는 건지, 포크로 찍어먹어야 되는 건지, 스푼으로 떠먹어야 되는 건지만이라도 알게 된다면 좋겠다. 칼은 진지한 얼굴로 속삭였다.

"길시언 전하를 참고하세나."

"현명하세요."

아프나이델은 우리보다는 훨씬 똑똑했다. 역시 마법사라 그런가? 아프나이델은 어떻게 먹어야 되는 건지 확실한 음식만 골라서 먹는 것이었다. 그래서 그가 손을 댄 것은 수프와 빵이 다였다. 반면 샌슨과 엑셀핸드는 그와 정반대의 태도로 나와 칼을 정신없게 만들었다. 그 두 명은 어떠한 예법으로 먹든 음식물의 최종 목적지는 입이 아니냐고 웅변을 토하는 듯한 동작으로 음식들을 입 속으로 쓸어넣었다. 다행히도 길시언은 천천히 확실한 동작을 취해 주었고 그래서 나와 칼, 네리아 등 상식이 있어서 여태까지 피곤했던 세 사람은 그 모습을 훔쳐보며 저녁 식사를 마쳤다.

하지만……. 이건 정말 못 견디겠다.

왜 다른 사람 식사하는 것을 들여다보냔 말이다! 궁내부원을 향해 내뱉는 나의 소리없는 항변이다. 젠장. 왜 다른 사람 식사하는데 옆에 서 있는지 모르겠다. 물론 시중을 들기 위해서일 거라는 것은 짐작하지만 아무리 그래도 옆에 사람 세워놓고 밥먹기가 어디 쉬운가? 게다가 난생 처음 보는 요리들로 정신이 하나도 없는데.

간신히 저녁 식사를 마쳤다. 나는 진저리를 치며 식당을 빠져나왔다. 도대체 무슨 맛이었는지 하나도 기억나지 않았다. 네리아와 칼도 곧 내 뒤를 따랐고 길시언과 아프나이델도 천천히 따라나왔다. 오로지 샌슨과 엑셀핸드만이 아직도 식당을 점거한 채 궁성 주방장을 기쁘게 만들고 있었다. 네리아는 심각하게 말했다.

"무시하자."

"좋아요."

그래서 우린 그 두 명을 무시해 버리고 3층으로 올라와 버렸다.

우리 침실은 낮에 우리들이 몰려 있던 회의실 옆에 붙어 있었다. 나와 칼, 샌슨이 한방을 쓰고 길시언, 아프나이델, 엑셀핸드가 한방을 쓰며 네리아는 혼자 방을 쓴다. 나는 내 발로 궁성의 화려한 침대의 탄성을 좀 조사해 보고는 곧 밖으로 나왔다. 책을 읽던 칼이 헛기침을 해대었기 때문이다.

회의실로 나와보니 네리아와 아프나이델이 테이블에 앉아 있었다. 길시언은 방에 틀어박혀 있는 모양이고 두 명의 주방장 옹호인들은 아직도 올라오지 않은 모양이다. 네리아는 감탄한 얼굴로 주위를 둘러보았다.

"세상에……, 이제야 조금씩 실감이 나네. 나이트호크 네리아가 궁성에 들어와 저녁 식사를 마치고 이렇게 유유히 앉아 있다니."

나는 테이블에 앉으며 말했다.

"그 동안 묻고 싶었어요. 도둑 길드에서는 고생하지 않았어요?"

"응. 별로. 아무리 포로라도 같은 업종 종사자들끼리니까 괜찮아."

"그날 날 보낸 것은 그 때문이에요?"

네리아는 그 말을 듣더니 시선을 내게 돌렸다. 그녀의 눈이 재미있게 빛났다.

"그럼 꼬마를 두고 내가 어떻게 마음 편히 나오니?"

"그러셨군요, 할머니."

네리아는 깔깔거리며 손을 뻗어 내 코를 비틀었다. 어, 어어!

"그래. 이야기나 듣자. 도대체 어떻게 그 책을 훔쳐낸 거야? 나이트호크 자부심에 금 가는 소리가 들려오네."

난 곧 신이 나서 우리들의 계획을 줄줄 이야기했다. 내가 여장을 했다. 네리아는 죽어라고 웃어대면서 나의 옷차림에 대해 지대한 관심을 표명했다. 그러곤 아프나이델의 패밀리어를 숨겨 들어갔다. 네리아는 박수를 딱 쳤다. 그러고는 패밀리어를 통해 시동어를 알아내었다. 네리아는 숨을 죽이며 고개를 끄덕였다. 그러고는 도둑 소란을 일으키면서 아프나이델을 숨겨 들여보냈다. 네리아는 감탄한 눈으로 고개를 끄덕이더니 아프나이델에게 고개를 돌렸다. 표정이 풍부한 아가씨야.

"그래서요?"

아프나이델은 쑥스럽게 웃으며 말했다.

"뭐, 대단할 것은 없습니다. 저택에 숨어 들어가니 모두들 1층에서 우왕좌왕하더군요. 그래서 2층에 몰래 올라가는 것은 간단했습니다. 그러고는 시동어를 말하고 3층에 올라갔지요. 방이 많아서 좀 헤매기는 했습니다만 결국 후작의 방을 찾았습니다. 사실 방마다 뒤지다가 서가가 있는 방을 발견하고는 거기가 후작의 방일 것임을 짐작한 거죠. 푸른 표지의 책을 찾기는 쉬웠습니다. 무슨 장치나 함정이 있을 거라고 생각했는데, 역시 자신이 항상 사용하는 방이라 그런 것은 없더군요. 후작은 텔레포트 마법과 창문마다 걸려 있는 알람 주문이면 충분하다고 생각했나 봅니다."

그리고 아프나이델은 정면의 창문을 깨뜨리고는 뒤쪽 창으로 뛰어나온 이야기를 들려주었다. 그 장면에서 난 칼의 판단력에 대해 장황하게 이야기했고 아프나이델과 네리아 모두 감탄한 표정을 지었다.

"영리해…… 정말, 모두들. 흠. 난 후치 너희 일행과 만나고부터 내가 너무 멍청한 도둑이라는 생각을 많이 하게 된다고."

"에이, 설마요. 우린 운이 좋았겠죠."

"후치 군의 말이 옳아요. 우리 계획은 급조된 것이었고 모두들 익숙지 않았지만 운이 좋아서 성공한 거죠."

네리아는 헤헤거렸다. 그리고 내가 말했다.

"그런데, 이번엔 네리아가 좀 말해 봐요. 잡혀 있으면서 뭐 들은 거 없어요?"

"응? 들다니?"

"넥슨 말이에요. 뭐가 못마땅해서 반란을 저지르려던 건지, 뭐 참고가 될 만한 말 듣지 못했어요?"

"아니. 전혀. 난 거의 감옥에만 잡혀 있었고 넥슨은 만나지도 못했어. 거기 있던 도둑들에게 이야기를 좀 시켜보려고 했지만 별로 들은 게 없어."

"그래요? 흐음. 도대체 뭐가 답답해서 반란이죠?"

"글쎄다."

그때 아래쪽으로 통하는 계단에서 즐거운 콧노래가 들려왔다. 우리들은 계단을 돌아보았다.

샌슨과 엑셀핸드가 나란히. 그렇다, 저렇게 무지막지하게 말이 안 되는 구도라니…… 샌슨과 엑셀핸드가 나란히 올라오고 있었다. 두 사람 모두 즐거운 표정으로 이를 쑤시며 배를 쓰다듬고 있었다. 게다가 두 사람 모두 손에손에 하나씩 술병을, 총 네 개의 술병을 들고왔다. 네리아가 반색했다.

"와아! 그거!"

샌슨은 씨익 웃었다. 이쑤시개가 하늘로 솟구쳤다.

"주방장이 우릴 너무 좋아하던데? 이거 선물이래."

"퍼헐헐헐. 자네들도 좀더 있다가 가지 그랬나. 그럼 좀더 많이 받아왔을 텐데."

난 아무래도 의심스러워 질문했다.

"잠깐. 그저 음식 잘 먹어줬다고 술병을 줘?"

"응? 어, 뭐 부탁을 좀 했지. 좋은 음식을 먹었으니 좋은 술이 필요하지 않겠느냐고 말했더니 말 잘 알아듣고는 즉각 선물을 주던데?"

선물……. 강탈물, 혹은 전리품이 어울릴 것이다. 상식이 있어 뵈는 사람들은 모두 나가버리고 아무도 말려줄 사람이 없는 가운데 술병을 내놓으라고 점잖게 추궁하는 오거와 드워프를 상대해야 했던 그 불쌍한 궁내부원들과 주방장을 위해 묵념.

그리고 시음. 푸하하.

난 지긋지긋하게 떠오르는 넥슨의 얼굴을 잊기 위해 더 빠르게 마셔대었고, 그래서 다음 날 아침 칼에게 물어보니 난 술병을 껴안고 테이블 아래에 들어가 자고 있었다고 한다. 그 상황이 되도록 왜 말리지 않았냐고 물어보니 다른 사람들은 모두 그게 당연한 것이라고 생각하고 있었다 한다. 모두들 엄청나게 취했던 모양이군.

다음날 아침, 참으로 감격스러운 경험을 또 한 가지 하게 되었다.

"샌슨……, 믿을 수 있겠어?"

"뭐 말이야?"

"나 뜨거운 물로 세수하는 것 처음이야."

"사실 나도 처음이야. 놀라워……."

그 경험은 분명 평생에 남을 즐거움이었다. 하지만 아침 식사는 여전히 고통스러웠다. 왜 저녁 식사와 아침 식사의 요리 종류가 다른 거지? 또 다른 고민의 흔적들을 무수히 테이블 위에 남겨놓은 다음 진저리를 치며 물러나 방에서 쉬고 있자니, 궁내부장 리핏 트왈리전이 각자 예복을 하나씩 받쳐든 여섯 명의 궁내부원과 함께 우리를 찾아왔다.

칼은 마땅찮은 얼굴로 리핏 트왈리전과 여섯 명의 궁내부원을 바라보았다. 길시언은 한숨을 쉬었다. 모두들 별로 반기는 표정이 아닌 것을 보고는 리핏 트왈리전 씨는 좀 당황한 모양이다. 리핏 트왈리전은 목소리를 가다듬으며 말했다.

"전하께서 내리신 의복입니다."

칼은 꼭 이런 옷을 입고 나서야 되나 하는 듯한 표정이었지만, 잠자코 받아들였다.

"감사합니다."

"그리고, 네리아 양은 저를 따라오시죠."

"저요? 왜요?"

"저……, 데밀레노스 전하께 안내하겠습니다. 공주님께서 시녀들과 더불어 네리아 양의 의복을 돌봐드릴 겁니다."

"그래요? 흐음."

네리아는 리핏 트왈리전을 따라서 회의실을 나갔다. 리핏 트왈리전과 궁내부원, 그리고 네리아가 나가고 나서 우리는 각자 받아든 옷을 보았다.

샌슨의 입이 크게 벌어졌다. 어떻게 조달할 수 있었는지는 모르겠지만 샌슨에게는 대단히 커다란 옷이 주어졌다. 샌슨은 싱글거렸다. 엑셀핸드 또한 놀랐다. 드워프의 체격에 맞는 옷이 주어진 것이다.

"허, 묘하네."

엑셀핸드는 그렇게 말하더니 곧 그 옷을 집어던져 버렸다. 길시언은 의아해서 말했다.

"입지 않으실 겁니까?"

"내가 왜? 난 노커야. 독단의 드워프가 하는 일에 간섭 말게."

그 말에 아프나이델은 빙긋 웃었다. 아프나이델에게 주어진 로브는 새하얗고 품위 있는 옷이었다. 아프나이델은 난처한 얼굴이 되었다.

"이건 너무 화려한데."

"예복이니까, 뭐. 입고 다닐 것은 아니잖아요? 그리고 그거 입으면 정말 톱메이지처럼 보이겠네요."

아프나이델은 겸연쩍게 웃었다. 하긴 저 옷을 입혀두면 정말 무슨 현자처럼 보이겠다.

그리고 난 내게 주어진 옷을 보고는 한숨을 쉬어버렸다. 어깨가 부푼 핑크색 블라우스에 꼭 달라붙는 흰색 더블릿, 아이고 미치겠다! 제킨에는 자수까지 놓여 있었다!

"이건 애나 입는 옷이잖아."

길시언이 웃었다.

"그럼 네가 노인이냐?"

그 말에 나는 노인을 바라보았다. 칼은 푸른색 로브를 보고는 나와 똑같이 한숨을 쉬었다. 그러더니 내 옷을 보고는 곧 웃음을 지었다. 난 그 옷을 던져버리고는 선언했다.

"절대로! 이 옷 이대로 가겠어요."

"그러겠는가? 좋을 대로."

길시언은 자기에게 주어진 옷을 보고는 한참 고민하는 표정이 되더니 역시 집어던졌다.

"자네를 따르지, 후치. 동생에게 예의를 지킬 필요는 없어."

잠시 후 리핏 트왈리전은 네리아를 안내해 주고 돌아왔다. 그는 우리 모습을 보더니 당황한 얼굴이 되었다. 샌슨과 아프나이델, 칼의 세 명은 새옷으로 갈아입고 점잖게 기다리고 있었으나 나와 길시언, 그리고 엑셀핸드는 원래 입고 있던 옷 그대로 입고 있었다. 리핏 트왈리전은 당황해서 질문했다.

"저, 세, 세 분은?"

엑셀핸드는 근엄하게 말했다.

"내 옷은 드워프 최고의 의복이오. 인간의 왕이 준 옷이라 해도 이 옷보다 더 품위 있고 예절 바르다 하진 못할 것이오."

드워프의 노커의 말에 리핏 트왈리전은 뭐라 대꾸도 못하고 길시언을 바라보았다.

"저, 전하……?"

"내가 궁에 있을 때 어떻게 입고 돌아다녔는지는 기억하지요?"

리핏 트왈리전은 거의 울 듯한 얼굴로 날 바라보았다. 나는 그가 묻기 전에 말했다.

"전하께서는 격의를 무척 싫어하시는 것을 알기 때문에 평범한 옷을 입기로 결심했습니다. 저번에도 서재에서 뵈었지요."

리핏 트왈리전의 울 듯한 얼굴이 이번엔 노여움으로 바뀌었다. 그는 나를 한참 노려보다가 갈라지는 목소리로 말했다.

"성총은 물과 같아 사방으로 흘러가지만, 지나고 나면 흔적도 남지 않을 수 있다."

뭔 말이지? 아, 이거군. '네가 아무리 공을 세웠다 해도 까불면 재미없다.' 이 말인가 보네? 흠. 마음대로 하셔. 그렇다고 나에게 저런 유치한 옷을 입힐 수는 없지. 내가 아무 대답도 하지 않고 어깨를 으쓱거리자 리핏 트왈리전 씨는 말없이 몸을 돌려 우리를 안내했다.

밖으로 나와서 잠시 걸어갔다. 통로는 길고, 화려하고, 어쨌든 걷기 불편한 곳이다. 시무룩한 얼굴로 걸어가고 있는데 샌슨이 갑자기 말했다.

"자, 후치. 너의 확인이 필요해."

"뭘 확인해 줄까?"

"저게 네리아 맞냐?"

우리가 걸어가는 복도 반대쪽에서 몇 명의 시녀들과 함께 걸어오는 여자의 모습이 보였다. 저게 네리아라고? 에이, 샌슨도. 무슨 그런 말도 안, 안, 안…… 맙소사.

"난 확인해 줄 자격이 없을 것 같아."

아이고 맙소사. 지금 바닥에 사르락거리는 드레스 자락을 끌고 걸어오는 저 여자가 네리아라고? 네리아는 우리 모습을 보더니 수줍게 웃었다.

어깨를 시원하게 파버린 드레스 위로 네리아의 살결이 잘 드러나 보인다. 약간 까무잡잡한 건강한 살결에 맞춘 것인지 드레스는 붉은 색이었고 그 색깔은 네리아의 머릿결과도 잘 어울렸다. 원래 날씬하다는 것은 잘 알고 있었지만 저 드레스는 허리를 더욱 강조해 놓아 네리아는 숨을 쉰다는 것이 신기해 보일 정도로 가는 허리를 보여주고 있었다. 치마는 주름 장식을 해놓았는데 희한하게도 아래로 내려갈수록 진해져가는 검정색 세로 줄무늬를 넣어두었다. 그래서 네리아의 전체 모습은 아래: 검다. 허리: 가늘고 선명한 붉은 색이다. 어깨와 얼굴: 드레스 색깔 때문에 하얗게 보인다. 머리카락: 다시 붉다. 그래서 검은 산 위로 솟아오르는 아침 햇살처럼 그 얼굴로 시선이 집중되도록 되어 있었다. 희한하게 멋진 배색인데.

"오, 네리아 양? 아름답습니다."

칼의 찬탄에 네리아는 샐쭉 웃더니 곧 의아한 표정으로 날 보았다.

"후치? 넌?"

"으윽. 나도 데미 공주님께 찾아가는 건데. 데미 공주라면 훨씬 멋진 의상을 마련해 줬을 거예요."

"옷이 마음에 안 들었어?"

"예. 뭐, 괜찮겠죠. 그런데 네리아 정말 예쁘네요?"

"헤헤헤. 얼굴 가득히 분칠을 했어. 기침이 나와 죽을 뻔했다고."

샌슨은 근엄하게 평했다.

"지금이라면…… 범죄에 속할 만큼 예쁘다고 말해도 돼."

"어머나? 샌슨까지? 호호호."

네리아와 합류하고 나서 우리는 다시 걸어갔다.

궁성 임펠리아의 화려한 복도를 걸어가면서 우리 일행은 점점 기가 죽었다. 단 두 명, 그러니까 궁성이 자기 집이었던 길시언과 엑셀핸드만 빼놓고.

왜냐고? 생각해 보라.

걸어감에 따라 궁내부원들이 좌우로 좌악 갈라지면서 코가 땅에 닿으라고 인사를 하고, 마침내 장엄의 홀 가까이 들어가자 홀 바깥에 도열한 병사들이 일제히 발뒤꿈치를 따닥! 소리가 나도록 부딪치고, 문이 좌우로 열리면서 순식간에 꽃이 뿌려지는 가운데, 안으로 발을 들여놓기가 무섭게 트럼펫 소리가 빠바바빵바빠앙! 짜랑짜랑하게 울리면서 그 엄청난 장엄의 홀이 눈 앞에 펼쳐지는 것이다. 으아! 안 돼! 이럴 거라고는 아무도 말하지 않았잖아! 지금이라도 돌아가서 옷을 입고 와야겠어!

농담이 아니다……. 장엄의 홀 설계자가 누군지 모르지만 정말 악취미하게 설계를 해두었다. 가운데 커다란 길은 홀 바닥보다 1큐빗 정도 높게 뻗어 있었다. 그래서 좌우에 도열한 문무 백관들은 가운데를 걸어가는 사람들을 올려다보게 되어 있었다. 어느 게 문관복이고 어느게 무관복인지는 모르겠지만 한쪽으로는 푸른 예복을 입고 있는 남자들이 좌악 도열해 있었고 다른쪽으로는 노랑색 예복을 입은 남자들이 도열해 있었다. 국왕의 면전이라 검을 휴대할 수 없어 그런지 문관복과 무관복은 구별할 수가 없었다.

위를 보자 더 미치겠다. 좌우의 벽에는 베란다가 설계되어 있었고 귀부인으로 짐작되는 여인들이나 처녀들, 또 다른 예복의 남자들이 베란다에 선 채로 우리를 내려다보고 있다. 이런 지경이니 아래로도 시선을 못 두겠고 위로도 못 보겠다. 오로지 앞의 앞 사람의 뒤통수만을 바라보고 걸어가야 했다. 왜 앞의 앞 사람이냐고? 내 앞엔 엑셀핸드가 걷고 있었으니까. 맨 앞에 걸어가고 있는 길시언과 칼은 어디다 시선을 보낼까?

우리가 걸어가는 길 앞쪽으로는 높은 단이 있었고 그 위에 왕좌로 짐작되는 의자가 있었다. 그 위에는 닐시언 전하가 곧은 자세로 앉아 있었다.

어쨌든 좌우의 그 위풍 당당하게 서 있는 사람들 사이로 걸어가려니 먼지와 땀에 절은 내 검은 옷들이 모조리 걸레 비슷하게 보였다. 좌우의 정장한 백관들이 날 보며 수군거리는 것 같아 얼굴이 붉어진다. 호흡도 좀 가빠지는 것 같다. 젠장, 뭐야 이건? 겨우 스파이 하나 잡았다고(물론 엄청난 서류도 회수했지만) 이런 어마어마한 대우라니? 우리는 모두 질린 채로 걸어갔다. 걷지 않으면 쓰러질 것 같았으니까.

중간쯤 걸어갔을 때 다시 한번 트럼펫 소리가 요란했다. 빠바바빵바빠앙!

무슨 의미인지 몰라서 잠시 주저했다. 그런데 트럼펫 소리가 울리자마자 좌우의 문무 백관들이 모조리 정면으로 돌아보며 무릎을 꿇었다. 이거구나! 우리는 모두 부리나케 무릎을 꿇었다. 아윽! 무릎이야! 그러나 엑셀핸드만이 무릎을 꿇지 않았다. 무릎을 꿇지 않아도 눈높이가 비슷했지만. 난 흘긋 옆을 돌아보았다. 네리아가 바알개진 얼굴로 힘겹게 무릎을 꿇는 것이 보였다. 치마가 좌악 퍼지게 멋있게 무릎을 꿇는 것이 힘든 모양이다.

"일어나시오."

고요한 장엄의 홀 가운데로 닐시언 국왕의 목소리는 잘 퍼졌다. 우리는 주저하면서 일어났고 주위의 신하들도 모두 일어났다. 잠시 소음이 들렸다가 다시 일시에 고요해졌다.

"바이서스의 국왕이자 기사 중의 기사인 나 닐시언 바이서스가 그대들을 환영하오."

뭐라고 대답하지? 우리 일행이 잠시 주춤했을 때 국왕의 옆에서 화려한 옷을 입은 남자 하나가 의젓한 동작으로 문건을 꺼내어 읽기 시작했다.

"저 극악, 간교, 포악, 잔혹, 무도한 자이펀의 악도의 무리들이 천인 공노할 사악의 손길로 지극, 지존, 지고, 지인, 지애로우신 우리의 국왕 닐시언 바이서스 전하께서 한없는 성총으로 다스리시는 이 복된 땅 바이서스에 무도한 위해를 가하고자 한 전쟁이 벌어진 작금에 있어 가련한 백성들은 불안에 떨고 인심은 날로 흉흉해지며 가없는 폭력 행위와 불충한 반역 행위가 곳곳에 창궐하고 있음이 기왕의 현실이다. 보라. 이러한 현실에서 악행의 유혹은 지위 고하를 막론하고 찾아옴이니 한때 누대의 명문으로 대대 손손 국왕 전하의 은혜가 함께한 절륜한 가문의 후손마저도 성총의 은혜 갚음을 도외시하고 저 극악, 간교, 포악, 잔혹, 무도한 자이펀의 악도의 무리들과 내통하려드는 비참한 사건이 있었다. 그러나 오로지 의로운 자 있어 성총의 빛은 한없음을 되새기며 누대의 명문에 미거한 힘으로 대항하니 그들은 지극, 지존, 지고, 지인, 지애로우신 우리의 국왕 닐시언 바이서스 전하의 손길이 그들과 함께함을 알았기에 이토록 경이롭고 정의롭고 영광되며…….”

안 돼, 지금은! 지금은 졸면 안 돼! 하지만 조는 거나 다름없다. 극도로 긴장해 버린 귀에는 저 낭랑한 목소리가 들어오기는 하지만 하나도 이해되지 않는다. 말은 그저 소리일 뿐이다. 아아아. 미치겠다!

“……하니 ……해서 ……하므로 ……하나 ……하지만 ……하기 때문에 이왕의 사실은 명료하다.”

도대체 뭐가 명료한지 모르겠네. 그렇게 길게 말하니 명료하던 것도 불명확해지는 것 같잖아.

“……이므로 ……이어서 ……이지만 ……이나 ……이기 때문에 더더욱 놀라울 따름이다.”

맞아 맞아, 그렇게 길게 말할 수 있다는 것, 정말 놀랍기 짝이 없어.

난 발바닥이 가려워 미칠 것 같은 느낌이 들었지만 만인의 시선이 내게 집중된 상태에서 내가 할 수 있는 것은 그저 필사적으로 눈을 굴리는 것뿐이다. 그런 괴로운 시간이 어쩌면 영원히 계속될지도 모른다고 여기게 되었을 때쯤.

“그들을 찬양하라!”

느닷없는 문건 봉독자의 외침소리에 나는 기겁했다. 찬양하라고? 알았어. 그런데 그들이 누구지? 오우, 젠장! 열심히 들어둘걸. 에라, 무조건 찬양하자. 내가 팔을 반쯤 들어올렸을 때였다.

"그대들을 찬양하오!"

좌우에서 열렬한 박수와 함성이 들려왔다. 우리들이구나! 난 들어올리던 손을 멈추지 못하고 그대로 뒷머리로 가져갔다. 머쓱한 듯이 뒷머리를 긁는 가운데 닐시언 전하마저도 왕좌에서 일어나 우리에게 박수를 보내는 것을 보게 되었다. 닐시언 전하는 천천히 우리들 쪽으로 걸어오고 있었다. 주위의 박수소리가 높아가는 가운데 닐시언 전하는 우리들에게 걸어와 한 사람 한 사람의 손을 잡기 시작했다.

"칼 헬턴트. 그대는 나에게 놀라움을 선사하려고 바이서스 임펠에 오신 것 같소."

칼은 별 대답을 하지 않았다. 그저 고개를 조금 숙여 예를 표했을 뿐이다. 하지만 닐시언 전하는 힘차게 그의 손을 흔들다가 아예 그를 포옹해 버렸다. 칼은 당황한 표정이 역력했다.

그리고 닐시언 전하는 길시언의 손을 붙잡았다.

"형님. 야인으로 계시면서도 이 미력한 동생에게 무한한 은혜를 베푸시는군요."

길시언은 씨익 웃으며 간단히 대답했다.

"전하. 감당할 수 없는 광영의 말씀이옵니다."

닐시언 전하는 허리를 좀 숙이며 엑셀핸드의 손을 쥐었다.

"위대한 드워프의 노커, 엑셀핸드 아인델프여. 인간에게 베풀어주신 그 크나큰 우정, 길이 잊지 않을 것입니다."

"천만에요. 바이서스의 왕이여."

엑셀핸드 역시 간단하게 대답했다. 닐시언 전하는 이어 아프나이델에게도 인사했고 아프나이델은 긴장에 다리가 풀려버려 더듬거리며 대답했다. 그리고 닐시언 전하는 네리아에게 살짝 무릎을 굽히며 손등에 키스했고 네리아는 발개진 얼굴을 어떻게 해야 할지 모르고는 입속으로 뭐라고 조금 우물거렸다. 마지막으로 닐시언 전하는 내게 손을 내밀었다.

“헬턴트 영지의 초장이 후보 후치 네드발. 국왕에 대한 충성이 나이에 상관없음을 보여준 나의 사랑하는 백성이여.”

당신 나 사랑해? 미안하군. 난 당신 사랑하지 않아. 남자는 싫어. 그리고 우리가 한 일을 은근슬쩍 당신에 대한 충성으로 만들지 마. 우린 네리아를 위해 그렇게 했을 뿐이야. 나는 입을 열었다.

“영광이옵니다. 전하.”

젠장.

국왕님에 의해 우리는 모두 그럴듯한 칭호도 받고 상패도 받고 훈장도 받았다. 아이고 머리야. 그 동안 어떻게 진행되었는지 하나도 기억나지 않는다. 오로지 기억나는 것은 거대한 사람들의 덩어리와 거기서 울려퍼지는 박수소리뿐이다.

간신히 그 복잡한 의례가 끝나고 우리는 식장을 빠져나왔다. 장엄의 홀인지 뭔지 모르겠지만 골치가 아파. 네리아는 다시 데미 공주에게 갔고 우리는 3층의 우리 회의실로 몰려와 앉았다. 그러나 앉기가 무섭게 달려온 리핏 트왈리전 씨에게서 뜻하지 않은 이야기를 듣게 되었다.

“무도회?”

리핏 트왈리전 씨는 여러분들의 공로를 축하하는 의미에서 저녁에 무도회가 열린다는 말을 전해 주었다. 말도 안 돼. 돌아버리겠어. 칼은 이제 완전히 체념하는 얼굴이 되었다.

“저녁 시간에요?”

"예. 그렇습니다."

"꼭 참석해야 됩니까? 훈장 수여식에도 참석했는데……."

"그러니까 이젠 보다 가벼운 자리에서 여러분들을 신하들께 소개해야지요."

칼은 졸린 표정이 되었다.

"알겠습니다. 언제입니까?"

저녁 시간이 되어 우리는 다시 리핏 씨에게 끌려가듯이 내려가게 되었다. 나는 심각한 고민에 빠졌다. 과연 이번에야말로 눈 딱 감고 그 유치한 옷을 입어야 되는가? 난 결심했다. 역시 안 돼.

"무도회에 그런 복장으로 가려는가?"

"어차피 춤 못 춰요. 구석에 가만히 서 있다가 나올래요."

칼은 고개를 끄덕였다.

"실은……, 내 생각도 그렇다네."

홀에 이르렀다. 새하얀 벽에 화려한 장식들, 역시 화려한 복장의 사람들이 몰려 있었다. 사방에 풍족하게 쌓여 있는 음식물들과 중앙에 넓게 비워진 댄스장, 그리고 사방에 놓인 의자들과 한쪽에 몰려앉아 있는 악사들. 화려하군. 난 입을 벌리고 침을 질질 흘리지 않기 위해 무척 애써야 했다.

인사, 소개, 답례, 아이고 정신없어. 수많은 사람들에게 인사를 당하고 여기서 저기로, 저기서 여기로 끌려다니며 인사를 하고 나니 정신이 하나도 없었다. 소개받은 사람 중에 기억나는 사람은 하나도 없었지만 그래도 칼은 품위 있게 미소를 지었고 나도 그러려고 애썼다. 샌슨과 엑셀핸드의 경우엔 별로 끌려다니지 않았다.

간신히 폭풍 같은 소개가 끝나고 나는 되도록 주의를 끌지 않도록 행동했다. 난 벽에 기댄 채 그야말로 멍청하게 서 있었다. 샌슨과 엑셀핸드는 죽이 맞아서 음식 테이블로 걸어가 버렸고 아프나이델은 웬 귀족 처녀에게 이끌려가 버렸다. 아프나이델은 절망적인 얼굴로 자신은 댄스와 사이가 나쁘다는 것을 설명하려 했지만 설명은 먹혀들지 않았다. 길시언과 칼은 그 모습을 아주 품위 있게 감상하며 각자 손에 든 술잔을 홀짝거렸다.

"시무룩한 얼굴이네?"

귀에 익은 목소리가 들려왔다. 난 고개를 돌렸고, 그 다음 휘파람을 불려다가, 곧 여기서는 그게 어울리지 않음을 깨닫고는 나직이 한숨을 쉬었다.

"네리아, 멋있어요."

네리아는 이번엔 새카만 드레스를 입고 있었다. 그리고 그 검은 드레스에는 금실로 정교하게 수놓아진 무늬가 아름답게 피어나고 있었다. 네리아는 발그레해진 볼을 어쩔 줄 몰라하며 말했다.

"에헤헤. 데미 공주님 옷이야. 내게 맞게 하느라 시녀들이 몹시 고생을 했어."

"데미 공주님은 키가 크니까……. 그런데 딱 맞춘 것처럼 잘 어울리네요."

"그러니? 고마워."

곧 쟁반을 받쳐든 궁내부원 하나가 지나쳤고 네리아는 술잔 하나를 받아들었다. 그녀는 내 옆에 기대어서서는 춤추는 사람들을 쳐다보았다. 네리아는 술을 한 모금 마시더니 말했다.

"아아……. 근질거려."

그 말에 나와 길시언, 칼이 동시에 움찔했다. 이크! 그녀는 전문직 종사자이고, 여기엔 수많은 보석들과 장식물들이 춤을 추고 있다. 오, 하지만 여기선 안 돼. 들키면 그게 무슨 개망신이야? 그러나 네리아는 도발적인 눈으로 앞을 바라보며 날 불안하게 만들었다.

"도저히 못 참겠는걸?"

"제, 제발!"

"아냐. 견딜 수 없어. 자아, 가자구요!"

그러면서 네리아는 재빨리 잔을 내게 주면서 칼의 손을 잡아당겼다. 기습을 당한 칼은 영문도 모른 채 끌려나갔고 잠시 후 나와 길시언은 네리아와 칼의 춤을 보게 되었다. 나는 가슴을 쓸어내렸고 길시언은 미소를 지으며 두 사람의 춤을 평했다.

"괜찮은데. 칼도 의외로 스텝이 훌륭하군."

나는 싱긋 웃으며 네리아가 건네준 잔을 들이켰다. 잠시 후, 음악이 끝나고 시종장의 낭랑한 목소리로 국왕 전하의 입장이 예고되었다.

나는 급히 허리를 숙이느라 자칫하면 술을 쏟을 뻔했다. 휴우. 다행이다. 술잔이 비어 있었다. 잠시 후 고개를 들었다. 으아, 아직 아니잖아? 나는 사람들이 아직 허리를 숙이고 있는 것을 보고는 냉큼 다시 허리를 숙였다. 그러자 누군가가 내 등을 톡톡 두드렸다.

"후치? 그만 일어나."

길시언이었다. 음. 이젠 들어도 되나? 고개를 들어보니 국왕 전하와 데미 공주가 입장해 있었다. 국왕 전하는 품위 있게 데미 공주의 손을 잡은 채 가운데로 들어왔고 곧 음악이 다시 연주되자 두 사람은 춤을 추기 시작했다.

"비 전하가 안 계셔서 공주님과 춤을 추는 건가요?"

"응. 그래. 저 녀석 왜 아직 장가가지 않았지?"

길시언은 간단히 대답했다. 난 국왕 전하와 데미 공주의 댄스를 구경하다가 그만 미소를 지어버렸다. 허허. 참. 닐시언 전하에 비해 데미 공주님이 너무 훤칠한데.

그리고 거기서 조금 떨어진 곳에서는 여전히 아프나이델이 절망의 끝에 도달한 인간의 표정으로 그 귀족 처녀에게 끌려다니고 있었다. 내 보기엔 그래도 칼과 네리아의 커플이 가장 나은 것 같다. 키나 체격도 저 정도면 서로 어울리고, 칼의 품위 있는 스텝과 네리아의 맵시 있는 몸놀림도 잘 어울렸다. 아빠와 딸처럼 보이긴 하지만 그것도 보기 괜찮은 요소였다. 길시언에게 물어보자 그도 내 의견에 찬성했다.

잠시 후 음악이 끝나고 칼과 네리아는 다시 걸어왔다.

"후와. 칼 아저씨 너무 잘 추시네."

"아니, 네리아 양에게 모자라는 솜씨라 힘들었을 거요."

칼의 부드러운 답변. 그리고 조금 후 아프나이델이 초죽음이 된 얼굴로 걸어왔다. 아프나이델은 등 뒤를 돌아보지 않은 채 내게 물었다.

"후, 후치. 그 여자 아직도 날 보고 있냐?"

나는 아프나이델의 어깨 너머로 바라보았고 저쪽에서 그 귀족 처녀가 아쉬운 눈길을 보내고 있다는 사실을 알려주었다. 그러자 곧 아프나이델은 다음 음악이 들릴 때까지 사라지기로 결심한 모양이다. 그는 사방을 둘러보았다. 하지만 이곳에서는 달아날 곳이 없었다. 내가 '테이블 아래로 숨으면 어떨까.' 등의 얼빠진 의견을 내어 아프나이델의 신경을 건드리고 있을 때 네리아가 그를 구원했다.

네리아는 손을 아래로 내리며 허리를 숙이면서 말했다.

"한 곡 추실까요, 메이지?"

이 바뀌어버린 남녀의 역할에 아프나이델은 당황한 얼굴이 되었다. 그러나 그는 저쪽의 그 처녀를 돌아보고는 곧 결심을 굳혔다.

"감사합니다, 레이디."

그리고 두 사람은 함께 걸어가 버렸다. 흠.

난 여전히 음식 테이블을 장악중이던 두 사람을 둘러보았다. 씩씩하군……. 궁내부원들은 울상이 되어 테이블에 음식이 떨어지지 않게 하려고 안간힘을 다하고 있었다. 고개를 다시 돌려보았다. 그러자 데미 공주가 우리들에게 다가와 있는 것이 보였다. 데미 공주는 길시언을 빤히 바라보고 있었고, 그러자 길시언은 피식 웃어버렸다.

"한 곡 추실까요?"

데미 공주는 살포시 드레스 자락을 들어올리며 말했다.

"영광입니다."

"요즘도 파트너의 발을 걸어 넘어뜨리냐?"

"확인해 봐."

난 웃으며 그 광경을 감상했다. 발을 걸어 넘어뜨리기는커녕, 두 사람은 아주 멋있게 춤을 추었다. 훌륭한걸? 난 칼에게도 평가를 내리게 하려고 그를 돌아보았다. 그런데 칼은 나와 조금 떨어져서 닐시언 전하와 함께 서 있었다.

두 사람은 뭔가 낮게 이야기하고 있었다. 뭐지? 난 눈치채이지 않도록 다가가 볼까 생각했다. 그러나 곧 관둬버렸다. 이야기를 엿들어 봐야 뭐하겠어. 나중에 칼에게 물어보지.

난 다시 벽에 기대어 서서 주위의 화려하고 아름다운 광경을 둘러보았다. 손에 든 술잔은 다시 궁내부원에게 넘겨주고 새 잔을 들었다.

갑자기 심사가 뒤틀리는걸. 여기다 아무르타트를 데려다놓으면 어떨까.

에이, 무슨 심술. 모두들 즐거운데.

아아아. 제미니. 네가 여기 있었더라면. 그럼 난 지금 저기서 우아하게 춤추고 있는 길시언과 데미 공주, 그리고 날렵하게 춤추고 있는 네리아와 아프나이델 모두들 한방에 보내버릴 정도로 멋진 춤을 출 텐데.

"무슨 말씀 나누셨어요?"

잠시 휴게실로 나왔을 때 칼에게 말했다. 칼은 지그시 날 바라보았다.

"닐시언 전하와 말인가?"

"예."

"아. 대단한 건 아닐세."

"전 대단치 않은 이야기가 좋아요. 충격이 적으니까."

칼은 빙긋 웃었다.

"일스 공국에 파견될 사절을 맡아달라시더군."

난 잠시 귀를 의심했다. 뭐라고? 사절이라니, 사절? 칼은 너무나 평범한 표정이어서 난 내가 잘못 들은 것이 확실하다고 생각했다.

"한 번만 더 말씀해 주시겠어요?"

"일스 공국에 파견될 사절 말일세. 날더러 그걸 맡아달라고 하시던데."

아무래도 잘못 들은 것이 아니다. 난 얼빠진 표정으로 칼을 바라보았다.

"그래서 뭐라고 그러셨어요?"

"외교는 모른다고 했지."

"잠깐만요. 이해가 되지 않아요."

"뭐가 말인가?"

"왜 외교관이죠? 국왕 전하는 칼을 선전용으로 쓰려고 하는 거 아니에요? 칼을 전쟁 영웅으로 만들고 동시에 칼을 등용시킨 국왕 전하의 위명도 높이고요."

"궁성에서 듣기엔 거북한 말이네만."

"그런데 무슨 사절단이죠? 군사 쪽으로 가야 되는 것 아닌가요?"

"핸드레이크처럼 말인가? 참모라도 맡기지 않냐고?"

"예."

칼은 빙긋 웃으며 아직까지 스승에 미치지 못하는 제자를 바라보는 눈으로 날 바라보았다. 난 스승의 대답을 애타게 기다리는 제자의 표정을 지어보였다.

"자네도 내가 핸드레이크처럼 되길 원하는 모양이군."

"그렇다고 보고."

"루트에리노 대왕과 핸드레이크는 난세의 인물이야. 그러나 지금 바이서스는 체제가 굳건한 사회고. 함부로 나를 중요 군사관계에 임명할 수는 없다네. 군부의 반대도 심각할 테고, 또한 귀족원의 반대도 만만찮겠지. 다행히 사절단의 자리라면 별 마찰

없이 내가 맡을 수도 있겠지. 그리고 내가 정치권에 발을 들여놓고 입지를 키워나가면 차차 날 군사 관계로 끌고 가려는 계획이겠지."

"휴우. 다 꿰뚫어 보시는군요. 그런데 반대를?"

"우린 할 일이 있잖은가."

난 빙긋 웃으며 칼을 바라보았다. 칼은 휴게실까지 들고 온 술잔을 조금씩 비웠다. 하여튼 술잔 하나를 잡으면 하룻밤을 샐 수 있다니까.

외교관이라. 흠. 칼이?

칼은 좀 쉬겠다고 말했고 그래서 난 칼을 내버려두고 휴게실을 빠져나왔다. 어지러운 밤이군. 무도회장으로 다시 돌아가는 것은 싫고, 음. 정원으로 나가볼까? 기억을 더듬어 간신히 정원으로 나가는 길을 찾아내었다. 궁성 내의 궁내부원들은 모조리 무도회장 근처로 집결해 있어서 그런지 난 아무도 만나지 않고 정원까지 나섰다.

밤바람, 시원하군.

이 계절에 풀향기를 맡을 수 있다는 것은 좋은 거야. 국왕님은 생각을 잘못했어. 좀 춥기는 하지만 가든 파티를 했어야 했어. 이 향취, 좋잖아. 난 가슴 깊이 풀내음을 빨아들였다. 우훗. 속이 다 후련하군.

난 아무도 없는 정원을 털레털레 걸어갔다. 어디 으슥한 곳을 찾아 앉아서 별이나 봐야지. 그런데 조금 걸어갔을 때였다. 저 앞 나무 옆에서 말소리가 들려왔다. 뭐지?

"아프나이델이라고?"

응? 이게 뭐지? 난 조심스럽게 소리없이 그 나무 근처로 다가가 보았다. 어두운데다가 나무들이 방해가 되어 잘 보이지 않았다. 그런데 다시 들려온 목소리는 나도 잘 아는 목소리였다.

"죄송합니다. 스승님."

아프나이델의 목소리잖아? 그런데 스승님?

"돌아왔다면, 왜 내게 찾아오지 않았는가?"

잠깐, 이 목소리는 누구지? 에, 에…… 아! 궁성 수비 대장 조나단 아프나이델? 아프나이델의 목소리가 다시 들려왔다.

"찾아뵈려고 했습니다만…… 엄두가 나지 않아서."

"못난 놈."

"죄송합니다."

"돌아온 이유는 뭐냐?"

"전…… 마법사였습니다."

"다시 마나를 주물럭거리고 싶어졌다는 말이냐?"

"그렇습니다. 스승님. 용서해 주십시오!"

잠깐. 그러면 아프나이델이 말하던 그 스승님이 바로 궁성 수비 대장 조나단 아프나이델인가? 난 숨죽여 두 사람의 대화를 들었다. 조나단이 천천히 말했다.

"돌아왔으니 됐다."

"스승님!"

조나단의 목소리는 따스했다.

"놈. 자식 이기는 부모 없고, 제자 이기는 스승 없다는 것을 알렸다? 돌아왔다면 그걸로 충분하다. 과거는 불문이다."

"스승님……."

"그래, 네 방은 그대로 비워뒀다. 언제든 들어오너라."

잠시 말이 없었다. 그러다가 아프나이델이 말했다.

"스승님. 죄송합니다만 지금 당장은……."

조나단의 목소리가 날카로워졌다.

"뭐냐? 과거의 미련이 남아 있단 말이냐? 아직 정리가 되지 않았다는 말인 게냐?"

"그게, 저, 그게 아닙니다. 전 지금 함께하는 동료들이 있습니다."

조나단의 어조가 다시 차분해졌다.

"그래. 굉장한 모험가들과 함께 다니더구나."

"예. 지금 전 그들과 함께 해야 할 중요한 일이 있습니다."

"그러하냐? 무슨 일인데?"

"저, 그건 제 동료들에게 의향을 묻지 않고는 말씀드릴 수 없습니다만."

"오냐. 알았다. 하지만 그들과 함께해서 네게 무슨 득이 있느냐?"

"제가 그들에게 득이 됩니다."

"……뭐라고?"

"그들 중에 한 소년이 있습니다."

"안다. 후치라는 그 꼬마 말이냐?"

"예. 그 소년이 저에게 어떤 별명을 주었는지 아십니까? 톱메이지입니다."

조나단의 가벼운 웃음소리. 아이고, 얼굴 뜨거워라. 아프나이델은 말했다.

"전 스승님께서도 아시다시피 미력한 재주밖에 없습니다. 하지만, 그들은 저의 이 미력한 재주를 훌륭히 쓰도록 기회를 만들어 줍니다. 그리고 그 소년은 고위 마법이든 초급 마법이든 도움이 되는 마법이 최고라고 말해 주었습니다. 전……, 전 처음이었습니다. 제가 누군가에게 도움이 된다는 것을, 대가를 바라지 않고 순전한 선의로서 제 마력을 쓸 수 있다는 것을……."

아프나이델의 말은 천천히 사그라들었다. 그리고 두 사람 모두 한참 동안 말이 없었다. 내가 조바심을 내려는 찰나에, 조나단이 말했다.

"네 방은 비워둘 테니 언제든 찾아오너라."

"스승님!"

"마력을 다루는 것은 기술이다. 그러나 마법사는 기술자 이상의 무엇이어야 한다. 내 누누이 가르친 것인데도 네가 알지 못하더니, 날 떠나 그들을 만남으로써 네가 알아차렸구나. 나보다는 그들이 너의 스승이다. 그들에게 도움이 되도록 노력해라."

"알겠습니다, 스승님."

난 히죽 웃고는 다시 조용히 몸을 돌려 궁성으로 돌아왔다.

아프나이델은, 그럼 그의 본명이 아니겠군. 그는 스승에 대한 애정이나 존경의 표시로 그 가명을 사용했던 거겠지. 본명이 뭘까? 에이, 알 게 뭐냐. 아프나이델은 아프나이델이지, 뭐.

6

며칠 만에 햇살이 따사롭다. 겨울 날씨치고는 의외로 좋은 날씨다. 아니, 늦가을이라고 해야 되나?

국왕님께 명예의 칭호도 받고, 떠들썩한 축하 파티에도 끌려다니고 나서, 그 다음날로 우리는 궁성을 빠져나왔다. 그날 아침에 우리에게 서류가 하나 날아왔기 때문이다. 리핏 트왈리전 씨가 정중한 동작으로 건네준 그 서류에는 앞으로 한 달 동안 우리가 참가해야 하는 파티와 연설회, 음악회, 사냥 대회, 기타 등등의 사소한 사교 모임에서부터 국가 공식 행사까지가 좌르르 나열되어 있었다.

우리는 그것을 보자마자 머리를 내두르며 재빨리 짐을 챙겼다. 우리가 궁성에서 나가겠다는 말을 전하자 리핏 씨는 크게 놀란 모양이다.

"아니, 무슨 일이십니까?"

"예. 저희들은 급히 해야 할 일이 있어서 말입니다."

"무슨 일이신데, 허어. 국왕 전하의 친구의 일이라면 곧 저의 일입니다. 말씀하십시오."

국왕 전하의 친구라. 꽤 출세했군. 칼은 미소를 지으며 말했다.

"아, 이건, 예. 개인적인 일이라서요. 죄송합니다만 말씀드릴 수가 없습니다."

"수도를 떠나야 되는 일입니까?"

"그럴지도 모르겠습니다."

"그렇다면 궁성 수비 대원들로 하여금 여러분들을 호위하도록……."

"아뇨. 그럴 필요는 없습니다. 말씀드렸다시피 개인적인 일이라서요."

리핏 씨는 안달복달했지만 '개인적인 일'이라는 명제는 모든 설명에 대한 완벽한 거부권으로 작용했다. 예의바른 리핏 씨는 무례하게 '개인적인 일'에 대해 설명을 요구할 수는 없었고, 따라서 그 일의 정확한 경중을 논할 수 없었고, 그래서 합리적으로 칼을 붙잡을 수가 없었고, 그래서 우리는 유유히 걸어나왔다. 하하하.

리핏 씨는 거의 울 듯한 얼굴로 정원까지 따라나와서 어떻게 전하를 뵙지도 않고 떠나느냐고 억지로 말렸지만 국왕의 형이자 왕자인 길시언이 나서서 '내가 그의 형제로서 이분들과 함께 하오. 형제는 한 몸이니 전하께서 함께 하는 것과 마찬가지요.'라고 못박아 버리자 할말이 없어졌다. 편리한데? 그래서 우리는 완전히 굳어버린 리핏 씨를 뒤로하고는 정원을 가로질렀다.

데미 공주의 모습이 보였다.

데미 공주는 여전히 나무들과 꽃을 돌보고 있었다. 우리가 가까이 다가갈 때까지도 그녀는 전혀 알아차리지 못하고 있었다. 그녀는 손끝에 뭔가 자그만 꼬챙이 같은 것을 들고 있었는데 그 끝에는 부드러운 솜뭉치 같은 것이 달려 있었다. 그녀는 온몸의 신경을 집중시킨 채 그것으로 꽃을 건드리고 있었다. 뭐지? 벌들처럼 꽃가루를 끌어모으는 건가?

데미 공주는 잠시 후 이마의 땀을 닦다가 그제야 우리가 가까이 와 서 있다는 것을 알아차렸다. 그녀는 우리들에게 웃음을 지으려다가 우리들이 말에 올라타 있는 것을 보고는 놀란 눈이 되었다. 기다란 다리가 보기 좋게 움직이면서 데미 공주는 우리에게 다가왔다.

"가세요?"

"예. 공주 전하."

"아니……, 어떻게 이렇게 빨리?"

"이틀이나 머물렀는데요. 이만 가봐야죠. 저희 일도 있으니까요."

"아, 예."

갑자기 데미 공주는 고개를 돌려 길시언을 바라보았다. 공주는 안타까운 시선으로 길시언에게 물었다.

"이젠 언제 올 거지?"

길시언은 빙긋 웃을 뿐 대답하지 않았다. 데미 공주는 한참 동안 길시언을 바라보았고, 그래서 주위에 있는 우리들이 조금씩 불편해지기 시작했다. 그때 데미 공주가 말했다.

"인사, 필요 없지?"

"응."

길시언은 즉각 대답했다. 데미 공주는 환한 얼굴이 되더니 우리에게 고개를 숙여보이고는 다시 나무와 꽃들에게 돌아갔다. 우리는 잠시 얼떨떨한 얼굴로 길시언과 데미 공주를 번갈아 쳐다보았다. 그러나 길시언도 더 이상 말하지 않고 걸어갔으며 데미 공주도 모든 관심을 꽃에 집중시키고 있을 뿐이었다. 그래서 우리는 별 말 없이 길시언의 뒤를 따랐다.

칼은 말했다.

"공주님은 길시언을 퍽 좋아하시나 봅니다."

"둘째오빠보다야 첫째오빠가 만만하고 좋겠죠. 특히 집 떠난 큰오빠는 짐승과 다를 바 없는……, 지금은 하지 마! 에, 집 떠난 큰오빠가 애처로워서 그렇겠지요."

"예. 그녀를 위해서라도 궁성에 자주 들르시는 것이 좋겠군요."

"모험가의 생활이라서."

궁성 수비 대원들 역시 우리가 나가는 것을 보고 놀랐지만 그들은 들어오는 사람이 아니라 나가는 사람도 막아야 되는지 의아해했고, 게다가 길시언이 호령하자 즉각 비켜났다. 그리고 우리는 궁성을 나왔다.

"이제야 좀 살 것 같군."

칼은 바깥의 공기를 크게 빨아들이며 말했다. 샌슨은 슈팅스타의 고삐를 편안히 내려둔 채 빙긋이 웃으며 말했다.

"그렇습니까, 현명함의 기사님."

현명함의 기사라. 픽. 저건 국왕 전하가 준 훈장에 새겨진 글귀였지. 칼은 말했다.

"그만하게, 퍼시발 군. 그런데 자네는 뭐였지? 기억도 안 나는군."

"저요? 우하하. 진격의 기사랍니다."

샌슨은 국왕이 내려준 명예의 칭호를 아주 무엄한 용도, 그러니까 우리끼리 시시덕거리는 용도로 사용하고 있었다. 아프나이델은 지혜의 기사라는 엄청난 칭호를 받았고 길시언은 왕자라 칭호가 주어지지 않았다. 엑셀핸드도 노커라서 마찬가지였고. 그리고 나는…….

"이봐, 조숙한 기사!"

"그만두라는 칼의 말 못 들었어요, 밤바람의 레이디?"

네리아는 기분 좋은 모습으로 나를 바라보며 웃었다. 그녀도 원래의 옷차림으로 돌아와서는 마음 편한 자세로 에보니 나이트 호크에 타고 있었다.

밤바람의 레이디라고? 나 원 참. 다행히도 칼의 설명에 의하면 그 우스꽝스럽기 짝이 없는 칭호는 공식 서류에만 기록된다고 한다. '국왕이 그들의 충성에 대한 보답으로 이러저러한 칭호를 하사하셨다.' 정도로. 만일 닐시언 전하가 루트에리노 대왕처럼 전기를 쓸 만큼 위대한 업적을 쌓는다면 우리들의 칭호도 전기 작가들에게 엄청나게 인용될지 모른다는 불길한 단서가 붙어 있긴 했지만.

"루트에리노 대왕의 여덟 별처럼?"

"그렇다네. 네드발 군."

엑셀핸드는 래셔널 셀렉션 위에 그럴듯한 자세로 탄 채 한 손으로 턱수염을 긁적거렸다. 그는 이제 완전히 자신을 드워프 최고의 기수라 믿고 있었고 그래서 래셔널 셀렉션을 타는 것을 전혀 주저하지 않았다. 물론 우리 대부분은 기수보다는 말이 똑똑해서 그럴 거라고 생각하고 있었지만 위대한 노커의 자존심을 생각해서 그 말은 하지 않았다.

그 위대하신 엑셀핸드는 느긋하게 말했다.

"어쨌든 궁성을 빠져나와 다행이군. 그 서류대로 계속 파티에 참석했다간 자칫했다면 내가 귀부인께 댄스 요청을 받을 뻔했으니."

그 말에 나와 샌슨은 동시에 웃음을 터뜨렸다. 푸하! 감미로운 음악에 맞추어 아리따운 귀부인과 엑셀핸드가 댄스를 춘다면, 그것 정말 봐줄 만할걸? 하지만 어제 봤듯이 엑셀핸드는 절대로 댄스 요청을 걸지도 받지도 않았다. 우헤헤. 칼은 말했다.

"저도 다행이라고 생각합니다. 앞으로 시간은 얼마 남지 않았습니다. 조급하게 굴려는 것은 아니지만 아무래도 쓸데없이 하루를 낭비했다는 느낌이 드는군요. 어쨌든 다시 일에 착수하게 되었으니 기쁩니다."

길시언은 빙긋 웃으며 놀리듯이 말했다.

"국왕 전하께서 명예의 칭호를 내리신 것이 쓸데없는 일이란 말입니까?"

칼은 차분하게 대답했다.

"영광스러운 일입니다만, 영광 이외엔 아무것도 없는 일이기도 하외다."

그때 네리아가 말했다.

"그래도요. 난 쓸데없는 일이 아니었어요."

그렇게 말하면서 네리아가 가리킨 것은 에보니 나이트호크의 등에 매달린 상자였다. 그 상자에는 네리아의 그 아리따운 드레스들과 구두, 장갑 등이 들어 있었다. 데미 공주는 그 옷들을 완전히 네리아에게 줘버린 모양이다. 샌슨은 피식거리며 '너도 여자라고 옷이 그렇게도 좋으냐?' 등의 말을 꺼내다가 네리아의 손톱에 얼굴이 완전히 밭고랑처럼 바뀔 뻔했다. 다행히 말에 타고 있어 네리아는 빠르게 접근하지 못했다. 그녀는 입술을 삐죽거리며 말했다.

"헤엥! 돈이 되잖아?"

"서, 설마 팔아먹으려고?"

"그럼? 그렇지 않으면 저거 뭐에 써?"

샌슨은 말도 하기 싫다는 표정을 지었고 아프나이델은 약하게 웃으며 말했다.

"네리아 양. 그 옷을 입고 계실 때 퍽 아름다웠습니다. 앞으로도 그 옷을 간수하시며 간혹 그 아름다운 모습을 보여주시는 것이 좋지 않을까요?"

네리아는 눈이 동그래지더니 아프나이델에게 다가갔다. 앰뷸런트 제일에 타고 있는 아프나이델의 얼굴에 경계심이 떠올랐다.

"당신, 옷이 마음에 든단 말인가요, 아니면 내가?"

"무, 물론 네리아 양이……."

"그럼 옷 핑계 대지 말고 순순히 나의 매력에 사로잡혔음을 인정해요."

아프나이델은 입을 쩍 벌리고 고개를 끄덕였다. 본전도 못 뽑으시는군.

우리가 유니콘 인으로 돌아오자 말구종은 다시 한번 입을 좌악 벌렸다. 저번에 길시언이 황소를 타고 나타난 이후로 두 번째로군. 말구종은 차라리 처량한 음성으로 말했다.

"황소의 기, 기사에 이어 드, 드워프 기수까지……!"

엑셀핸드는 아주 우아하게 말에서 뛰어내리더니(난 그가 말에서 내리기 전에 이를 악물었을 것이라고 확신한다.), 민첩한 손놀림으로 고삐를 말구종에게 건네었다.

"이봐, 말먹이에 신경 쓰고 잘 씻겨주도록."

드워프의 노커는 그렇게 아주 익숙한 기수처럼 말했고 우리 모두는 고개를 돌리고 웃음을 감추었으나 말구종은 얼빠진 얼굴로 고삐를 받아들었다. 우리가 들어서자 여관 주인 리테들은 그만 웃어버렸다.

"당신들은 도대체 방을 어떻게 쓰는 거요?"

하긴 우리는 사흘 전에 해약하고는 다시 돌아왔군. 사흘 전, 그러니까 할슈타일 후작의 집을 털던 날 밤이군. 허어. 그게 사흘 전이었나? 엄청난 시간이 흐른 것 같은데 겨우 사흘이군. 여관 주인은 어쨌든 다시 들러줬으니 고맙다는 표정으로 우리를 안내해 주었다. 여관의 하인들과 하녀들도 샌슨과 길시언이 돌아오니 기쁘다는 표정이었다.

우리가 각자의 방에 짐을 던져넣고는 홀로 내려오자 리테들은 맥주를 가져다주면서 질문했다.

"사흘 동안 뭣들 하신 거요?"

칼은 웃으며 대답했다.

"온갖 일이 다 있었습니다. 허허."

"그래요? 하하. 어쨌든 말이오. 전할 소식이 있는데."

"전할 소식이오?"

"그렇소. 당신들이 다시 여기 들르면 전해 주라더군. 그랜드스톰의 수련사들이 찾아와서 그랜드스톰에 꼭 좀 와달라고 그러던데요? 당신들은 도대체 어떤 모험가들이기에 귀족들이 끝없이 찾아오고 그랜드스톰에서도 당신들을 목메어 기다리죠?"

"우리? 아마도 마법의 가을에 들어선 여행객들인 모양이오."

그거 정답인 것 같네. 리테들은 그러다가 갑자기 자기 머리를 딱 치면서 말했다.

"아! 그리고 웬 남자가 당신들에게 전해 달라고 편지를 남겨두었소."

그리고 리테들은 어딘가로 달려가더니 곧 접은 종이 한 장을 들고 왔다. 칼은 그것을 받으며 물었다.

"누구라고는 하지 않았습니까?"

"예. 그저 그것만 전해 달라고 하던데요?"

"알겠습니다. 감사합니다."

칼은 편지를 펼쳤다. 우리는 칼을 멀거니 바라보고 있었기 때문에 칼의 눈빛이 이상해지는 것을 곧바로 알 수 있었다. 칼은 한숨을 쉬며 그 편지를 옆으로 돌렸다. 차례대로 테이블에 앉은 사람들의 얼굴이 이상하게 바뀌었다. 엑셀핸드는 콧방귀를 뀌었고 아프나이델은 한숨을 쉬며 부르르 떨었다. 네리아는 골똘한 표정으로 바라보았고 샌슨은 씩씩거렸다. 길시언이 피식 웃어버리고 나서 마침내 내게까지 그 편지가 돌아왔다.

간단한 글이 적혀 있었다.

'조만간 만나뵙지요. N.H.'

"낭만주의자는 못 말리겠군."

길시언은 여전히 피식거리며 말했지만 칼은 걱정스러운 얼굴로 말했다.

"분노한 낭만주의자만큼 위험한 것도 없습니다. 거 참. 공공연히 우리에게 이런 편지를 남긴 것을 보니 아직은 체포당하지 않은 모양이구려."

길시언은 고개를 끄덕였다.

"쉽게 체포당하지는 않겠지요. 그래도 길드의 마스터였고 국가전복을 꾀해 보았던 사람이니까. 몸조심하도록 하십시다. 그외엔 딱히 할 일도 없으니."

"하긴 그렇군요. 그럼, 모두들 그랜드스톰으로 가볼까요?"

하이 프리스트는 피로한 표정이었다.

"역시 당신들이었군. 할슈타일 후작의 집에 침입한 것이……."

하이 프리스트는 며칠 새에 훨씬 늙어버린 듯한 얼굴이었다. 지금의 이 모습은 피로한 나머지 감춰져 있던 원래의 노쇠한 얼굴이 드러나는 것처럼 보였다. 칼은 안쓰러운 얼굴로 말했다.

"심려가 크셨겠군요."

하이 프리스트는 무겁게 고개를 끄덕였다.

"그래요. 허허. 투미했구려. 그가 그런 야욕을 가지고 있을 줄은 내 미처 몰랐소."

그라는 것은 넥슨을 말하겠지. 칼은 말했다.

"궁성에서 추궁이 컸겠습니다."

"그랬소. 하지만 괜찮아요. 그는 재가 프리스트였을 뿐 그의 음모는 우리와 아무런 상관이 없으니까. 물론 에델브로이의 이름으로 파견된 그의 밀사라든지 하는 문제가 있기는 하지만, 괜찮소. 그랜드스톰의 이름이 하루 아침에 생긴 것은 아니니까."

"예. 국왕 전하께서도 귀 신전의 충만한 은혜로움을 잘 이해하시고 계실 겁니다."

칼의 말에 하이 프리스트는 고개를 끄덕였다. 그러고는 한숨을 쉬며 하늘을 올려다보았다. 우리들도 덩달아 하늘을 보았다. 먹구름 낀 하늘의 모습과 그 아래 어느 때보다 무겁게 느껴지는 그랜드스톰의 모습이 보였다.

"귀하들의 수탐은 어떻게 되셨소?"

하이 프리스트는 갑자기 물어왔다. 칼은 흠칫하다가 말했다.

"아직……. 엉뚱하게 일어난 넥슨의 일 때문에 전혀 진척이 없습니다."

"그렇겠구려. 흐음. 어쨌든 계속 그 일을 하실 테지요?"

"물론입니다. 그래서 임펠리아에서 도망나왔습니다."

칼의 말에 하이 프리스트는 미소를 지어보였다. 그는 음울한 눈으로 테이블을 내려다보더니 말했다.

"좋지 않은 시기요. 전쟁은 너무 길어 민심은 황폐한데 위기는 가까워지고 있소. 넥슨의 일은 다행히도 여러분이 있었기에 원만하게 처리가 되었다 하지만 그의 행동이 또 다른 야심가들에게 동기가 될지도 모르는 일이오."

하이 프리스트의 말에 칼은 고개를 끄덕였다.

"그렇습니다."

"당신들을 재촉할 수밖에 없소. 크라드메서의 드래곤 라자를 조속히 찾아주시기 바라오. 이 황량한 시기에 대륙의 평화를 위해 애쓰는 자들이 있다는 소식은 만인에게 희망을 줄 것이오."

"알겠습니다. 그리고…… 그랜드스톰의 명예 회복은 어떻습니까."

칼의 말에 하이 프리스트는 움찔했다. 칼은 선한 얼굴 표정으로 하이 프리스트를 바라보았다.

"저희는 그랜드스톰의 의뢰로 이 일을 받아들였습니다. 위기를 짐작하신 것도 하이 프리스트고, 저희들을 조직하여 그 드래곤 라자를 찾게끔 하신 분도 하이 프리스트입니다. 넥슨 휴리첼의 일 때문에 그랜드스톰이 입은 피해를 생각하자면……."

하이 프리스트는 멀뚱히 칼을 바라보다가 곧 미소띤 얼굴로 대답했다.

"관심 없소."

"예?"

"그랜드스톰의 명예는 우리가 온전히 에델브로이를 섬김으로써 획득하는 것이오."

"잘 알겠습니다만……."

"아니, 그걸로 족하오."

하이 프리스트는 단정짓듯이 말했고 칼은 고개를 끄덕였다. 두 분들의 말은 항상 어렵군. 난 찻잔 받침을 만지작거렸다. 하이 프리스트는 짐짓 기운찬 어조로 말했다.

"자, 앞으로의 계획은 어떻게 되시오?"

"송구스러우나, 계획이라는 것이 없습니다. 여기저기 알아는 보았습니다만 붉은 머리 소녀에 대한 정보는 나타나지 않고 있습니다."

"그러셨소? 흠. 그렇다면 현재로서는 손을 놓고 있는 셈이겠구려?"

"예……. 죄송합니다."

"괜찮소. 나는 믿어요. 당신들만이 그 소녀를 찾아낼 것이오. 나는 변함없는 신뢰를 보내오. 그런데, 내 불현듯 한 가지 계책이 떠올라서 말인데."

"계책이라고 하셨습니까?"

"어쩐지 엉뚱한 생각이오만, 아프나이델 씨도 여기 오셨으니까……."

아프나이델은 놀라서 테이블을 짚으며 말했다.

"예, 예? 저 말씀이십니까?"

"그래요. 내 궁금한 것이 있어 아프나이델 씨에게 조언을 요청하오만. 내게 생각이 하나 있는데 그 가능성을 좀 말씀해 주시겠소?"

"어, 저, 전 보잘 것 없는 초보 마법사……."

엑셀핸드는 그 말을 듣자마자 고함을 빽 질렀다.

"시끄러워! 자네가 뭐라 해도 저 휘청거리는 신의 지팡이인 다락 귀신보다는 마법에 대해 잘 아니 걱정 말아. 이봐, 다락 귀신. 어서 말해 봐라!"

아프나이델은 몸둘 바를 몰라했고 하이 프리스트는 엑셀핸드의 말에 미소를 지었다.

"당연한 말씀이오, 노커여. 그럼 묻겠소. 마법사들에게는 패밀리어라 불리는 친구가 있지 않소?"

아프나이델은 뜻밖의 질문에 고개를 갸웃거렸다.

"예? 예. 그렇습니다."

"당신도 있소?"

물론 있지. 나와 샌슨이 동시에 약간 징그러운 미소를 지었고 아프나이델은 겸연쩍은 얼굴로 말했다.

"예. 그렇습니다. 제 패밀리어는 바, 박쥐입니다만."

"아주 아리따운 이름을 가지고 있는."

샌슨이 아프나이델의 말에 주석을 달자 모두들 킬킬거리기 시작했다. 하이 프리스트는 의아한 표정이 되었다가 말했다.

"그런데 말이오. 독수리도 패밀리어로 가능합니까?"

아프나이델은 놀란 얼굴로 말했다.

"독수리요? 천만에요, 불가능합니다. 독수리는 새들의 제왕입니다. 한낱 인간의 마법사에게 그 몸을 의탁할 존재가 아닙니다."

"그럼 매는 어떠하오?"

하이 프리스트는 열성적인 얼굴로 질문했다. 아프나이델은 고개를 갸웃거렸다.

"글쎄요. 매는……. 아! 하이 프리스트께서는……."

아프나이델은 알아차렸다는 표정으로 말했다. 하이 프리스트는 말했다.

"말해 보시오."

"매나 독수리처럼 눈이 날카로운 새들을 날려보내 붉은 머리 소녀를 찾게 한다, 맞습니까?"

"그렇소. 그게 내 생각이오."

"오오, 그건 말이 될 듯한데요?"

칼도 밝은 얼굴이 되었다. 그러나 아프나이델은 고개를 가로저었다.

"아니, 불가능합니다."

"어째서 그러하오?"

"전설적인 대마법사 핸드레이크라도 그건 어려울 겁니다. 만일 바이서스 전체를 매의 눈으로 주시하려면 매가 수백 마리는 필요할 겁니다."

"아니, 바이서스에는 도시의 숫자가 그렇게 많지 않아요. 각 도시마다 한 마리의 매의 눈으로도 충분히 수탐이 가능할 것으로 생각되는데?"

"매 한 마리가 하나의 도시를 관찰한다라……. 물론 그 매는 하늘에서만 볼 수 있을 겁니다. 확실성을 기하기 위해서는 며칠을 계속 관찰해야겠지요. 문제는 마법사의 패밀리어라 해도 굶주

리면서 관찰 활동을 계속할 수는 없습니다. 게다가 마법사는 한 번에 하나의 패밀리어만을 가질 수 있습니다."

"하나의? 그렇다면……."

"예. 그 방법을 시행하려면 수백 명의 마법사가 필요해지겠지요. 그 방법이라면 차라리……."

갑자기 아프나이델의 입이 크게 벌어졌다. 우리는 놀란 눈으로 아프나이델을 바라보았다. 아프나이델은 주먹으로 자기 손바닥을 딱 내리치며 말했다.

"엘프!"

"무슨 말씀이오?"

모든 사람을 대표해서 하이 프리스트가 다급하게 질문했다. 아프나이델은 흥분된 목소리로 말했다.

"마법사의 패밀리어는 하나뿐입니다. 하지만 엘프는 모든 생물의 친구입니다. 겨우 매 한두 마리가 아니라 모든 날짐승, 길짐승들에게 부탁할 수 있습니다! 바이서스 전역의 동물들에게 부탁할 수 있겠지요! 그런데 우리는 엘프를 한 명 알지 않습니까?"

"세레니얼 양 말씀이십니까?"

칼이 말했다. 아프나이델은 흥분해서 손짓까지 해가며 말했다.

"그렇습니다. 이루릴 양은 엘프고 따라서 무수한 생물들에게 부탁할 수 있을 겁니다. 물론 그건 부탁이니만큼 마법사의 패밀리어처럼 확실한 종속 관계에서의 추적은 될 수 없겠지만 그대신 이루릴 양은 셀 수도 없이 많은 동물들에게 부탁할 수 있을 겁니다!"

맞아 맞아. 이루릴은 칼라일 영지에서 까마귀들과 이야기를 나누었고 우리 말들하고는 항상 이야기를 나누었지. 그래. 누가 뭐래도 지금 액셀핸드가 드워프 최고의 기수라는 이름을 가질 수 있는 것은 이루릴이 래셔널 셀렉션을 잘 길들였기 때문이겠지. 아프나이델은 칼을 바라보며 말했다.

"이루릴 양은 언제 돌아온다고 하셨습니까?"

칼은 잠시 손가락을 꼽아보았다.

"세레니얼 양은 2주를 기약하고 출발하셨는데, 에, 오늘이……."

"열흘째예요. 그러니까 나흘 안에 돌아오겠는데요?"

칼은 기쁜 얼굴로 말했다.

"그런가? 그렇다면, 음. 세레니얼 양이 돌아오면 그분께 물어보도록 합시다. 흠. 정말 괜찮은 계획인 것 같습니다. 만일 날짐승들을 모두 우리의 친구로 할 수 있다면 수색이 훨씬 용이해지겠군요."

하이 프리스트는 만족한 표정을 지었다. 음. 정말이네. 새들이 날아다니며 붉은 머리 소녀를 찾는다면야 사람이 찾는 것보다는 훨씬 빠르겠지. 그러나 샌슨이 머뭇거리며 말했다.

"어, 저, 그런데 크라드메서의 웨이크닝은 얼마나 남았을까요?"

우리는 모두 아프나이델을 바라보았다. 아프나이델은 당황해서 말했다.

"제가 전에 한 달이라고 말씀드렸습니다. 이제 3주쯤 남았을까요?"

"그럼 정말 시간이 촉급하군요. 세레니얼양이 그런 도움을 주고, 그리고 그 소녀를 발견한다 하더라도 그 소녀를 다시 찾아서 갈색 산맥으로 데려가려면……, 휴우. 그 소녀가 어디서 발견되는가가 문제의 관건이 되겠군요."

"그렇겠군요."

7

유니콘 인으로 돌아오는 길에, 우리는 시간을 낭비하지 않기 위해 다시 상인들과 모험가들을 찾아다녀 보는 것이 어떠냐는 의논을 하게 되었다. 아프나이델이 그 의견에 반대했다.

"안 됩니다. 넥슨 휴리첼의 경고를 생각하자면 제각기 흩어져서 돌아다니는 것은 위험할 거라고 생각됩니다."

"흠. 넥슨 그 친구가 정말 문제로군요. 그 친구뿐만 아니라 수도의 모든 변태들이 우릴……, 그런 말 좀 하지 마! 에, 수도의 모든 도둑 길드 멤버들이 우릴 노리고 있을 거라고 생각해야겠지요."

우리는 심각한 고민에 빠졌다. 인원은 일곱 명. 반씩 흩어진다 치면 네 명과 세 명이다. 확실히 불리한 숫자다. 그렇다고 일곱 명이 모두 우르르 돌아다니자니 그것도 참 골치 아픈 노릇이다. 난 내 손을 바라보며 시무룩한 얼굴이 되었다.

"난 넥슨 그 사람 잡고 싶은데."

"응, 무슨? 아, 네 OPG."

"예. 그것 되찾아야 된다고……, 왜 그러세요?"

아프나이델의 얼굴이 밝아지고 있었다.

"그렇지! 넥슨 휴리첼은 너의 OPG를 가지고 있지! 여러분. 빛의 탑으로 갑시다."

"예?"

"넥슨 휴리첼을 붙잡는 데 도움이 될 물건이 있습니다. 그를 붙잡는다면 후치 군의 OPG도 회수할 수 있고 우리들도 불안해 할 필요가 없습니다. 빛의 탑으로 가서 스크롤을, 에, 좀 비싸겠지만……."

그러자 길시언은 걱정 말라는 얼굴이 되었다. 모험가는 넘치는 게 돈밖에 없는 모양이다.

"필요한 물건이라면 얼마든지 구입하십시다. 그런데 뭐가 필요합니까?"

"가서 말씀드리지요."

그래서 우리는 두 번째로 빛의 탑을 찾았다.

아프나이델은 마법사라 그런지 별로 놀라지 않았지만 네리아와 엑셀핸드는 대단히 기이하다는 표정을 지었다. 그들도 '빛의 탑-2F' 라는 현판에는 정말 어이가 없는 모양이다.

"2층이라고? 그렇다면 높으니까 탑은 탑이네."

네리아의 얼빠진 말에 나는 빙긋 웃었다.

"탑은 이 안에 있어요."

"이 안에?"

네리아와 엑셀핸드는 나머지 일행을 보며 대단히 의심스럽다는 표정을 지었다. 어쨌든 그 삐걱거리는 계단을 밟고 2층으로 올라가니 여전히 '인간과 드워프가 여길 찾아온 것은 수천 년 만이군.' 이라고 말할 것 같은 노인이 앉아 있었다. 혹시 저 노인은 저 자리에서 일어나지 않는 것이 아닐까? 저번에 왔을 때와 똑같은 모습인데? 노인은 우리 모습을 둘러보다가 의아한 표정을 짓고는 말했다.

"빛의 탑에 들어가시려는 거요?"

그러자 이번에는 아프나이델이 나섰다.

"길드 소속의 마법사입니다."

"증명은?"

아프나이델은 뭔가 손짓을 해보였다. 별로 어려운 손짓은 아니었는데 희한한 것은 아프나이델이 손짓을 하자 허공에 손가락의 궤적이 나타나는 것이었다. 빛나는 선이 허공에 그려지며 무언가 글자 같은 것이 만들어졌다. 그러자 노인은 고개를 끄덕였다.

"좋소. 들어가 보시오."

네리아는 미심쩍은 표정으로 노인을 보다가 노인 옆의 문을 바라보았다. 우리도 그랬지. 그래서 나와 샌슨은 네리아의 반응을 보기 위해 뒤에서 기다렸다.

칼과 길시언, 아프나이델이 들어가고 나자 네리아는 우릴 돌아보더니 주춤거리며 문으로 다가갔다. 그녀는 문에 다가가다가 다시 고개를 돌려 우리에게 말했다.

"이상하네. 세 사람이나 들어갔어? 저 뒤가 그렇게 넓어?"

"응. 넓어."

네리아는 문을 열고 들어섰다. 그러고는 나오지 않았다. 어라? 우린 부리나케 뛰쳐나왔는데? 나와 샌슨은 서로 마주보았다. 그때 갑자기 네리아의 웃음소리가 들려왔다.

"어머나……, 까르르르!"

우리는 서로에게 심각한 표정을 선물했다. 그 다음 우리는 엑셀핸드에게 기대를 걸었다. 엑셀핸드는 우리 둘이 들어가지 않고 가만히 서 있자 몹시 의심스럽다는 표정을 지어보이고는 문에 다가갔다. 그도 문 안으로 들어갔고, 역시 조용해졌다. 나와 샌슨은 다시 한번 서로를 쳐다보았다.

"이상하네?"

그때 노인이 고함을 빽 질렀다.

"너희들은 왜 올 때마다 시간 끄는 거야!"

우리는 후다닥 문 안으로 뛰어 들어갔다.

문 안으로 뛰어 들어가자 여전히 붉은 핑크빛의 하늘이 보였고, 핑크빛 하늘에 흰 선으로 날아가는 해오라기의 모습들과, 이번에는 왜 그런지 모르지만 해와 별이 동시에 둥글게 떠오르고 있었다. 아래를 내려다보자 황금빛의 꽃들 사이로 크게 웃으며 팔짝팔짝 뛰고 있는 네리아의 모습을 볼 수 있었다.

"너무너무 예뻐어!"

나와 샌슨은 맥이 풀려버렸다. 엑셀핸드는? 엑셀핸드는 근엄한 자세로 풀밭 가운데 서서 우리를 기다리고 있었다. 그 뒤에는 칼과 길시언, 아프나이델의 모습도 보였다. 허 참. 왜 두 사람은 놀라지 않는 거지? 내가 질문해 보았다.

"엑셀핸드, 놀라지 않아요?"

"뭐 말인가?"

"이런 환상적인 모습이 있는데……. 네리아도 저렇게 즐거워하잖아요."

"이런 속임수에, 뭐가?"

속임수? 물론 이건 환상이고 에, 또, 잘은 모르겠지만 일단 현실은 아니며…… 뭐 그런 것인데, 어쨌든 그건 나도 알지만 그렇다고 놀라지 말라는 법은 없잖아! 아프나이델이 웃으며 설명했다.

"드워프가 왜 마법을 익히지 않으시겠나."

에구, 난 몰라. 대답하지 않겠어. 칼이 덧붙여 설명해 주었다.

"내 알기로, 드워프의 깊은 눈은 절대 눈에 보이는 허상에 속지 않는다네, 네드발 군. 우리 인간들은 눈에 보이는 모습에 마음마저 흔들리지. 그러나 드워프들께서는 눈에 보이더라도 믿을 수 없는 것이면 마음에 한점 흔들림을 느끼지 않으신다고 들었지. 맞습니까, 아인델프 님?"

"그렇다네. 그건 당연한 거 아닌가? 머리는 생각하라고 달려 있는 것이네."

"옳으신 말씀입니다만, 인간은 그렇게 되기 어렵군요."

아프나이델이 미약한 웃음을 지으며 말했다.

"뭐, 그래서 좋은 점도 있습니다."

엑셀핸드는 가소롭다는 듯한 표정으로 아프나이델을 바라보았다.

"합리적이지 못한 눈을 가진 것이 무에 좋은가?"

"드워프들에게 자랑할 만한 문학이 있습니까?"

"문학? 그걸 뭣에 쓰는가."

아프나이델은 싱긋 웃을 뿐 대답하지 않았고 칼은 그 문답을 들으며 고개를 끄덕였다. 길시언은 어느새 그 뒤죽박죽 탑으로 걸어가고 있었다. 네리아는 어느새 조그맣게 보일 때까지 달려가 버려 고함을 좀 지른 다음에야 돌아왔다.

돌아온 그녀를 보니 가관이었다. 가슴과 머리가 잘 안 보일 정도로 꽃을 가득 끌어안고는 새빨개진 얼굴로 씩씩거리고 있었다. 그녀가 숨을 몰아쉴 때마다 가슴에 있는 꽃들이 눈발처럼 꽃잎을 흩날렸다. 네리아는 목멘 목소리로 말했다.

"너무, 너어무 좋다, 예쁘다아! 이것 봐, 후치야. 이거 전부 금이야! 꽃잎도 금이고 꽃술도 금실이야!"

"예. 그렇네요."

갑자기 네리아는 겁먹은 목소리로 말했다.

"저, 내가 이거 꺾어가면 마법사들이 화를 내는 거 아닐까? 그래서 캄캄한 감옥에 가두고, 먹다 남은 음식 찌꺼기만 주고, 날 실험 재료로 쓰고, 금단의 의식의 제물로 쓰거나 괴물에게 시집보내고……."

차라리 발랄한 그녀의 상상은 아프나이델의 말에 제지당했다.

"원하는 대로 가져가세요. 아무도 뭐라고 하지 않을 겁니다."

"정말이에요? 정말?"

"예."

나는 샌슨을 붙잡기 위해 애써야 했다. 샌슨은 즉각 고향에 계신 그녀를 위해 수만 송이의 황금꽃을 꺾는 열성적인 젊은이의 모습을 취하려 했던 것이다. 나는 샌슨에게 귓속말로 말했다.

"샌슨! 이런 것이 가능한 것은 이 공간뿐이라는 말, 기억 안 나?"

샌슨의 얼굴이 실망감으로 가득 찼다. 네리아한테는 좀 있다가 말해 줘야지. 네리아는 계속 품속의 꽃들에 코를 파묻고는 즐거운 표정이었다.

뒤뚱뒤뚱 뛰어다니면서 나비를 붙잡기 위해 애쓰는 드래곤의 옆을 지나(땅이 좀 울리던데.), 손수건으로 정성스레 태양 표면을 문질러 광을 내는 남자에게 인사를 건네고 나서(네리아는 거의 정신 착란을 일으킬 듯한 표정으로 할딱거렸다.), 그 뒤죽박죽 탑으로 걸어갔다.

"저게 빛의 탑이야?"

안으로 들어섰다. 내 예상대로라면 분명히 그 동안 천장과 벽의 모양이 몇 개는 바뀌어 있을 것이다. 기억이 정확하진 않지만 역시 바뀐 것 같았다. 아프나이델은 중앙의 수정구에 손을 얹고 말했다.

"길드원입니다. 스크롤의 구입을 원합니다."

"어떤 스크롤을 원하십니까?"

오래간만에 들어도…… 역시 닭살이 돋는다. 네리아는 놀란 눈으로 주위를 둘러보았다. 아프나이델은 침착하게 대답했다.

"로케이트 오브젝트의 스크롤이 필요합니다."

"아!"

칼이 탄식을 뱉었다. 로케이트 오브젝트? 물건을 찾는다고? 무슨 물건? 칼은 말했다.

"OPG를 찾으면, 그렇다면 넥슨도 찾을 수 있겠군."

아? 그게 그렇게 되나? 그거 기발한데? 다시 그 성별 불확실한 루의 목소리가 들려왔다.

"당신의 숙련 정도를 말씀해 주십시오."

아프나이델은 갑자기 좀 주저했다. 그러더니 낮게 말했다.

"……클래스 3의 러너입니다."

"클래스 2는 마스터이십니까?"

아프나이델의 고개가 더 아래로 처졌다.

"아니오……. 클래스 2는 익스퍼트입니다만."

"클래스 1은 마스터이십니까?"

아프나이델은 최대한 낮아진 목소리로 대답했다.

"예."

아마 부끄러운가 보다. 우리들은 그게 뭐 부끄러울 게 있냐는 듯한 얼굴을 지어주기 위해 애썼다. 뭔 말인지 모르겠지만. 잠시 후 루의 목소리가 들려왔다.

"케이지 님께서 여러분을 만나실 것입니다."

"알겠습니다."

샌슨과 나는 곧 열심히 천장을 살폈다. 혹시 가까운 데서 떨어지면 받아내야지! 우리는 온몸의 근육을 팽팽히 긴장시켰다. 그리고 그 순간!

"안녕들 하시오?"

음. 케이지라는 그 마법사는 홀 옆의 벽이 갈라진 틈에서 얼굴을 내밀었다. 그런데 그는 방과 방 사이의 틈으로 힘겹게 비집고 나오려다가 그만 화가 나버렸다.

"뭐가 이렇게 좁아! 에잇!"

그래서 나와 샌슨은 그 늙은 마법사를 붙잡아 끌어내 주었다. 케이지는 끙끙거리고, 신음을 좀 내뱉었으며, 심지어 코끝까지 시뻘개졌지만 어쨌든 나오는 데는 성공했다. 그는 몸을 툭툭 털면서 말했다.

"원 이런. 젠장. 잠시만 정신을 차리지 않으면 문도 없는 방에 갇히겠군. 그래, 스크롤을 원하신다고?"

"그렇습니다."

케이지라는 마법사는 훤칠한 키에 근엄하게 생긴 늙은이였는데 희한하게 수염을 깨끗이 면도했다. 우리는 신기하다는 표정으로 그의 턱을 바라보았고 그러자 그는 헛기침을 조금 했다.

"흠. 뭣들 보는 거요? 실험 도중에 어쩌다가 수염을 좀 태웠소."

"아, 네……. 죄송합니다."

칼은 당황해서 고개를 끄덕였고 우리는 고개를 돌리며 웃음을 감추었다. 케이지는 다시 헛기침을 좀 하고 나서는 손가락을 퉁기며 뭐라고 말했다. 그러자 허공에서 튼튼하게 생긴 상자가 나타나더니 아래로 텅 떨어졌다. 우리는 놀라서 한 발자국 물러났지만 케이지는 별 표정 없이 말했다.

"무슨 스크롤을 원하시오?"

"예. 어떤 물건을 좀 찾으려고, 로케이트 오브젝트를 원합니다."

"당신 숙련도는?"

아프나이델은 아예 처음부터 말해 버렸다.

"클래스 1의 마스터입니다."

"어디까지 하는데?"

"클래스 3까지……."

"클래스 3까지? 흐음. 그렇다면 유효 거리가 얼마 되지 않을텐데."

"얼마나 되겠습니까?"

"글쎄. 한 이삼백 큐빗이 넘어버리면 거의 거리는 못 맞춘다고 봐야 할 거요."

"이삼백이라. 그것 참."

아프나이델은 곤혹스러운 표정을 지었다. 이삼백이라고? 그렇게 가까운 곳에 있을까? 아프나이델은 고개를 끄덕였다.

"할 수 없지요. 일단 두 개만 부탁하겠습니다."

밖으로 돌아나오는 길에 날개 달린 개구리를 잡으러 뛰어다니는 네리아를 잡으러 뛰어다니는 소동이 있었다. 네리아는 목이 터져라 웃으며 개구리뜀으로 뛰며 그 개구리를 잡으려 했고 덕분에 우리는 눈은 좀 즐거웠지만 네리아를 붙잡느라 고생은 좀 해야 했다.

네리아는 가슴 가득 끌어안은 꽃에 코를 파묻으며 낄낄거렸다.

"너무너무 예뻐. 으헤헤. 금꽃이다, 금꽃. 그런데 이 꽃씨를 받아다가 심으면 다시 이런 꽃이 날까? 음. 데미 공주님에게 물어보면 전문가답게 말해 주겠지?"

난 어깨를 으쓱하면서 대답을 회피했다. 예상이지만 아마도…….

계단을 다 올라왔다.

우리들이 차례로 나오고 나서도 네리아는 계단 꼭대기에 서서 그 신비로운 광경을 아쉽다는 듯이 바라보느라 맨 마지막에 나왔다. 자, 이제 나오기만 하면 그 꽃은 사라지겠지? 이히히.

이윽고 네리아가 나왔다. 그리고 그 꽃은 사라져버렸다.

"어머!"

네리아는 펄쩍 뛰었다. 난 웃으며 말했다.

"우하하. 저 안에 있는 모든 것은 환상에 속하는 것으로……, 네리아?"

네리아는 망연히 자신의 빈손을 내려다보고 있었다. 꼼짝도 하지 않고. 정말 꼼짝도 하지 않았다. 난 놀라서 네리아에게 다가갔다. 그녀의 눈가엔 눈물이 맺히고 있었다.

"네리아? 이런, 네리아!"

네리아는 꼼짝도 하지 않은 채 그저 거기 그대로 꽃이 있는 양, 빈손만을 바라보고 있었다. 그리고 그녀 눈의 눈물 방울은 더욱 굵어졌다. 난 당황해 버렸다.

"이런, 미안해요. 네리아. 실망했군요. 미리 말했어야 했는데."

"허무해……."

"예? 뭐, 뭐라고 그랬지요? 네리아?"

대답 없이 네리아는 손을 축 늘어뜨렸다가 그 반동으로 다시 올렸다. 그러고는 머리를 뒤로 젖히며 마치 햇살이 눈부시다는 듯이 손으로 눈을 가렸다.

"하하하……."

그녀는 웃었다. 하지만 웃는 것은 입뿐이었다. 눈은 가려버려서 보이지 않았다. 그리고 그녀는 달려나가 버렸다. 책상에 앉아 있던 노인을 제외하고는 모두들 입을 쩍 벌리고 있었다. 난 노인을 바라보았다. 그 노인만은 희미한 미소를 띠고 있었다.

어쨌든 우리는 모두 당황해서 빛의 탑을 내려왔다. 대로로 나오니 네리아는 어느새 에보니 나이트호크에 올라타 심드렁한 표정으로 우릴 보고 있었다.

"느리네. 빨리 가요. 배고파."

이런 상황에서 뭐라고 말할 수 있는 사람이 있다면 난 정말 그를 존경해 버릴 테다!

"여관까지 누가 빨리 가나 내기!"

샌슨을 존경해야 되나? 샌슨의 말이 떨어지자마자 네리아는 웃으며 에보니 나이트호크를 출발시켰다.

"좋아!"

"야! 비겁해!"

곧 샌슨도 출발해 버렸다. 나라고 질 수야 없다! 난 제미니를 급하게 출발시켰다. 아니, 출발시키려 했다. 그때 그 말만 들려오지 않았더라도 출발했을 것이다.

"푸하하! 바람처럼 빠른 드워프 앞에 누가 앞서 달리느냐!"

웃느라 도저히 출발할 수 없었고 그래서 난 엑셀핸드에게까지 앞을 내어주고 말았다. 그런데 아무래도 우린 바이서스 임펠의 폭주족으로 소문나겠는걸?

유니콘 인으로 돌아온 순서는 역시 에보니 나이트호크가 일등이었다. 그러나 말구종의 증언에 의하면 슈팅스타와 에보니 나이트호크는 그야말로 박빙의 승부를 벌였다고 한다.

저녁 시간이 될 때까지 우리는 각자 맘 편하게 시간을 보내기로 했다. 그래서 난 살짝 여관을 빠져나왔다. 수도의 길에 익숙하진 않지만 어렵게 어렵게 내가 원하는 것을 구할 수 있었다.

여관에 돌아와보니 역시나 샌슨과 길시언은 환호를 올리고 뒤뜰로 달려가 버린 후였다. 그리고 하인 하녀들과 손님들 상당수도 역시 환호를 올리고 따라가 버린 모양이다. 그래서 홀은 고요했고 칼과 아프나이델은 각자 채광이 좋은 자리에서 책을 읽으며 간혹 뭔가 이야기를 두런두런 나누고 있었다. 엑셀핸드는 적당한 테이블에 앉아 파이프를 피워물고는 맥주를 마시고 있었다. 엑셀핸드는 대단히 만족한 얼굴을 한 채 눈을 가늘게, 거의 감은 것처럼 하고 있었다. 그리고 그 옆에서는 네리아가 맥주를 마시고 있었다.

"샌슨과 길시언은 역시?"

뒤쪽에서 들려오는 박수와 검 부딪히는 소리를 들어 알고 있지만 확인 삼아 물어보았다. 네리아는 고개를 끄덕이며 노래처럼 운율을 맞추어 말했다.

"전사들은 부지런하네."

그러곤 부드럽게 이었다.

"시간만 나면 대무, 대무, 대무."

"아가씨의 한숨은 듣지도 않나요?"

나 역시 노래하는 것처럼 네리아의 말을 받으며 자리에 앉았다. 네리아의 눈이 동그래지더니 곧 웃으며 말했다.

"아가씨의 시선은 보지도 않나요?"

마치 바딩 대결 같은걸? 바딩 대결이란 바드들이 서로 즉흥곡으로 대결하는 것을 말한다. 물론 우리들처럼 이렇게 간단하게 하지는 않고 꽤 오래 노래한 다음 상대편이 부드럽게 그것을 받아넘겨 다시 자신의 노래를 해야 된다. 하지만 난 마음 편하게 했다. 밖에서 구해 온 물건을 네리아에게 내밀며 노래를 받았다.

"전사는 나보다 검을 더 좋아하네."

네리아는 내가 건넨 꽃다발을 보더니 눈이 동그래졌다. 그녀는 미소를 지으며 꽃에 코를 파묻으며 노래를 불렀다.

"검을 들고 뛰느니, 나와 춤춰요."

"이렇게 과감하게 말하니, 미운가요?"

"그래도 어쩔 수 없네. 봐요, 햇살이 따사로워요."

엑셀핸드는 미소를 지으며 파이프를 끄덕거리기 시작했다. 나는 가락이 점점 살아나는 것을 느끼며 노래했다.

"봄바람이 귓가를 간질이는 삼월이 오면."

네리아는 꽃 한 송이를 뽑아들더니 귀에 꽂으며 노래했다.

"봄맞이 축제에 반짝이는 웃음 조각들."

"낙엽이 바람을 타고 도는 시월이 오면."

네리아는 자리에서 일어나 칼에게 다가가며 노래했다.

"추수제의 유쾌한 농부의 노래."

"두 개의 달이 떠올라 세상을 비추면."

네리아는 꽃 한 송이를 칼의 귀에 꽂아주었다. 아프나이델은 고개를 돌리며 웃었고 난 배를 잡고 웃었다.

"트윈문의 축제에서라면 나도 용기가 생겨요."

"나와 함께 춤춰요. 봐요, 즐겁지 않아요?"

"나와 함께 춤춰요. 하나, 둘, 셋."

칼은 서툴게 웃으며 우리들의 노래를 감상했다. 역시 칼이라서 귀에 있는 저 꽃을 차마 뽑지는 못하는 모양이다.

"어렵지 않아요. 전사 양반. 날 보아요."

"내 손을 잡아요. 칼자루를 놓고서."

"어렵지 않아요, 전사 양반. 그냥 춤춰요."

"즐겁게 내딛고 신경 쓰지 않으면 그게 춤이죠."

우리는 어스름이 내릴 때까지 노래불렀다. 길시언과 샌슨도 석양이 내려 서로 볼 수 없을 때까지 대무를 계속했다.

저녁 식사를 마치고 아프나이델은 자신의 계획을 진행시켰다.

아프나이델은 방 가운데 섰고 우리는 모두 입을 다물고 그를 주시했다. 아프나이델이 신경을 집중하는 데 도움을 주기 위해 방 안의 조명은 모두 최대로 낮춰두었다. 그래서 지금 방 안에는 촛불 하나만이 붉게 타오르고 있었다.

아프나이델이 격정적으로 손짓을 함에 따라 그의 얼굴은 손 그림자에 가려 나타났다 사라졌다 했고 그때마다 그의 동공에 반사되는 촛불 빛이 번뜩였다. 어두운 방 안에 침울한 아프나이델의 목소리가 끊어질 듯 끊어지지 않고 계속되었으며 그리고 주위에는 모두 과거의 한 시간에 영혼을 붙들어매 둔 것처럼 생긴 사람들이 앉아서 그를 바라보고 있었다. 모두들 이런 기괴한 빛 아래에 지극히 생기 없어 보이는 얼굴이다. 어쩌면 그것은 아프나이델의 저 치열하며 음울한 캐스팅 동작 때문에 무거워진 내 마음이…….

잠시 후 열린 창문으로 박쥐 한 마리가 날아들었다. 푸드드득! 우리는 경탄스러운 얼굴로 그 모습을 바라보았다.

아프나이델은 팔을 내밀었고 그러자 박쥐는 부드럽게 아프나이델의 손에 매달렸다. 아프나이델은 다른 손으로 그 박쥐를 쓰다듬으며 말했다. 흐음. 저게 이루릴인가.

"충실한 내 친구. 언제나 부를 때마다 달려와 주어 고맙구나."

우리들도 한결 살 것 같은 기분을 느꼈다. 원 참. 아프나이델의 캐스팅 동작은 항상 우리들의 심장을 오그라들게 만드는군. 아프나이델은 너무나 정성 어린 동작으로 모든 힘을 다 기울인다는 것을 알 수 있도록 캐스팅한다. 아마 아프나이델도 아직 달인은 아닌가 봐. 달인이라면 대충대충 할 텐데.

아프나이델은 박쥐의 귓가에 대고 뭐라고 말했다. 그러고 나서 그는 창가로 걸어가 박쥐를 다시 날려보냈다. 박쥐는 퍼드덕거리며 검은 손수건처럼 날아가 버린다. 그 다음 아프나이델은 조심스런 손놀림으로 빛의 탑에서 사둔 스크롤을 꺼내었다. 우리는 다시 숨을 몰아쉬고는 조용해질 준비를 갖추었다.

아프나이델은 스크롤을 찢으며 시동어를 말했다.

"로케이트 오브젝트!"

아프나이델은 뻣뻣하게 몸이 굳어버렸다. 그는 눈을 꽉 감고 이빨도 앙다물고 있었다. 그의 팔이 사람의 팔이라기엔 너무 딱딱한 동작으로 들리더니 서서히 제자리에서 돌기 시작했다.

"여기군……. 그 OPG야. 확실해……."

나는 침을 꼴깍거리며 아프나이델을 바라보았고 아프나이델은 빙빙 돌다가 벽을 가리켰다. 우리는 모두 그 벽을 바라보았다. 우리는 뭐가 보이는 것처럼 애써 심각하고 그럴 듯한 표정을 서로 짓다가 곧 맥이 빠져버렸다. 아프나이델이 저쪽이라면 저쪽이겠지. 그런데 저쪽으로 얼마나 떨어져 있는 거야? 100큐빗? 1000큐빗? 수십만 큐빗? 아, 물론 수십만 큐빗까지야 되지 않겠지만 그래도 무조건 저쪽이라니.

아프나이델은 눈살을 크게 찌푸렸다.

"제길……. 거리가……, 거리를 모르겠어."

한참 동안 정신을 집중하고 있던 아프나이델이 한숨을 푹 쉬면서 눈을 떴다.

"방향은 파악했습니다만 거리를 알 수가 없군요."

"어느 정도 떨어져 있다는 것도 모르겠습니까?"

아프나이델은 고개를 많이 숙이며 말했다.

"예. 오후에 케이지 님이 말씀하셨다시피 제가 확신할 수 있는 것은 200큐빗 정도 거리밖에 안 됩니다. 그보다는 더 멀 텐데, 문제는 250큐빗 정도인지 수천 큐빗인지는 모르겠다는 겁니다."

"그렇습니까. 그렇다면, 그 박쥐가 어떻게 도움이 될 수 있을까요."

"저쪽 방향의 도시를 감시하게 해두었습니다만, 방 안에 있거나 하면 어차피 알 수가 없겠지요."

칼은 의아한 표정이 되었다.

"그렇습니까? 그럼 왜 낮에 시도하지 않고 밤에 시도했습니까?"

"넥슨은 수배당하고 있는 자이니만큼 낮에는 움직임이 없을 겁니다. 그리고 우리에게 보복하겠다고 했으니 밤에 움직일 확률이 더 높다고 생각했습니다."

"흠. 논리적인 생각이오. 그런데 스크롤은 왜 두 개 구입했습니까?"

"이루릴이 찾아내면 확인해 보기 위해서입니다. 그런데 이루릴로부터는 연락이 없군요."

"그럼 잠시 후 한 번 더 시도해 보고 그래도 거리를 알 수 없다면 그냥 불침번을 서면서 자도록 합시다. 그게 낫지 않을까요?"

"예. 알겠습니다."

우리는 잠시 기다리기로 했다. 서로서로 잡담을 나누면서 한 시간쯤 보내고 나서, 아프나이델은 한 번 더 시동어를 말하며 스크롤을 찢었다. 그는 고개를 갸웃거렸다.

"방향이 달라……. 응? 움직인다."

움직인다고? 우리는 숨죽인 채 아프나이델을 바라보았다. 아프나이델은 고개를 가로젓더니 눈을 떴다. 그러고는 숨쉴 사이없이 다시 캐스팅을 시작했다.

"이루릴……. 이쪽 방향이다. 주욱 날아가라. 힘의 강도가 달라진다……. 움직이는 속도를 봐선…… 말이다. 말을 탔다면 역시 대로. 대로에서 말이나 마차들을 유의해서 살펴보자……. 멍청이! 그건 퇴비 수레잖아! 파리는 천천히 쫓고 어서 날아가. 그래. 비틀거리지 말고. 이쪽 방향이다……."

아프나이델은 안타깝다는 듯이 발을 동동 구르며 말했다.

"좀더 찾아보고……. 말이야, 말……. 그렇다면 어디의 방 안이나 실내에 있는 것은 아니야. 그리고 말을 달리고 있으니까…… 틀림없이…… 찾을 수 있어."

아프나이델은 갑자기 입을 딱 벌리더니 말했다.

"저쪽! 150큐빗!"

아프나이델은 창문 쪽을 가리키며 외쳤고 우리는 그의 말에 벼락치듯 일어났다. 뭐라고? 150큐빗이라고? 아프나이델은 질린 목소리로 말했다.

"뭐야? 어떻게 된 거야! 이루릴! 왜 말을 보지 못했어? 100큐빗? 이럴 수가!"

"이야아아아!"

길시언의 동작이 가장 빨랐다. 길시언은 재빨리 창 쪽으로 달려가더니 베란다 문을 콱 열어젖히며 프림 블레이드를 앞으로 내밀었다. 그의 얼빠진 목소리가 들려왔다.

"대로에는 아무것도 없소!"

"50큐빗! 없다고요?"

우리들도 모조리 달려나갔다. 대로에는 밤이라 걸어다니는 사람들뿐이었다. 아무리 살펴보아도 말 같은 것이라고는 저기 하늘에 떠 있는 것 말고는 아무 데도…… 하늘에 떠 있어?

"하늘이다!"

"뭐라고?"

"꺄아아아악!"

우리들이 지른 고함 소리가 대로에 걸어가던 사람들에게도 들렸나 보다. 대로에서 비명 소리가 요란했다.

검은 밤하늘에 달을 등지고 떠 있는 말들과 사람의 모습이 보였다. 모두 셋. 이 아름다운 도시 바이서스 임펠의 야경 위로 그들은 시커먼 그림자, 흉흉한 적의만을 띤 채로 떠 있었다. 아프나이델이 쥐어짜는 목소리로 말했다.

"팬텀 스티드다! 하늘을 날아오고 있었어!"

8

밤하늘과 별로 구분이 되지 않을 정도로 무반사의 검은 털빛을 가진 말, 그 발굽은 허공을 밟고 서 있으며 희뿌연 눈동자는 초점 없이 앞을 바라보고 있다. 팬텀 스티드. 이 유령마들은 각자 하나씩 세 명의 사람들을 태운 채 도시의 야경을 밟고 서 있었다.

"으아아! 유령이다!"

"화렌차의 세 기사다! 달아나라! 보면 안 돼!"

저게 화렌차의 시간의 기사, 공간의 기사, 의미의 기사라고? 하긴 시민들에게는 그렇게 보일지도 모르겠다. 우리도 퍽 놀랐지만 팬텀 스티드에 탄 그 작자들도 우리가 뛰쳐나오자 좀 당황했던 모양이다. 하지만 그들은 압도적으로 유리한 위치에 있었기 때문에 여유 있게 우리를 내려다보고 있었다. 그리고 그 가운데 떠 있는 자는 차갑게 웃기까지 하고 있었다. 젠장, 저 얼굴은 절대 잊을 수 없어. 이 시커먼 밤하늘에서 이런 괴상한 만남이라 할지라도 네 녀석의 그 얼굴은 못 잊어!

"넥슨 휴리첼!"

난 넥슨의 얼굴을 보고는 이를 갈았다. 넥슨의 양쪽으로 남자 하나와 여자 하나가 떠 있었지만 난 그 얼굴은 보지 않았다. 베란다에 서 있다는 것도 잊어버리고 넥슨에게로 달려갈 뻔하다가 간신히 멈췄다. 넥슨은 싸늘하게 말했다.

"오래간만이군, 모두들. 역시 굉장한 친구들이군. 놀라게 해주려 했는데 이렇게 마중까지 나와줄 줄이야."

기습을 못해서 안타깝다 이 말이지? 오냐. 성대한 환영을 해주지. 일행은 모두 무기를 뽑아들었다. 바스타드가 힘겹게 느껴지긴 했지만 난 이를 악물었다.

"너의 머리를 날려주지. 아니면 네 머리에서 그 몸을 떼내어주지!"

넥슨은 빙긋 웃었다. 그때 네리아가 말했다.

"그거 내 트라이던트, 돌려줘."

넥슨의 왼쪽에 떠 있던 남자는 그 마부였다. 젠장, 마부인지 아닌지도 잘 모르겠지만 어쨌든 그 과묵한 넥슨의 심복 녀석은 네리아의 트라이던트를 들고 있었다. 그 남자는 자기 손에 들고 있던 트라이던트를 살짝 들어보이더니 곧 우리가 서 있던 베란다에 집어던졌다.

네리아는 입을 딱 벌렸다.

"어라?"

진짜 던져주네? 허, 그것 참. 네리아는 고개를 갸웃거리며 조심스럽게 그것을 주워들었다. 난 그 마부의 얼굴을 보았지만 여전히 무표정할 따름이었다. 이 상황에서 내가 입을 다물고 있으면 그건 내가 아니다.

"주인보다는 낫군. 도벽을 가진 주인 섬기기 어렵겠어?"

넥슨은 이를 드러내었고 마부는 여전히 무표정했다. 그런데 내 옆에서 롱소드를 뽑아들던 샌슨이 갑자기 멈칫거렸다. 샌슨은 넥슨의 옆에 떠 있는 한 여자를 바라보고 있었다. 여자? 저건 누구지? 그때 샌슨이 질린 목소리로 외쳤다.

"너……, 그때!"

그 여자도 샌슨을 보더니 무언가를 알아보았다는 표정을 지었다.

"너희들, 죽지 않았어?"

"그거 질문이야, 확인이야?"

"확인이야. 어떻게 살아났지? 아, 그 유피넬의 어린 자식의 소행이로군."

뭔 말들이야? 저 여자가 누군데? 저 여자는 시커멓고 엉망진창인 머릿결에 역시 시커먼 옷, 그리고 창백한 얼굴에 손엔 레이피어를 들고 있는 여자일 뿐인데, 에, 오우! 빌어먹을! 칼이 낮게 신음처럼 말했다.

"그때의 그 뱀파이어!"

칼라일 영지에서 우리를 죽이려 들었던 그 뱀파이어다. 빌어먹을! 저 뱀파이어 여자는 자이펀의 간첩으로 활동하고 있었지? 그렇다면 바이서스의 배신자인 넥슨 휴리첼과 함께 있는 것도 설명은 되는 것 같군. 길시언이 노한 표정으로 말했다.

"넥슨 휴리첼! 그대에게 실망했다! 누대에 걸쳐 그대 가문에게 내려진 성은이 작다 하지 못할진대 어찌 적국과 내통하여 그 성은을 배신한단 말이냐!"

나와 샌슨은 정말 놀라서 길시언을 바라보았다. 아니, 정확하게는 길시언이 들고 있는 프림 블레이드를 바라보았다. 길시언도 자기 말에 놀라서 프림 블레이드를 바라보며 말했다.

"이, 이거 방해를 받지 않고 말하자니 그것도 이상하다……."

우리 앞 허공에 떠 있던 넥슨은 싸늘하게 웃으며 말했다.

"누대에 걸친 성은이라고? 그래서 우리 아버지에게 늙어죽을 기회도 주지 않고 저 변경의 촌구석으로 쫓아내었나? 우리 아버지가 반생을 통해 어전에 바친 적의 수급의 숫자는 명백히 기록에 남아 있을 것이다. 그런 사람에게 드래곤의 뒷바라지나 시켰는가?"

길시언은 고개를 끄덕였다.

"캇셀프라임 말인가 보군. 나는 그 일을 잘 알지는 못한다. 하지만 카뮤 휴리첼의 배덕한 죽음에도 불구하고 너의 아버지에게 명예 회복의 기회를 선사한 성은이 잘못되었다고는 생각지 않는다."

"배덕한 죽음이라. 하하하. 미드 그레이드가 파멸의 낭떠러지에 선 것은 크라드메서라는 드래곤의 머리가 돌아버린 것 때문이었다. 그것 때문에 왜 우리 가문이 핍박받아야 하는가?"

"공인으로서 그런 죽음을 맞이한 것이 잘못이 아니란 말이냐?"

"공인? 공인 중의 공인이자 기사 중의 기사인 너희 바이서스 왕족이 백성들을 함부로 전쟁터로 내보내는 것은 어떻고."

"이놈! 입을 닥쳐라! 뚫린 입이라고 함부로!"

넥슨은 킬킬거렸다.

"웃기는군. 저기 저 칼과 샌슨, 그리고 후치는 그 먼 변경에서 여기로 달려왔지? 이봐. 칼. 당신은 바이서스와 자이펀의 전쟁에 대해 무엇을 알지요?"

엉뚱하게 화살이 우리에게 날아오네? 나는 칼을 바라보았다. 칼은 말했다.

"이 전쟁에 대해 거론하는 이유가 무엇이오?"

"우리에겐 왕의 명령으로 전장에 나가 죽을 권한, 왕에겐 우리를 아낌없이 사지로 보낼 권한이 있는 이 빌어먹을 바이서스라는 나라에 대해 이야기하는 겁니다."

"그래서? 그게 어쨌단 말이오?"

"억울하지 않으시오?"

넥슨은 갑자기 차분한 어조로 말했다. 우리는 미심쩍은 얼굴로 넥슨을 바라보았다.

"억울하지 않습니까? 태어나면서부터 감당해야 하는 의무라는 것이 말이 됩니까? 루트에리노 대왕과 핸드레이크는 그들 스스로의 힘으로 대지를 달려 나라를 세웠고, 그래서 그들의 위엄과 권한을 오롯이했습니다. 그러나 그 게으르고 무기력한 후손들은 단지 왕가에 태어났다는 이유만으로 손에 흙 한 번 묻힐 일도 없이 태연히 그 백성들을 전장에 내보내어 죽이고 있소. 그런 전쟁이 벌써 몇 년째입니까!"

어디서 들었던 말이로군. 칼은 착잡한 표정으로 말했다.

"영웅 시대를 꿈꾸는 젊은이로군. 당신은 루트에리노 대왕의 흉내를 내어보고 싶은 게로군."

"그래서, 안 됩니까? 드래곤 로드의 지배를 받기 싫었던 루트에리노 대왕은 핸드레이크와 힘을 합쳐 그에 반대하여 이 나라를 세웠습니다. 나는 바이서스 왕가가 싫습니다. 그래서 바이서스 왕가를 멸망시키고 새로운 나라를 세울 것이오. 누구도 상대에게 죽음의 명령을 내릴 권한 따위는 가지지 않는 나라, 인간의 나라를 세울 것입니다!"

칼은 묵묵히 넥슨을 바라보다가 입술 사이로 새는 듯한 목소리로 말했다.

"루트에리노 대왕은 앞길을 가로막는 어린아이를 짓밟으며 자신의 길을 걷지는 않았소."

넥슨은 입을 꽉 다물었다. 칼은 낮지만 힘있게 말했다.

"나 또한 나라의 영속성, 세습의 권한 획득에는 관심 없는 사람이오. 대지는 넓고, 왕국은 원한다면 세울 수 있소. 나라는 영원할 수는 없고, 누구라도 왕은 될 수가 있을 것이오. 하지만, 하지만 당신이 어떤 나라를 세우든, 그 나라는 어린아이의 핏값을 전제로 한 나라가 될 것이오. 누구도 상대에게 죽음의 명령을 내리지 않는다고? 그렇다면 당신이 그 어린아이에게 베푼 죽음의 손길은 어떻게 된다는 말이오."

넥슨은 이를 갈듯이 말했다.

"완벽은 없소. 소수의 희생 없이 변혁을 꿈꾸는 것은 몽상가의 논리일 따름입니다. 당신이 그렇게도 비현실적인 사람이라고는 생각지 않았소."

칼이 드디어 특유의 비꼬는 얼굴이 되기 시작했다.

"그렇소? 그렇다면 바로 당신을 희생시키는 것이 좋겠군. 그게 지금 이 나라의 현실에 가장 적합한 희생이 될 것 같소. 전쟁으로 어지러운 나라를 접수하시겠다고? 왜? 평화가 우선이 아니라 당신의 권력 획득이 먼저인가?"

"내가 가장 바라는 것이 평화고, 그래서 이 나라의 전쟁과 이 나라를 한꺼번에 끝낼 거요. 그리고 평화의 땅 위에 새로운 나라를 세우는 거요."

칼은 넥슨의 옆에 있던 그 뱀파이어 여자를 흘깃 바라보았다.

"그렇군. 자이펀과 손을 잡고 전쟁을 끝내시겠다 이 말이겠군."

뱀파이어 여자는 별말 없이 다만 싸늘하게 우리들을 노려보고 있었다. 그녀의 눈은 여기서 저기로, 저기서 여기로 빠르게 움직이고 있었다. 칼이 결기 어린 목소리로 넥슨에게 말했다.

"말도 안 되는 소리 마시오. 당신의 정체가 드러난 이상 당신은 자이펀을 위해 해줄 수 있는 것이 하나도 없소. 그 서류도 이미 국왕 전하에게 돌려주었소. 따라서 자이펀에서 당신을 받아줄 까닭이 없소. 당신에겐 아무런 이용 가치가 남지 않았으니까."

넥슨은 킬킬거렸다.

"웃기지 마십시오. 당신은 나에 대해 전혀 알지 못합니다."

칼은 고개를 가로저었다.

"도대체 뭘 어쩌겠단 말이오? 당신에게 무엇이 남아 있단 말이오. 당신이 건네주려 했던 그 서류는 이미 우리가 국왕께 돌려드렸소. 그리고 당신은 그랜드스톰의 은혜도 바랄 수 없소. 도둑 길드? 글쎄. 도둑 길드가 당신을 얼마나 도울 수 있을지 모르겠군. 당연히 당신 가문의 힘을 사용하지도 못하게 되었소. 그런 당신이 무엇을 한단 말이오."

"천만에, 천만에. 나는 여러 가지를 할 수 있는 사람입니다."

네리아가 그 말에 코를 찡그렸다. 갑자기 그녀는 앞으로 나서며 말했다.

"헤이, 넥슨?"

그러더니 네리아는 트라이던트를 빙빙 돌려 허리 옆에 세웠다.

"말은 필요없어. 끝장을 보자. 덤벼라."

샌슨과 길시언도 그 말에 네리아의 옆에 서서 검을 세워들었다. 그리고 나와 엑셀핸드는 약간 뒤에 섰고 아프나이델과 칼은 맨 뒤에 섰다. 넥슨은 히죽 웃었다.

"싸우러 온 것이 아니오. 싸우러 왔다면 우린 간단히 당신들을 죽일 수 있지."

칼은 미심쩍은 얼굴로 넥슨을 바라보았다. 넥슨은 진지한 얼굴로 말했다.

"난 원한을 잊는 성격은 아닙니다. 하지만 날 패배시킬 정도의 능력과 힘을 알아볼 줄 아는 눈은 가지고 있지요."

"무슨 말을 하는 게요?"

"협력하지 않겠습니까?"

"무엇을 위해……, 당신과 협력한다는 말입니까?"

"당신들이 목숨을 걸 만한 대가를 원한다면 대가를 지불하지요. 당신들이 몸 바칠 이상을 필요로 한다면 이상을 드리지요. 원하는 바를 말해 보시오."

"당신에겐 받을 만한 것이 없을 것 같소."

넥슨은 빙긋 웃었다. 밤하늘에 떠 있는 세 사람의 모습과 그 가운데서 웃고 있는 넥슨의 모습은 소름끼치도록 신비로운 것이었다. 넥슨은 차분하게 말했다.

"들어보시오, 칼. 이 나라의 역사는 300년이 넘었소. 루트에리노 대왕이 드래곤 로드를 몰아내고 나라를 세우고 이미 3세기가 흘렀단 말이오. 고귀했던 이상은 잔재도 남기지 않고 흩어져버렸고 남은 것은 타성뿐이오. 기사 중의 기사인 국왕은 섬기기보다는 섬김받기를 더욱 원하고 있소. 귀족들은 축적된 명예를 낭비하며 만인의 재산을 한 가문에 귀속시키려 애쓸 따름이오. 칼, 당신은 지금의 국왕이 기사 중의 기사로 백성을 섬긴다고 보시오?"

칼의 얼굴이 순간 흐려졌다. 길시언은 뒤를 돌아보고는 찌푸린 표정을 지었다.

"그렇군! 당신의 얼굴은 당신의 가슴 속에 있는 생각을 거부할 수 없음을 나타내고 있소. 칼! 당신도 느끼고 있는 것이오. 그리고 또 보시오! 300년의 영화가 아쉬워 그 영화를 연장시키기 위해 인간들을 교배시켜 우수한 품종을 만들어내려는 가문이 있소! 모른다 말하진 않을 테지."

이번엔 우리 모두의 얼굴에 그림자가 스치는 것 같다. 넥슨은 여유 만만하게 말했다.

"너무 길었소. 타성의 모든 악덕이 자리잡기엔 충분한 시간이었단 말이오! 힘을 가진 자는 그 힘을 계속 누리기 위해 변화를 절대로 인정하지 않게 되었습니다. 그리고 그 불변성은 우리 모두에게 불평등만을 강요하고 있소! 알고 있겠지요! 당신은 알고 있을 거요! 저 멀고 먼 서녘, 석양의 빛이 마지막으로 닿는 서쪽의 황야에서 이곳으로 달려오자마자 국왕을 놀라게 만든 당신은 알고 있을 것이오, 칼! 태양은 천공을 일주하며 바라본 바이서스의 모든 모습을, 일몰의 시간에 서 있는 당신에게 전달했을 것이오. 당신은 알고 있을 것이오!"

칼의 턱이 꿈틀거렸다. 그는 잔뜩 쉰 목소리로 말했다.

"나에게 뭘 원하시오."

넥슨은 팬텀 스티드의 안장을 놓고는 두 팔을 좌우로 쫙 벌렸다.

"나와 손잡읍시다. 그 아이의 일은 사과하겠소. 그러나 보시오. 칼은 위험하리만큼 날카로워야 됩니다. 그래서 어쩔 수 없이 다른 자를 상하게 만들기도 하는 겁니다. 내가 그 날카로운 칼날이 되겠소. 당신은 손잡이가 되어주십시오! 그리하여 우리가 손잡고, 저 루트에리노 대왕과 핸드레이크의 만남을 여기서 다시 재현하는 겁니다!"

나는 침을 삼키며 뒤돌아보았다. 칼은 꼼짝도 하지 않은 채 우울한 얼굴로 허공에 떠 있는 넥슨을 바라보았다. 그의 입이 천천히 움직였다.

"닐시언 국왕이 왜 날 화나게 만들었는지 모르시겠지."

넥슨은 의아한 얼굴이 되었다. 그가 말하려 할 때 칼이 재빨리 말했다.

"닐시언 국왕은 자신이 루트에리노 대왕이 되고 내가 핸드레이크가 되기를 원했지……, 당신처럼."

넥슨의 얼굴이 굳었다. 그러나 곧 그는 다시 미소를 지으며 말했다.

"당치 않은 말이었군. 당신이 화를 낸 것은 당연합니다. 그는 자신의 왕권 강화를 위해 그런 요청을 했으니까. 나와는 전혀 다른……"

"다르지 않아요."

"예?"

칼은 크게 한숨을 쉬며 말했다.

"다르지 않아요. 자신의 욕망을 위해 타인을 속이고, 위협하고, 억누르려 드는 것, 똑같습니다. 왜 자신의 솔직한 모습을 보여서 상대로 하여금 자신을 알게 하려 들지 않습니까. 왜 자신이 더 위대해 보이고, 더 강해 보이고, 더 위압적인 모습으로 보이기를 원하는 겁니까?"

"예?"

"루트에리노 대왕은 루트에리노 대왕으로 살았고 핸드레이크는 핸드레이크로 살았소. 그러니 닐시언 전하는 닐시언 전하로 살아야 하고 넥슨 당신은 넥슨 당신으로 살아야 하오. 그리고 당신들 중 누구도 나에게 칼 헬턴트가 아닌 다른 자로 살도록 명령할 수는 없소."

"이, 이보시오. 칼. 내 말은……"

"천공을 가로지른 태양이 그 본 바를 낱낱이 가르쳐주어 무한한 지식을 갖추게 된 현자라……. 멋있군요. 나에게 붙일 칭호를 꽤나 연구하신 모양이군요. 하지만 그건 기만적입니다."

넥슨은 입을 꾹 다물었다. 그리고 칼은 계속 말했다.

"난 이곳으로 여행하다가 어떤 젊은이를 보았소. 그는 마나에 몸을 맡긴 젊은이였지만, 아쉽게도 아직 그 정진의 세월이 짧았는지 그렇게 능숙하지는 못했소. 그래서 그는 자신을 방어하기 위해, 자신을 위대한 대마법사로 보이도록 하기 위해 안간힘을 쓰고 있었지."

나와 샌슨은 확실히 눈치가 없다. 이 순간에 아프나이델의 얼굴을 보다니. 아프나이델의 얼굴은 붉게 변했지만 칼은 푸근한 목소리로 말했다.

"그는 결국 알아차렸소. 그것이 자신의 모습이 아닌 것을. 그리고 그는 자신의 모습에 충실하기 위해 모든 것을 버리고 떠났소. 그 젊은이에게 부끄러워서라도 난 그렇게는 못하겠소."

아프나이델은 물기 어린 눈으로 칼을 바라보았다. 그러나 우리 둘보다야 확실히 눈치가 있는 칼은 아프나이델을 바라보지는 않았다. 그는 그대로 허공에 있는 넥슨만을 바라보며 말했다.

"그리고……, 당신의 혁명 이론, 부분적으로 공감가는 곳은 있습니다만, 반대합니다."

넥슨의 얼굴이 이젠 사나워지기 시작했다. 그러나 칼의 목소리는 한점 흐트러짐이 없었다.

"내가 만난 또 다른 젊은이가 한 행동이 그 대답이 될 것이오. 그 젊은이 또한 자신의 왕국을 만들었지. 그는 50명의 고아들을 위해 자신을 위한 여행을 중단하고 그의 인생을 고아들에게 바쳤소. 그 왕국의 국민들인 그 50명의 고아들은 자라나 사랑을 알게 되고 관용을 알게 되고 자비를 알게 될 것이오."

샌슨은 눈을 끔뻑거리고 있었다. 저 오거, 틀림없이 눈물을 찔끔거리고 있는 거겠지.

"그러나 당신이 나라를 만든다면, 그 나라의 국민들은 서로가 서로를 희생되어도 좋을 소수로 인식하는 나라가 될 것이오. 그 나라의 국민들은 서로가 서로에게 거짓된 상만을 보여주고자 애쓰는 나라가 될 것이오."

칼은 단호하게 끝맺었다.

"나는 그런 나라에 찬성할 수 없소."

넥슨은 싸늘하게 칼을 노려보았다.

"잘못 봤군. 당신은 몽상가이며 낭만주의자였군."

"그럴 것이오."

칼은 웃으며 고개를 끄덕였다. 넥슨은 그대로 고개를 돌렸다.

"그렇다면 나의 복수의 필요성을 충족시키지. 시오네."

그게 누군데? 그러자 그 뱀파이어 여자가 두 손을 들어올렸다. 저 여자가 시오네인가? 아프나이델이 기겁해서 비명을 질렀다.

"캐스팅한다!"

"파이어……."

피윳! 칼이 어느새 한방 날렸다. 시오네는 기겁하면서 캐스팅을 중지하고 허리를 틀었지만 화살은 그녀의 볼을 스치고 지나갔다. 나는 놀라서 뒤를 돌아보았고 칼은 낮게 말했다.

"하늘을 나는 자, 화살 앞에 두려움이 없을 수 있소?"

시오네는 크게 노한 얼굴이 되었다.

"너, 너!"

"매직 미사일!"

아프나이델의 때를 놓치지 않은 캐스팅. 그리고 하얀 빛의 화살 세 개가 떠올랐다. 그것은 각자 하나씩 세 명에게 날아갔다. 그리고 곧 칼은 화살을 마구 퉁기기 시작했다.

펑펑! 쉬유우우욱!

마부를 제외하고 두 명은 모두 매직 미사일에 맞았다. 넥슨과 시오네는 매직 미사일에 맞고는 주춤하면서 물러났지만 놀랍게도 마부는 검을 가슴 앞에 세워 매직 미사일을 막아내었고 곧 사방으로 검을 휘둘러대었다. 미치겠다! 날아가는 화살이 모두 튕겨 버렸다. 아래쪽에서는 엄청난 비명소리가 들려왔다.

"으아아악!"

그러나 세 명은 돌격하지 않았다. 그들은 여전히 공중에 그냥 떠 있었고, 그러자 우리들이 하늘을 날지 못하는 바에야 저쪽을 어떻게 공격할 수가 없게 되었다. 게다가 그들은 칼의 화살에 맞지 않기 위해 재빨리 더 높이 솟아올랐다. 칼은 활을 거의 수직으로 들어올려 쏘아올렸다. 그러나 화살은 그렇게 높이까지 올라가지는 못했다. 그들이 너무 작아져 캄캄한 밤하늘에서 거의 알아보기 힘들어졌을 때 아프나이델은 걱정스러운 표정으로 말했다.

"이런, 캐스팅을!"

이런, 큰일났다! 칼은 고함을 질렀다.

"모두 안으로!"

"우아아아!"

엑셀핸드의 투박한 비명소리를 뒤로 하며 우리는 부리나케 방 안으로 뛰어 들어갔다. 역시 엑셀핸드는 다리가 짧아 좀 느렸지만 어쨌든 우리는 모두 방 안으로 뛰어들었다. 그러고는 베란다로 통하는 문 양쪽으로 몰려섰다. 이런, 도대체 어떻게 해야 되지?

"들어와라! 이 자식들아! 그 빌어먹을 말에서 내려 들어와!"

샌슨은 막무가내로 바깥으로 고함을 질렀다. 그러자 밖에선 시오네의 앙칼진 고함 소리가 들려왔다.

"클라우드킬!"

뭐야? 곧 창문 쪽에서 연두색 구름이 스며들어오기 시작했다. 이런, 저건 아무리 봐도 향기로울 것 같지는 않은데? 아프나이델이 고함을 질렀다.

"숨쉬지 말아요! 독구름입니다!"

그 사이에도 연두색 구름은 창틀을 타고 넘실넘실 새어들어 왔다. 이런, 구름이라면 어떻게 피해야 돼? 코가 낮은 곳에 있는 엑셀핸드는 엄청난 표정을 지으며 물러났다. 아프나이델은 빠르게 캐스팅했다.

"거스트 오브 윈드!"

곧 아프나이델의 손에서 무서운 바람이 일어나기 시작했다. 네리아의 머리카락이 마구 흩날리는 것이 보였다. 아프나이델의 손에서 일어난 바람은 매섭게 소용돌이쳐 창문 쪽으로 불어갔고 창문에서 새어들어오던 연두색 독구름은 바람에 흩날려 뒤로 밀려났다. 안도의 한숨을 쉬기가 무섭게, 아프나이델은 휘청거리기 시작했다.

"여, 연속으로 너무 많이……."

아프나이델은 연속으로 너무 많은 마법을 써서 피로해진 모양이다. 휘청거리는 그를 잡기 위해 엑셀핸드가 그의 허벅지를 붙잡으려다가 함께 넘어갈 뻔했다. 간신히 샌슨이 아프나이델을 잡아내었다. 그리고 그 동안 밖에서는 다시 시민들의 비명소리가 들려왔다.

"크윽! 사, 사람 살려!"

"수, 숨이……. 으아아!"

"커어억!"

칼이 입술을 깨물었다.

"이런! 구름이 아래로 깔리는 모양이다!"

오우, 이런 얼어죽을! 아프나이델이 밀어낸 독구름이 그대로 아래의 길로 퍼져나가는 모양이다. 이런 망할 경우가 있나? 우리는 어쩔 줄 모르고 우왕좌왕했다. 공중에 떠 있는 저들을 공격할 수 있는 사람은 칼 하나뿐인데, 베란다로 뛰어나가면 그대로 시오네의 마법을 맞을 것이다. 칼은 입술을 깨문 채로 달려나갈 자세를 취했지만 길시언이 그의 허리를 붙잡았다.

"나가면 죽습니다!"

"그러면 어, 어떻게 하라고!"

"칼! 당신은 여기 그대로 남아 있으십시오. 나는 밖으로 나가서 저들을 유인하겠습니다! 아프나이델! 마법 남아 있는 것 있습니까?"

"며, 몇 개 정도……."

"그럼 여기서 칼을 도우시오!"

길시언은 말을 마치자마자 밖으로 뛰쳐나갔다. 나와 샌슨도 그를 뒤따랐다. 여관의 홀로 내려오자 홀 바닥에 머리를 파묻고 덜덜 떨고 있는 하인 하녀들과 그들을 다독거려 피하게 하려고 정신이 없는 여관 주인 리테들의 모습이 보였다. 우리는 설명해 줄 시간도 없이 그대로 달려나왔다. 길시언이 몸을 내밀었을 때다.

"라이트닝 볼트!"

퍼버벅! 길시언은 옆으로 몸을 날려 간신히 피했다. 하늘에서 내려꽂힌 벼락은 그가 서 있던 자리를 시커멓게 태워버렸다. 땅에는 패인 자국이 커다랗게 나버렸고 흙과 연기가 흩날렸다. 뒤따라 나가려 했던 나와 샌슨은 건물 안에서 발이 굳어버렸다. 이런, 젠장! 길시언은 땅을 구르다가 그대로 일어났고 샌슨은 곧장 창문 쪽으로 달려갔다. 샌슨은 창문으로 위쪽을 살펴보며 욕지거리를 뱉어내었다.

"저 빌어먹을 여자! 저건! 내려오지도 않고!"

밖으로 달려나간 길시언이 퍽 위험하게 보였다. 그러나 길시언은 흔들림 없이 프림 블레이드를 하늘로 뻗은 채 마구 고함을 지르고 있었다. 주로 내 안위에 대해 신경 쓰지 말고 날 공격해 보라는 식의 단순한 고함이었지만 그 시오네라는 뱀파이어도 마법을 무한정으로 쓰지는 못하는 모양이다. 우리는 틈을 봐서 밖으로 뛰쳐나갔다.

밖으로 나오자 길가 곳곳에 쓰러져 있는 사람들의 모습이 보였다. 독구름에 당한 것 때문인지 거의 모든 사람들이 피를 토하거나 코나 귀에서 피를 흘리며 쓰러져 있었다. 신음을 흘리는 사람 하나 없이 모두 고요했다. 그 말은 모두가 죽었다는 말. 우리는 눈에서 불을 튕기며 하늘을 바라보았다. 하늘에선 그 삼인이 당당한 자세로 우릴 내려다보고 있었다.

"제기랄! 저 악마!"

"넌 시체의 나라를 만들 셈이냐!"

나와 샌슨은 악에 받쳐서 하늘을 향해 고함을 질렀다. 그런데 우리의 고함이 무슨 암시가 된 모양이다. 하늘에 떠 있던 시오네에게서 웃음소리가 들려왔다.

"그것, 좋은 생각이군. ……애니메이트 데드."

"뭐야?"

우리는 순간 뒷골이 섬뜩해지는 것을 느꼈다. 나와 샌슨, 길시언은 황급히 몸을 돌렸다. 설마, 설마 아니겠지? 그건 아니겠지?

시체들이 하나둘 일어나고 있었다.

동공에서 피를 흘리고 있는 시체는 피눈물을 흘리는 것처럼 보였다. 그것은 차라리 연민이라도 불러일으킨다. 그러나 그 연민의 대가가 너무 비싸다. 그러한 연민을 느끼기에 앞서 엄청난 공포와 지독한 적개심을 지불해야 하니까.

꿈틀거리며, 그러나 딱딱한 동작으로 일어난다. 죽은 자, 누워 있어도 무서운 느낌이 들지. 그런데 지금 하나둘 일어나서 비틀거리며 걸어오고 있다.

"두 번을 죽여? 죽은 자를 모욕하지 마라!"

샌슨의 목이 터질 것 같은 고함소리, 그리고 나도 고함을 질렀다.

"말도 안 돼! 나이만큼의 날짜가 지나지 않으면……."

길시언이 이를 갈면서 설명했다.

"저건 성직자의 디바인 파워가 아니라 마법사의 마나로 움직이는 것이다. 저건 좀비만큼의 지성도 없는 시체, 허수아비일 뿐이다! 제기랄, 그냥 쓰러뜨려! 시끄러! 어쩔 수 없다. 네가 아무리 언데드를 베기 싫다고 해도, 난 저 모습을 더 두고 볼 수 없다."

난 덜덜 떨면서 그 모습을 바라보았다. 난 OPG도 없고, OPG의 부재는 내게 힘의 상실뿐만 아니라 용기의 상실까지 가져왔다. 차마 떨어지지 않는 발걸음. 제기랄, 난 겨우 그거였나? 내가 부린 배짱은 헬턴트식 배짱이 아니라 OPG의 배짱이었나? 그렇지 않아!

샌슨이 먼저 돌격했다. 그는 고함을 질렀다.

"길시언! 후치를 지키고 위를 감시해 주십시오!"

"이런, 샌슨! 혼자서는 안 됩니다! 후치, 넌 들어가!"

길시언은 그렇게 외치며 날 밀어젖혔다. 난 길시언에게 떠밀려 뒤로 몇 발자국 물러났다. 내가 밀려났나? 그런데 왜 다행스럽다는 느낌이 들지, 왜 이렇게 치사스러운 거지?

샌슨은 은도금 롱소드를 기운차게 휘저었고 그것에 맞은 좀비들은 검이 아니라 무슨 메이스에 맞은 것처럼 퍽퍽 부서져 나갔다. 쓰러진 지 얼마 되지도 않아 떨어져 나간 살덩이들은 퍼덕거렸고 선혈이 낭자했다. 토하고 싶다. 그러나 길시언은 그 피를 뒤집어쓰면서 악을 쓰고 있었다.

"시끄러워, 시끄러워! 슬프지 않아. 제기랄! 슬프지 않아! 살려고 하는 짓이야. 시끄러워!"

아니다. 길시언은 눈물을 흘리고 있다. 알지도 못하는 음모 때문에 이 평화로운 밤길을 걸어가다가 갑자기 죽어버린 사람들. 친구를 만나기 위해 걸어가고 있었을까? 따스한 저녁 식사 테이블을 기대하며 바삐 걸어가고 있었을까? 그러나 뜻없이 죽어버리고, 게다가 죽은 뒤에도 일어나 피눈물을 흘리며 사람들을 공격해야 되는 저 시민들을 베어넘겨야 되는 황야의 왕자. 프림 블레이드가 무슨 소리를 지르는지 대충 알 수 있다.

난 질려버린 채 입술을 덜덜 떨면서 하늘을 보았다.

아래쪽에서는 샌슨과 길시언이 시선을 끌기는커녕 좀비들을 상대로 싸우느라 자신들도 주체 못할 지경이 되어버렸다. 그리고 위에서는 아프나이델이 처절하게 고함을 질러대고 있었다.

"매직 미사일! 슬리프!"

아프나이델은 남은 마법을 다 쏟아내고 있는 모양이다. 하지만 아프나이델이 구사하는 마법들은 거의 상대에게 타격을 주지 못하고 있었다. 시오네는 코웃음을 치기까지 했다. 그나마 시오네가 더 마법을 쓰지 못하는 것은 칼이 계속 화살을 날려대고 있었기 때문이다. 그 화살 때문에 시오네는 정신 집중에 필요한 시간을 얻지 못했다. 그러나 강력한 전사들이 모조리 밑에 내려왔기 때문에 위에서는 네리아와 엑셀핸드가 넥슨과 마부를 막아내어야 했다. 엑셀핸드는 거의 도움이 되지 않았다. 하늘을 날아다니는 저들을 막는 데 도끼는 전혀 쓸모 있는 도구가 아니었으니까. 오로지 네리아가 기다란 트라이던트로 상대가 접근하지 못하게 하고 간혹 대거를 집어던지면서 막아내고 있을 따름이었다.

"위험해! 후치 이 자식아!"

뭐지? 퍼억!

위를 쳐다보는 사이에 좀비 하나가 다가왔던 모양이다. 난 턱이 돌아버리는 충격을 느꼈다. 허, 확실히 턱을 맞으면 고통이고 뭐고 없어. 난 그저 화끈하게 정신이 들었다. 날 쳤어?

"제기랄, 죽어보자!"

"이 자식아, 어서 못 들어가!"

제기랄, 시끄러워! 날 쳤어? 이렇게 느려터진 상대라면 나도 상대할 수 있어. 난 바스타드를 마구 휘저었다. 그런데 이게 웬 일이지? 바스타드는 전혀 평소의 속도가 나지 않았고 그래서 난 허리의 회전과 팔의 회전 속도가 어긋나면서 그대로 균형을 잃었다. 간신히 쓰러지진 않고 몇 발자국 비틀거렸다.

제기랄, 크게 휘두를 수가 없어! 난 바스타드를 늘어뜨리지 않으려고 애쓰면서 허리 높이에 똑바로 세워들었다. 휘두르지는 못한다. 젠장, 젠장! 그럼 어떻게 해야 되지? 그 사이에도 내 턱을 때린 좀비는 서서히 다가오고 있었다. 입과 코에서 피를 줄줄 흘리고 있는 아저씨였다. 그 눈이 뒤집힌 것이 천만 다행이다. 만일 저 눈이 날 똑바로 본다면 곧장 기절해 버릴 것이다.

"에에에랏!"

내미는 팔에 맞추어 양팔 사이로 바스타드를 찔렀다. 크극! 바스타드는 겨우 끝부분 조금만 들어갔다. 그리고 곧 요동치는 좀비의 몸부림이 전달되어 하마터면 바스타드를 놓칠 뻔했다. 좀비는 괴성을 지르며 팔을 휘둘렀고 난 부리나케 뒤로 빠졌다. 그러자 끝부분만 조금 박혔던 바스타드는 허무하게 빠져버렸다. 좀비의 가슴에선 피가 흘렀지만 저 정도의 상처로 좀비가 쓰러지진 않을 것이다. 제기랄.

위쪽에선 아프나이델의 절망적인 발악소리가 들려왔다.

"이, 이젠 더 이상은! 으흐흑!"

"기운 차려! 아프나이델, 이놈아, 기운 차려!"

"엑셀핸드……. 미안해요. 난, 난 역시 쓸모없는……"

"시끄러워!"

엑셀핸드가 고함을 크게 질렀다. 네리아의 비명이 들렸던 것도 같다. 올라가야 되나? 그러나 좀비는 계속 나에게 다가오고 있었고 계속 물러나 버리느라 어느새 여관 입구에서 멀리 떨어져버렸다. 이런, 낭패다! 그때였다.

"이야아압!"

여관 주인장 리테들이 의자를 들고 뛰쳐나오는 것이 보였다. 저 양반이 돌았나? 리테들은 멀리서 의자를 집어던져 내 앞에 있던 좀비를 맞추었다. 좀비는 콰당 쓰러져버렸다. 리테들 씨!

"으아아아!"

난 뛰어올라 온몸의 체중을 실으며 좀비의 목에 바스타드를 꽂았다. 목을 날리지 않으면 별 소용도 없겠지. 바스타드는 기분나쁜 충격을 내게 전달하며 좀비의 목을 관통했다. 난 눈을 딱 감으며 좀비의 머리를 걷어찼다.

"어, 우어어어!"

리테들의 비명소리. 젠장, 저쪽으로 걷어찼나? 난 아래를 내려다보지 않으려 애쓰면서 여관 정문으로 달려갔다. 발가락이 부러진 거 아닌가? 난 절뚝거리며 달려갔다. 리테들은 바닥에 주저앉아 있었다. 주위를 살펴보았다.

샌슨과 길시언은 두 마리의 미친 오크처럼 싸우고 있었다. 길시언은 방패로도 상대를 때려죽일 정도로 거칠게 움직이고 있었고 샌슨은 거의 한 번에 하나씩 상대의 수족을 끊어내고 있었다. 게다가 샌슨의 롱소드에 맞은 좀비들은 모두 살이 타들어가고 있었다. 피가 지글거리는 모습까지 보였다. 둘이 매섭게 공격해서 대로는 거의 안정되었다. 그러나 위쪽에서는?

"꺄아아아!"

네리아의 비명소리다! 기겁해서 위를 보니 베란다 끝에 매달린 네리아의 모습과 그녀를 붙잡아 올리기 위해 활을 집어던지는 칼의 모습이 보였다. 칼은 활을 집어던지고 허리를 숙여 네리아의 팔을 붙잡았고 그러자 네리아는 목이 터져라 욕설을 퍼부어댔다.

"이런 바보 아저씨! 죽으려고! 돌았어요?"

위에서 그 마부가 묵묵히 롱소드를 뽑아들어 달려드는 모습이 보였다. 안 돼! 칼은 잠깐 위를 보다가 다시 아래를 보았다. 그는 네리아의 손을 놓을 수 없었다. 네리아는 몸부림쳤다. 그때 엑셀핸드의 노한 고함소리가 들렸다.

"카리스 누멘의 이름으로!"

뭔가 엄청난 소리가 들렸다. 베란다 쪽에서 뭔가가 빠르게 돌면서 무수한 빛을 튀겼다. 윙윙윙윙윙! 엑셀핸드가 도끼를 집어던진 것이다. 날아간 도끼는 곧장 팬텀 스티드 위에 있는 그 마부를 향했고 마부는 롱소드로 그것을 막아냈으나 곧 비명을 질렀다.

"으어억!"

롱소드가 부러지며 그 부러진 칼날 조각이 마부의 얼굴을 스치고 지나갔다. 마부는 비틀거리다가 황급히 위로 다시 떠올랐다. 도끼를 던져버린 엑셀핸드가 베란다 끝으로 달려오더니 네리아의 팔을 붙잡는 것이 보였다. 그러나 그때 넥슨이 들이닥치고 있었다. 넥슨은 거리낌 없는 태도로 단호하게 날아오고 있었다.

"이런, 안 돼!"

이젠 아무도 막을 사람이 없다. 바스타드를 던질까? 젠장, 저 높이까지 올라갈지도 모르겠다. 난 죽어보자는 심정으로 바스타드를 어깨 위로 당겼다. 안 돼, 이건 미친 짓이야!

"이루리일!"

아프나이델의 처절한 고함소리가 들려왔다. 달려들던 넥슨이 갑자기 움찔하는 것이 보였다. 푸드득푸득! 뭔가가 넥슨의 얼굴에 달라붙었다. 그 박쥐구나. 그 박쥐가 넥슨의 얼굴에 달라붙은 것이다. 그러나 넥슨 저놈은 나의 OPG를 가지고 있다. 놈은 얼굴에 붙은 박쥐를 떼어내더니 그대로 종잇장처럼 구겨버렸다.

"으아아아아!"

아프나이델의 처절한 비명소리가 들려온다. 패밀리어의 죽음이 그대로 마법사에게 전달된 모양이다. 다행히 그 사이에 칼과 엑셀핸드는 네리아를 끌어올렸다. 칼의 고함소리가 들려왔다.

"내려갑시다! 아프나이델, 아프나이델! 이런!"

"거기 섰거라!"

넥슨의 고함소리가 들렸고 곧 넥슨은 베란다에 뛰어들었다. 여관 안쪽 홀을 보니 위에서 뛰어내려오고 있는 엑셀핸드가 보였다. 그리고 그 뒤로는 아프나이델을 부축한 채로 내려오고 있는 칼과 네리아의 모습이 보였다. 아프나이델은 거의 걸음을 제대로 걷지 못하고 있었다.

"후치, 이 멍청한 자식아!"

고함소리. 그리고 뭔가가 내 어깨를 확 잡아당겼다. 샌슨인가? 그리고 내가 서 있던 자리에 불덩어리가 내려꽂혔다. 아무의 방해도 받지 않은 사이에 시오네가 마법을 사용한 모양이다. 쾅쾅!

나는 한참을 날아갔다. 데구르르. 하늘과 땅이 몇 번씩 자리바꿈을 한다.

온몸이 부서져나가는 것 같다. 털썩! 엎어진 자세로 포석에 쓸려버린 볼을 들어올리자 내 앞에 쓰러져 있는 샌슨의 모습이 보였다.

"새, 샌슨……."

완전히 쉬어버린 목소리가 나왔다. 샌슨은 참혹한 모습이었다. 그는 아무래도 날 막아준 모양이다. 온통 그슬리고 곳곳에서 피를 흘리고 있었다. 그러나 샌슨은 눈을 똑바로 뜨며 일어나 앉으려 했다. 팔이 미끄러지며 그는 다시 호되게 땅에 몸을 부딪혔다. 쾅!

"으으윽……."

"샌슨, 샌슨!"

일어나지지 않아! 이게 내 팔인가? 이게 내 다리인가? 난 힘겹게 일어나려고 했지만 그것은 마음뿐, 아무리 해도 몸이 움직여지지 않았다. 여관에서 달려나온 네리아가 비명을 지르며 샌슨을 들어올리는 모습이 보였다. 그녀는 날 보더니 다시 비명을 질렀다.

"후, 후치!"

"난 괜찮아요. 샌슨, 샌슨은?"

샌슨은 네리아의 부축을 받아가며 몸을 일으켰다.

"너만큼 괜찮아."

"그럼 죽을 지경이겠군……."

난 가까스로 턱을 들어 위를 바라보았다. 곧 엑셀핸드가 내게 달려오더니 그 강한 팔이 날 일으켜 앉혔다. 무지막지한 고통. 난 기절할 듯한 정신을 간신히 지탱하며 내 키의 반밖에 되지 않는 엑셀핸드의 품에 기대어앉았다. 저쪽에는 아프나이델이 칼의 품에 쓰러져 있었다.

넥슨과 시오네, 그리고 그 마부는 땅으로 내려왔다.

시오네가 뭐라고 중얼거리고 나자 팬텀 스티드들은 다 사라졌다. 그리고 세 명은 각자의 검을 뽑아들었다. 마부는 얼굴에 커다란 상처가 나 있었지만 별로 신경 쓰지 않는다는 듯이 걸어오고 있었다. 이제 사살인가. 이빨이 맞부딪히는데.

9

"다가오지 마라!"

길시언이 세 명의 앞을 가로막고 있었다.

길시언은 어느새 좀비들을 모두 격퇴시켜 놓았지만 그 대가로 온몸이 피투성이가 되어 있었다. 그의 다리는 가늘게 떨리고 있었고 숨결도 고르지 못했다. 하지만 길시언은 방패를 앞에 세워 들고는 당당하게 우리 앞을 가로막고 서 있었다. 멍청한 왕자. 차라리 달아나! 감성은 만족되겠지만, 합리적이지 못해.

길시언의 짜내는 듯한 협박 소리에 세 명은 멈춰 섰지만 그건 그저 웃어주기 위해서였다. 그들도 나와 똑같은 생각을 하나 보군. 시오네가 처음으로 말했다.

"먼저 당신들에게 경의를 표하고 싶은데."

길시언은 대답하지 않고 다만 노려보았다. 넥슨은 얼굴을 찌푸렸지만 시오네는 신경 쓰지 않고 말했다.

"저 뒤의 세 명, 잘 알지. 무너진 굴 속에서도 도망쳐 나왔군. 정말 존경스러워."

길시언은 그저 묵묵히 바라보고 있었다. 그런데 시오네는 갑자기 길시언을 가리키며 말했다.

"그리고 길시언 왕자 당신도. 당신 정말 끈덕지군. 그런데 여기서는 오히려 죽으려 드는군. 기이한 일이야."

길시언은 낮게 물었다.

"무슨 뜻이지?"

"여덟 명이나 되는 암살자들로부터 달아난 자가 이렇게 허무하게 죽으려 드는 것이 이해가 되지 않아."

뭐라고? 잠깐. 여덟 명의 암살자? 레브네인 호수 옆에서, 그 여덟 명의 암살자 말인가? 나는 몽롱해지려는 의식의 끄트머리를 놓치지 않기 위해 애썼다. 길시언은 이를 악물며 말했다.

"그놈들……, 네가 보낸 것인가?"

"그래."

"저분들에게 듣기로, 넌 자이펀의 간첩이라고 들었다. 맞는가?"

"그렇게 말하고 싶다면."

"그런데 어떻게 국왕 전하의 이름으로 날 죽이게 할 수 있었지?"

시오네는 곧 웃음을 터뜨렸다.

"오홋호호! 물론 국왕 전하의 이름으로. 여기 계신 넥슨 휴리첼 국왕 말씀이다. 자이펀의 참된 위대함을 경배할 줄 아는 진정한 국왕의 재목인 넥슨 휴리첼, 그의 이름이었지."

길시언의 손이 파르르 떨렸다. 넥슨은 팔짱을 낀 채 시오네를 노려보고 있었고 시오네는 턱을 치켜들며 말했다.

"앞으로 이 나라의 이름은 바이서스에서 휴리첼로 바뀌게 될 거야."

바이서스에서…… 휴리첼로? 젠장. 그까짓 이름이, 그까짓 이름이? 이름은 한 사람을 가리키는 거야. 빌어먹을. 무지막지한 고통 속에서 생각은 오히려 빠르게 진행되었다. 길시언은 말했다.

"네가 모든 것의 원흉이었군. 칼라일 영지의 악몽도, 나에 대한 암살 기도도, 그리고 신심 깊은 재가 프리스트가 반역자가 된 것도, 모두 너 때문이었군."

시오네는 마치 수줍다는 듯이 웃으며 말했다.

"맨 마지막 말에 대해 어떻게 생각하시죠, 전하?"

넥슨은 피식 웃으며 말했다.

"그건 나의 의지였지. 난 남에 의해 움직이는 사람이 아니야."

"절대로 휴리첼이라는 이름이 왕이 되지는 못할 것이다."

길시언은 이를 갈며 말했지만 시오네는 깔깔 웃을 뿐이었다. 그러다가 갑자기 시오네는 길시언을 날카롭게 노려보았다.

"안 될 거라고 생각해? 왕족의 피는 무슨 맛이지?"

길시언은 방패를 앞으로 내밀고 프림 블레이드를 맹렬하게 거머쥐었다.

"할 수 있다면 해봐!"

그러나 시오네는 덤벼드는 대신 손을 저었다.

"그런 의미가 아냐. 길시언 왕자. 당신은 어차피 죽을 테니까, 죽을 자에게 협박을 하지는 않아. 그런 취향은 없어. 다만 말하고 싶은 것은, 당신은 당신 혈관에 흐르는 피가 다른 사람의 피와 다르다고 생각해?"

"……다르다."

"왕족의 피?"

시오네는 사납게 물어왔지만 길시언은 침착한 얼굴이었다.

"길시언 바이서스의 피."

"길시언 바이서스의 피라……. 그래?"

"나의 의지를 위해 맥박치고, 나의 꿈을 위해 흐르는 나의 피다. 그것은 다른 누구의 피와도 다른, 오로지 나만의 피다."
"그런가? 그렇다면 당신의 피는 지금 당신을 구원하지 못해. 그 피 때문에 당신은 여기서 죽으려 들고 있는걸."
길시언은 밤의 골목길 그 침침한 어둠 속에서 희게 웃었다.
"죽음도 내 삶의 한 부분이다. 떼어놓을 필요없어. 다른 사람의 생명으로 자신의 죽음에서 도망치는 당신 같은 뱀파이어는 알지 못하겠지만."
시오네의 얼굴이 일그러졌다. 그녀는 입을 벌리며 뱀처럼 사앗거렸다. 번쩍이는 송곳니가 드러난다.
"그래. 그럼 그 피를 흘리며 죽어봐. 길시언 왕자. 그 왕족의 피를! 그리고 휴리첼의 피가 새로운 왕족의 피로 맥박치게 되겠지."
길시언은 고개를 가로저었다.
"나의 공식 명칭에는 항상 붙는 이름이 있다. 간첩이니까 그 정도는 알겠지?"
시오네는 가소롭다는 듯이 웃었다.
"그래서? 당신 폐태자는 왕족의 위치를 버리고 백성에게 내려온 자라는 건가?"
"천만에. 난 백성에게 내려간 적은 없다."
"뭐라고?"
"난 무엇에게 다가가기 위해 무엇을 버린 적은 없다. 내가 버린 것은 내가 아닌 것. 그리고 난 버림으로써 나만을 남겨둘 수 있었다. 길시언. 모험가 길시언."
길시언의 목소리가 우울해졌다. 그의 목소리에 묻어나는 시간의 무게가 느껴진다. 구름 낀 하늘을 올려다보며 먼지 날리는 길을 걷고 걸어 이곳에 선 폐태자. 그는 우리들 앞에 서 있다.

"그러나 그것은 나 혼자만의 생각이었지. 처음 보는 여자가 날 죽이려 드는군. 나에게서 모험가 길시언이 아니라 내가 버린 태자 길시언 바이서스의 피를 받아내려고 하는군."

시오네는 입술 끝을 올렸다.

"너희 나라의 핸드레이크가 페어리퀸 다레니안에게 무슨 말을 했는지 알지?"

길시언은 고개를 끄덕였다.

"그래……. 인간은, 그렇군."

그러나 길시언은 갑자기 프림 블레이드를 앞으로 뻗어 시오네를 겨냥했다. 시오네는 마치 그 검끝이 자신의 가슴에 닿은 것인 양 흠칫하며 물러났다.

"그러나 폐태자 길시언 바이서스도 나 모험가 길시언이 지키겠다. 그리고, 내 동료들과 사랑하는 사람들도 모험가 길시언으로서 지키겠다. 어둠의 레이디여. 그대 앞에 선 자가 무엇으로 보이는가? 만용을 부릴 수 있는 사람으로 보이는가? 그렇다면, 내가 어떤 자인지."

길시언은 잠시 말을 멈추었다가 가슴속에 있는 모든 것을 토해 놓듯이 격렬하게 외쳤다.

"확인하라!"

짜릿한 감각이 전신을 파고든다. 돈다. 뭐지? 입에서 어떤 말이 돈다. 들었던 말인데.

길시언은 나의 왕이었다.

지독한 고통도, 자꾸 흐려지는 눈앞도, 그리고 복받치는 감정의 오열도 사라졌다. 그는 날 위해 저기 서 있는 기사 중의 기사, 그는 스스로를 알고 있었고, 스스로를 만들어나가는 인물이었으며, 그로써 능히 나의 왕이다. 밤의 어둠도, 고통의 어둠도, 이 참혹한 현실이 가져다주는 어둠 중의 어둠도 내 눈에서 나의 왕을 가리지는 못했다. 오우, 제기랄! 귓가가 화끈해지는걸. 그게 그거였군. 하하하.

"나의…… 왕이라고……? 하, 하하하……."

"뭐라고? 후치. 이런, 말하지 마!"

엑셀핸드의 굵은 목소리가 귓가에 들려온다. 안 돼. 이걸 놔. 나의 왕이 저곳에 서 있어. 난 일어나야 돼. 그를 섬기기 위해서 일어나는 것이 아냐. 그와 함께 서기 위해서 일어나야 돼. 나의 왕과 함께 서야 돼. 난 비로소 300년의 간극을 뛰어넘어 전설의 대마법사와 하나된 감정에 휩싸였다. 빌어먹을! 왕을 찾았는데 난 이렇게 쓰러져 누워 있잖아. 내가 인정해 주지 않으면 그는 왕이 아니야. 왕일지는 몰라도 나의 왕은 아니야. 난 일어나야 돼.

그러나 몸은 자꾸 아래로 늘어질 뿐이다.

시오네는 양팔을 조금 들어보이면서 길시언을 바라보았다.

"네가 어떤 자인지는 몰라. 그리고 알 필요도 없어. 죽을 자의 신상 명세를 모으는 저급한 취향은 없지."

그리고 시오네는 레이피어를 뽑아들었다. 넥슨이 말했다.

"시오네. 지금 무슨……."

시오네는 말했다.

"내 일을 할 따름이야. 길시언 바이서스의 제거."

"그래. 알았다."

시오네는 앞으로 걸어나왔다. 길시언은 꼼작도 하지 않았다. 그는 그대로 서서 우리를 가리고 있었다.

"당신은 죽는 것이 좋겠어. 길시언 왕자."

"그렇더라도, 지금 여기선 안 돼."

시오네는 킬킬거리며 레이피어로 허공을 몇 번 베었다. 어둠 속에서 시리도록 차가운 검의 잔영이 흉포하게 그려졌다. 그러나 길시언은 마치 동상처럼 꼼짝도 하지 않고 그 모습을 바라보고 있기만 했다. 너무 많이 본 뒷모습이다. 우리 고향에선 꽤 흔하지. 가장 커다란 사람은 등을 보여주는 사람이야. 내 앞에 서서 날 가려주는 저 등. 안 돼. 이젠 지겹다. 더 이상 등 뒤에 숨을 수는 없어. 일어나야 돼.

"일어나야……!"

그러나 내 몸은 내 의지를 무시하고 다시 힘없이 엑셀핸드의 품에 쓰러져버렸다. 길시언은 굳어버린 양 저곳에 서 있는데. 빌어먹을! 내가 왕 시켜줬잖아! 인정해 줬잖아. 뒤로 돌아 도망가!

시오네는 딱딱 끊어지는 목소리로 말했다.

"지금, 여기서, 죽어."

길시언은 고개를 가로저으며 방패를 힘있게 들어올렸다. 그리고 시오네는 곧 앞으로 달려나오려 했다. 그때였다.

"멈춰요."

누구의 목소리지?

시오네는 섬뜩한 표정을 지으며 앞으로 달려 나오기는커녕 오히려 뒤로 몇 발 물러났다. 어디선가 들려온 그 목소리는 밤바람에 다 날아가 버렸다. 희미하고 부드러운 목소리다. 타는 목으로 간신히 침을 삼키며 고개를 돌려본다. 그러나 어둡다. 캄캄하다. 내가 눈을 감았나?

"그건 용납할 수 없습니다."

시오네는 레이피어를 거두었다. 길시언은 여전히 꼼짝도 하지 않고 서 있었다. 그러나 목소리가 들려온 지금, 둘은 싸울 수 없었다. 시오네는 이를 갈았다.

"역시 이상하다고 생각했어. 안 보이기에 어디 숨어 있는가 생각했지만, 아직도 나타나지 않아서 여기 없는 줄 알았지. 유피넬의 어린 자식. 내 일을 방해하는 것이 벌써 두 번째야."

"미안하군요."

이루릴이었다.

이루릴은 조용히 걸어왔다.

침침한 골목의 어둠을 가르고 나타난 것처럼 이루릴은 느닷없이 나타났다. 등에는 배낭, 여전히 왼쪽에만 두 개의 검을 차고, 밤바람을 닮아버린 그 검은 머릿결은 풍부하게 흩날리고 있었다. 먼 여행에서 돌아와 마침내 평안한 미소를 짓고 있는가? 그러나 이루릴은 미소를 짓고 있지 않았다. 그녀는 슬픈 눈으로 우리들을 바라보고 있었다. 저 멀리 인간 아닌 그녀가 우리 인간들의 싸움을 바라보며 슬픈 표정을 짓고 있는 것이다.

"세, 세레니얼 양!"

칼은 거의 울 듯한 목소리로 말했다. 그의 목소리에 담긴 반가움은 엄청났다. 엑셀핸드의 놀람에 찬 신음소리를 들으며 나는 나도 모르게 일어나 앉았다. 이루릴이 똑바로 보였다. 네리아도 벅찬 목소리로 말했다.

"이루릴! 이루릴! 돌아왔군요! 돌아왔어요!"

"이루……릴 양."

네리아에게 안겨 있는 샌슨은 타는 목소리로 말했다. 이루릴은 고개를 끄덕이며 걸어왔다. 그녀는 우리들에게 목례를 보내고는 곧장 시오네에게 말했다.

"내 친구들에게 대단히 처참한 일을 저질렀군요."

시오네는 웃었다. 그녀는 레이피어를 빙글 돌려 자신의 손바닥을 탁탁 때리기 시작했다.

"친구라. 당신, 고귀한 유피넬의 어린 자식 맞는가?"

이루릴은 고개를 약간 숙인 채 눈을 위로 떠 시오네를 바라보았다.

"미안하지만, 당신의 일이 날 슬프게 만드는 이상 방해하지 않을 수 없군요."

"천만에. 미안할 것 없어. 나타나줘서 너무 기쁘군."

"그랬나요?"

시오네는 전혀 물러날 생각이 없다는 듯이 서 있었다.

"한꺼번에 처리해 주지."

이루릴은 고개를 가로저으며 말했다.

"가세요."

"싫다면?"

"당신과는 친구가 될 수 없어요. 친구 아닌 자와 한자리에 길게 있고 싶지 않아요. 분노의 강이 흘러 증오의 골이 더욱 깊어질 것 같습니다. 가게 만들겠어요."

"만들어보시지."

"알겠습니다."

이루릴은 가볍게 말하며 손을 앞에 모았다. 시오네는 흠칫할 사이도 얻지 못했다. 이루릴의 평온한 동작은 모든 사람에게 주의를 받지 못했고, 그래서 별로 빠르지도 않은 그 동작이 누구의 방해도 받지 않고 시작되어 버렸다.

"만물을 받치는 힘……"

"캐스팅을! 어딜!"

시오네는 레이피어를 휘두르며 달려들었다. 그러나 이루릴은 스르르 뒤로 걷기 시작했다. 시오네의 날카로운 공격은 밤바람은 끊었으되 이루릴의 동선을 끊지는 못했다. 넥슨과 마부가 뜻모를 괴성을 지르며 달려들었지만 이루릴은 여전히 뒤로 스르르 움직이며 끝까지 캐스트했다.

"만물의 아래에 있으되 가장 아름다운 것의 위에 있는 자여. 파멸을 통해 영생을 구가하는, 파괴하지 못하면 존재할 수 없는 힘이여. 혼돈 속으로 불타올라 끝까지 나아가라."

푸화화화화악!

난 까무라치고 말았다.

숲이다.

숲을 걸어가고 있다. 내 앞의 나무에서 제미니가 머리를 내민다.

"후치 네드발?"

"제미니?"

"에헤헤."

제미니는 나무 뒤에서 앞으로 훌쩍 뛰어나왔다. 그러다가 낙엽을 밟고 미끄러졌다. 콰당. 나는 크게 웃어버렸다. 제미니는 새빨개진 볼을 부풀리더니 앉은 채로 낙엽을 거머쥐어 내게 집어던졌다. 그러나 낙엽은 바람을 타고 흩날려 제미니의 어깨와 머리에 떨어졌다.

"이잇추!"

제미니는 코를 간지럽히는 낙엽에 재채기를 했다. 난 껄껄 웃으며 제미니에게 다가갔다. 제미니는 내 손을 붙잡고 일어났다. 그녀는 머리카락에 커다란 낙엽을 붙인 채 내게 말했다.

"왕을 찾았다고?"

"응."

난 제미니의 머리에 붙은 낙엽을 털어주었다. 제미니는 움찔하다가 떨어지는 낙엽을 보고는 어깨를 으쓱였다.

"그래. 왕은 어떤 분인데?"

난 멍청하게 닐시언 전하의 모습을 설명하진 않았다.

"왕이란, 뒷모습을 보여주는 사람이야."

제미니는 눈을 동그랗게 떴다.

"뒷모습?"

"뒷모습은……, 내 앞을 걸어가는 사람의 모습. 내게 거짓된 표정을 말할 수 없는 사람. 그리고 난 그 뒤를 따라 걸어가."

"호호호."

제미니는 웃더니 그대로 반 바퀴 휙 돌았다. 치마가 가볍게 떠올랐다가 내려앉았다. 제미니는 뒤를 보인 채 낭랑하게 말했다.

"나안 여왕이다아!"

난 빙긋 웃으며 제미니의 어깨를 붙잡았다.

"그건 안 되지. 뒤통수에 키스할 수는 없으니까."

"꺄하하하."

그리고 난 제미니를 다시 돌렸다. 제미니는 웃으며 고개를 돌렸다.

그리고 칠흑 같은 머릿결 사이로 시오네의 창백한 얼굴이 날 바라보고 있었다. 내가 제대로 놀랄 틈도 주지 않고 시오네는 내게 달려들었다. 그녀의 송곳니가 내 목을 파고든다.

"으아아아!"

쾅! 으잉? 정수리에 느껴지는 이 감각은 뭐지?

"아이고, 코야! 야, 이 망할 자식아!"

엑셀핸드는 코를 움켜쥐고 펄쩍펄쩍 뛰더니 곧 도끼자루로 날 후려칠 자세를 취했다. 그러나 곧 하얀 손이 다가오며 엑셀핸드를 말렸다.

"그만하세요. 엑셀핸드. 후치는 환자예요."

그 하얀 손의 임자는 길쭉한 귀 사이에 하얀 얼굴이 맞춤하게 자리잡고 있는 미인이다. 그녀는 천천히 내게 다가와 내 손을 쥐었다.

"이루릴……, 이루릴?"

"괜찮아요, 후치?"

방 안은 아직 캄캄했다. 왠지 새벽녘이라는 생각이 들었다. 왜 그런지는 모르겠지만. 이루릴의 칠흑 같은 검은 머리는 촛불 빛을 반사하며 붉은 폭포수처럼 흐르고 있었다. 그리고 그 캄캄한 공허 속에서 여전히 초점을 맞추어 보기 힘들 정도로 투명한 얼굴이 날 바라보고 있다.

"이루릴? 반가워요. 돌아왔군요!"

"예. 후치. 다시 만나서 반갑군요."

나는 나도 모르게 이루릴의 손을 꽉 붙잡았다. 이루릴이 미간을 조금 찌푸리지 않았다면 못 알아차릴 뻔했다. 난 황급히 이루릴의 손을 놓으며 물었다.

"아! 다른 사람은! 다른 사람들은 어떻게 되었어요?"

난 황급히 주위를 둘러보았다. 저쪽을 보니 누워 있는 샌슨과 그 옆에 있는 네리아의 모습이 보였다. 네리아는 내게 눈을 찡긋하고는 샌슨의 모포를 끌어올려 주고 있었다. 그런데 아프나이델은?

이루릴은 차분한 목소리로 설명했다.

"다른 분들은 다 완쾌되셨어요. 그런데 아프나이델 씨가 좀 걱정스럽군요."

"아프나이델이? 왜지요?"

"패밀리어의 죽음은 그 마법사에게 커다란 충격을 줍니다. 어떻게 보자면 패밀리어는 정신이 직접 연결된 존재이기 때문에 부모나 형제보다도 더 가까운 존재일 수도 있습니다."

"그래서……, 넥슨이 그 박쥐……."

그 순간 나는 아까의 처절했던 싸움을 떠올렸다. 어떻게 되었지?

"그런데 넥슨은? 그 뱀파이어는?"

"도망갔어요."

"당신이 쫓아내었어요?"

"예."

이루릴은 짤막하게 말했다. 별로 설명이 필요치도 않은 모양이다. 오히려 엑셀핸드가 흥분해서 설명하기 시작했다.

"어, 굉장했어, 후치. 땅이 좌악 갈라지면서 수맥 터지듯이 불길이 솟구쳐오르더라고! 그 뱀파이어는 머리끝이 그슬려서는 어마 뜨거라 달아나버렸지! 허허허."

"아. 네. 그럼 아프나이델 이외엔 모두들 괜찮은 거군요. 그런데 아프나이델은 어떻게 되는 거죠?"

"정신적으로 충격을 입은 거니까, 달리 치료는 필요없어요. 그 스스로 이겨내어야 됩니다."

"그렇군요."

난 다시 이루릴을 바라보았다.

"이루릴, 정말 고마워요."

"고맙다니, 뭐가요."

"우리가 목숨이 위험할 때 나타나서 우릴 도와주었군요."

이루릴은 당황한 얼굴이 되었다.

"친구……이지 않아요?"

난 그만 웃었다. 어두워 더 작아보이는 방 안에 앉아 약간 당황한 엘프의 얼굴을 보고 있는 것은 날 유쾌하게 만들었다.

"맞아요. 친구죠. 난 당신이 친구라서, 당신이 친구라는 그 사실이 고맙고 행복해요."

"아, 그런 건가요? 저도 그래요."

이루릴은 안심하는 표정을 지었다. 그리고 우리의 대화를 듣고 있던 엑셀핸드가 이마를 마구 긁어대기 시작했다.

"원 참! 그런 얼굴로 잘도 그런 낯간지러운 이야기를 하는구먼!"

저쪽에서 네리아가 다가왔다. 네리아는 엑셀핸드의 목을 감싸며 말했다.

"에헤. 드워프 아저씨. 좀 낯간지러우면 어때요. 모두 안전하다는 것이 얼마나 다행이에요."

엑셀핸드는 기겁하며 네리아의 팔을 뿌리쳤고 네리아는 입술을 삐죽거렸다. 엑셀핸드는 헛기침을 하면서 말했다.

"어헛! 으흠, 험! 뭐, 나도 감사하지. 이루릴."

"고맙습니다. 엑셀핸드."

난 그제야 피로를 느끼며 다시 드러누웠다. 이루릴은 모포를 끌어올려 날 덮어주었다. 난 졸리는 목소리로 말했다.

"긴장이 풀리니까 무지 피곤하네요. 음. 이루릴?"

"말해요, 후치."

"갔던 일은 잘 되었어요? 일찍 돌아왔군요."

"예. 일이 잘 끝나서 일찍 돌아올 수 있었어요. 뭐, 그것보단 여러분이 빨리 보고 싶어서……."

이루릴은 자신의 말에 흠칫했다.

"아……, 예. 여러분들을 빨리 만나고 싶었어요. 그래서 발걸음이 바빠졌어요."

그 말에 엑셀핸드는 온몸을 긁으며 침대 가에서 떨어지기 시작했고 네리아는 입을 가리며 킬킬 웃었다. 난 푸근한 미소를 지으며 말했다.

"다행이군요……. 우리는 그 동안 엉망이었어요."

"예. 후치가 잠든 사이에 네리아 양과 엑셀핸드 씨에게 들었어요."

그리고 난 거의 비몽사몽간에 말했던 모양이다. 다음날 엑셀핸드는 치가 떨리는 표정으로 전해 주길, 난 이루릴이 무지무지 보고 싶었으며 이루릴이 없어서 너무너무 슬펐다는 말을 아주 애처롭게 말했던 모양이다. 에이, 설마? 아무래도 엑셀핸드는 좀 과장벽이 있어.

"아프나이델의 상태가 참 걱정이로군."

칼은 묵직한 표정으로 말했다. 난 그보다는 창 밖을 바라보며 거북한 기분을 느끼느라 바빴다.

여관 홀에 나 있는 창문에는 수도의 시민들이 옹기종기 모여서서는 우리들을 구경하고 있었다. 우리가 밤중에 이 여관에서 벌인 대활약의 소문은 엄청난 속도로 수도 전역에 몰아친 모양이다. 길시언이 전해 주길 이미 어젯밤에 수도 경비 대원들이 가득 다녀갔다고 한다. 그들은 사건의 전말을 전해 듣고는 지명 수배자인 넥슨 휴리첼의 공격으로부터 명예의 기사들인 우리들을 보호하기 위해 일개 분대를 파견했다. 그래서 유니콘 인의 주인장 리테들은 우거지상이 되었다. 수도 경비 대원들이 삼엄한 경계망을 펼치고 있는 여관은, 여행객들의 고려 대상이 되기엔 마땅찮은 점이 많았으니까.

그래서 길시언은 왕자의 명령으로 수도 경비 대원들을 모조리 쫓아보냈다. 길시언은 정말 편리할 때만 왕자로서 활동하는군. 헤헷. 모험가 길시언이라면서? 그러나 그것은 선량한 마음의 표현이었고 리테들은 크게 기뻐했다.

수도 경비 대원들은 난색을 표명했지만 이미 나버린 소문의 위력 때문에라도 그들은 물러날 수밖에 없었다. 그 소문이란 주로 이루릴에 대한 과장된 소문이었다. 어쨌든 여관 앞의 대로에는 어젯밤의 엄청난 난투의 흔적이 잘 남아 있으니까 그 소문도 탓할 바는 못 된다. 난 오늘 아침에 그 광경을 보고는 입을 딱 벌리고 놀랐다.

포석이 단단히 깔린 수도의 대로에 깊이 5큐빗 이상의 거대한 구덩이가 만들어져 있었고 그 주위의 포석들은 강한 열을 받아 녹아버렸다. 그리고 구덩이 가장자리에서 조금 떨어진 포석들은 가루가 되다시피 부서져 있었고 주위의 건물 몇 채엔 어젯밤의 치열한 불꽃에 의해 돌벽이 녹아내리다가 굳은 자취까지 남아 있었다.

그래서 지금 바깥에는 수도 시민들이 가득 몰려와 그 광경을 보며 놀라워하고 있었으며 심지어 빛의 탑의 고명한 마스터들 몇 명도 몰려와서는 그 흔적을 검토하면서 노변 토론을 벌이고 있었다. 밖에서 그 고명한 마스터들이 질러대는 고함 소리가 들려왔지만 우리는 거기에 전혀 신경 쓰지 않기로 했고 리테들은 치열한 상술을 발휘하여 밖으로 무수한 맥주잔을 나르고 있었다.

"말이 되는 소리를 해라, 케이지! 이 흔적이 어떻게 미티어 스웜이란 말인가!"

"이 덜 떨어진 대장장이 피리자니옵스야! 그럼 무슨 마법으로 이 놀라운 흔적을 설명하겠느냐!"

"뭐라고? 말 다했느냐! 이 수염도 없는 엉터리 늙은이가!"

"크아아악! 이놈아! 수염 이야기 하지 말라고 그랬지!"

음……, 그 고명한 마스터들이란 내가 아는 사람들이었군. 그들이 가장 간단한 방법, 즉 여관으로 들어와 이루릴에게 물어본다는 간단한 방법을 떠올리지 못해서 저러는 것은 아니다. 지금 이루릴은 아프나이델을 치료하고 있어 바쁜 것이다.

샌슨은 몸에 감긴 붕대가 간지러워 어쩔 줄을 몰라하고 있었다. 그는 긁고 싶어 미치겠다는 표정을 지었지만 네리아가 완벽한 감시를 하고 있었다. 은근슬쩍 상처를 긁으려 했던 샌슨은 네리아에게 손등을 찰싹 얻어맞고는 축 처진 음성으로 말했다.

"이루릴 양이 말하길 정신적 충격이라니까 곧 괜찮아지겠지요."

그러나 칼은 고개를 가로저었다.

"글쎄. 마법사라는 사람들은 정신이 대단히 섬세하다네. 마법사들이 정신적 충격을 받는다는 것은 우리들 같은 사람의 그것과는 훨씬 다른 수준의 이야기일세. 아프나이델 씨가 한 농담이 있지 않은가. 정신병자가 될 가능성이 가장 높은 직종은 고위 마법사라는."

"흠. 그게 그렇습니까."

"그렇지. 드래곤 라자를 잃은 드래곤이 폭주한다는 이야기는 우리 모두들 들어보지 않았는가? 마법사와 패밀리어의 관계도 그것도 마찬가지라네. 정신적으로 강하게 연결된 두 객체 중 하나에게 주어진 파멸은 다른 하나에게 엄청난 충격을 준다네."

"아아……, 그렇군요."

샌슨은 그렇게 말하며 다시 한 번 상처 부위를 긁으려 시도하다가 이번엔 네리아에게 손등을 꼬집히고는 참으로 가여운 표정을 지어보였다. 길시언은 관자놀이를 긁으며 피곤한 음성으로 말했다.

"그런데, 넥슨 휴리첼은 다시 달아났습니다. 또 돌아올까요?"

"글쎄. 어젯밤엔 우리들을 회유하기 위해 온 것 아닙니까. 이미 우리 뜻을 확실히 전했으니 또 돌아올 필요는 없겠지요."

"복수는 어떻습니까."

"그가 복수에 미쳐 자신의 처지, 쫓기고 있는 처지를 잊어버리는 멍청이는 아니기를 바랄 도리밖에."

길시언은 조금 고민하는 표정이다가 다시 고개를 끄덕였다.

"예. 그렇군요. 어쨌든 그는 복수 이외엔 우릴 굳이 처치할 필요는 없겠군요. 프림 블레이드를 탐내서 다가오지 않는다면……,

누가 널 탐내! 탐내는 사람 있으면 그냥 주겠다! 뭐야? 에, 어흠. 그럼 이루릴 양에게 부탁하여 우리 일을 진행해도 되겠군요."

"예. 그런데 아프나이델 씨가 문제로군요."

그때 쇠약한 목소리가 들려왔다.

"아니, 전 괜찮습니다."

고개를 돌려보니 이루릴의 부축을 받아가며 계단을 내려오고 있는 아프나이델의 모습이 보였다.

우리는 모두 반가운 표정을 지었고 아프나이델은 힘없이 미소를 지으며 걸어왔다. 엑셀핸드는 자리에서 일어나 부리나케 그에게 다가가서 그를 부축했다. 아니, 뭐 그저 그의 허벅지 정도를 붙잡은 거지만 그래도 그의 의도는 부축에 있었을 테니까 부축했다고 말해도 되겠지. 그가 의자에 앉자마자 엑셀핸드는 아프나이델의 어깨를 두드리며 기뻐했다.

"다행이군! 이제 괜찮은가!"

아프나이델은 엑셀핸드의 조금 지나친 애정 표시에 몇 번 휘청거리다가 쉰 목소리로 말했다.

"예. 심려를 끼쳐드려 죄송합니다."

이루릴이 그의 곁에 앉으며 말했다.

"아프나이델 씨는 일단은 안전하시지만, 제 생각엔 요양을 취하시는 것이 좋을 겁니다. 제가 듣기로 인간의 정신적 충격은 재발의 가능성이 높다고 들었는데요."

칼이 고개를 끄덕였다.

"예. 그렇습니다. 그리고 그것은 완치가 되었는지 확인하기도 어렵고요."

엑셀핸드는 놀란 표정을 지었다.

"원 참. 그 정신적인 충격이라는 게 그렇게 위험한 건가?"

엑셀핸드는 곧 안쓰러운 표정을 지었고 아프나이델은 겸연쩍게 약한 미소를 지었다. 칼은 고개를 끄덕이며 말했다.

"아프나이델. 붉은 머리 소녀의 추적은 우리들에게 맡기고 당신은 쉬도록 하세요."

"죄송합니다……, 도와드리지 못해서."

"아닙니다. 괜찮습니다."

그때 이루릴이 궁금하다는 표정을 지었다.

"붉은 머리 소녀의 추적이라니요?"

"아, 예. 그것은……."

칼은 한참 동안 설명했다. 크라드메서의 웨이크닝이 가깝다는 말에 이루릴은 크게 놀란 표정을 지었다. 그리고 드래곤 라자를 찾기 위해 그 붉은 머리 소녀를 찾아야 된다는 말에 고개를 끄덕였다. 칼은 장시간에 걸쳐 설명한 다음 끝을 맺었다.

"그래서, 저희들은 세레니얼 양이 동물들에게 부탁하여 붉은 머리 소녀의 추적을 도와주면 좋겠다고 생각했습니다만."

그러자 이루릴은 고개를 가로저었다.

"동물들에게 부탁하고 싶지는 않은데요."

우리는 모두 놀랐다. 칼은 입을 딱 벌리고는 뭐라 말도 못한 채 이루릴을 바라보았다. 이루릴은 차분한 얼굴 그대로 설명했다.

"겨울철이 가깝습니다. 동물들에게 과중한 부탁을 하고 싶지는 않습니다. 이 계절에는 동물들에겐 생존 그 자체가 어려운 시기입니다."

"허, 허나 그 드래곤 라자를 찾지 못한다면……."

칼은 간신히 그렇게 말했다. 그러나 이루릴은 여전히 차분한 얼굴이었다.

"그리고, 제가 붉은 머리의 소녀를 알고 있으니 더욱 부탁할 필요가 없겠지요."

"예?"

칼은 거의 일어날 뻔했다. 우리들은 놀란 눈으로 이루릴을 바라보았고 이루릴은 말했다.

"제가 델하파의 항구에 들른 것은 잘 아시겠지요?"

"아, 예? 예."

"델하파의 항구에 들렀다가 그곳에서 그런 소녀를 보았습니다."

"보셨다고요?"

"예."

"잠깐, 저, 세레니얼 양은 델하파의 항구에 누구를 만나러 가신다고 했는데, 그 사람이 붉은 머리의 소녀입니까?"

"아니오. 그렇지는 않습니다. 델하파의 항구 주점에서 일하는 소녀였습니다. 네리아 양과 유사한 붉은 머리라서 인상이 깊었어요. 하지만 주점에서 일하는 소녀에게 뭘 꼬치꼬치 묻지는 않았습니다. 그래서 그 소녀가 할슈타일 후작의 딸인지는 저도 모르겠습니다만, 분명히 붉은 머리의 10대 후반 가량으로 보이는 소녀였습니다."

우리는 서로를 망연히 쳐다보았다. 그때 네리아가 손뼉을 딱 쳤다.

"역시! 이루릴은 멋져요! 우릴 육체적으로뿐만 아니라 정신적으로도 구원해요. 하하하!"

“예? 아, 예.”

이루릴은 고개를 갸웃거렸지만 칼은 고개를 끄덕였다.

“됐군요. 드디어 처음으로 제대로 된 그런 소녀를 찾았군요. 가서 확인해 볼 필요가 있을 것 같습니다.”

길시언도 고개를 끄덕였다.

“예. 그럼 델하파의 항구로 출발해야겠군요. 그런데…….”

“예? 왜 그러십니까?”

“델하파의 항구는 일스 공국의 땅입니다. 엘프이신 이루릴 양이라면 몰라도 우리들은 살그머니 국경을 넘는 것이……, 그게 아니고! 국경 통과의 허락을 얻어야겠군요.”

그러자 칼은 고개를 끄덕였다.

“그것이라면 걱정하지 않으셔도 될 것 같습니다.”

“예?”

칼은 자신만만하게 웃었다. 그리고 나도 순간 생각나는 것이 있었다. 난 밝은 얼굴이 되어 칼을 바라보았고 칼은 고개를 끄덕였다.

“제게 방법이 있습니다. 자. 짐을 챙깁시다. 델하파의 항구로 가서 그 항구의 소녀를 만나봅시다.”

제8부

인간의 무기

……바다는 대지를 향해 끝없이 다가오고 대지는 바다에서 끝없이 멀어지려 한다. 가장 깊은 해저의 신비는 차라리 대지를 향한 갈구이다. 그러나 인간들 중 한 인종이 있어 거꾸로 바다를 갈구하는 사람들이 있다. 어부는 오늘도 그 몸을 바다에 던지고, 어부의 아내는 그 눈물을 바다에 던진다. 태초의 어부이자 최초로 바다에서 실종된 희구와 갈매기의 그림 오세니아. 그의 아내 시무니안이 흘리는 눈물이 억겁의 세월 동안 바닷물을 짜게 만들었고 오늘도 바다 밑바닥, 그림 오세니아의 거대한 몸을 조용히 쓰다듬는 혈류는 파도로 대지의 시무니안에게 달려간다…….

「품위 있고 고상한 겐텐 시장 말레스 추발렉의 도움으로 출간된, 믿을 수 있는 바이서스의 시민으로서 겐텐 사집관으로 봉사한 현명한 돌로메네 압실링거가 바이서스의 국민들에게 고하는 신비롭고도 가치 있는 이야기」 돌로메네 지음, 770년. 제3권 527쪽.

I

"이래가지고선……. 조심스럽게 후퇴하는 것이 어떻겠습니까."

칼의 진중한 목소리가 들리고, 곧 호위 대장의 얼굴에 곤란한 표정이 나타난다. 칼은 묵묵히 손을 들어 우리 앞에 늘어선, 오, 젠장! 오크 무리를 가리킨다.

"너무 많습니다."

호위대장 스카일램 트리키는 불평 섞인 어조로 말했다.

"길을 우회하게 된다면 너무 많은 시간을 낭비하게 됩니다."

"하지만 저토록 많은 오크를 어떻게 하실 생각이십니까?"

"모두 섬멸하면 그만입니다."

칼은 고개를 가로저었다. 섬멸이라고? 말이 되는 소리를 해라. 아, 물론 국왕 전하께서 직접 사절단의 호위 대장으로 선택했다는 무문의 명가 트리키 가문의 11대손 스카일램 트리키의 기사적 소양과 그 실천 의식에 대해 뭐라고 할말은 없지만, 그래도! 어떻게 섬멸한다는 말이야! 우리 인원 전부 다 해봐야 겨우 30명 정도인데. 그러나 칼은 말도 안 되는 소리 하지도 말라고 하는 대신 점잖게 말했다.

"무익한 피를 흘릴 필요는 없습니다."

스카일램 트리키의 엄숙한 얼굴에서 딱딱한 말이 흘러나왔다.

"저는 칼 님과 여러분의 호위를 담당하고 있습니다. 제 권한에 대한 침범은 수용하기 어렵습니다."

"물론 트리키 공의 권한을 침범할 생각은……"

"샌슨!"

네리아의 고함소리.

"으아아아!"

그리고 이어진 샌슨의 비명소리에 칼의 말은 끊어지고 말았다. 나는 놀라서 고개를 돌렸다.

우리가 서 있는 언덕 아래의 평야에서는 샌슨이 땅에 넘어져 있었다. 가을 벌판에 널려진 죽은 풀들이 흙먼지와 함께 솟구쳤다. 그리고 그 앞에는 하얀 옷을 입은 기가 막힌 미녀가 날개를 펼쳐 솟아오르고 있었다. 여자는 공중에서 거꾸로 내리꽂히듯이 날카로운 손톱으로 샌슨을 찍어누르려 했고 샌슨은 쓰러진 채 롱소드를 험하게 휘저었다. 부우우웅!

여자는 샌슨의 롱소드에서 뻗쳐나오는 기운에 밀린 듯이 날개를 쫘악 펼치며 공중에서 몸을 뒤집었다. 그녀는 샌슨의 롱소드를 피해 다시 위로 올라갔고, 그 사이에 샌슨은 몸을 굴려 일어났다. 똑바로 일어선 그는 무서운 눈으로 여자를 쏘아보았다. 그러다가, 그러다가, 곧, 다시 눈이 풀려버리고 만다……. 저 오거!

네리아가 다시 발을 동동 구르며 고함질렀다.

"샌스은! 이 바보야, 제발 정신차려엇!"

"어, 어엇!"

샌슨은 네리아의 악에 받친 고함소리에 퍼뜩 정신을 차렸고, 그래서 간신히 그의 가슴으로 날아오는 여자의 손톱을 피할 수 있었다. 샌슨 스스로도 돌아버릴 지경일 것이다. 그는 상대방의 눈을 보지 않기 위해 눈을 내리깔고 이상한 자세로 섰다. 그러자 여자는 기합을 질렀다.

"합!"

"응?"

샌슨은 무심코 고개를 들었고, 그 순간 여자의 눈을 들여다보고 말았다. 저런, 저런! 샌슨의 입가가 다시 스르르 올라갔다. 여자는 가차없이 손톱으로 샌슨의 가슴을 할퀴었다.

"크으윽!"

"아아악!"

네리아의 비명소리와 함께 샌슨은 나동그라지고 말았다. 다른 사람이라면 갈비뼈에 닿는 부상일 것이다. 샌슨은 뒤로 데굴데굴 굴러가서는 벌떡 일어났다. 가슴에 섬뜩하게 그어진 세 갈래 핏길에서 선혈이 흘러내리고 있었지만, 샌슨은 그것보다는 제대로 싸울 수가 없다는 것이 더 약오른 모양이다.

"제기랄, 그런 느끼한 눈짓 하지 말고 제대로 싸우잔 말이다!"

여자는 샌슨이 일어나는 것, 게다가 씩씩하게 고함까지 지르는 것을 보고는 조금 놀란 듯했지만 그래도 의기양양한 표정으로 허리에 손을 얹고는 우리를 올려다보았다.

"이건 안 되겠는걸. 역시 괴물 초장이가 앞으로 나오시지?"

그러자 곧 그녀의 뒤쪽에서는 백여 마리의 오크들이 함성을 질렀다. 오크들은 글레이브로 하늘을 찌르며 고함소리를 질렀다.

"와악! 췻취취취치! 그래, 덤벼라, 그 뾰족한 콧대를 내밀어봐!"

"괴물 초장이! 취익! 어디 갔냐? 어서 나와봐!"

"취취취췻! 쿠헬! 괴물 초장이도 남자다! 절대 못 이긴다!"

저 망할 놈들. 나도 남자니까 저 헬브라이드를 상대할 수 없다는 것은 둘째 치고, 난 지금 OPG가 없단 말이야. 난 그저 냉엄하고 쌀쌀맞아 보이는 표정을 보내주기 위해 애쓸 뿐이다.

호위 대원 중 척후병으로 앞서가던 두 명에게서 들판 가득히 오크의 군단이 진을 치고 기다리고 있다는 이야기를 들은 우리는 조심스럽게 달려왔다. 그래서 우리는 녀석들을 우회하여 좀더 좋은 지형, 그러니까 언덕 위에서 오크들을 바라볼 수 있게 되었다. 하지만 그 숫자가 이만저만 많은 것이 아니다. 도열한 오크의 군단을 보는 순간 나와 샌슨, 그리고 칼은 차라리 웃고 싶어졌다.

"이번엔 정말 많이 모아왔는데……?"

"으응……. 그렇군. 허허허."

그렇게 나와 샌슨이 마치 달관한 사람처럼 미소를 짓는 가운데 호위 대장 스카일램 트리키는 드디어 자신이 나라의 은공에 대한 보답을 할 자리를 찾았느니 뭐니 하면서 우리와 호위 대원들의 속을 뒤집어놓았다. 그런데 저놈들은 분명히 언덕 위의 우리를 발견했는데도 화살거리 바깥에 멈추어선 채 달려들지 않았다. 우리가 의아한 시선으로 바라보는 가운데, 오크 들 중 한 놈이 걸어나오더니 1대1로 붙자고 제의해 왔다.

"1대1로 붙자고?"

"그렇다! 취익! 우리는 너희들의 세 배가 넘는다! 하지만 싸우면 둘 다 다친다. 취익!"

"그래서?"

"1대1로 붙자! 취익! 그래서 우리가 지면 물러난다! 취익! 그러나 그쪽이 지면, 취취칫! 괴물 초장이와 두 명을 내놓아라!"

괴물 초장이와 두 명은 서로의 얼굴을 향해 한숨을 쉬어주었다.

그러고 나서 샌슨은 먼저 하늘을 바라보며 크게 웃고 나서 당당하게 아래로 내려갔다. 스카일램은 호위 대장인 자신에게는 일행의 호위에 대한 최우선적인 의무가 있으니 자신이 나가겠다고 거의 떼를 쓰다시피했지만 칼은 고개를 가로저으며 활을 들어올렸을 뿐이다. 혹시나 1대1 어쩌고 하다가 한꺼번에 달려들지도 모르기 때문이다. 그 모습을 보고는 스카일램 역시 호위 대원들에게 활을 준비시켰다. 그러나 오크들은 여전히 화살거리 바깥에서 움직이지 않았다.

언덕을 다 내려간 샌슨은 롱소드를 뽑아들며 말했다.

"내가 하지. 누구냐?"

샌슨이 내려서자 오크들은 대단히 당황한 모습이었다.

"괴, 괴물 초장이가, 취익! 아니라?"

샌슨은 얼빠진 얼굴이 되더니 피식피식 웃으며 말했다.

"뭐야? 왜, 괴물 초장이와 싸우고 싶어?"

그 말에 잠시 오크들 사이에서 소란이 일어났다. 뭐야, 저놈들은? 내가 나갈 거라고 생각하고 있었나? 어쨌든 잠시 후에 오크들 중 웬 녀석이 걸어나왔다.

샌슨은 자신의 상대로 나온 오크가 다른 오크들에 비해 오히려 덩치도 작고 가냘파 보여서 어처구니없는 얼굴이 되었다. 그런데 그 오크는 뒤를 한 번 둘러보더니, 이빨을 꽉 깨물고는 갑자기 대거를 뽑아 자신의 가슴을 찔러버렸다.

"뭐, 뭐야?"

샌슨뿐만 아니라 언덕 위에 있는 우리 모두가 크게 놀랐다. 그 오크는 자신의 가슴을 찌른 채 무슨 못 알아들을 말을 중얼거리며 쓰러졌다. 오크들은 놀라지도 않고 그 모습을 바라보고 있었다. 그 순간 이루릴은 눈썹을 크게 찌푸렸다.

"이 기운은……?"

그리고 갑자기 오크의 몸은 땅속으로 가라앉기 시작했다. 마치 진흙탕 위에 던져진 동전처럼 땅은 유동체가 되어 오크의 몸을 받아들였다. 그리고 곧 땅은 핏빛으로 물들어 갔고, 그 핏빛의 땅 가운데가 커다랗게 입을 벌렸다. 샌슨은 다부지게 롱소드를 겨누었다. 그런데 크게 입을 벌린 땅 속에서 한 마리 거대한 새의 비상처럼 솟아오른 것은 푸른 날개와 붉은 날개를 가진 여인이었다.

그렇게 나타난 것이 저 아름답고 화려한 날개를 가진 지옥의 숙녀 헬브라이드였다.

오크들은 나 때문에 그런 제안을 한 것이다. 아마 틀림없이 내가 나갈 거라고 생각했고, 그래서 헬브라이드가 공포스러운(어흠, 흠!) 괴물 초장이를 물리쳐주면 그 즉시 돌격해서 싹 쓸어버린다는 식의 작전을 세운 모양이다. 괴물 초장이라도 남자는 남자니까, 남자들을 몽롱하게 만들어버리는 헬브라이드 앞에서는 당연히 꼼짝 못할 것이다, 뭐 이런 것이 오크들의 생각이었던 모양이다. 그거 정말 대단하다. 오크 수준에서 나온 생각이라는 점을 감안할 때 거의 천재적이다. 나는 저놈들이 내가 OPG를 잃었다는 것을 알면 얼마나 억울해할까를 생각하며 속으로만 웃어주었다.

내가 어떻게 오크들의 작전을 아냐고? 그렇지 않다면야 저게 1대1 대결 구경하는 꼴이냐? 모두 돌격 자세로 글레이브를 꼬나

들면서 서로간에 기세를 올리기 위해 '췻췻! 힘내라! 취익! 집중해서! 취익! 괴물 초장이만 나오면!' 등의 속 드러나는 함성을 지르고 있는데, 내가 칼이 아니라도 그 정도는 짐작하겠다.

"퍼억!"

잠시 딴 생각하는 사이에 샌슨은 다시 헬브라이드의 주먹을 맞았다. 샌슨은 말도 안 되는 고함소리를 마구 지르며 물러났다. 정말 골치 아픈 노릇이다. 샌슨은 어떻게든 상대를 보지 않고 싸우려 했지만, 상대를 보지 않고 싸운다는 것이 처음부터 말이 안 된다.

그래서 이루릴이 일어나는 모양이다.

이루릴은 샌슨이 발이 미끄러질까 봐 주의하며 힘들게 내려간 언덕바지를 단 세 발자국(세 번 날았다고 말하는 것이 낫겠다.)에 뛰어 평지에 내려섰다. 헬브라이드는 흠칫해서 물러났고 샌슨은 이루릴을 마치 10년 만에 만난 어머니를 보는 것처럼 바라보았다. 그리고 이루릴마저도 마치 해질 무렵 흙투성이가 되어 돌아온 아들을 보는 듯한 다정한 표정으로 말했다.

"쉬세요. 샌슨. 이 대결은 공정하지 못해요."

"이, 이루릴 양. 그럼……."

샌슨은 자신이 한심해 죽겠다는 식의 표정을 지었다. 그는 헬브라이드에게 끔찍스러운 표정을 지어주었다. 그러나 곧 샌슨의 얼굴은 해맑은 미소로 바뀌고 말았다. 이루릴이 그의 어깨를 흔든 다음에야 샌슨은 간신히 정신을 차리고 물러났다.

오크들이 술렁거리기 시작했다. 이루릴은 여자고, 또한 엘프다. 오크들은 분통을 터뜨렸다.

"취에에엑! 어딜 달아나는 거냐! 끝까지 싸워라!"

"취익취익! 비겁하다! 비겁하다!"

이루릴은 무표정한 얼굴로 헬브라이드를 바라보며 말했다.

"1대1로 싸우자는 것은 서로가 서로에게 최선을 다한다는 것입니다. 당신은 남자들에게 최선을 다하지 못하도록 만들어요. 그러니 내가 싸우겠습니다."

굉장하군. 네리아는 입을 딱 벌렸다. 그런데 놀라운 일이 일어났다. 헬브라이드가 헐떡거리며 목에서 짜내는 듯한 목소리로 말했다.

"에, 엘프! 엘프!"

조금 전과는 상황이 거꾸로 되어 헬브라이드가 이루릴에게 위압감을 느끼는 듯한 표정을 짓는 것이다. 어라? 그거 신기하네? 헬브라이드는 지금까지의 자신만만한 태도는 어디 갔는지, 이를 갈고 헐떡거리며 손을 사납게 흔들어대기는 했는데 전혀 앞으로 달려들지는 않았다. 이루릴은 천천히 에스터크와 망고슈를 뽑아 들고는 양손에 쥔 검을 그냥 양쪽에 늘어뜨린 자세로 서서 헬브라이드를 바라보았다.

헬브라이드는 고양이 만난 쥐 모양이었다. 그녀는 심지어 피리 소리 같은 희한한 숨소리를 내며 부들부들 떨기까지 했다. 오크들은 당황했다.

"취이잇칙! 암흑의 신부여!"

"췻췻! 이, 이런!"

오크들은 그 모습을 보더니 눈이 뒤집히는 모양이었다. 난 언덕을 올라오는 샌슨을 끌어당기며 감탄한 목소리로 말했다.

"칼. 됐어요. 도망갈 걱정은 안 해도 되겠는데요?"

스카일램과 토론중이던 칼은 다시 언덕 끄트머리로 다가왔다.

그들은 놀란 표정으로 아래를 바라보았고, 조금 후 칼이 고개를 끄덕였다.

"그렇군. 유피넬의 어린 자식인 엘프. 저 부조화와 불합리의 산물인 헬브라이드가 겁을 먹지 않을 수 없겠군."

스카일램은 완전히 감동한 표정으로 아래를 바라보고 있었다. 이루릴은 차분히 헬브라이드를 쳐다보고만 있었지만 결국 헬브라이드는 못 견디게 되어버렸다.

"끼요요욧!"

헬브라이드는 느닷없이 하늘로 솟아올랐다.

헬브라이드는 공중에서 날개를 촤악 펼치더니 세차게 몸을 돌리기 시작했다. 곧 그녀의 붉고 푸른 화려한 날개에서 깃털이 폭풍처럼 몰아치기 시작했다. 파파파팟.

이루릴은 옆으로 흐르기 시작했다. 깃털은 거의 빗발처럼 쏟아졌고, 나라면 죽었다 깨도 못 피했을 정도로 세차게 몰아쳤다. 그러나 이루릴은 가볍게 뛰면서 캐스팅했다. 곧 그녀의 몸 주위로 실프의 바람이 불기 시작했다. 실프의 바람은 헬브라이드의 깃털을 날려버리기 시작했다. 그때였다.

"까하아아압!"

헬브라이드는 깃털 폭풍으로 시야가 어지러워진 틈을 타서 이루릴에게 급격히 뛰어내렸다. 마치 솔개가 병아리를 잡아채는 모습이다. 그 급속한 움직임과 실프의 바람 때문에 잠시 허공에 소용돌이가 생겨났고 그 소용돌이는 헬브라이드의 깃털을 그러모아 거대한 장막을 형성했다. 이루릴의 모습이 보이지 않았다.

"아악!"

네리아와 내가 거의 동시에 비명을 질렀다. 잠시 후 깃털들이

서서히 가라앉으면서 두 여자의 모습이 보였다.

"맙소사!"

스카일램의 근엄한 비평이 들리는 가운데 내 눈에 들어온 것은, 뻣뻣하게 서 있는 이루릴의 옆모습과 커다랗게 나가떨어져 있는 헬브라이드의 모습이었다. 땅에 뒹굴고 있는 헬브라이드의 날개는 아름다운 깃털에 피가 엉겨 눈뜨고 볼 수 없는 참담한 장면이었다. 이루릴이 이겼어! 나와 네리아는 펄쩍펄쩍 뛰면서 덩실덩실 춤을 출 태세를 갖추었다.

그런데 다음 순간 헬브라이드는 웃기 시작했다.

"하하핫하! 패배를 시인하는가?"

이루릴은 살며시 고개를 돌렸다. 그리고 그 순간, 이루릴의 반대편 어깨에 난 커다란 상처가 보였다. 그렇다면 헬브라이드의 날개에 엉긴 피는? 이루릴은 무릎을 꿇으며 자신의 볼을 감쌌다.

"이루리일!"

네리아가 고함을 지르며 뛰어내리려 했다. 그러나 칼이 재빨리 그녀의 팔을 붙잡았다.

"뛰어내리면 안 되오! 오크들이 달려들 거요!"

네리아는 눈물이 그렁한 눈으로 칼을 바라보며 도리질을 했지만 칼은 입술을 꽉 깨문 채 엄한 표정을 지었다. 샌슨은 악에 받힌 고함을 질러댔지만 그 목소리는 오크들의 함성에 파묻혀 들리지도 않았다. 이루릴은 땅에 무릎을 꿇은 채 마치 앉아 있는 동상처럼 꼼짝도 하지 않았다. 빌어먹을!

"취이이! 보았느냐! 나와라, 괴물 초장이! 우헷헤헷!"

"괴물 초장이! 어서 나와라! 취취 취이잇!"

좋아, 나가주지. 나가준다고! 스카일램이 내 어깨만 놓는다면 지금 당장이라도 내려가주겠어! 헬브라이드는 땅에서 일어나 웃으며 이루릴을 내려다보다가 곧 고개를 들어 우리 쪽을 올려다보았다.

"졸개들은 그만 내보내라! 괴물 초장이가 누구냐? 머리를 내밀어라!"

칼은 분노에 덜덜 떨고 있는 우리들에게 빠르게 말하기 시작했다.

"저놈들은 아직까지 네드발 군에게 겁을 먹고 있어서 함부로 덤비지 않고 있다. 그렇지만 네드발 군을 내보낼 수야 없지. 트리키 공."

스카일램은 무거운 눈으로 칼을 바라보았다. 칼은 단호하게 말했다.

"남자는 헬브라이드와 싸울 수 없소. 도망가야 합니다. 아시겠소?"

스카일램은 목에 걸린 것을 간신히 끌어내리는 듯한 얼굴로 말했다.

"제가 나가서 싸우겠습니다!"

"당신도 남자요! 제발, 왜 이러시오?"

스카일램은 그 말에 다시 침을 삼켜대었다. 아래쪽에선 여전히 헬브라이드와 오크들이 우리에게 삿대질과 야유를 보내고 있었다. 스카일램은 고개를 가로저었다.

"그러나, 지금 달아난다고 해서 문제가 해결되는 것은 아닙니다. 저들은 곧 우리 뒤를 추적할 것입니다. 그리고 제가 명령받은 것은 사절단이 최대한 빠르고 안전하게 일스 공국에 도달하도록 최선을 다하라는 것입니다. 시간을 지체할 수는 없습니다."

그리고 스카일램은 손을 들어 아래를 가리켰다.

"게다가 저 아래에 계시는 엘프 이루릴 세레니얼 양은 어떻게 합니까?"

칼은 안타까운 표정을 지으며 다시 아래를 내려다보았다. 스카일램은 다부지게 말했다.

"제가 나가겠습니다."

"나가보아야……. 당신도 남자입니다. 될 리가 없습니다."

"해봐야 압니다."

그때였다. 갑자기 네리아가 말했다.

"그를 보내죠?"

네리아는 그렇게 말하며 손을 들어 우리 뒤쪽을 향했다. 칼은 놀란 표정이 되었고 스카일램 역시 마찬가지였다. 네리아는 말했다.

"그는 남자긴 남자지만 좀 이상하잖아요. 그리고 눈으로 싸우는 거라면 그가 가장 낫지 않을까요?"

칼은 잠시 얼떨떨한 표정으로 네리아를 바라보다가 손뼉을 쳤다.

"맞소! 그가 있군. 트리키 공."

"안 됩니다!"

"아니, 네리아 양의 말이 옳습니다. 내가 보증하지요. 그 외엔 방법이 없소."

스카일램은 절대로 수긍할 수 없다는 표정이었다. 그러나 칼은 기다리지 않았다. 칼은 즉각 몸을 돌려 손짓을 보냈다. 그러자 호위 대원들은 당황한 표정으로 그들의 직속 상관인 스카일램을 바라보았다. 스카일램은 씩씩거리며 말했다.

"칼 헬턴트 님!"

"농담이 아니오. 난 당신보다는 그를 잘 알아요. 그리고 그도 이런 황야에서 오크들의 추격을 받으면서 달아나지는 못할 거요. 부탁하겠소, 트리키 공."

스카일램은 한참 동안 칼을 바라보다가 다시 아래의 이루릴을 바라보았다. 그의 얼굴에 무서운 고민의 흔적이 지나쳤지만 군인답게 고민의 시간이 길진 않았다. 스카일램은 호위 대원들에게 고개를 끄덕였다.

호위 대원들은 즉각 마차로 달려갔다. 그 마차는 튼튼하게 만들어진 죄인 호송용의 마차였고, 호위 대원들은 열쇠를 꺼내어 마차 문을 열었다. 삐이이이걱.

"이리 나와!"

마차의 철문이 열리고 호위 대원이 고함을 지르고 나서 잠시 후, 햇살을 가리기 위해 눈썹 위로 손을 펼친 남자가 마차 밖으로 나왔다. 남자는 침울한 표정으로 호위 대원들을 바라보았고 호위 대원들은 우리 쪽으로 손짓했다. 그러자 남자는 우리 쪽으로 걸어왔다.

"운차이. 당신 이외엔 방법이 없구려."

운차이는 무표정하게 칼을 바라보다가 말했다.

"안에까지 들리더군요. 알겠습니다."

샌슨은 신뢰 어린 동작으로 자신의 롱소드를 운차이에게 내밀었다. 운차이는 롱소드를 들고 몇 번 휘저어보았다. 호송 중인 죄수에게 무기를 건네주는 모습을 보는 스카일램의 얼굴은 엉망이 되었지만 그는 여전히 근엄하게 체통을 지켜 아무 말도 하지 않았다. 단, 매서운 눈으로 운차이의 동작 하나하나를 노려보았다.

운차이는 잠시 우리에게 고개를 끄덕여 보이고는 곧 가벼운 동작으로 아래로 뛰어내렸다.

그때까지 우리에게 야유를 보내던 헬브라이드는 남자가 하나 뛰어내려 오자 곧 경계하는 표정이 되었다. 그녀는 재빨리 고개를 돌려 오크들에게 물었다.

"저 자가 괴물 초장이인가?"

"취, 취익? 아, 아니오?"

"뭐야? 이런. 또 졸개를 내보내는 건가!"

헬브라이드는 실망했다는 표정으로 운차이를 바라보았다. 우리 모두는 침을 삼키며 언덕바지에 몰려섰다.

언덕을 다 내려간 운차이는 헬브라이드를 흘깃 바라보았다. 헬브라이드는 한심스럽다는 표정으로 운차이에게 말했다.

"이봐! 너 말고 괴물 초장이에게 나오라고 그래. 죽고 싶은가?"

운차이는 그 말에는 대꾸도 하지 않고 이루릴에게 걸어갔다. 이루릴은 그때까지도 꼼짝도 하지 않고 앉아 있었다. 운차이는 이루릴을 바라보다가 나직하게 말했다. 그의 낮은 목소리가 간신히 언덕 위의 우리에게까지 들려왔다.

"마비됐군."

마비라고? 독이란 말인가? 칼은 눈살을 찌푸리며 혼잣말하듯이 말했다.

"그래. 헬브라이드의 깃털은 강력한 마비를 일으키지."

운차이는 이루릴을 그대로 내버려두고는 헬브라이드에게 걸어갔다. 적당한 거리를 둔 채 운차이는 서서 잠시 숨을 골랐다. 그리고 그는 커다랗게 외쳤다.

"이봐, 후치! 저 여자에게 그 미모에는 경배를 보내되 그 목숨에는 경배를 보낼 수 없다고 전해 줘어!"

스카일램은 놀란 얼굴이 되어 날 바라보았고 나 역시 그와 비슷한 정도의 해괴한 표정을 지어주었다. 난 참으로 한심스러운 기분을 느끼며 아래쪽으로 고함질러 주었다.

"라고 했다아!"

네리아는 딸꾹질을 시작하는 샌슨에게 공감의 시선을 보내며 함께 딸꾹질을 하는 동지애를 발휘했다. 딸꾹, 딸꾹.

헬브라이드의 얼굴은 필설로 형용할 수 있는 한계를 가볍게 벗어나고 있었다. 그녀는 어깨를 축 늘어뜨리고 입은 쫘악 벌리고 있었다. 그녀는 운차이를 바라보았다가, 다시 고개를 돌려 언덕 위의 나를 바라보았다. 헬브라이드는 손을 올려 자신의 가슴을 가리키며 말했다.

"내게 말한 건가?"

"후치! 그렇다고 전해 줘어!"

"라고 했다아!"

헬브라이드 뒤쪽의 오크들마저도 췻췻거리는 소리 하나 없이 고요해졌다. 그들은 모두 비죽한 송곳니를 번쩍거리며 침까지 조금 흘리고 있었다. 입을 크게 벌리고 있었다는 말이다. 헬브라이드는 크게 숨을 쉬어 자신을 진정시키면서 말했다.

"자, 잠깐. 그러니까 내게 직접 말하지 않고 저 소년을 통해 말한다는 것인가? 그런 거야?"

"후치! 지금껏 어떻게 암흑의 신부가 저 지저분한 오크의 소환에 응했는지 궁금했는데, 이제야 눈치가 엉망이라서 아무나 부르면 좋아라 뛰어나온다는 것을 깨달았다고 전해 줘어!"

"라고 했다아!"

헬브라이드의 얼굴에 결코 빠르다고는 할 수 없는 분노가 떠오르기 시작했다. 하긴 너무 황당무계한 일을 당했으니만큼 즉각 화를 내지 못한 것을 탓할 수는 없겠군.

"이놈! 내게 장난치는 거냐!"

"장난은 정신 수준이 비슷한 사람에게 칠 수 있는 것이라고 전해 줘어!"

"라고 했다아!"

"으아아! 뭐야, 이건!"

헬브라이드는 발칵 화를 내더니 곧장 걸어오기 시작했고 그러자 운차이는 롱소드를 들어올려 헬브라이드를 겨냥했다. 헬브라이드는 롱소드에서 반사되는 은광에 주춤하더니 곧 씩씩거리며 운차이를 뚫어져라 바라보았다. 둘은 그렇게 잠시 동안 대치했다.

갑자기 헬브라이드는 뒤로 튕기듯 몇 발자국 물러났다. 그녀의 놀란 목소리가 들려왔다.

"어, 어떻게 된 거지?"

운차이는 매몰차게 웃었다. 헬브라이드는 크게 당황했다. 헬브라이드는 다시 한번 운차이를 뚫어지게 노려보았지만 운차이는 싸늘하게 마주볼 뿐 전혀 표정의 변화가 없었다. 헬브라이드는 소스라치게 놀라더니 숨막히는 어투로 말했다.

"너, 너!"

헬브라이드는 참으로 두렵다는 듯이 말했다.

"……여자냐?"

"푸하하하!"

기어코 네리아는 샌슨의 어깨를 두드리며 폭소를 터뜨렸다. 운차이는 싱겁게 웃으며 롱소드를 내리며 말했다.

"눈빛이 흐릿해서 의심쩍었는데, 확실히 눈이 엉망인 것을 알게 되었다고 전해 줘."

"라고 했……."

"그만! 도대체 뭐야! 장난 칠 기분이 아냐! 너, 너 도대체 어떻게 된 녀석이냐?"

내 말을 끊으며 헬브라이드가 고함을 버럭 질렀다. 운차이는 그 말에 대답하지 않았다. 대신 그는 잠시 눈을 감고 천천히 호흡을 고르기 시작했다.

2

갑자기 운차이는 눈을 떴다. 그러자 곧 헬브라이드는 덜컥 숨이 막히는 표정을 지으며 엉덩방아를 찧고 말았다. 쿠다당. 운차이는 가증스럽다는 듯이 헬브라이드를 바라보며 으르렁거리는 목소리로 나직하게 말했다.

"Ahn choudarii. Nanysanchee ama Rekijarklapi…… Pecaii!"

헬브라이드는 자신이 주저앉았다는 것도 알지 못하는 모양이었다. 그녀는 엉거주춤하게 앉은 자세와 누운 자세의 중간쯤 되는 자세를 자연스럽게 유지하며 허옇게 질린 표정으로 운차이를 바라볼 뿐이었다. 갑자기 운차이는 롱소드를 팍 들어올려 헬브라이드의 가슴을 겨냥했다. 헬브라이드는 마치 검에 찔린 듯한 표정을 지었다.

"Ahn choudarii!"

"으아아아아아!"

헬브라이드는 땅을 박박 긁으며 뒤로 기기 시작했다. 세상에! 날개가 있으면서 날아오를 생각도 못하고 있다. 운차이는 즉각 앞으로 뛰며 사납게 롱소드를 휘둘렀다. 은제 롱소드에서 번뜩이는 살벌한 검광에 암흑의 신부는 가중된 공포를 느꼈다. 운차이는 맞추기 위해 휘두른다기보다는 겁주기 위해 휘둘렀지만 이미 겁에 질린 헬브라이드에게는 그것으로 충분했다.

그녀는 정신없이 뒤로 기어가다가 곧 쓰러졌고 그대로 몸을 굴려 일어나더니 미친 듯이 달려가기 시작했다. 그녀가 구르느라 뽑혀나온 깃털들이 지저분하게 흩어졌다. 스카일램은 입을 딱 벌렸다.

오크들은 갑자기 일어난 이 어처구니없는 사태에 어떤 반응을 취해야 할지 짐작도 되지 않는 모양이다. 헬브라이드는 오크들의 대군이 앞을 막아서자 그제야 날개를 펼쳐 비틀거리며 날아올랐다. 몇 번이나 제대로 못 떠오르고 위태위태하게 날개를 퍼덕이던 헬브라이드는 간신히 오크 무리와 충돌하지 않고 날아올라 곧 하늘 저편으로 사라져버리고 말았다.

오크들은 멍한 얼굴로 사라져가는 헬브라이드를 바라보다가 새로운 공포를 느끼며 운차이를 바라보았다. 운차이는 롱소드를 옆으로 적당히 늘어뜨린 자세였다. 게다가 조금 비스듬하게 서서는 삐딱한 눈길로 오크들을 쏘아보았다. 내 바로 옆에 있는 스카일램에게서 숨소리 같이 낮은 말소리가 들려왔다.

"루트에리노 대왕과 록크로스 해변의……."

흐음. 스카일램은 루트에리노 대왕의 유명한 모험을 이야기하는 모양이군. 하지만 록크로스 해변에서 300여 마리의 오크들과 대치하던 루트에리노 대왕은, 사실 등 뒤에 핸드레이크라는 엄청난 지원 세력을 갖춘 상태였지. 지금 운차이는 혼자서 100마리의 오크들과 대치하고 있다.

발이 움직이고.

운차이는 스르르 걸어갔다. 적을 향해 걷는 것이 아니라 그저 산책이라도 하는 듯한 가벼운 발걸음이었다. 그는 그냥 그렇게 걸어갔다. 그러나 그의 무서운 시선은 오크들을 물러서게 하고 있었다. 오크들은 달아나버리는 헬브라이드의 모습을 보았고, 그리고 지금 헬브라이드를 달아나게 만든 자가 걸어오는 것을 보고 있다.

찢어지는 비명소리가 들려왔다.

"취에엑! 괴, 괴물 눈알이다!"

오크들은 당황하며 물러났다. 호위 대원들의 탄성 소리가 높았다. 오크들은 떨리는 글레이브를 내밀어 운차이를 겨냥하긴 했지만 앞으로 걸어나올 생각은 못하고 있었다. 그중 한 오크가 드디어 참지 못하고 고함을 질렀다.

"취에에엣! 한 놈이다! 덤벼라!"

그러나 오크들은 움직이지 않았다. 그리고 다른 오크가 외쳤다.

"안 돼, 안 돼! 췻취치익! 괴물 초장이는 아직 나오지도, 취익, 않았다! 췻취!"

그러자 곧 오크들은 외경과 공포가 뒤섞인 눈빛으로(아마 그럴 거라고 생각되기는 하지만) 언덕 위의 나를 쳐다보았다. 난 되도록 험악하게 보이기 위해 콧김을 푸릉거리며 어깨에 힘을 잔뜩 주고 목이 부러져라 뻣뻣하게 뒤로 젖혀 오크들을 내려다보았다. 네리아는 내 모습을 보더니 곧 입을 틀어막고 뒤로 달려가 버렸지만 다른 호위 대원들은 꼼짝도 하지 않고 활을 잔뜩 당겼다. 빠아아아.

언덕 위에서 겨냥된 20여 개의 활보다는 나 때문에 더 겁먹었다면 내 자존심에 도움이 되겠지. 오크의 속마음은 도저히 알 수 없지만 어쨌든 오크들은 괴물 초장이와 괴물 눈알이라는 심리적인 공포와, 그리고 스무 개의 활이라는 현실적인 두려움 때문에 달려들지 않았다. 그놈들은 서서히, 서서히 물러나기 시작했다.

그리고 그 순간 운차이가 고함을 질렀다.

"Peca!"

오크들은 괴성을 지르며 용맹스럽게 뒤로 돌아 달려갔다.

"취이이익!"

스카일램 트리키 호위 대장은 자신이 호송하는 죄수에게 최대한의 경의를 표현해야 했다. 혼자서 눈짓만으로 100마리의 오크를 달아나게 만든 죄수니까. 그런 이상한 상황이었지만 그래도 스카일램은 품위를 잃지 않고 정중히 운차이에게 감사했다. 멋진 군인이야.

일스 공국으로 출발하는 사절을 맡겠다는 칼의 말에 닐시언 전하는 크게 기뻐했다. 아마 그는 칼을 자기 사람으로 만들었다고 생각했던 모양이다. 칼은 자신이 델하파의 항구에 들러 붉은 머리의 소녀를 만나보기 위해 그 임무를 수락했다는 말은 하지 않고 그저 성은에 어긋나지 않겠다고 말했다.

신임장 수여, 임명장 수여, 아샤스에 대한 감사와 축원의 기도, 빵빠방 빵빠방, 좀 시끄러워지고, 제법 요란해지고, 꽤 번쩍거리고, 그리고 우리는 약간 우중충한 날씨에 바이서스 임펠을 출발할 수 있었다.

인원은 간단했다. 칼의 말, 아니 펠레일의 말에 의하면 바이서스로서는 12월까지 루펠만 해안을 차지하는 것이 급하기 때문에 일스 공국과의 회담은 최대한 빨라야 한다. 그리고 우리로서도 급하다. 크라드메서의 웨이크닝이 하루하루 다가오고 있는 것이다. 그래서 품위나 예의는 잠시 접어두고 최대한 빠른 진행을 위해 단순하게 구성했다. 칼은 설명했다.

"원래 국가 사절에는 상인, 학자, 유학생들뿐만 아니라 음악가, 미술가, 작가 등 온갖 종류의 예술적 소양을 덧붙일 수 있는 사람들이 따라다닌다네. 그것은 사절의 품위를 높여주는 것이며 동시에 두 나라간의 문화 교류에도 일익을 담당하는 것이지. 하지만 지금은 사태가 사태이니만큼 그렇게는 못한다네."

먼저 스카일램 트리키 자작이 20명의 호위 대원들과 함께 우리의 호위를 맡게 되었다. 그리고 당연히 바이서스 사절인 칼, 그리고 샌슨과 나, 이루릴, 네리아가 함께 가게 되었다.

아프나이델은 패밀리어의 죽음으로 심한 충격을 받아 요양해야 했으므로 우리와 함께하지 못했다. 그리고 엑셀핸드는 그런 아프나이델을 간호하기 위해 남았다. 칼은 길시언에게 함께 가달라고 간곡히 부탁했지만 길시언은 자신의 말에 충실했다. 자신에겐 위험이 따라다니므로 수도를 벗어나서까지 우리와 함께 할 수 없다는 말. 그래서 우린 길시언과 아쉽게 헤어져야 했다.

그리고 일스 공국에 가서 증언하기 위해 자이펀의 간첩인 운차이가 우리와 동행하게 된 것이다. 뭐 정확히 말하자면 운차이는 호송되는 것이지만 그것은 스카일램의 생각일 뿐이다. 우리들은 동행하고 있다.

그것은 지금 이 저녁 식사 시간에 샌슨과 운차이가 서로 건배를 나누고 있는 것만 보아도 알 수 있다. 스카일램 씨가 이빨이 압력을 이기지 못하고 튀어나올 정도로 굳은 표정을 하고 있어 차마 저녁 식사 자리에 초대하진 못했지만, 샌슨은 그 대신 술잔을 들고 호송 마차로 걸어가 마차 안에 있는 운차이에게 잔을 건네주고 철창 사이로 건배함으로써 스카일램을 괴롭히고 있었다.

"죄수에게……, 주류를 지급할 수는 없습니다."

스카일램은 그렇게 말했지만 샌슨은 어깨를 으쓱거리며 말했다.

"취한 사람이 어떻게 달아나요."

스카일램은 분통이 터질 것이다.

솔직히 말하자면 나와 샌슨, 네리아, 이루릴에게는 공식 직함이 없다. 일괄적으로 수행원이라고 되어 있을 뿐이다. 그래서 스카일램은 샌슨에 대해 자신의 위치를 정확히 정할 수 없어서 분통 터지는 모양이다. 스카일램도 엄밀히는 수행 무관이지만, 샌슨도 하는 행동으로 보면 수행 무관이다(우헤헤. 나도 그렇지 않나?). 그러나 스카일램은 공식적인 호위대의 대장이며, 따라서 그에게 샌슨은 받들어 호위해야 할 사람일 수도 있다. 그래서 저 '군인' 스카일램은 이런 불명확한 관계가 그렇게 유쾌하지는 못한 모양이다.

그래서 그는 확실한 상하 관계를 확인할 수 있는 호위 대원들에게 접근을 시도했다. 물론 불쌍한 스카일램 씨는 사병들 노는 곳에 상관이 끼어들 수 없다는 것을 확인하고 돌아왔을 뿐이다. 그래서 지금 그는 우거지상을 하고는 우리들이 몰려 있는 횃불가에 앉아 있었다.

이루릴의 얼굴을 제외한 모든 이의 얼굴이 검붉다.

탁탁 튀는 불티들이 잠깐의 자유와 극도의 열정을 허공에 그리고 있다. 불티의 탄생, 비약, 정열, 소진. 저것도 하나의 생애라면, 저 불티는 우리 인간을 너무 느려터지고 답답한 놈들이라고 생각하겠지. 찻잔을 입으로 가져가다가 멍청한 생각을 한 대가로 차를 조금 흘렸다.

"턱받이가 필요하니?"

네리아의 톡 튀는 듯한 말. 허헛. 네리아는 손수건을 꺼내어

내 턱을 닦아주기까지 한다. 왠지 어리광이 부리고 싶어지는데. 취사병이 가져다준 커피를 마시며 칼은 스카일램에게 대화에 참여 기회를 선사했다.

"트리키 공. 일스 공국에는 가보셨습니까?"

"예. 그렇습니다."

"좋은 곳인가요?"

"예. 바닷바람 닿는 곳 어디라도 해원의 신비가 어리지 않은 땅 없겠지만 일스 공국은 유난히도 그 신비로움에의 발디딤이 깊은 땅입니다."

이 어마어마한 대답에 칼은 잠깐 짓눌려 버렸다. 허, 허허허. 저 군인 아저씨가 왜 저러시나? 그러나 나는 곧 그가 어디서 읽은 글을 외운 것이라는 것을 알아차렸다. 아무런 감동도 없이 말하고 있는 표정을 보니 알겠군. 칼은 빙긋 웃으며 말했다.

"트리키 공의 감상은 어떠시오?"

"예?"

"트리키 공께서는 그곳에서 무엇이 마음에 드시오?"

"제가……, 말씀이십니까?"

스카일램은 곧 명상하는 얼굴이 되어 고민에 잠겼다.

우리는 참을성 있게 각자 커피, 와인, 차 등을 마시면서 기다렸다. 저쪽에선 샌슨과 마차 안의 운차이가 무슨 재미있는 이야기를 나누는지 샌슨이 크게 웃는 소리가 들려왔다. 와핫하! 사방의 몬스터들이 다 도망가 버리겠다. 따라서 우린 안전해. 네리아가 머리카락을 꼬다 못해 손가락이 머리카락에 엉켜버릴 정도가 되었을 때 스카일램은 말했다.

"어부가 마음에 들더군요."

칼은 눈을 커다랗게 떴다.

"어부? 물고기를 낚는 어부를 말합니까?"

"예. 가장 거대한 적과 싸우는 사람들. 그리고 그 싸움 자체를 잊어버리고 싸움을 싸움이라 생각하지 않게 되는 그 과묵한 사람들이 인상적이었습니다."

"그런가요. 흠. 어부라. 농부 역시 거대한 적과 싸우지 않습니까?"

"대지는 늙어죽은 농부 이외에는 농부를 삼키지 않습니다."

의외로 재치 있는 스카일램의 대답에 칼은 밝은 표정이 되었다.

"하긴 그렇겠습니다. 하하하."

스카일램도 무조건 군인이라고 부르면 안 되는, 그런 사람이군. 샌슨을 봐. 저게 경비 대장이냐? 괴물딱지지. 날 보라고. 나는…… 에…… 참 할말 없군.

"푸핫하하! 괴물 눈알!"

마차에 삐딱하게 기대어서서 마차 안의 운차이와 이야기를 나누던 샌슨이 다시 크게 웃었다. 나는 그 모습을 보고는 싱긋 웃어버렸다. 칼은 모포를 꺼내어 둘러쓰고는 책을 꺼내었다. 이루릴은 곧 윌로위스프를 불러내어 칼에게 보내었다.

"아, 이런. 감사합니다."

"어두운 곳에서 책을 보시면 눈에 해로워요."

이루릴은 낮에 입은 상처 때문에 어깨에 붕대를 감고 팔은 고정시켜 둔 상태였다. 하지만 여전히 표정 없는 듯하면서도 푸근하게 미소짓고 있었다. 그녀는 아마 벼랑에 매달려 있거나 드래곤의 입 속에 들어간 채 있어도 무표정에 가까운 약한 미소를 지을 거라는 생각이 든다. 그녀에게 인생은 어떤 것일까? 수백 년의 이야기…… 아니, 그녀는 120살이 좀 넘었다지. 120년의 추억은 어떤 것일까.

17년짜리 추억을 가진 나로선 물어봐야 이해를 못하겠지. 그런 저런 생각을 하던 끝에 나는 약간 멍청한 어조로 불쑥 이루릴에게 질문했다.

"그런데 이루릴은 델하파에서 뭘 했죠?"

이루릴은 나에게 고개를 돌렸다. 내가 너무 성급하게 질문했나?

"아, 실례가 된다면 죄송하고요."

"아뇨. 실례랄 것은 없습니다만. 전 어떤 사람의 흔적을 찾고 있었습니다."

"흔적이라고요?"

"예."

별로 말하고 싶지 않은가 보지? 난 신경 끄고 자기로 했다. 그렇지 않아도 내일 새벽엔 또다시 죽을 고생을 해야 할 테니까 빨리 자두는 것이 좋겠다. 아아, 피곤해. 모포 속에 드러누워 있자니 잠시 후에 샌슨이 돌아오는 것이 보였다. 칼은 샌슨을 불러들였다.

"여보게, 퍼시발 군."

"예?"

"앞으로 자네가 할 일을 일러줌세. 잘 듣고 기억하게나."

"아, 예."

그리고 칼은 뭐라고 말했지만 난 곯아떨어지고 말았다. 으으. 새벽이 오는 것이 두렵다.

"다리 그 따위로 놀릴 거야?"

"얼씨구, 엉덩이가 춤을 춘다. 흐늘흐늘해 가지고. 눈 똑바로 못 떠?"

이건 너무해! 왜 인간이 오거에게 검술을 배우면서 꾸지람을 들어야 하냐고! 호위 대원들은 얼빠진 얼굴로 샌슨의 시범을 보았다가 곧 나에게 참으로 불쌍하다는 식의 시선을 보내왔다. 그리고 스카일램은 팔짱을 단단히 낀 채로 샌슨에게 호승심 가득한 시선을 보내고 있었다.

아침 안개 자욱한 11월의 숲속이었다. 낙엽을 밟을 때마다 부스러지는 서리의 소리가 뽀드득뽀드득 들려온다. 네리아는 추위를 잔뜩 타는 고양이처럼 모포 속에서 머리만 내밀고 보고 있었으며 이루릴은 언제나처럼 약간 떨어진 위치에서 책을 읽으며 기주 중이었다. 칼은 진지한 표정으로 취사병을 바라보고 있었다. 취사병이 뭐 볼 게 있냐고? 사실 칼은 취사병 옆의 위치가 가장 따스하다는 이유를 높이 사고 있을 것이다. 그렇긴 하겠지만, 여기 와서 샌슨 좀 말려줘요, 칼!

"이거 뭐야! 몇 번 말했어? 완전히 감으란 말이야!"

"낮다! 높다! 틀려, 더 가볍게! 아냐, 더 힘껏!"

난 결국 몸서리를 치며 고함지르고 말았다.

"으으아! 제발 좀 쉬운 걸로 가르쳐줘! 난 인간이란 말이야!"

난 인간이다. 따라서 저 오거처럼 저런 짓은 못한다. 아니, 어떻게 똑같은 힘으로 상하 좌우 여덟 번을 찌르고 베고 후리냐? OPG만 있었어도 어떻게 하겠지만 지금으로선 못한단 말이다.

샌슨은 나에게 OPG가 없어진 지금, 제미니를 시집도 못 간 과부로 만들 수는 없느니 어쩌니 말도 안 되는 소리를 하면서 아침마다 내 귀를 붙잡아 끌고는 훈련을 시킨다. 차라리 고향에서 터너에게 배울 때가 나았지, 이건 죽어도 못하겠다. 그러나 샌슨은 나의 모든 항변의 말들을 하등의 들을 가치가 없는 것으로 치부해 버리고는 계속 날 닦달중이다.

"연결 3번, 연속 동작 다시 해봐!"

좋아, 하지! 한다고! 먼저 어깨 위에서 발검 준비, 앞으로 뛰며 치고, 오른쪽으로 베고, 왼쪽으로 베고, 오른쪽으로 베고, 왼쪽으로 베고, 위로 올렸다가, 다시 뛰며 치고, 발을 빼며 검을 어깨 위로 올려 상단 막기, 그 자세에서, 그 자세에서, 그 자세에서…….

딱! 어이구, 젠장.

"반대로 돌며 뒤로 베기!"

바우우웅! 샌슨의 시범. 저게 칼에서 나는 소리냐? 마차 안의 운차이가 싱긋 웃고 있다. 하지만 호위 대원들은 넋나간 표정으로 샌슨을 바라보았다. 나는 악에 받쳐서 검을 휘둘렀다. 으잉? 왜 내 검이 더 큰데 소리가 전혀 안 나는 거야?

몇 번을 더 반복한 끝에 간신히 처음부터 끝까지 막힘 없이 할 수 있었다. 그러자 샌슨은 아주 담담한 얼굴로 엄청난 말을 했다.

"100번이라고!"

"그럼. 100번 실시다."

"오늘은 여행 안 할 거야?"

"물론 하지. 너도 우리 따라오려면 빨리 백 번 하는 것이 좋을 텐데? 못하면 놔두고 간다."

"50번! 절대로, 무슨 일과 어떤 일이 동시에 일어나도!"

샌슨은 들은 척도 하지 않았지만 나 또한 온갖 야비한 수단을 동원하여 간신히 50번으로 타협이 되었다. 난 이 차가운 겨울 아침에 땀을 질질 흘리며 그 얼어죽을 연결 동작을 해야 했다.

깊은 생각에 잠긴 표정으로 그 광경을 보던 스카일램은 고개를 묵직하게 끄덕이더니 곧 날 구경하는 호위 대원들에게 할 일이 그렇게 없냐는 불호령을 내렸다. 그래서 호위 대원들도 일제히 창술 훈련에 들어가야 했다. 따라서 나와 20명의 호위 대원들은 그야말로 한마음 한뜻으로 샌슨에게 증오의 시선을 보내며 서로 간의 진한 동지애를 느낄 수 있었다.

"먹여줄까?"

"그래주면 정말 고맙죠."

그러자 네리아는 배시시 웃으며 스프를 떠서 내 입에 넣어주었다. 난 그것을 받아먹으며 슬픔이 가슴을 저미는 것을 느꼈다. 아버지. 아버지의 창술 수련이 생각나는군요. 흑흑흑. 팔다리가 아파서 스푼도 못 들겠다. 네리아는 친절하게도 빵까지 찢어서 입에 넣어……주다가 내가 씹으려는 순간 확 빼내었다. 윽. 장난감이 되었다. 비참해라. 네리아는 깔깔거리며 계속 날 가지고 놀았고 이루릴은 의아한 표정이 되어 그 모습을 보았다.

"네리아. 후치에게 빵을 줄 의도가 없다면 왜 그런 의도가 있는 것처럼 행동하는 것이죠?"

네리아는 두말없이 내 입에 빵을 던져넣었다. 왁왁.

이스트 그레이드를 가로질러, 우리는 이스트 그레이드를 거대하게 감싸고 있는 붉은 산맥으로 향했다. 붉은 산맥을 넘어서면 곧 산맥과 바다 사이에 끼여 있는 일스 공국이 나타난다고 한다.

칼은 일스 공국에 대해 설명해 주었다.

산맥과 바다 사이의 협소한 지형에 위치하고 있는 일스 공국은, 그래서인지 전략적으로 병탄 필요성이 적은 지형이며 그 가치가 없다는 이유로 공국이 성립될 수 있었다. 다행히도 일스 국민들은 바이서스어를 사용한다고 한다. 그렇지만 그들 중 많은 이들이 자이펀어나 헤게모니아어 역시 별로 어려움 없이 말할 수 있다 한다.

"바이서스어를 사용해요?"

"그렇다네, 네드발 군. 사실 성직자들과 마법사들이 그토록 오가며 우리가 상상도 할 수 없는 수단으로 대화를 주고 받는 이상 대륙 전체에서 같은 말을 쓰게 만들 수도 있을 것 같네. 흐음. 자네 방언이라는 것을 들어보았는가?"

"방언이요? 그게 뭔데요?"

"그러니까 같은 말인데 지방에 따라 조금 다른 말을 말하지."

"같은 말인데 다르다고요?"

"그러니까 어떤 곳에서는 어머니를 '오마니'라고, 팔을 '폴'이라고 말하는 식이라면 이해가 되겠지."

"예? 바보 아니에요? 왜 그렇게 말한다는 거죠?"

"그거야 사람들이 서로 많이 떨어져 있는 상태로 오래 살게 되면 그런 것이 생긴다네. 자네도 한번 생각해 보게. 어떤 지역과 다른 지역이 바다나 산으로 가로막혀 오가지 못한다면 말이 달라질 수도 있지 않겠는가?"

그게 무슨 말이야? 난 눈살을 찌푸렸다.

"이상한 말이네. 그런다고 말이 달라지나요? 부모에게 자식이 그대로 말을 배우는데?"

칼은 고개를 끄덕였다.

"달라진다네. 조금씩의 차이가 생기면서 많은 세월이 지나면 커다란 차이가 생겨난다네."

"하지만……, 우리나라엔 그런 것 없잖아요?"

"바로 그걸 말하고 싶었다네. 마법사들은 엄청나게 떨어진 거리에서도 얼마든지 말을 주고받을 수 있다네. 성직자들도 마찬가지고. 그리고 마법사들이나 성직자들은 대개 학문적으로나 뭐로나 문화를 이끌어나가는 위치에 있는 사람들이지. 그래서 우리나라엔 방언이 없다네. 하지만 마법이 발달되기 전에는 그런 방언 같은 것이 있었다고 하네. 루트에리노 대왕의 전기만 읽어보아도 그런 방언에 대한 이야기가 나오지."

아주 괴상한 말이군. 방언이라니. 허헛, 참. 아무리 머리를 굴려보아도 이해가 안 되네. 그렇다면 방언이 있을 때 사람들은 어떻게 서로 이야기를 나눈 것일까? 흠. 혹시 사람들끼리 서로 사람이 아니라고 생각하지는 않았을까?

"사실 몇 번에 걸쳐 마법사들이나 성직자들은 대륙 공용어를 만들어내자고 한 적도 있지. 우리들이야 외국까지 돌아다닐 일은 없지만 그들은 얼마든지 서로 말을 전달할 수 있으니 만큼, 공용어를 만들면 편할 테니까."

"오, 괜찮겠네요? 그런데?"

칼은 이루릴을 흘깃 보다가 빙긋 웃으며 대답했다.

"학문적 요구는 정치적 장벽을 넘기 힘들다는 좋은 예를 발견할 수 있을 뿐이지."

"예?"

"인류 전체를 위해 봉사하는 성직자들이 아닌 이상, 사람들은 외국인과 다른 말을 쓰는 것을 더 좋아한다네. 그래야 민족애를 느낄 수 있다는 거지."

"헤에? 그건 좀 이해가 가네요. 흠흠. 그런데 왜 일스 공국에서는?"

"그 사람들은 3국 어디와도 분쟁을 일으키지 않으려 애쓰는 사람들이니까."

지금의 일스 공국의 일스 대공은 바이서스와 자이펀, 헤게모니아 3국에 조공을 바치고 있기는 하지만 조공은 그렇게 대단한 양이 아니다. 3국 모두가 일스 공국에 대해 별다른 간섭을 하지 않는다는 그 이유만으로 일스 공국은 공물에 대해 조금 푸념을 한다든지 3국의 상인들에게 간혹 무거운 관세를 매긴다든지 하는 정도의 자존심을 세우고 있다. 아, 물론 3국 중 어디라도 단독으로 얼마든지 일스 공국을 점령할 수 있으므로 일스 공국은 어디까지나 자신들의 자존심을 세울 정도로, 그러나 상대의 자존심은 건드리지 않을 정도로 현명하게 행동하고 있다.

"라고요?"

"그래."

"저, 그렇다면 일스 공국은 그렇게 가치도 없는 땅인데 뭘 먹고 사는데요?"

"삼각 무역이라네, 네드발 군. 3국에서 각각 흔한 상품을 사들여 부족한 곳에 파는 거지. 그들이 3개 국어를 모두 잘하는 것도 그 때문이라네. 특히 요즘은 헤게모니아와 자이펀의 무역에서 많은 이익을 남기겠지. 우리와 자이펀이 전쟁중이므로 헤게모니아의 상인들은 우리나라를 통과하지 못하지 않는가. 그러니까 일스 공국을 경유할 것 같네."

"흠. 그런가요. 어? 잠깐. 그렇다면 자이펀의 상인들도 일스 공국에서 만날 수 있겠네요?"

"물론 그렇다네. 혹시나 일스 공국에서 자이펀인들을 만나게 된다면 조심하세나. 우리나라가 아닌 만큼 더욱 행동을 조심해야 하네."

"흐음. 예. 알겠어요."

나와 칼은 말 위에서 기분좋게 흔들리며 이렇게 이야기를 나누었다. 우리 옆에서 걷고 있던 네리아가 칼에게 몸을 기울이며 물었다.

"그런데요. 앞으로 얼마나 남았는데요?"

네리아가 몸을 지나치게 기울여서 칼은 크게 놀랐다.

"아! 위, 위험하오!"

"괜찮아요, 칼 아저씨도. 걱정 말아요. 그런데 얼마나 남았어요?"

"아. 내일 아침엔 도착할 수 있을 거요."

"헤? 이루릴은 왔다갔다 하는데 열흘 넘게 걸렸잖아요? 그런데 우리는 사흘 만에 도착하는 건가요? 우리는 말에 타고 와서 빠른 건가?"

"아, 내일 아침엔 일스 공국에 들어간다는 것이고, 델하파의 항구까지 가려면 또 시일이 걸릴 거요."

"음. 그럼 대충 시간이 맞네. 와. 그럼 이루릴은 말 타고 달린 것과 똑같은 속도로 왔다갔다한 건가?"

그 말에 뒤에서 따라오고 있던 이루릴이 생긋 웃었다.

"숲을 달렸으니까요."

"훌륭해요."

그때 마차 뒤에서 어슬렁어슬렁 따라오던 샌슨이 말했다.

"이봐, 괴물 눈알!"

운차이는 왁왁거리며 대꾸하지는 않았다. 사실 지금 썩 편하다는 입장인 모양이다. 비록 감금 마차이긴 하지만 그래도 마차니까 앉을 수도, 누워 있을 수도 있다. 샌슨과 발목을 묶여서 다니던 시절에 비하면 지금은 참으로 행복할 것이며, 그래서 마차 안에서 운차이의 느긋한 목소리가 울려나왔다.

"왜 불러?"

"그 기술 나도 가르쳐줄래?"

마차 안에서 부스럭거리는 소리가 들리더니 곧 운차이가 창살 사이로 머리를 내밀었다. 그는 창틀에 팔을 올려놓고는 샌슨을 바라보았다.

"무슨 소리야?"

"겁주는 눈빛 말이야. 살기라고?"

운차이는 냉랭하게 웃었다.

"너처럼 둔한 녀석은 안 돼."

"뭐야!"

샌슨은 눈을 부라렸지만, 곧 눈을 내리깔고 말았다. 누구에게 눈싸움을 거는 거야.

마차는 달그닥달그닥. 말은 타박타박. 이스트 그레이드는 우리 발 아래로 쉼없이 흘러가고, 우리는 붉은 산맥에 들어섰다.

3

"다바다!"

"뭐라고?"

"아, 아니 바바다!"

"후치……."

"으아, 바다다!"

바다구나. 저게 바다구나. 우와, 신기하다. 물이 너무너무 많다. 심하게 많다. 수평선에서 항구를 향해 들어오는 조그만 범선들의 모습이 흰 점으로 보인다. 사실 조그만 범선은 아니겠지. 하지만 산기슭에서 내려다본 바다의 넓은 수면과 범선의 모습은 평야에 던져둔 흰 꽃잎 같다. 배들의 뒤로 길게길게 이어지는 항적들에서 하얀 길이 생겨난다. 하지만 그 하얀 흔적 끄트머리의 배는 너무 작아 보인다. 이른 아침의 태양이 바다에 뿌린 햇살들이 파도에 넘실거리며 수면을 구른다. 으아, 바다다!

바람에선 희한한 냄새가 난다. 비릿한 듯하면서 뭔가 강렬하다. 이상하군. 민물고기에선 이런 냄새가 나지 않았는데. 비릿한 걸 봐서 물고기 냄새인 것 같은데 전혀 그렇지가 않다. 그럼 무슨 냄새지? 평야에서 부는 바람과는 너무 이질적인 바람이 분다.

나와 샌슨이 좀 심하게 코를 벌렁거리고 있어서 칼과 이야기를 나누던 일스 공국의 국경 수비대 대장은 피식 웃으며 한마디

했다.

"수행원들이 초행인 모양이군요."

"예. 참으로 아름다운 광경이군요."

"아, 말씀 낮추십시오. 귀하는 귀국을 대표하시는 사절이시고, 전 국경 수비를 맡고 있을 뿐입니다. 연락은 이미 받았습니다. 들어오십시오."

산 가운데 조그맣게 자리한 바라크지만 그래도 엄연한 국경 수비대였다. 그래서 그 안에는 마구간도, 병기고도, 그리고 사절 대접용 식당도 모조리 있었다. 우리는 간단한 조찬을 대접받고는 국경 수비 대장의 안내를 받아 일스 공국으로 들어섰다.

산 위에서 바다를 볼 때는 꽤 가까워 보였는데 어떻게 된 것이 가도가도 끝이 없었다. 어쨌든 산길을 꾸준히 걸어가다 보니 정오쯤 되어 평야에 도달할 수 있었다.

"저게 델하파의 항구에요?"

이루릴은 내 질문에 고개를 가로저었다.

"아뇨. 후치. 델하파의 항구는 해안선을 따라 훨씬 더 올라가야 해요. 여긴 그저 국경에 인접한 조그만 포구일 뿐이랍니다."

"아, 그래요? 이게 조그만 포구인가요?"

이렇게 커다란 항구가 조그만 포구라고? 그것 참.

"예. 이곳도 꽤 크긴 하지만 델하파의 항구는 훨씬 더 거대하답니다."

"허어."

그 항구 마을의 이름은 세들레스였다.

입구로 들어서자 바이서스의 사절단 일행을 영접하기 위해 길거리로 나와 환호를 보내고 있는 마을 사람들의 모습을 볼 수 있었다. 수효가 그렇게 많지는 않았지만 그래도 얼굴 붉어지는 장면이다. 11월의 바닷바람이 매서운데 저렇게 바알간 코만 내놓은 차림으로 나와서는 열심히 손을 흔드는 것이다. 아이고 부끄러워라.

그런데 그들은 외국 사절의 기이한 모습에 꽤 놀라는 모양이다. 사절단에 포함된 아름다운 엘프와 거대한 말을 탄 처녀의 모습은 당연히 기이한 모습이었다. 그래서 그들은 의아한 얼굴로 우리를 보았다가 서로에게 이야기를 걸었다.

"바이서스에선, 여기사들이 많은가 보지?"

"그래도 엘프 기사 이야기는 못 들어봤는데."

난 그들의 발음을 듣고는 깜짝 놀랐다.

국경 수비 대장의 발음은 거의 흠잡을 데 없는 바이서스 발음이었다. 그런데 이 마을 사람들의 발음은 우리와 고저가 조금 달랐다. 아하! 저게 그 방언이라는 건가? 하지만 별로 많이 다른 것도 아니네, 뭐. 어쨌든 단어나 문법은 아무런 차이를 느낄 수 없었다.

어쨌든 그들은 퍽 감명을 받은 표정으로 환호의 수준을 높였다. 이루릴은 별 표정 없었지만 네리아는 환하게 웃으며 손을 흔들어주었다. 샌슨이 제발 품위를 지키라고 억압하지 않았으면 끝까지 손을 흔들었을 것이다.

세들레스 마을의 대로를 그렇게 환호를 받아가며 걸어간 끝에, 국경 수비 대장은 마을의 커다란 공회당으로 안내했다.

공회당인지 뭔지 정확하게는 모르겠지만, 어쨌든 해변 대로를 따라 조금 올라간 위치의 해안 절벽 위에 세워져 있는 그 커다란 건물은 2층 높이의 건물이었다. 한쪽 면은 완전히 바다를 바라보고 있어서 건물 내의 전망이 퍽 좋을 것 같았고 벽에는 두툼한 판자들이 대어져 있어 사나운 바닷바람을 막아주고 있었다. 난 샌슨의 허리를 쿡쿡 찔렀다.

"지붕에 왜 밧줄을 매는 거지?"

샌슨도 얼떨떨한 표정으로 지붕을 바라보더니 말했다.

"글쎄? 아! 태풍이나 바닷바람에 날려가지 말라고 그러겠지."

"아, 그래?"

하긴 바람이 정말 보통 대단한 것이 아니다. 하다못해 좁은 골목길에도 최소 세 가지 종류의 바람이 불고 있는 것 같은 느낌이 든다. 바람의 도시라고 하면 어떨까.

공회당 안까지 우리를 안내한 국경 수비 대장은 말했다.

"점심 식사를 마치시는 대로 나우르첸으로 안내하겠습니다. 나우르첸에서 수도에서 오신 영접단이 기다리고 있을 것입니다."

"아, 예. 감사합니다."

칼은 당혹한 얼굴로 말했다. 점심 식사? 흠. 겸손한 표현이군. 오찬이라고 표현해도 되겠는데?

공회당 안의 1층은 전부 넓은 홀이었는데 지금 그 넓은 홀 가득히 테이블이 정성스럽게 준비되어 있었다. 우리는 머쓱한 표정을 지으며 테이블에 앉았다. 갖가지 요리들이 즐비하게 늘어서 있었는데 무엇보다 내 눈길을 사로잡은 것은 테이블 가운뎃자리에 놓여 있는 거대한 괴물이었다. 머리는 도마뱀처럼 생긴 괴물이었는데 발은, 와, 저런 발로 도대체 어떻게 걸을까? 마치 통나무 같은 발이다. 그런데 등에는 단단한 방패를 둘러쓰고 있었다. 난 다시 샌슨의 허리를 찌를 수밖에 없었다.

"저, 저게 뭐야?"

"모, 모르겠는데? 왜 테이블 위에 몬스터를 올려놓은 거지?"

그래서 난 반대쪽에 있는 네리아를 바라보았지만 곧 고개를 돌려버렸다. 네리아는 하얀 얼굴로 입을 크게 벌리고는 그 괴물이 덤비면 곧장 달아나버리기 위해 의자에서 엉덩이를 조금 띄운 상태였다. 스카일램이 우리를 구원했다.

"바다거북이다."

"바다거북이오?"

"음. 일스 공국의 유명한 요리 중 하나다."

이루릴은 안타까운 표정으로 그 바다거북을 바라보고 있었다. 저걸 통째로 먹나? 잠시 후 우리의 시중을 들기 위해 젊은 처녀들이 몰려왔을 때에야 난 그것을 어떻게 먹는지 알 수 있었다. 처녀들 중 하나가 바다거북 등의 방패를 살짝 떼어내자 그 안에 온갖 양념이 되어 있는 살이 보였고 거기서 김이 무럭무럭 올랐다. 하지만, 하지만…… 이건 정말 이상한 취미로군. 왜 요리에 원래 모습이 남아 있도록 하는 거지? 이루릴은 아예 얼굴이 새파래지더니 식사가 끝날 때까지 바다거북은 쳐다보지도 않았다.

그리고 조금 후에는 처녀들이 접시를 날라와 우리 앞에 내려놓았다. 아이구 맙소사! 이 지방 사람들은 도대체 자기가 뭘 먹는지는 확실히 알아야 한다고 생각하나 보지? 내 앞에 놓인 접시에는 물고기가 거의 완벽한 원형을 보존한 채로 허연 눈을 내게 홉떠 보이고 있었다. 물론 살은 저며 있고 양념도 되어 있는데다가 요리도 잘 되어 있었다. 하지만 그 커다란 생선의 머리와 꼬리는 완전하게 남아 있었고, 그래서 난 왜 음식물과 눈싸움을 하면서 먹어야 하는 건지 의아하게 생각할 수밖에 없었다. 요상한 취미네? 몇 번에 걸쳐 놀랐기 때문에 잠시 후 커다란(유피넬과 헬카네스의 이름으로! 저렇게 크다니!) 가재가 접시에 담겨 나타났을 때는 별로 놀라지도 않았다. 그 가재 역시 요리는 되었지만 완전한 원형을 보존하고 있었다.

"이 나라 사람들은……, 확실히 맛으로 음식 이름 맞추기가 싫은가 봐. 척 보면 알도록 해놓는데?"

"응. 그런가 봐."

스카일램은 근엄하게 우리들에게 그 바닷가재 요리의 우수성과 희귀성, 그리고 높은 영양가와 더없이 훌륭한 맛에 대해 설명해 주었지만 우리는 찜찜한 표정으로 노려볼 수밖에 없었다. 네리아는 비싼 음식이라는 말을 듣기가 무섭게 냠냠거리며 먹기 시작했지만 이루릴은 창백한 얼굴로 조심스럽게 말했다.

"이 사람들은, 음식물의 맛뿐만이 아니라 그 생물의 모습까지도 사랑하는가 보군요."

"그런가 보네요."

샌슨은 침착하게 고개를 끄덕이더니 말했다.

"하긴, 우리도 돼지 바비큐 같은 것을 만들기도 하지."

"그건 그래도 거의 모습이 안 남잖아. 그리고 그걸 직접 먹나? 베어내어서 먹지."

"뭐, 다들 먹고 건강하게 사는 음식이니까 우리도 먹을 수 있을 거야."

샌슨은 역시 어려울 것 없다는 듯이 간단히 말하고는 요리에 달려들었다. 난 되도록 요리가 맛없어서 그만두는 것이 아니라 원래 소식하는 것처럼 보이기 위해 애쓰면서 점잖게 식탁에서 물러났다. 그리고 되도록 진저리를 치며 달아나는 것처럼 보이지 않으려 애쓰면서 예의 바르게 홀에서 나왔다.

바깥으로 나오니 곧 맹렬한 바닷바람이 볼을 때렸다. 우화! 속이 다 후련해지는 것 같네.

절벽 위에 지은 건물이라 그런지 건물 앞의 넓은 마당에서 주위를 둘러보니 모두가 수평선이었다. 더군다나 하늘엔 먹구름이 끝도 없이 펼쳐져 기막히게 넓어 보였다. 난 주위의 경관에 질려 조금 주춤하다가 마당 한쪽에 세워져 있는 마차로 다가갔다.

마차에는 두 명의 병사들이 앉아 있었다. 그들은 운차이를 감시하느라 연회에 초대되지도 못하고 마차의 마부석에 앉아서 식사하고 있었다. 마을 사람들이 가져다준 것인지, 어쨌든 그들은 빵과 케이크 몇 종류, 그리고 고기 요리 한 접시와 와인 한 병을 들고서는 서로 기분 좋게 주고받으며 소탈하게 식사중이었다. 그들은 날 보더니 웃으며 말했다.

"어, 벌써 식사 끝내셨소?"

"말 놓으세요. 전 후치에요. 후치 네드발."

두 사람은 자기 소개는 하지 않고 그저 빙긋 웃었을 뿐이다. 하지만 그들은 마시던 술병을 나에게 건네주었고 난 감사히 받아 마셨다.

"안으로 들어가 식사하시죠? 마차는 어차피 잠겼잖아요?"

"아, 명령이야."

호위 대원은 간단히 대답했고 난 별로 할말도 없어져 고개를 끄덕였다. 술병을 돌려준 다음 운차이는 어쩌는가 싶어서 마차 뒤로 돌아가 문의 창살 사이로 안을 들여다보았다. 운차이 역시 빵과 와인, 접시 하나를 가지고 대충 식사를 하고 있다가 창쪽이 어두워진 것을 깨닫고는 날 바라보았다.

"비켜라, 어둡다."

난 어깨를 으쓱하고는 마차 뒷문의 발판에 앉았다. 마차의 싸늘한 쇠장식이 등을 서늘하게 만들었고 눈앞에는 끝도 없이 펼쳐진 광막한 바다가 보였다. 그리고 수평선에서부터 머리 위까지 회색 먹구름이 펼쳐져 있었다.

"아직 거기 있냐?"

등 뒤쪽 마차 안에서 울려나오는 운차이의 목소리였다.

"어떻게 알았어요?"

"네가 발을 구를 때마다 마차가 울리니까."

흐음. 그러고 보니 난 발판에 앉은 채 발을 흔들고 있었군.

"그 안, 춥지 않아요?"

"어머니 품속 같지야 않다. 구름 때문에 어둡기도 하고."

난 고개를 돌려 마차 문에 귀를 댄 채 멍하니 옆쪽을 바라보았다.

"바깥도 별로 밝지는 않아요. 컴컴하군요."

"비가 올 것 같군."

"예?"

운차이가 뒤척거리는 것인지 마차가 조금 울렸다. 그리고 머리 위에서 운차이의 목소리가 들려왔다.

"굉장한 것을 볼 거야."

위를 올려다보자 운차이는 창살 사이로 얼굴을 내밀고는 창턱에 팔을 모아 기대서 있었다. 무슨 굉장한 것을 본다는 거지? 그러나 잠시 후 난 그것이 뭔지 깨달았다.

후두두둑. 마차 앞쪽에서 호위 대원들이 투덜거리는 소리가 들려왔다. 가랑비인데 뭐. 그리고 난 마차 발판에 앉아 다리를 흔들며 운차이가 말한 굉장한 장면, 기가 막힌 장면을 보게 되었다.

겨울 바다에 비가 오는 것이다.

쏴아아아…….

머리 위 마차 지붕에서 빗물이 방울져 뚝뚝 떨어졌지만 그것에 신경 쓸 겨를이 없었다. 굉장했다. 저 넓은 바다에 비가 오는 것이다. 마치 하얀 안개가 피어오르는 것 같다. 쏴아아아……. 주위가 온통 희거나 회색이었다. 그리고 바다 표면을 비가 때렸다. 바다 표면이 튀어올랐지만 이 먼 거리에선 그저 아련하고 신비로운 흰색과 회색의 일렁거림일 뿐이다. 짓누르는 회색 사이로 초점 없이 흔들리는 바다, 저 거대한 해수면과 저 거대한 하늘이 빗방울로 이어지고 있다. 셀 수 없이 많은 빗방울들. 너무나 많은 하얀 실과 은실이 눈에 보이는 곳, 모든 곳에서 세로로 뻗어 있다.

해수면에 빗방울 떨어지는 소리는 너무 자잘하게 섞여버렸다. 하지만 그것은 이 수많은 하프 현이 동시에 흔들리는 소리처럼 아련하게 들려왔다. 쏴아아아……, 상쾌하면서도 우울한 빗소리. 회색빛 겨울 바다에 내리는 빗소리. 어느새 수평선은 희미해져 보이지 않고, 주위는 온통 우윳빛의 세계다. 현실이 아닌 다른 어떤 곳에 와 있는 것 같은, 부드럽고 촉촉한 공기와 빗방울들.

휘이 휘휘이 휘이 휘리릭 휘이이.

운차이는 창살 사이로 얼굴을 내민 채 휘파람을 불었고 그 아래 발판에서는 내가 앉아 빗방울 그려지는 하늘을 보았다. 운차이는 말했다.

"내 고향은 사막이지. 이런 광경은 내겐 현실 이상이야."

"행복한가요?"

"지금은."

“지금 외엔 생각지 않고?”

“생각은 부질없어.”

쫘아아아…….

“전향해서, 새롭게 살 거야.”

“그럴 건가요.”

“네 말이 도움이 되었다. 뭐가 될지는 모르지만 만들어는 가야지.”

“만들어간다구요?”

“인생을.”

쫘아아아…….

“어젯밤 모닥불을 보면서 이런 생각을 했어요. 불티가 하나의 생애라면, 불티는 우리들이 까무러칠 정도로 느리고 답답하게 살아간다고 생각할 거라고. 그런데 빗방울은 어떨까요.”

“바다는 어떨까.”

“예?”

“신은 어떨까.”

“할말 없군요.”

“할말이 없으면 안 되지. 인간이니까. 무슨 말이든 해야지. 어떻게든 살아야지.”

“국왕 전하께서 약속했나요? 제대로 증언하면 살려준다고.”

“목숨 외에 많은 것을 약속했어. 난 이제 일스 공국의 수도 바란 탄에 가서 내가 태어나고 자란 나라가 세상에 다시 없을 악의 소굴이라고 말해야지. 그러곤 적당히 대가를 받는 거지. 고국이 내게 줄 수 있는 마지막 선물이라고 생각하는 것이 좋겠지.”

발 앞에 어느새 물구덩이가 생겼다. 마차가 굴러오느라 생긴 바퀴 자국에 물이 고이는 것이다. 그리고 그 수면에 빗방울이 좁은 파문을 그려나갔다. 수면에 부딪혔다가 날아 흩어지는 물방울들이 어지럽다. 마차 지붕의 쇠장식에 부딪히는 빗방울소리, 탕타당, 탕탕.

"그러곤, 자이펀도, 바이서스도 다 상관없는 땅으로 가서 살아갈 거야."

"우리 고향에 오세요."

운차이는 머리를 불쑥 내밀어 날 내려다보았고 난 머리를 조금 기울여 위를 보았다. 어느새 머리카락은 비에 젖어 눈을 찔렀고 그래서 난 젖은 머리카락을 걷어내며 말했다.

"우리 고향은 바이서스이긴 하지만 그래도 괜찮아요. 살 만한 동네지요. 그리고 거기 가면 당신은 다른 사람들에게 꽤 도움되고 사랑받는 사람이 될 수 있을 거예요."

"왜지?"

"몬스터가 많아요."

운차이는 차갑게 웃으며 다시 앞을 보았기 때문에 난 그의 턱을 보게 되었다. 난 다시 고개를 내려 발 근처에 흩어지는 빗방울들을 보았다. 운차이는 느릿하게 말했다.

"그런 동네에 오라는 거냐?"

"예. 칼의 말에 의하면, 그 때문에 우리 마을은 정말 괜찮은 마을이래요."

운차이는 의아한 표정을 지었지만 난 별로 대답하지 않았다. 빗줄기들이 기분좋게 시야를 가려 마을의 모습은 투명하면서도 불투명했다.

쏴아아아…….

운차이의 목소리마저 내 귀까지 날아오는 동안 젖어버리는 것 같다.

"하긴, 몬스터가 많을 거라는 것은 짐작했다. 그리고 그중 가장 흉포한 몬스터는 지금 식당 안에 있고?"

그때 공회당 문이 열렸다. 나와 운차이는 동시에 돌아보았다.

"어라? 비 오네?"

가장 흉포한 몬스터의 얼빠진 목소리였고, 그래서 나와 운차이는 동시에 킥킥거렸다.

비는 그치고 하늘은 푸르렀다. 하얀 구름 몇 조각이 유유히 비 개인 오후의 하늘을 가로질렀다.

국경 수비 대장의 인도를 받으며 우리 일행은 다시 출발했다. 세들레스의 시민들은 다시 우리들에게 환호를 보내었다. 뭐 특별히 기쁜 일이 있는 것은 아니고 그저 자기 나라를 찾아준 손님에게 보내는 것 같은 예의 바른 환호였다. 그들은 그 정도면 적당하다고 생각되는 시간까지 환호를 보낸 다음 정중히 자기 일로 돌아갔다.

세들레스 마을을 벗어나 해안을 따라 나 있는 길을 걷게 되었다. 고개 돌려 포구 쪽을 보았다.

비가 개이자 곧 출항 준비를 하는 어선들의 모습이 보였다. 한두 사람이 충분히 다룰 것 같은 나룻배들이었고 주로 낚싯대를 들고 나서는 모습이었다. 아하. 아마 저녁거리라도 준비하러 나가는 모양이지? 흠. 집 앞에 무진장한 음식 창고를 가진 사람들이로군. 그들은 그렇게 어마어마한 재산을 가진 사람에게 어울리는 느긋한 태도로 나룻배를 저어 앞바다로 나갔다. 흰 구름 아래로 수평선을 지향하여 고요히 떠가는 나룻배들이 이제 작은 점들처럼 보이게 되었다.

해안을 따라 길은 계속되었고 나른한 오후였다.

"하아아아……품."

네리아는 하품을 하며 몸을 기우뚱거렸다.

"많이 먹었더니 졸린다아. 음냐."

바람은 짭짤하지만 부드럽게 불었다. 아무리 비가 왔다지만 오전과 오후가 이렇게 다른 날씨라니. 네리아는 크게 기지개를 켜더니 에보니 나이트호크를 운차이의 마차 옆으로 붙였다. 그러곤 마차 위의 지붕으로 뛰어올랐다. 그녀는 지붕 위에서 에보니 나이트호크에게 말했다.

"너 혼자서도 잘 갈 수 있지?"

마부석에 앉아 있던 병사들이 쓴웃음을 짓는 가운데 네리아는 마차 지붕 위의 짐들 사이에 자리를 잡고는 졸기 시작했다. 에보니 나이트호크는 잠시 당황했고, 그러자 이루릴이 미소를 지으며 휘파람을 불었다.

"휘익."

그러자 에보니 나이트호크는 별 투정도 부리지 않고 이루릴의 옆에서 함께 걷기 시작했다.

우리 앞쪽에서는 샌슨과 스카일램이 국경 수비 대장과 함께 걷고 있었다. 스카일램 트리키는 여전히 굳은 얼굴로(그는 자신이 굳은 얼굴을 하고 있을 때 가장 매력적으로 보인다고 생각하는가 보다.) 전방을 날카롭게 주시하고 있었다. 하긴 국가 사절을 호위하고 있으니 만큼 지금의 이 여정은 그의 경력뿐만 아니라 그의 자존심 전반에 걸쳐 획기적이면서도 인상적인 일이어야 마땅하겠지만 지금 그 호위당하고 있는 사절단들이 너무나도 방만한 태도로 임하고 있어 국가 사절 수행이라는 엄격한 분위기를 크게 희석시키고 있었다. 아마도 스카일램은 그것이 마음에 들지 않아서 자기 혼자서라도 엄하고 강직한 표정을 지어보이려 애쓰는 것이겠지.

하지만 역시 쉽지는 않았다. 지금 스카일램과 더불어 전방에서 말을 걷게 하고 있는 샌슨은 한쪽 손으로만 고삐를 쥔 채 다른 손은 실에 꿰어 목에 걸어둔 반지를 꺼내어 만지작거리고 있었다. 바이서스 임펠에서 산 그 반지다. 그윽하고도 충만한 행복감으로 반지를 바라보는 샌슨의 저 헤벌레한 표정은 스카일램의 표정과 대비를 이루어 스카일램의 기분을 대단히 우울하게 만들고 있었다.

왜 이렇게 나른한 거지?

난 문득 그 생각이 들었다. 아무리 호위 대원들 20여 명이 우리를 따르고 있다 하더라도 우리가 긴장을 완전히 풀어버린다는 것은 이상하다. 왜일까. 왜 이다지도 나른하고 푸근한, 약간은 지루한 듯한 느낌이 드는 것일까.

칼에게 물어보았다.

"기분이 너무 나른한데요?"

"응? 아, 바닷바람 때문이겠지."

"그런가요?"

"바다는 영원한 아버지이니까요."

대답은 이루릴에게서 들려왔다.

뒤에 따라오고 있던 이루릴은 걸음을 조금 빨리해서 우리들 옆에 섰고, 그러자 에보니 나이트호크도 점잖게 따라왔다. 저 거대한 흑마는 확실히 그냥 걸어도 점잖기 그지없다. 위에 네리아가 타고 있지 않으니 확실히 알 수 있는데 그래.

칼은 빙긋이 웃으며 말했다.

"예. 최초의 선원이자 최초로 수장된 그림 오세니아를 말씀하시는가 보군요."

"그림 오세니아의 혈류가 흐르는 땅은 시무니안의 아들들에게 무한한 애정을 불러일으키니까요."

"동시에 세상에서 가장 엄격하고 무서운 존재로서 다가오기도 하지요."

칼과 이루릴의 저 정겨운 대화를 방해하고 싶지는 않지만, 그래도 뭔 말인지 알 수가 있어야지.

"시무니안의 아들이 뭐죠?"

"뱃사람을 말한다네, 네드발 군."

"뱃사람 말인가요?"

"그렇다네. 그렇다고 해서 배를 타는 현실적인 뱃사람을 말하는 것만은 아닐세. 모든 사람들은 인생이라는 바다를 항해하는 뱃사람들이니까. 그런 의미에서의 포괄적인 뱃사람을 말하는 거지."

비유는 참 이상한 것이다. 그러나 칼은 계속 말했다.

"뱃사람들은 그들의 어머니 시무니안을 박차고 아버지 그림 오세니안에게 달려가지. 세상의 모든 아들들이 그러하듯이. 하지만 수평선에 해가 떨어지면, 역시 세상의 모든 아들들이 그러하듯 시무니안에게 돌아온다네. 그들은 엄격하고 무서운 아버지의 바다에서 투쟁하며, 그들의 마음의 고향은 언제나 따스한 대지 시무니안이라네. 하지만 따스하기 때문에 그들은 대지에 발붙일 수 없지."

"……가끔은 대화 상대의 나이를 생각해 주세요."

"응?"

"무슨 말인지 모르겠어요."

칼은 빙긋이 웃었다.

"그건 이런 말이네. 세상의 모든 아들은 어머니에게 떼를 쓰며 사랑하고, 아버지를 두려워하며 사랑하지. 어머니의 말은 모조리 반대하며 따르고, 아버지의 모습엔 반발하며 모방하지."

"전 어머니가 없어서 모르겠어요."

칼은 흠칫하는 표정으로 날 바라보았다. 하지만 쓸데없는 위로 같은 말은 하지 않았다. 그는 그저 빙긋 웃으며 말했을 뿐이다.

"자네는 그래서 스마인타그 양을 자네의 어머니처럼……."

간신히! 간신히 말에서 떨어지지는 않았다. 아니, 이 양반이! 지금 무슨 망발을?

"카, 칼! 도대체 그런 진위판단불가적 망발성농후기담을 들려주는 이유가 뭐죠!"

"한 번 더 말해 보라면……."

"당연히 못하죠."

이루릴은 고개를 갸웃거리며 우리들의 대화를 듣고 있었고 칼은 다시 웃었다. 이루릴은 곰곰이 생각하는 표정이 되더니 말했다.

"예. 어쨌든 인간에겐, 아니 대지에 발디딘 모든 피조물들에게는 뱃사람의 기질이 있고, 그들의 아버지인 바다를 걸으며 무기력한 느낌을 받는 것은 당연합니다."

무슨 말이야? 난 이루릴에게 고개를 돌렸다.

"잠깐만요. 아버지 옆에서는 무기력해진다고요?"

그 대답은 반대쪽의 칼에게서 들려왔다.

"아버지는 아들이 최초로 만나는 신격 대응물이라서 그러하네."

"카아아알! 도대체 뭔 말이에요?"

"시간이 자네의 이해를 도울 걸세."

알았어요, 알았어. 그럼 기다리지. 이루릴은 잠시 수평선을 바라보다가 혼잣말처럼 말했다.

"영원한 아버지……. 대지에 발디딘 우리가 영원히 두려워하며 사랑해야 하는 저 바다. 무섭고 두렵고 진저리쳐지는 애정이 함께하는 바다로군요."

이런, 이루릴마저도 뜬구름 잡는 이야기를 하네. 난 잠시 볼이 부었다가 말했다.

"이루릴."

"예?"

"델하파의 항구에 아버지로서의 바다를 보러 간 거였어요?"

이루릴은 내게 고개를 돌렸다.

"아니오. 말씀드렸을 텐데요?"

"아. 누굴 만나보러 간다고 그랬지요. 그리고 엊그제는 누구의 흔적을 찾으러 간다고 하셨지요?"

"예. 누군가의 흔적을 찾기 위해 누굴 만나보러 갔었어요."

"예. 그게 바로 아버지 바다였어요? 도대체 누굴 찾으시는데요?"

이루릴은 잠시 아무 말도 하지 않았고 그래서 난 무안해진 나머지 사과하려고 했다. 내가 입을 막 열려는 순간에 이루릴이 말했다.

"대마법사 핸드레이크입니다."

나와 칼만이 그 이야기를 들었기 때문에 나와 칼만이 얼떨떨한 표정을 지었다. 칼이 말했다.

"핸드레이크의 자취를 추적하시는 겁니까?"

"예. 그렇습니다."

칼은 눈살을 조금 찌푸리다가 대답했다.

"핸드레이크를……. 300년 전의 인물의 자취를 왜 추적하시는 것인지 몹시 궁금하군요. 들려주실 수 없는 이야기입니까?"

이루릴은 잠시 칼을 바라보다가 다시 고개를 돌려 수평선을 바라보았다. 우리들의 말과 네 번째 말인 에보니 나이트호크는 300년의 역사에 아무런 관심이 없는 듯 그들의 역사를 걸어가고 있었지만, 말 위의 우리들은 잠시 현실을 벗어나 300년의 바다에 뛰어들어가고 있었다.

"핸드레이크가 어떤 인물인지는 잘 아실 겁니다."

이루릴은 수평선을 바라보면서 말했다. 칼은 그래서 이루릴의 볼을 바라보며 말했다.

"예. 어느 정도는 알고 있습니다."

"그렇다면 그가 지금껏 대륙에 나타났던 마법사들 중 전무후무한 클래스 9 마스터라는 것도 잘 알고 있을 겁니다. 클래스 9의 마법을 사용할 수 있었던 마법사들은 여럿 있었습니다만, 클래스 9를 마스터한 마법사는 없습니다."

칼은 잠시 생각에 잠겼다가 고개를 끄덕였다.

"그렇습니다. 100명의 데스나이트를 물리쳤다는 저 무지개의 솔로처도 클래스 9 마법을 사용하기는 했습니다만 한 번도 자신이 클래스 9의 마스터라고 말하지는 않았지요. 자신이 클래스 9를 마스터했다고 말한 마법사는 핸드레이크뿐입니다."

이루릴은 조심스러운 어조로 말했다.

"예. 그리고 하나의 클래스를 마스터한 자는 다음 클래스의 마법을 개척할 수 있습니다."

"개척…… 한다고요?"

"지금은 인간들 중 아무도 그 사실을 알지 못합니다. 아니, 알더라도 신경 쓰지 않는다고 말해야 정확하겠네요. 왜냐하면 핸드레이크 이후로는 아무도 클래스 9를 마스터한 자가 없었고, 그래서 마법사들은 선학들에 의해 이미 개척된 것들만 익힐 뿐 새로운 것을 개척할 수 없게 되었으니까요."

칼은 잠시 생각하다가 말했다.

"계단 꼭대기에 오른 자만이 새로운 계단을 만들 수 있는 것이군요?"

"예. 좋은 비유세요. 지금의 마법사들은 그저 같은 클래스의 마법을 조금 개조하거나 손질하기만 할 뿐 완전히 새로운 어떤 것을 만들지는 못합니다. 물론 그러한 연구는 활발합니다. 많은 새로운 마법들이 계속 연구되고 있으니까요. 하지만 그 새로운 마법이라는 것은 이미 존재하는 마법들을 가공한 것일 따름입니다. 완전히 새로운 마법이 나타난 것은 이미 너무 오래된 이야기입니다."

"그렇습니까……."

이루릴은 고개를 끄덕이며 말했다.

"핸드레이크가 클래스 10의 마법을 만들 수 있다는 것을 짐작하실 수 있겠지요?"

"예. 그가 클래스 10의 마법을 창조하려 노력했다는 이야기는 들었습니다. 하지만 그가 창조에 성공했다는 이야기는 들어보지 못했습니다."

"실패했다는 이야기도 없지요."

칼은 고개를 끄덕이며 말했다.

"예. 그에 대한 기록의 양이 참으로 적으므로 함부로 단정할 수는 없는 일이군요."

"예. 정확하게 조사해 보기 전에는 그가 클래스 10의 마법을 창조했는지 아닌지 알 수가 없습니다."

칼은 잠시 고민하는 표정이 되더니 말했다.

"그렇다면 세레니얼 양은 핸드레이크의 자취를 추적하여 그가 클래스 10의 마법을 창조했는지 아닌지 확인하고 싶다는 것입니까?"

"예."

"왜……, 왜 그 마법이 창조되었는지 확인하고 싶으신 겁니까? 호기심이나 학문적인 요구입니까?"

"아니오. 전 그 클래스 10의 마법을 배우고 싶습니다."

"예?"

칼이 되물었지만 이루릴은 대답하지 않았다. 클래스 10의 마법을 배우고 싶다고? 칼은 고개를 갸웃거리다가 푸근한 목소리로 말했다.

"엘프가 하는 일에 의미를 묻지 말라고 했지요."

이루릴은 방긋 웃었다. 칼 역시 미소를 지으며 말했다.

"알겠습니다. 클래스 10의 마법이 필요한 이유가 있으시겠지요. 뭐, 마법사들에게 새로운 마법이란 소중한 것이라고 하던가요. 이해할 듯합니다. 아, 물론 클래스 10의 마법이 있기만 하다면 얼마든지 사용하실 수는 있겠군요?"

"예. 새로 만들어내는 것은 마스터가 아니면 안 되지만 이미 존재하는 마법은 배워 사용할 수 있겠지요."

이루릴은 고개를 가볍게 끄덕이며 말했다. 그러나 칼은 의구심 담긴 얼굴로 말했다.

"그러나……, 클래스 10의 마법이 필요하시다면……. 이상하군요."

이루릴은 흥미 있는 표정으로 칼을 바라보았다.

"뭐가 이상하십니까?"

칼은 골똘히 생각하는 표정을 지었다. 그는 혼잣말을 하듯이 말하기 시작했다.

"핸드레이크는 항상 자신의 기록을 남기지 않으려고 애쓴 사람입니다. 그렇지 않아도 적은 정보, 게다가 300년의 모진 풍상이 흘러가면서 그에 대한 어떤 기록이 남아 있을까요? 과연 그가 클래스 10의 마법을 만들었는지 확인할 만한 정보가 남아 있을까요?"

"가능성이 적겠지요."

"게다가……, 그가 클래스 10의 마법을 만들었다 하더라도 그것을 가르치지 않은 것은 확실합니다. 세레니얼 양이 말씀하시길, 창조는 불가능해도 배워 익히는 것은 가능하다고 하시지 않으셨습니까? 따라서 그보다 능력이 좀 떨어지는 다른 누군가에게라도 가르치려고 들었다면 얼마든지 가르칠 수는 있었을 겁니다. 하지만 만일 그가 누군가에게 그 마법을 가르쳤다면 그 마법은 지금 남아 있을 텐데요."

"물론 그럴 겁니다. 하지만 클래스 10의 마법은 남아 있지 않지요."

"예. 따라서 그는 가르치지 않았습니다. 그렇다면 그가 설령 그 마법을 만들었다 하더라도 결국 실전된 것이 아닙니까?"

"그런 셈이죠."

"그렇다면 그가 클래스 10의 마법을 창조했는지 확인하실 필요가 있습니까? 그가 창조하지 않았다면 당연히 그 마법은 존재하지 않는 것입니다. 그리고 만약 그가 창조했다 하더라도 가르치지 않았기 때문에 실전되었으니 역시 그 마법은 존재하지 않는 것과 마찬가지입니다. 세레니얼 양께서는 클래스 10의 마법의 존재 유무를 확인하는 것이 아니라 그 마법 자체가 필요하다고 말씀하셨습니다. 그런데 그 마법이 존재하지 않는다면 어떻게 배우실 생각이십니까?"

아, 그게 그렇게 되나? 이루릴은 미소를 지으며 고개를 끄덕였다.

"정확하신 지적입니다. 바로 그런 이유로 지금껏 어떤 마법사도 핸드레이크의 클래스 10 마법에 대해 주의하지 않았던 것이겠죠. 그가 만들었든 만들지 않았든, 배울 도리가 없다고 생각했을 테니까요. 그가 달린 황야와 오늘의 우리가 달리는 황야 사이엔 300년의 강이 흐르고 있으니까요."

"예. 그렇다면 그가 클래스 10의 마법, 그 신비의 마법을 창조했다는 것을 확인하는 의미는 있겠지만 실제적인 의미는……."

"하지만 그 마법이 실제로 창조되었다면, 그가 아무에게도 가르치지 않았다 해도 배울 수는 있습니다."

"아무에게도 가르치지 않았다 해도? 그 마법의 룬어가 남아 있기를 바라시는 겁니까?"

이루릴이 대답하기 전에 내가 먼저 말했다.

"그건 아니시겠지요."

내가 갑자기 끼어들자 칼은 놀란 눈으로 날 바라보았다. 난 이루릴을 바라보며 말했다.

"이루릴은 언젠가 그렇게 말하지 않았어요? 룬어를 아는 것만으로는 충분하지 않다, 그 마법이 운용되는, 거, 뭐냐, 복잡 무쌍한 뭐, 어쨌든 더 가르칠 것이 많다고 하지 않으셨어요?"

이루릴은 고개를 끄덕였다. 나는 계속 말했다.

"그렇다면 룬어만으로는 충분하지 않겠지요. 만일 아무에게도 가르치지 않았다면, 뭔가 꼼꼼하게 적어둔 사용 방법 같은 것이 있어야 이루릴이 배울 수 있겠지요. 하지만 그런 기록물이 남아 있다면 벌써 누군가가 그 마법을 배웠겠지요. 하지만 그 마법은 없다고 했으니까 그런 기록물도 없을 것 같은데요."

"그렇습니다."

"그럼 도대체 어떻게 배우시겠다는 거죠?"

"그 마법을 만든 본인에게서요."

칼은 부릅뜬 눈으로 이루릴을 바라보았다. 잠깐, 뭐라고? 그 마법을 만든 본인에게서 배운다고? 핸드레이크에게 배운다는 말인가? 난 어이가 없어서 웃으며 말했다.

"저, 저, 이루릴. 하, 하하하. 엘프의 관점으로 말고 인간의 관점으로 생각해야죠. 인간은 그렇게 오래 살지 않아요."

이루릴은 빙긋이 웃었지만 칼은 여전히 경악한 얼굴이었다. 그는 떨리는 음성으로 말했다.

"리치……, 핸드레이크가 리치라는 말씀입니까?"

"히에엑?"

나는 나도 모르게 숨을 삼켰다. 리치라고? 이루릴은 긍정도 부정도 하지 않고 조용히 우리들을 바라보고 있기만 했다. 칼은 어처구니없는 얼굴로 말했다.

"물론 그는 클래스 9의 마법을 마스터한 자, 원한다면 리치가 될 수도 있었을 겁니다. 하지만 그가 살아간 방식, 그가 한 말들을 통해 볼 때……. 아, 물론 인간이란 참으로 알 수 없는 면을 가지고 있기는 하지만 그래도 핸드레이크가 리치가 되었을 거라고는 믿어지지 않소. 그가 자신의 인간성을 버려버릴 사람이었다고 말씀하시는 겁니까?"

이루릴은 그 말에는 대답했다.

"그가 자신의 인간성을 간직했기를 바랍니다."

"예?"

"그래야만……."

이루릴은 말끝을 흐리며 잠시 자신이 타고 있는 래셔널 셀렉션의 갈기를 쓰다듬었다. 나와 칼은 조용히 기다렸다. 그러나 이루릴은 한참 동안 말하지 않았다. 말할 생각이 없는 것인가? 그러다가 이루릴은 빠르게 말했다.

"그가 끝까지 인간이었기를, 자신을 포기하지 않았기를 바랍니다. 지켜지지 못한 약속을 기억하기를 바랍니다. 푸른 산 속에 검은 호수가 생긴 이유를 기억하고, 무너진 탑에 이끼가 덮이는 이유를 기억하고, 드래곤 라자의 맹약을 기억하기를 바랍니다."

삽시간에 너무 많은 말을 해버렸지만 이루릴은 숨찬 기색도 없이 말을 마무리지었다.

"그가 핸드레이크이기를 바랍니다."

칼은 깊은 의문에 잠긴 표정을 지었다. 난 마음속에 묻고 싶은 것들이 뭉게뭉게 피어나는 것을 느끼며 목구멍이 간질거리는 느낌을 받았다. 도대체 무슨 말이지? 그러나 이루릴의 말에는 더 이상의 질문을 거절하는 분위기가 깊이 자리하고 있었다. 결국, 목이 가려워 기침을 하고 말았다.

4

나는 칼이 이왕이면 정면을 보고 말했으면 좋겠다고 생각했다. 하지만 나 역시도 정면을 보고 있을 기분이 아니었다. 칼은 우리들을 환영하기 위해 일스 공국의 수도 바란 탄에서 나우르첸까지 와서 기다리고 있던 환영단에게 자신이 예의 바른 사람이라는 인식을 주지 못했다.

칼은 여전히 고개를 돌린 채 말하고 있었다.

“이렇게…… 이렇게 와주셔서……. 미거한 소생은…… 에…… 반갑고도 고마운 감정을…… 이루 다…… 표현 못함과 동시에…… 보다 성실함과 선의에 입각한…… 양국의 내일을…….”

그러나 나우르첸까지 와서 우리들을 기다리던 환영단의 단장은 칼의 무례함을 꾸짖지는 않았다. 그는 여전히 자신을 외면한 채 말하고 있는 칼에게 미소를 지었다.

“아름답죠?”

칼은 화들짝 놀라며 다시 정면을 보며 말했다.

“예? 아, 이런, 죄송합니다. 정말 실례했습니다.”

환영단의 단장은 살짝 웃으며 말했다.

“괜찮으시다면 일몰을 마저 보고 말씀 나누시죠. 이곳에 사는 우리들도 이렇게 좋은 날씨에 저런 일몰을 보는 것은 드문 일이랍니다.”

그렇게 말하며 단장은 먼저 절벽 쪽으로 다가갔다. 그러자 칼도 멋쩍게 웃으며 절벽 끝으로 다가갔다. 우리 일행도 칼의 옆쪽으로 주욱 늘어섰고 환영 단원들도 웃으며 단장의 옆으로 죽 늘어섰다.

지독하게 붉었다.

하늘은 불타오르는 것 같았고 물결은 완전히 황금 실로 짠 융단 같았다. 사람들의 얼굴은 모조리 검붉게 바뀌어 있었고 그들 면면의 음영은 더욱 깊어졌다. 우리는 나우르첸의 하얀 절벽(지금은 불의 절벽이라고 해도 과언이 아니다.) 꼭대기에 일렬로 서서 가라앉는 해를 바라보고 있었다. 동쪽의 나라 일스 공국에서 수평선으로 가라앉는 일몰을 본다는 것은 희한한 일이었다. 하지만 우리는 나우르첸의 거대 호수 실키안 레이크의 동쪽 기슭에 서 있는 것이다.

환영단의 단장은 은은한 목소리로 말했다.

"우리는 바다에서 떠올라 호수로 가라앉는 해를 본답니다. 물에서 떠올라 물로 떨어지는 해를 보는 것이지요. 다른 지방을 험담할 생각은 없습니다만, 우리는 대륙에서 가장 아름다운 일출과 일몰을 가졌다는 데에 자부심을 느낍니다."

"자부심을 가지셔도 될 만큼 충분히 아름답습니다. 황금의 바다에서 떠올라 황금의 호수로 지는 태양을 바라보며 산다는 것은 멋진 일이겠지요."

정말 기막힌걸? 난 잠시 뒤를 돌아보았다. 뒤쪽으로는 바다가 펼쳐져 있다. 그리고 앞쪽으로는 실키안 레이크가 거대한 수평선을 보여주고 있다. 우리가 서 있는 하얀 절벽은 바다와 호수 사이의 담장처럼 서 있는 장소였고 호수 쪽 절벽 사면에는 하얀 측

백나무들이 밀생하여 있었다. 그리고 바다 쪽 사면에는 백송들이 자라나고 있었다. 정말 멋있어. 왜 하얀 절벽이라 불리는지 알겠는걸.

나는 더듬거리며 말했다.

"정말 끔찍해……. 여행을 나오지 않았다면……."

샌슨 역시 감동한 얼굴로 고개를 끄덕이며 서녘 수평선으로 가라앉는 태양을 바라보았다. 이 온통 붉은색뿐인 세상에서 바람에 흩날리는 네리아의 머릿결은 불길 같았다. 네리아의 눈이 아름답게 반짝이고 있었다. 그녀의 입술은 자연스럽게 벌어져 있었고 두 손은 꼭 모아쥐어 있었다.

"후치야? 너무너무 이쁘지이?"

"그러네요. 예. 정말 그래요."

환영단의 단장은 껄껄 웃으며 말했다.

"서쪽에서 오신 손님들에게 우리 고장의 장관을 보여드리게 되어 기쁩니다. 자, 이제 들어가도록 하시죠. 해가 완전히 지고나면 몹시 추워진답니다."

서쪽에서 오신 손님?

갑자기 가슴이 덜컥하는걸. 왜 이러지? 서쪽, 불길 같은 석양. 물까지 지글지글 태워버릴 듯 붉은.

……제기랄.

우리는 안타까운 얼굴로 이제 막 수평선에 절반쯤 내려간 태양을 한 번씩 더 바라보고는 몸을 돌렸다. 하긴 그렇지 않아도 절벽 위라 그런지 바닷바람과 호수 바람이 한꺼번에 불어닥치고 있었다. 꽤 춥군. 아냐. 엄청나게 추워.

일스 공국에 들러 두 번째로 보는 도시 나우르첸은 여전히 굉장한 바람이 부는 도시였다. 도시의 이마를 삐죽하게 찌른 몇 개의 첨탑들에는 예외 없이 풍향계가 달려 있다는 것이 재미있었다. 혹은 기다란 장대에 풍향계를 세워둔 가옥도 몇 개 보였다. 솔직히 말하자면 장대에 세워둔 풍향계가 내 눈엔 아주 이상하게 보였다.

"칼. 저게 뭐죠? 왜 장대 위에 자루를 달아두는 거죠?"

샌슨이 재빨리 끼어들었다.

"야. 저거 혹시 새 잡으려고 매달아 둔 것 아닐까?"

"여기 새들은 대부분 살아가는 재미가 없나 보지? 저런 자루에 몸을 들이박는다고?"

칼은 빙긋이 웃으며 말했다.

"아. 저건 풍향계라네. 바람이 저기로 들어가면 자루가 똑바로 서게 되지. 풍속계도 겸하고 있군. 바람이 강하면 강할수록 자루가 똑바로 설 테니까."

"그리고 간혹 눈먼 새도 들어가고?"

"하하하."

하긴 이 사람들은 바람에 신경을 많이 써야겠지. 저녁 무렵이라 이번엔 도시의 사람들이 모조리 몰려나와 있는 일은 없어 다행이었다. 하지만 해질 무렵 저녁 준비를 하는 아낙네들이나 그런 아낙네들에게 귀를 붙잡혀 끌려 들어가는 사내애들 등은 놀란 눈으로 우리들을 바라보고 있었다.

하늘은 삽시간에 보랏빛이 되었다가 곧 어두운 남색으로 바뀌어갔다.

우리는 환영단을 따라서 나우르첸의 영주님의 성으로 가게 되었다. 샌슨과 나는 약간 물러나서 성을 평가하기 시작했다.

"흠. 이봐. 헬턴트 경비 대장. 나우르첸 성을 어떻게 평가해?"

"너도 뭔가를 느낀 모양이군. 육로로는 약한 성이야. 하지만 해군 전술에 대해선 잘 모르겠으니 그쪽은 제외하지."

"하지만 3면이 바다니까 육로도 하나뿐이잖아? 그러니 육로로도 약하다고 볼 수는 없을 텐데?"

나우르첸 성은 해안 절벽에 달아둔 것처럼 성의 세 부분 성벽은 바닷속까지 연결되어 있었고 나머지 한 면이 육지와 맞닿고 있었다. 성문까지 좌악 늘어선 길 양편으로는 해송들이 정연하게 늘어서 있어 운치가 있었다. 정면 길이 그렇게 좁은 것은 아니지만 어쨌든 육로로 공격한다면 정면뿐이다. 나머지 3면은 바다에서부터 들어와야 되니까. 하지만 샌슨은 피식거릴 뿐이다.

"정면 하나뿐인데 그 정면이 약해. 왼쪽의 언덕도 문제고……. 언덕 위에서 화살을 쏴넣으면 정말 골치 아프겠군. 수비측 입장에선 고지대의 이점이라는 것이 없어. 허즐릿은 이상적인 성의 요건을 세 가지로 요약했지. 수직적으로 높을 것, 수평적으로 좁을 것, 그리고 자급 자족이야. 그런데 일단 수직적으로 높다는 것은 빠지지."

"수평적으로 좁다는 말은 뭐야. 성이 좁아야 한다고?"

"아니. 성까지 접근하는 길이 좁아야 한다는 거야. 이건 거의 대로야. 화살거리 밖에서 성 정면까지 달려가는 데 1분도 안 걸리겠는데. 나라면 군사……."

샌슨의 말이 사그라들었다. 샌슨의 시선을 따라가다가 나도 놀랐다. 어느새 환영단의 그 단장이 우리 곁으로 다가와 흥미롭다는 시선으로 우리들의 수다를 경청하고 있었던 것이다.

"그래, 군사 얼마만 있으면 정복하실 수 있겠소?"

샌슨은 허둥거리며 대답했다.

"아, 아니, 실례했습니다. 농담입니다. 용서해 주십시오."

"아니, 괜찮소. 대륙 전사의 자존심을 버리시지는 않으시겠지? 전사로서 말씀해 보시오. 아무런 추궁도 하지 않겠소."

샌슨은 거의 말할 뻔했다. 내가 조금만 느렸다면 어쩔 뻔했을까. 휴우. 나는 정신없이 말했다.

"저희는 세작이나 염탐꾼으로 온 것이 아닙니다. 평화로운 사절의 임무를 위해 이 영광스러운 나라를 찾은 자들이옵니다. 자칫 선의로 충만한 양국의 관계가 저희 무지한 자들의 허언에 의해 금이 가게 되는 것은 바람직하지 않을 것입니다. 사과드립니다. 귀하신 어르신께서는 저희들의 실언을 용서해 주시고 더 이상 죄를 추궁하여 어리석은 입이 더 큰 죄를 짓게 만들지는 말아 주십시오."

이마에 땀이 날 정도다. 샌슨이 말하기 직전이라는 그 짧은 시간 동안 이렇게 긴 말을 후다닥 해야 되다니. 에휴, 휴. 환영단의 단장은 이채로운 눈빛으로 날 바라보다가 정중히 사과를 받아들이고는 다시 물러났다. 칼은 어디선가 굉장한 속도의 말이 들려오자 고개를 돌리더니 곧 피식 웃으셨다.

"자! 샌슨, 나에게 빚졌으니 호되게 갚을 준비 하라고."

샌슨은 조금 창백한 얼굴이었다. 그는 더듬거리며 말했다.

"휴으윽. 정말 뭐든지 요, 요구해도 할말이 없겠군. 허 참. 여긴 다른 나라였지. 야, 임마! 왜 성 이야기는 꺼내가지고!"

"꺼낸다고 좋아라 줄줄 읊어댄 사람이 누군데?"

"에잇! 젠장."

샌슨은 투덜거리며 나우르첸 성으로 들어섰다.

먼저 무구와 말들을 하인들에게 건네준 다음, 옷의 먼지를 털고 단정하게 차려입은 후 홀로 안내되었다. 홀에는 정장한 기사들과 가신들이 도열해 있었고 성주로 짐작되는 인물이 높은 의자에 앉아 있었다. 뭐, 장엄의 홀을 보고 났더니 이 홀에서 커다란 감명을 받을 수는 없었지만 그런 대로 괜찮은 건물이었다.

난 주로 벽에 걸린 초를 관찰했다. 여기는 바다가 가까우니까 생선 기름을 사용하겠지? 생선 기름은 양초용으로는 저급에 속한다. 물론 최고의 기름은 그 뭐냐, 고래 기름으로 만들어지긴 하지만 그 외에 다른 생선들의 기름은 별볼일 없다. 그런데 희한하게도 벽에 걸린 양초들의 불빛이 상당히 고왔다. 흠. 수입품일 거야, 아마.

우리 일행, 그러니까 칼과 나, 샌슨, 네리아, 이루릴, 스카일 램이 들어서자 성주님은 의자에서 일어났다. 무릎을 꿇어야 되나? 아냐, 잠깐. 아무래도 여긴 다른 나라고 따라서 우리에겐 충성의 의무를 표시할 이유는 없을 것 같은걸. 예상대로 아무도 무릎을 꿇지는 않았다.

의자에서 일어선 성주는 목례하고는 말했다.

"바이서스의 사절단 여러분을 환영하오. 나 카미엔 나우르첸은 우정과 신뢰로서 여러분들을 맞이하오. 정의가 닿는 그 어느 곳에서라도 피어오르는 장미를."

칼은 잠시 의아한 표정을 짓다가 곧 우아하게 대답했다.

"성주님의 따스한 환영으로 저 칼 헬턴트는 이미 노정의 여독을 잊었을 뿐만 아니라 귀국과 바이서스의 빛나는 내일에 대한 희망을 느낍니다. 열정의 꽃잎처럼 불타는 마음을."

그러자 이번에는 카미엔 영주의 얼굴에 밝은 표정이 떠올랐다.

마치 예상치 않은 타인에게서 우정을 발견한 사람과도 같은 얼굴이었다. 그는 다가와 칼과 악수하며 말했다.

"장미는 붉고, 정의는 만인에 대한 사랑이오. 바이서스의 산천은 지혜의 보고로군요."

"일스의 바다야말로 심원한 지혜가 나날이 파도치는 곳. 성주님의 무한한 복덕이십니다."

카미엔 성주는 밝은 얼굴로 칼을 바라보다가 활기차게 말했다.

"자, 바이서스의 여러분들을 만나뵈어 너무나도 즐겁소. 여러분들의 광영된 이름을 듣고 싶구려."

그래서 우리는 차례대로 자신을 소개했다. 한 사람 한 사람 인사할 때마다 카미엔 성주는 적당한 답례를 했다. 하지만 그 역시도 소년과 엘프, 그리고 활동적으로 차려입은 단발머리 아가씨가 사절단에서 무슨 역할을 하는 것인지는 짐작되지 않는 모양이다. 하지만 그는 별말 하지 않고 친근하게 웃으며 말했다.

"머나먼 여정을 걸어오시며 쌓인 노독을 치료하십시다. 바이서스에서는 일스의 기괴한 음식물에 대한 소문이 자자하겠지요? 내가 오늘 소문의 헛됨을 일러드리겠소. 따라오시오."

연회장은 다행스럽게도 바이서스식 음식들도 제법 많았다. 세들레스에서 먹었던 완전 일스식 음식을 각오하고 있던 난 즐거운 마음으로 식탁에 다가설 수 있었다.

식사를 하는 틈틈이 카미엔 성주는 칼에게 말했다.

"내일 수도 바란 탄으로 모실까 합니다. 혹 노독이 심하다시다면……."

"아니오. 아름다운 해변을 따라 걸었던 것이었으니 노독은 없습니다. 내일 출발해도 상관없습니다."

"그러십니까. 알겠습니다. 그렇지 않아도 대공 전하께서는 한시바삐 여러분들을 뵙고저 하십니다."

"대공 전하께서요?"

"그렇습니다. 귀국과 자이펀국의 전쟁은 너무 길었고, 저희들은 성실한 이웃으로서 양국 모두에게 안타까운 마음을 금할 수 없군요. 이러한 시기에 바이서스에서 사절단이 도착하셨으니, 대공께서는 대륙의 평화에 기여할 수 있는 바람직한 회견이 되실 것으로 기대하고 계십니다."

칼의 눈빛이 조금 조심스러워졌고 동시에 스카일램의 눈이 조금 번뜩였다. 자, 이게 외교인가? 나로선 도대체 뭐가 중요한 말이고 어떤 속뜻이 있는 말인지 하나도 모르겠지만 두 사람의 태도에서 지금 카미엔 성주가 한 말이 뭔가 중요하다는 것을 느낄 수 있었다. 칼은 부드럽게 말했다.

"평화는 값진 것이고 소중한 것입니다. 저 자이펀이 그것을 모르니 참으로 안타까울 따름입니다."

이번엔 카미엔 성주의 눈꼬리가 조금 오르락내리락 했다. 이거야, 원. 이 나라에 들어오면서부터 정말 음식 맛 즐기며 식사하기 힘들어졌는걸? 나와 네리아는 불편한 표정으로 두 사람의 대화에 집중했다. 이루릴은 무표정했고 샌슨이야 먹기 바빴다. 카미엔 성주가 말했다.

"그렇습니다. 성실한 조정자가 나타나서 양국의 의견을 조절해야 할 시기라고 생각지 않으십니까?"

"예. 평화를 위해서 정의가 희생되지 않는다면, 그러한 조정자는 양자 모두에게 환영받을 것으로 생각됩니다. 정의를 지키기 위해 어쩔 수 없이 평화가 희생될 수는 있습니다만, 평화를 위해

정의를 희생할 수는 없는 법입니다. 그러한 평화는 가식과 거짓 위에 실현되는 것으로 사상 누각이나 진배없겠지요."

"정의라……. 옳으신 말입니다. 하지만 정의라는 것이 자신의 만족을 위해 악용되는 도구일 수는 없겠지요."

"그렇습니다. 그래서 저희들은 전사자의 어머니의 눈물과 연인의 슬픔과 그 지기의 비탄에도 불구하고 정의를 내버리지 못하는 것이겠지요."

카미엔 성주는 조금 불편한 표정을 지었다. 두 분은 그 후로 한참 동안 겉으로 보기엔 확실히 온화한 대화를 나누었다. 하지만 따스한 저녁 시간은 아니었다. 원 참. 소화 안 되네.

스카일램 트리키는 싱긋 웃었다.

"왜 전하께서 야인이나 다름없는 헬턴트 님을 사절로 추천했는지 이제야 알겠군요. 솔직히 말씀드리자면 그 동안 제가 모시고 있는 사절은 온화한 사절이긴 하지만 유능한 사절이기는 힘들 거라고 생각했습니다."

하긴 그래. 그렇게 봐도 할말 없겠어. 항상 허허거리기만 하고 시간 나면 지금처럼 저렇게 책만 붙들고 사는 중늙은이가 무슨 유능한 외교관일 거라고 생각했겠어? 칼은 여전히 허허거리며 책을 덮고는 대답했다.

"다행이군요. 하지만 유능함이란 당대에 평가하기는 힘든 덕목이겠지요."

"아닙니다. 오늘 저녁, 카미엔 성주가 은근히 조정 문제를 내비쳤을 때의 대답은 썩 훌륭했습니다. 더군다나 장미와 정의의 오렘의 추종자에게 한 대답으로서는 걸작이라 하겠습니다."

나우르첸 성의 한 거실에 모여앉은 채로 우리는 이야기를 나누고 있었다. 바닥의 양탄자에 다리를 곧게 편 채로 앉아 있던 이루릴은 곤혹스러운 표정을 짓고 있었다. 그녀도 나처럼 스카일램과 칼이 무슨 말을 나누고 있는지 이해가 되지 않는 모양이다. 하긴 벽난로 바로 앞에 엎드려 누운 채로 다리를 까딱거리던 네리아도 어리둥절한 표정인 것은 마찬가지였다. 난 네리아에게 다리를 더 흔들다간 벽난로에 다리를 집어넣게 될 거라고 주의를 준 다음 말했다.

"칼."

"응? 왜 그러나, 네드발 군?"

"도대체 아까 저녁 시간의 그 구름잡는 이야기는 다 뭐였어요?"

칼은 웃으며 테이블 위에 있던 찻잔을 들었다.

"차향이 썩 괜찮군. 일스산일까?"

"카아아알."

"알았네, 알았어. 흠. 그건 별로 대단할 것은 없는 것이었네. 하지만 외교계에서는 그런 대단할 것이 없는 문제가 때론 중대한 문제가 되기도 한다는 점이 웃기지."

"야! 웃기는 이야기 좋아요. 해보세요."

"껄껄. 음. 어떻게 설명하면 좋을까."

칼은 테이블 위에 놓아둔 책을 손가락으로 똑똑 두드리다가 말했다.

"그러니까 이런 걸세. 마을에서 혈기 방장한 두 청년이 싸움을 벌였다네. 청년들은 둘 다 비슷할 정도의 힘을 가지고 있어서 싸움은 결판이 나질 않아. 처음에 무엇 때문에 싸움을 시작하게 되었는지도 모를 정도로 오랫동안 싸웠지만, 자존심 때문에라도 먼저 항복할 수는 없게 되었지."

네리아는 귀를 쫑긋거리지 않는 것이 신기할 정도로 눈을 반짝이고 있었다. 그녀는 누운 채로 무릎과 팔꿈치만 이용해서 엉금엉금 기어서 칼과 나, 스카일램이 앉아 있는 테이블에 다가왔고, 그래서 중간에 있던 이루릴은 웃으며 다리를 움츠렸고 저 근엄한 스카일램 호위 대장께서는 눈살을 찌푸렸다. 하지만 칼은 계속해서 설명했다.

"자. 이제 어쩌면 좋지? 더 이상 싸우다간 서로 몇 달은 고생해야 될 정도로, 어쩌면 목숨이 위험해질지도 모르는 상태야. 하지만 서로의 자존심이 있는지라 먼저 항복할 수는 없어. 어쩌면 좋을까?"

"인덕 있는 누군가가 나서서 두 청년을 말려야죠."

"그렇지. 그렇게 누군가가 나서서 말려주면 두 청년은 모두 못 이기는 척하며 화해를 받아들일 수 있겠지."

"좋아요. 알아들었어요. 그렇다면 일스 공국에서는 바이서스와 자이펀의 중간에 서서 인덕 있는 그 누군가가 되겠다는 말이군요?"

"그런 의미였던 것 같네."

"그럼 왜 그런 화해 조정을 받아들이지 않는 거죠?"

스카일램은 어처구니없는 표정으로 날 바라보았지만 난 그를 무시했다. 그는 낮고 세차게 말했다.

"이런 발칙한……. 저 간악한 자이펀과 무슨 화해가 있겠는가! 나가서 싸워 이길 따름이다."

"둘 다 만신창이가 될 정도로 다치더라도 말이죠?"

스카일램은 본격적으로 화를 내었다. 하지만 역시 내게 하는 말이라 타이르는 듯한 어조가 강했다.

"우리는 이길 것이다. 아무리 나이 어리다지만 어떻게 바이서스의 국민으로서 그런 말을 하는 게냐."

내가 다시 말하려 할 때 칼이 재빨리 말했다.

"네드발 군. 내 설명하지. 잘 듣게나. 몇 가지 이유가 있다네. 그리고 트리키 공도 어린아이의 허물을 나무라시지는 마십시오."

난 실제로 볼이 부었고 스카일램은 정신적으로 볼이 부은 표정이었다. 칼은 내게 말했다.

"화해를 하게 되면 일단 발등의 불은 끌 수 있겠지. 그리고 전선에 나간 병사들이 그들을 애타게 기다리는 가족들에게로 돌아올 수도 있고. 하지만 그 대가로 우리나라는 일스 공국에 대해 일종의 부채를 형성하는 것이 된다네. 일스 공국에서도 그것을 노리고 화해 조정자의 역할을 맡으려 하는 것이고. 일스 공국에서 워낙 사랑과 자비심이 넘쳐서 그렇게 하는 것은 아니라고 보네."

"글쎄요. 그건 그저 심리적인 부채일 거라고 생각되는데요."

"맞는 말일세. 그런데 외교라는 거대한 소꿉놀이에서는 그 심리적인 부채도 참으로 무거운 것이지. 간단히 현실적인 예를 들자면, 아마 전후 혼란스러운 바이서스와 자이펀의 상권 잠식이 그들의 목적이겠지."

"상권 잠식?"

"그렇지. 전후에는 많은 물자들이 필요하고, 아예 경제권 전체가 새로 성립될지도 몰라. 그런 혼란스러운 와중을 통해 일스 공국에서 양국의 경제권을 잠식하는 거지. 전쟁을 말려준 나라의 상인을 박대할 수는 없으니까 양국에서도 일스의 상인들에 호의를 베풀 수밖에 없고, 그러한 호의를 업은 일스의 상인들은 대단히 큰 이권을 챙길 수 있겠지."

나는 고개를 끄덕였지만 동시에 고개를 가로저었다. 결과적으로 목이 좀 아팠다.

"무슨 말인지는 알겠는데요. 그건 그렇게 대단한 이유로 들리지는 않는데요. 상권이야 잠식당하지 않으려고 애쓰면 그만이고, 전선에 나갔던 사람들이 무사히 돌아올 수 있다는 것만으로도 충분히 값어치가 있는 일인 것 같은데요."

스카일램은 다시 뭐라고 말하려 했지만 칼이 먼저 말했다.

"그렇긴 하네. 하지만 우리가 이길 수 있는 전쟁을 포기한다는 것도 이상하지 않은가? 저 펠레일의 조언을 생각해 보게."

"음. 하긴 그렇군요."

스카일램은 놀란 표정을 지으며 우리들을 바라보았다. 그는 더듬거리며 말했다.

"화, 확실히 이긴다고 말씀하셨습니까?"

아. 그는 그 이야기를 모를 테지. 그야 우리들의 호위 대장일 뿐이고, 그 펠레일의 항로 봉쇄 작전은 아마 최고 기밀일 테니까. 칼은 조용히 고개를 끄덕이며 말했다.

"그래요. 이 전쟁에서의 확실한 승리를 보장할 수 있는 작전이 있습니다. 그리고 전 그 작전 때문에 일스 공국에 사절로 온 것이오. 이 작전에서는 일스 공국의 조력이 필요하거든. 물론 기밀사항이니 말씀드릴 수 없다는 것은 이해하시겠지요?"

스카일램은 환희에 찬 표정으로 고개를 끄덕였다.

"예. 알겠습니다. 제가 어떤 사절단을 모시고 있는 것인지 이제야 알았습니다. 목숨을 바쳐 헬턴트 님을 호위하겠습니다."

"아. 됐소. 괜찮아요. 이제 내일이면 바란 탄에 들어갈 테니 안심하셔도 될 거요."

"예. 그러나 항상 경계를 늦추지 않겠습니다."

"지나치게 그러실 것은 없어요. 지금까지처럼 평범하게 하셔도 되오. 그런데, 그렇다면 트리키 공은 지금껏 제가 무슨 임무를 가지고 있는지 대충이라도 듣지 않았단 말이오?"

"예."

그렇게 짧게 대답하고는, 스카일램은 좀더 덧붙여야 되겠다고 생각한 모양이다.

"군에서는 이유를 물을 필요가 없습니다. 임무를 받으면 수행할 뿐입니다."

"예. 그래야 될 테지요. 그러니 지금까지처럼 임무만 수행하시면 됩니다."

칼은 미소를 지으며 말했고 스카일램은 고개를 끄덕였다. 그때 난 다리에 뭔가가 닿는 느낌을 받았다. 아래를 내려다보니 어느새 슬금슬금 기어온 네리아가 내 다리를 툭툭 찌르고 있었다.

"후우웃치야아아아?"

"그만해요! 뭐 들었어요? 기밀, 기밀이라고요!"

"흐음. 그게 전에 그랜드스톰 앞에서 말한 그거구나. 이잉. 궁금한데."

"당신 궁금한 것은 이해해요. 그러니 당신은 말 못해 주는 날 이해해 줘야 돼요. 무슨 말인지 알겠지요?"

네리아는 누운 채로 옆으로 빙글 돌아 똑바로 눕더니 날 올려다보았다.

"이해할게."

"좋네요. 그리고 애들도 아니고 왜 그렇게 굴러다녀요?"

"무슨 소리. 애들은 굴러다니면 어른한테 야단 맞아. 난 애가 아니니까 마음대로 굴러다니는 거야."

난 네리아에게 혀를 날름거려 주고는 재빨리 훌쩍 뛰었다. 네리아가 내 발목을 잡아채려 했으니까. 네리아와 나의 좀 과격하다면 과격하달 수 있는 장난을 보며 스카일램 대장은 헛기침을 하고 나갔다.

"야심한 시각이군요. 퍼시발 씨를 찾아보겠습니다."

"아, 저 찾아볼 필요가 없는데……."

내가 말하는 것을 듣지도 않고 스카일램은 나갔다. 찾긴 뭘 찾아. 샌슨은 아마 지금 이 시간까지 나우르첸 성의 주방장을 즐겁게 하고 있거나 술 저장고의 책임자를 협박하거나, 뭐 그런 짓을 하고 있을 텐데. 그때 네리아가 누운 채로 다리를 당겨 핸드스프링으로 일어났다. 테이블을 걷어찰 뻔했고 칼을 질겁하게 만들었다.

"후치야, 후치야. 우리도 샌슨이나 찾아볼까?"

"찾기는 뭘 찾아요. 어디 위험한 데라도 갔을까 봐? 샌슨이?"

네리아는 고개를 양쪽으로 까딱거리며 말했다.

"아니아니, 샌슨이 다른 누구에게 위험해질까 봐."

"빨리 가죠!"

나는 의자에서 벌떡 일어났다. 왜 그 생각을 못했을까! 우리는 사절단인데 외국의 성에서 소란을 부릴 수는 없다. 허억. 그러고 보니 오늘 낮의 환영단 단장과의 그 살벌했던 대화도 기억난다. 이런, 빨리 그 작자를 찾아야겠군. 칼은 다시 독서 삼매에 들어가 있었고, 이루릴에게 함께 갈 것인지 물어보려다가 난 그만두어 버렸다. 이루릴은 대단히 깊은 생각에 빠져버린…… 완전히 멍한 얼굴이었다. 아마 조금 전 우리들의 대화를 골똘히 생각해 보는 모양이다. 엘프는 외교라는 거대한 소꿉놀이를 이해할까?

네리아와 난 각자 가죽 갑옷 위에 망토를 두르고 나섰다. 벌써 계절이 계절인지라 날씨가 꽤 험하게 추웠다. 벽난로가 있던 방에서 나오자마자 목 뒤가 뻣뻣해지는 느낌이 들었다. 네리아는 입김을 호호 불더니 망토를 턱까지 끌어올렸다.

"어디 있을까?"

"첫째, 주방의 점거 및 농성. 둘째, 술저장고로의 기습 감행."

"좀 폼나게 나우르첸 성주의 무남독녀 방 창문 아래에서의 세레나데, 그런 건 안 돼?"

"누구에게 뭘 바라죠?"

11월의 이 날씨에 세레나데라. 음. 샌슨은 할 수 있겠지. 하지만 다른 사람은 다 한다고 해도, 샌슨은 그런 짓은 안 하겠지. 샌슨이 목에 걸어둔 반지는 아마 지금쯤 손때가 시커멓게 묻었을지도 모른다. 난 킬킬거리며 주방 쪽으로 향했다.

역시 나의 예상을 벗어나지 못하는군. 그런데 조금 기이한 방식으로 벗어나는데?

"죄, 죄수를 본관의 허락 없이 호송 마차에서 풀어주, 줄 수는 없소!"

"글쎄요. 야, 운차이. 너 달아날 거야?"

운차이는 묵묵히 자신의 발목을 가리키며 뭐 씹은 표정을 지어 보였다. 스카일램은 칭칭 동여맨 그 밧줄을 보고서는 조금 안심하는 얼굴이 되었고 샌슨은 헤벌레 웃었다.

나우르첸 성의 식당엔 성의 하인들과 하녀들, 그리고 견습 기사로 보이는 사람들 몇 명이 모여 샌슨과 운차이와 함께 술판을 벌이고 있었고 그 한 옆에서 스카일램이 대로한 장면을 보게 된 것이다. 스카일램은 고개를 저으며 말했다.

"이보시오, 샌슨 퍼시발! 아무리 밧줄을 묶었다 하더라도 그것은 나의 권한에의 침범이오."

입에 대고 있던 술병을 내려놓은 샌슨은 뒤통수를 긁적거리다가 말했다.

"에, 어디 보자. 트리키 공은 호위 대장이죠?"

"무슨 말이오?"

"호위 대장이라는 것은 결국 사절인 우리들을 호위한다는 말이잖아요. 그리고 운차이도 일종의 사절 아닐까요? 운차이는 우리 바이서스의 전쟁 포로니까, 결국 지금 그의 신병은 바이서스에 속하지요. 일스 공국에 넘겨주려고 데리고 가는 것은 아니잖아요. 그러니까 당신은 일스 공국 내에서는 운차이에 대해서도 호위 책임을 가진다고 말할 수도 있지요?"

스카일램은 잠시 눈을 커다랗게 뜨며 샌슨을 바라보았다. 샌슨은 스스로가 기특하다는 표정을 짓다가 씩 웃으며 말했다.

"뭐 간단하게 말해서, 사나이들끼리 술 한잔 할 때는 왕도 간섭 못한다고 했잖아요. 루트에리노 대왕도 우타크와 차넬을 만나러 갔다가 둘이 술 마시고 있는 것을 보고 하루 종일 기다렸다고 했잖아요. 내가 사과할 테니, 거기서 그렇게 서 있지 말고 함께 술이나 마십시다. 당신이 여기 있다면 운차이가 어떻게 달아나겠소?"

스카일램은 조금 고집스런 표정으로 샌슨을 노려보았지만 바로 그때 네리아가 그에게 살짝 다가서서 팔짱을 끼며 끌어당겼다.

"그렇게 하세요, 대장님."

스카일램은 놀라 팔을 뺐다가 겸연쩍게 웃고는 결국 테이블로 끌려가게 되었다. 그리고 나우르첸 성의 하인, 하녀, 견습 기사들은 환호로써 스카일램을 맞이해 주었다. 샌슨은 기분 좋게 웃다가 말했다.

"여, 너희들도 왔구나? 이리 와서 앉아."

난 머리를 가로저으며 테이블로 다가갔다.

이게 한결 낫군. 그 으리으리하면서도 숨이 턱턱 막히는 카미엔 성주의 연회보다는 이렇게 아랫사람들이 밤에 펼치는 연회가 훨씬 마음에 드는데. 거대한 테이블 주위에는 테이블에 발을 올리고 술잔을 들이키는 샌슨, 샌슨 때문에 어쩔 수 없이 함께 다리를 올린 운차이, 아예 의자를 걷어차고 테이블에 올라앉아 볼이 발갛게 된 채 두 손으로 술잔을 꼭 쥐고 마시는 하녀. 그 하녀에게 박수를 보내는 하인들과 견습 기사들로 가득했다. 네리아는 까르륵거리며 웃었고 스카일램 자작은 근엄한 표정으로 그 하녀에게 약간 눈살을 찌푸렸다. 하지만 그는 지금 이 자리에서 예의가 어쩌니, 예법이 어쩌니 하는 말을 꺼낼 정도로 바보는 아니었다.

나는 운차이의 옆으로 다가가 술잔 하나를 건네받았다.

"운차이. 샌슨에게 끌려나온 겁니까?"

"그런 셈이다. 망할 놈. 마시고 싶다면 혼자 마실 것이지."

당장 샌슨은 팔꿈치로 운차이의 허리를 찔렀고 운차이는 신음소리를 내었다.

"자식아, 잘도 마시면서 헛소리하지 마라. 여기까지 끌고 와줬으면……."

"알았다, 알았어! 젠장. 고맙다. 됐냐?"

"좋군. 인정할 것은 인정해야지."

샌슨은 희희낙락했고 운차이는 얼굴 근육 전체를 사용해서 찌푸린 얼굴을 만들며 술을 마셨다. 네리아는 스카일램에게 건배를 요청했다. 난 아마도 아까 연회에서 사용되었다가 다시 담겨져 나온 듯한 음식 부스러기들(그래도 몹시 푸짐하게 담겨 있었다)에 손을 뻗으며 말했다.

"그런데 마차 감시병들이 문 열어줘?"

스카일램 대장이 아차 하는 표정으로 샌슨을 바라보았다.

"그렇군. 그놈들이 마차 문을 열어주었습니까?"

샌슨은 능글스러운 얼굴로 말했다.

"예. 술 한 병씩 안겨주고 밧줄로 묶는 것까지 확인시켜 주니까 별말은 안하더군요."

"내 이놈들을!"

스카일램 대장은 곧장 밖으로 달려나가 버렸고 우리는 그 뒷모습을 좀 감상하다가 치도곤을 당할 호위병들에 대해 잡담을 나누기 시작했다.

"정말이야?"

"거짓말이야. 감시병들이 잠깐 자리를 비운 새에 빼내왔지."

"사악하군……. 불쌍한 감시병들."

샌슨은 그야말로 오거처럼 사악하게 웃었고 네리아는 배를 잡고 웃었다. 운차이는 피식거리며 술병을 기울여 잔에 따르면서 말했다.

"나 스스로가 나의 감시병이다. 내가 달아날 마음이 없으니 절대로 달아날 리가 없지."

"다른 사람들이 그걸 알아주기를 바라는 것은 어렵겠지요."

"그렇겠지."

운차이는 가볍게 고개를 끄덕였다. 네리아는 쿠키를 집어 윗입술과 코 사이에 끼웠다가 입 속으로 쏙 집어넣는다든지, 비스킷을 던져서 받아먹는다든지 하면서 음식을 가지고 장난을 치다가 운차이의 말에 깜짝 놀란 표정을 지으며 말했다.

"왜 달아날 마음이 없어?"

운차이는 고개를 기울여 네리아를 흘깃 바라보다가 나에게 말했다.

"후치. 달아나봐야 얻을 것이 없다고 전해 줘."

내가 말하기도 전에 네리아가 먼저 말했다.

"고향으로 돌아갈 수 있다면 친지들도 만날 테고, 혹시 애인이나 부인은 어때?"

운차이의 마음속에 있는 깊은 괴로움이 그의 얼굴에 떠올랐다. 하지만 운차이는 씁쓸하게 미소지으며 말했다.

"돌아간다면 그들에게 더 폐가 될 것이라고 전해 줘, 후치."

이번에도 내가 말하기 전에 네리아가 먼저 말했다.

"이봐! 그만 둬. 어차피 고국을 버렸다면 고국의 관습도 버려야지? 나에게 직접 말하라고."

운차이는 네리아를 바라보았다. 그는 한숨을 쉬고는, 헛기침을 하고, 손을 쥐었다 폈다 하다가, 얼굴이 확 붉어진 다음, 다시 나에게 고개를 돌렸다.

"관습은 좀 천천히 고쳐야 되겠다고 전해 줘."

샌슨이 크게 한숨을 쉬었다. 난 전해 줄 필요를 느끼지 않았다. 네리아는 깡총깡총 뛰어오더니 곧 운차이의 바로 앞쪽에 허리를 굽히고 섰다. 운차이는 황급히 고개를 돌렸지만 네리아는 운차이의 얼굴 가는 방향으로 계속 몸을 돌려 그의 정면을 바라보았다. 운차이는 몇 번 고개를 돌려 네리아의 시선을 피하다가 결국 고개를 아래로 숙이고는 말했다.

"후치! 이 여자에게 왜 이러냐고 좀 전해 줘!"

"날 보며 말해라, 날 보며 말해라, 날 보며 말해라."

네리아는 무슨 캐스팅을 하듯이 그렇게 중얼거렸고 운차이는 안절부절 못하기 시작했다. 그는 화난 얼굴로 일어나려고 했지만 샌슨은 테이블에서 다리를 내려주지 않았다. 어느새 주위가 고요해져서 둘러보니 주방에 있는 모든 사람들이 네리아와 운차이를 바라보고 있었다. 운차이는 그야말로 귓불까지 빨개졌다. 그는 다급하게 말했다.

"후치. 이 여자를 치워주면 너에게 뭐든 하겠다."

"나에게 말해라. 나에게 말해라. 나에게 말해라."

"난 별로 가지고 싶은 게 없는데……."

나도 그러고 보면 꽤 사악해. 그러자 운차이는 샌슨에게 고개를 돌렸다.

"너, 살기를 다루고 싶다고 그랬지? 가르쳐주마. 이 여자 좀 치워줘."

순간 샌슨의 눈이 반짝거렸다. 네리아는 화들짝 놀라더니 곧 샌슨을 야멸치게 쏘아보았다. 샌슨의 입가가 스르르 올라갔다.

"그거 이상한데."

"뭐가 말이냐?"

"그 살기로 네리아를 쫓아버리지는 못하는 거야?"

운차이는 손가락을 따악 튕겼다. 그리고 그는 곧 네리아를 쏘아보기 시작했다. 네리아는 해죽 웃으며 운차이를 마주보았다.

흠. 괴상한 장면이다. 운차이는 의자에 기대어 앉은 채 무시무시한 눈으로 네리아를 노려보고 있었고 네리아는 무릎을 짚은 채 방긋거리며 운차이를 마주보는 것이다. 두 사람의 표정은 전혀 달랐지만 그들의 코는 서로 1큐빗도 떨어지지 않았고 아무런 말없이 서로를 숨막히도록 바라보고 있는 것이다.

콰당.

결국 네리아가 엉덩방아를 찧고 말았다. 그녀는 바들바들 떨면서 황급히 내 등 뒤로 숨어버렸다. 운차이는 의기양양하게 웃었고 주방의 다른 사람들은 모두 놀란 얼굴이 되었다. 등 뒤에서 네리아의 가녀린 목소리가 들려왔다.

"무, 무서워 죽을 뻔했어……, 잉."

"운차이도 수십 년 동안 지켜온 관습을 깨긴 어려울 거예요. 너무 괴롭히진 말아요."

"그, 그래도. 너무, 너무 무서웠어. 허헉."

네리아는 의자에 앉아서도 몸을 제대로 가누지 못하고 있었다. 손이 계속 떨려서 술잔도 들어올리지 못하고 양손을 꼭 마주잡았다.

"이런……. 너무 오래 버텼나 보군요."

"으, 으응. 무서워도, 꾸, 꾹 참고……."

"괜한 고집이었어요. 와이번도 졸도시키고 헬브라이드도 도망치게 만든 눈을, 그래 버틴다고 버틸 수 있을 것 같아요?"

"자꾸 그러지 마. 그, 그렇잖아도 떨려 죽, 죽겠다고."

나우르첸 성의 사람들은 한결 놀라는 표정이 되더니 운차이를 감히 쳐다보지도 못하게 되었다. 운차이는 피식 웃고는 술잔을 들며 말했다.

"후치. 미안하다고 전해 줘. 하지만 고집 부린 것이 잘못이라고도 전해 줘."

"들었지요?"

"이……, 미워! 저 작자."

운차이는 한결 깊은 눈매로 미소를 지었다. 주위는 고요했고, 그래서 술맛이 별로였다.

"네리아를 위해."

"날 위해? 뭐?"

"노래 하나 하지요. 아이야 이켈리나의 구두장이 믹 더 빅."

"이야히호!"

잠시 후 테이블 위로 술병이 구르고 의자는 제멋대로 뒹굴었다. 사람들은 모두 일어나 목청껏 노래부르고 다른 사람 머리에 술을 부어주었다. 그중 한 견습 기사와 하녀는 테이블 위에 올라가 접시를 걷어차며 춤을 추기 시작했다.

광란이 끝나고 사람들의 옷들도 술에 푹 젖어버려 이제 술잔도 천천히 비우게 되었을 무렵 나우르첸 성의 견습 기사 하나가 어디서 류트를 하나 들고 왔다. 나우르첸 성의 사람들은 모두 정중한 환호를 보내주었고 우리들도 기분좋게 웃으며 박수를 보내주었다.

그 견습 기사는 미소를 지으며 점잖게 말했다.

"오늘 저 먼 서녘의 땅에서 이곳 해뜨는 나라 일스의 아름다운 성 나우르첸을 찾아주신 손님들을 맞이하게 되었으니 이러한 기쁨을……."

"우! 우!"

"하하하. 좋습니다. 시작합니다."

견습 기사는 가볍게 류트의 현을 튕기다가 곧 노래를 시작했다.

낡은 대지 위에 새로운 바람이 분다.
바람에 날리는 풀씨 같은 인생에도
한 번은 찾아오는 신비로운 바람.
마법의 가을이여.
대마법사 핸드레이크의 가을은 짧았고
페어리퀸 다레니안의 가을은 끝이 없었다.

나는 술잔을 꽉 붙잡았다. 급히 손을 움직이다가 술잔을 테이블 아래로 떨어뜨릴 뻔했기 때문이다. 이게 무슨 노래지? 핸드레이크와 다레니안이라고? 난 좀더 집중해서 노래를 듣기 시작했다.

바람마저 길을 잃는 세미나스 평원에
떨어지는 별 하나. 솟아오르는 별 둘.
그러나 노래하는 가인의 추억에는
희미해진 별 하나.
대마법사 핸드레이크의 시선은 드높았고
페어리퀸 다레니안의 발걸음은 사라져갔다.

페어리의 노래, 더 이상 들리지 않고

그들의 날개에 빛나는 섬광, 잊혀졌다.

파도치는 호수, 수면 아래의 성.

추억은 아름답다.

앞으로 걸어가는 인간의 뒷그림자.

그림자에 서서 멈추어버린 페어리.

도대체 무슨 말이야. 이야기를 하라고! 난 잔뜩 긴장한 채로 기다렸지만 견습 기사는 계속 뜻모를 이야기만 할 뿐이다. 떨어지는 별 하나? 이건 아무래도 드래곤 로드를 이야기하는 것 같은데. 그렇다면 솟아오르는 별 둘은 틀림없이 루트에리노 대왕과 핸드레이크를 말하는 것이지? 그렇다면 희미해진 별이란 페어리 퀸을 말하는 것인가? 그녀가 왜 희미해진 별이지?

날개 잃은 여왕은 광휘 또한 잃게 되니

광휘 잃은 여왕은 사랑의 사슬도 무겁다.

돌아보지 않는 시선은 가슴의 온기마저

잃게 한다.

세월이 나무에 나이테를 덧매기고

잊혀진 이름은 차가워만 가는데.

차가운 가을 바람 나뭇잎을 훑어내리고

대지에 떨어진 메마른 낙엽들 속에

희미하게 움트는 기운을 느낀다.

팽개쳐진 사랑을.

핸드레이크는 몸을 굽혀 대미궁을 바라보나

드래곤 로드의 칼날은 검붉기만 하다.

갑자기 주방에 있는 사람들 사이에 싸늘한 분위기가 감돌았다. 뭔지 모를 숙연하고도 비장한, 그러면서도 공포스러운 분위기였다. 하녀 하나는 질린 표정으로 귀를 막고 싶어하는 듯했고 다른 하인 하나는 갑자기 헛기침을 했다가 자신의 기침 소리에 자신이 놀랐다. 드래곤 로드의 칼날이 검붉기만 하다고?

그때 갑자기 류트 소리가 멎었다. 견습 기사는 씨익 웃으며 겸연쩍게 말했다.

"다음이 기억 안 나네요."

"푸하! 이런!"

모두들 폭발하듯 웃음을 터뜨렸다. 견습 기사는 멋쩍게 웃었고 다른 사람들도 대부분 그에게 조롱이나 핀잔을 보내긴 했지만, 그렇다고 해서 노래가 끝난 것을 아쉽게 생각하는 사람도 없는 것 같다. 도대체 뭐지?

나는 그 견습 기사에게 이야기나 걸어볼까 하는 생각에 그에게 다가가려 했다. 그때 갑자기 주방 문으로 시커먼 것이 휘익! 뛰어들었다. 그 시커먼 것은 스카일램 대장이었다. 스카일램은 들어서자마자 우리들을 손가락질하며 외쳤다.

"눈이 있다면 봐라! 이 멍청이들아!"

곧 그 뒤를 따라서 운차이의 마차를 경비하던 병사 두 명이 나타났다. 그들은 자신들에게서 탈주한 죄수가 성의 주방에 앉아 술을 마시고 있는 광경을 보고는 어처구니가 없다는 표정이었다. 그러나 그들의 난감함은 표현될 기회가 없었다. 스카일램이 매섭게 말했기 때문이다.

"나가서 이야기하도록 하자. 즉각 죄수를 원위치로 보내고 마차 앞에 모든 호위병들을 집합시켜라!"

"예!"

호위병들은 경례까지 붙이며 말했고 그래서 주방의 사람들은 모두 얼떨떨한 시선으로 그들을 보았다. 운차이는 한숨을 쉬고는 다리의 밧줄을 풀었다. 샌슨 역시 입맛을 쩝쩝 다시며 운차이를 호위병들에게 보내주었다. 호위병들이 운차이를 데리고 사라지자 스카일램은 샌슨에게 다가왔다.

"듣기로, 당신은 저 호위병들이 잠시 자리를 비운 사이에 죄수를 빼내왔다고 하더군요?"

"흠. 뭐, 그렇습니다."

스카일램은 잠시 무슨 말을 해야 할지 모르겠다는 얼굴로 샌슨을 바라보더니 무겁게 말했다.

"다시는 이런 행동을 용납하지 않겠습니다."

"알겠습니다. 주의하죠."

샌슨이 간단히 고개를 숙이며 사과하자 스카일램은 더 이상 다그치지 않고 밖으로 나가버렸다. 샌슨은 한숨을 쉬고는, 주방에 몰려 있던 다른 사람들에게 사과를 보내었다.

"자. 이런 미안합니다! 저희들 일로 괜히 이곳 분위기만 흐려버렸군요. 전 이만 가볼 테니 계속들 즐기세요. 덕분에 퍽 즐거운 밤이었습니다."

5

"도대체 얼마 동안 계속할 생각이지?"

네리아의 투덜거림. 샌슨은 정말 못마땅하다는 얼굴로 아래를 굽어보고 있었다.

일부러 우리들이 볼 수 있도록 저렇게 하는 것이 분명하다. 스카일램은 호위병들을 모조리 집합시켜 놓고는 일장 연설을 하고 있었는데 그 위치가 우리 방의 베란다에서 바라보기 좋은 위치였다. 게다가 스카일램은 우렁차게 고함을 지르고 있어서 베란다에 있는 우리들은 그의 앞에 일렬로 서 있는 병사들과 똑같이 위축될 수 있었다. 병사들은 밤중에 다른 나라의 알지 못하는 성의 연병장에 집합하게 되자 황당하다는 표정이었지만 스카일램이 하도 윽박지르고 있어 감히 불평을 못한 채 꼼짝도 하지 않고 서 있었다.

"알았나! 여긴 우리나라가 아니다! 정신을 바짝 차리란 말이다! 곧은 정신을 유지하고 눈을 크게 뜨고, 항상 준비가 되어 있어야 된단 말이다! 군인의 자세가 뭐냐? 바다의 기운에 홀려버려 긴장감이 다 풀려가지고 도대체 뭘 하겠다는 거야앗!"

스카일램의 고함소리를 뒤로 하고 나는 방 안으로 들어와 버렸다.

"에구. 머리 아픈 사람이에요."

"그를 탓하진 말게. 퍼시발 군 자네의 실수일세."

샌슨이 고개를 갸웃거리며 말했다.

"제가요?"

"그렇다네. 어쨌든 여긴 타국이고, 그래서 호위 대장의 신경은 베틀의 실만큼이나 팽팽해져 있을 걸세. 그런데 그의 소관이라 할 수 있는 운차이가 어처구니없이 사라져버렸으니, 그가 얼마나 상심하고 불쾌해하겠는가. 자네의 실수야."

"예. 알겠습니다. 하지만 우리나라도 아니고 이런 타국의 성에서 저렇게 병사들을 괴롭힌다는 것은……."

칼도 한숨을 쉬며 말했다.

"그래. 빨리 마쳐주었으면 좋겠는데. 나라 망신이군."

이루릴은 갈수록 혼동된다는 표정이었다. 그녀는 안절부절 못하면서 깊은 생각에 빠졌다. 그러다가 그녀는 조심스럽게 질문했다.

"저, 미안합니다만 그렇다면 스카일램 씨의 잘못은 무엇이죠?"

"예?"

"운차이 씨는 분명 바이서스국의 전쟁 포로로서, 무관에 해당하는 스카일램 씨에게 그 신병에 대한 책임이 있습니다. 그러므로 샌슨 씨의 잘못은 이해됩니다만, 스카일램 씨가 뭘 잘못했다는 것인지는 이해되지 않습니다."

"아……. 스카일램 씨의 잘못이라는 것은 별로 대단치는 않은 것입니다. 그는 지금 다른 나라에 와서 부하들을 공개적으로 꾸짖고 있지요. 같은 나라 사람들끼리 좀 망신스럽군요."

"부하들이 잘못한 것이 아닙니까? 호위의 임무를 가볍게 취급했으니까요."

"예. 하지만 조용히 꾸짖을 수도 있겠지요. 다른 나라 사람들에게 꼭 이런 모습을 보이고 싶지는 않군요. 아무래도 제 자식 못나게 보이고 싶은 부모는 없지 않겠습니까. 그러니 조용히 말해도…….”

“가식입니까?”

“예?”

“잘못된 것은 같은 집단 내에서 조용히 해결하고 외부에는 좋은 모습만을 보여줘야 된다는 것입니까?”

“어떻게 보면 그 말도 맞습니다.”

“하지만 좋은 모습이든 좋지 않은 모습이든 둘 다 진실이 아닌가요? 왜 가식을 보여줘야 되지요?”

“저 부하들이 부끄러워할 테니까요. 괴로움을 주어서야 되겠습니까. 누군가가 자신을 꾸짖는다면 그렇지 않아도 불쾌할 겁니다. 그런데 외국인이 구경하는 장소에서 그런 일을 당하면…….”

칼은 설명하다가 그만 미소를 지었다.

“허허허. 이런, 설명이 되지 않는 것을 설명하려 했군요. 유피넬의 어린 자식에게 외국인이나 남에게 좋은 모습을 보여준다거나……. 이해되지 않으시겠죠.”

“이해되지 않네요.”

이루릴은 고개를 끄덕였고, 칼 역시 머리를 마구 긁기 시작하는 네리아를 보며 고개를 끄덕였다.

“아마 어떻게 말해도 이해하시기 어려울 겁니다. 말로는 설명되지 않는 것이니까요.”

이루릴은 물끄러미 칼을 바라보다가 조용히 말했다.

“더 열심히 관찰하고 생각해 보겠습니다.”

“감사하군요.”

칼은 다시 책을 펴들었고 이루릴 역시 조용히 책을 펼쳤다. 도대체 저 둘은 저렇게 어려운 이야기를 부드럽게 해버리고 곧장 책을 읽을 수 있다는 말이야? 이루릴이 이상하다기보다는 칼이 인간 같지가 않군. 난 김빠진 얼굴로 의자에서 다리를 쭉 뻗었고 샌슨은 생각에 잠겼다.

칼은 갑자기 책을 덮으며 말했다.

"퍼시발 군. 일러준 말은 잘 기억하겠지?"

생각에 잠겨 있던 샌슨은 갑작스러운 질문에 놀라며 대답했다.

"예? 아, 예. 잘 기억하고 있습니다."

"음. 그렇다면 됐네."

"그럼, 잘 다녀오세요!"

칼은 손을 젓고 걸어갔다. 스카일램 호위 대장은 아직까지도 머뭇거리다가 한심스러운 어조로 말했다.

"정말 호위 대원들이 필요 없습니까?"

샌슨은 고개를 끄덕였다.

"예. 괜찮습니다. 저희들이야 뭐 중요한 인물도 아니고 일종의 여행객인 셈이죠. 사절은 칼이 아닙니까. 칼을 잘 부탁합니다."

"하지만 제 임무에는 여러분들의 안전 보장도 포함되어 있습니다."

"걱정 마세요."

스카일램은 고개를 가로저으며 물러났다. 마지막으로 우리는 운차이의 호송 마차로 걸어갔다.

"이봐, 운차이!"

운차이는 언제나 그러하듯 약간 시무룩해 보이면서도 차가운 얼굴을 내밀었다. 샌슨은 웃으며 말했다.

"바란 탄에 가거든 말 잘하고, 몸조심해."

"신경 쓰지 않아도 돼."

나도 웃으며 인사를 건네었고 이루릴은 나를 통해서 운차이에게 인사했다. 네리아는 콧방귀를 탕탕 뀌고는 여행길에 눈병에나 걸려버리라는 식의 축복을 해주었다. 운차이는 냉엄하게 웃으며 나를 통해 이루릴과 네리아에게 대답하고는 다시 마차 바닥에 주저앉았다.

실키안 레이크 기슭에서 우리는 떠나가는 칼과 운차이, 그리고 호위 대원들과 나우르첸 성에서 추가된 호위 대원들을 전송했다. 동녘에서는 바다에서 떠올라 길고 긴 하룻길의 여정을 시작한 태양, 그리고 서녘에는 푸른 물빛이 그윽한 호수. 칼 일행은 그 실키안 레이크 가장자리를 따라 멀리 사라져갔다. 언뜻언뜻 소나무들 사이로 그들의 모습이 보였다가 사라졌다 했다.

샌슨은 팔을 좀 휘두르고는 가볍게 말했다.

"자, 가자. 신전으로!"

네리아는 웃으며 에보니 나이트호크의 엉덩이를 짚으며 가볍게 뛰어올랐다. 다른 사람들이 모두 말에 오르자 네리아는 말했다.

"얼마나 걸릴까?"

이루릴이 대답했다.

"오늘 하루를 달리면 오후 늦게나 저녁 무렵엔 도착할 수 있을 겁니다."

"좋아요. 그럼 해변을 달려봐요! 이랴아!"

네리아는 곧장 언덕의 기슭을 내려가기 시작했다. 샌슨은 고개를 가로저으며 그 뒤를 따랐고 나와 이루릴이 차례로 뒤를 따랐다. 네리아는 물거품이 깔렸다가 사라지는 백사장으로 뛰어들었다. 백사장의 젖은 모래가 잠시 튀어오르고 나서, 곧 에보니 나이트호크의 발 아래에서 물보라가 폭발적으로 튀어올랐다. 네리아는 비명 섞인 웃음을 터뜨렸다.

"꺄하하하하!"

"우엣취!"

"젖은 채로 찬바람 맞으며 말을 달렸으니, 감기 안 걸렸으면 그게 더 이상하다."

네리아는 뭐라고 말하려 하다가 다시 기침을 터뜨리고 말았다. 샌슨은 투덜거리며 배낭에 묶어두었던 자신의 망토를 꺼내어 네리아에게 주었다. 네리아는 계속 기침을 하면서 눈으로 고맙다는 인사를 하며 망토를 받아들었다.

"아으으……. 떨, 떨린, 에, 엣추! 엣추!"

"안 그래도 신전으로 찾아가는 중이니까 조금만 견뎌봐요."

"으잉! 신전에 한 번 찾아가면, 서, 에추! 훌쩍. 석 달은 재수 없는데."

"그럼 신전 밖에 앉아 있든가."

네리아는 대답하지 않고 날 노려보다가 다시 거세게 기침을 했다. 에취! 에이취!

땅거미가 내려앉는 시간, 우리는 일스 공국으로 넘어오기 전에 조사해 두었던 대로 길을 찾아가 마침내 테페리의 신전을 만날 수 있었다. 나우르첸에서 델하파로 접어드는 길 중간쯤에 위치한 아름다운 신전이었다.

산등성이 약간 높은 곳에 위치한 테페리의 신전은 저무는 노을

빛을 정면으로 받으며 붉은 색깔로 타오르고 있었다. 우리가 걸어가는 평야는 이미 거뭇거뭇해지고 있었지만 약간 높은 곳에 위치한 테페리의 신전은 아직껏 붉은색이었고 그래서 허공에 떠 있는 빛의 건물처럼 보였다.

네리아는 벅찬 표정으로 건물을 올려보았다.

"꽤 좋은 일만 있을 것 같은 건물……, 에추!"

샌슨은 고개를 가로저으며 신전으로 나 있는 소로를 따라 접어들었다.

석양이 산기슭의 신전을 비추는 시간이니, 아마도 오후 경전봉독은 끝나고 저녁 식사에 들어갈 무렵이었다. 빵 굽는 냄새가 구수하게 풍겨왔다. 신전 위로 엉성하지만 단단하게 쌓아올린 굴뚝에서는 흰 연기가 모락모락 피어오르고 있었다. 그랜드스톰처럼 우아하지는 않았고 잘못 본다면 마치 산촌의 장로 저택 정도로 착각할 수도 있는 건물이었다. 이루릴은 방긋 웃었다.

"테페리의 신전답네요."

"예?"

"문이 두 개예요."

이루릴의 저 좋은 눈에는 벌써 신전 정문이 보이는 모양이다. 그런데 문이 두 개라고? 아, 이런. 그렇다면 둘 중 하나는 가짜인가?

정말이었다. 오솔길의 경사가 완만해지며 신전이 가까이 오자 확실히 담장 정면에 있는 두 개의 문이 보였다. 갈림길의 신인 테페리였지? 문은 둘 다 단단한 나무문으로 닫혀 있었다.

"왠지 둘 중 하나는 열리지 않을 것 같은 느낌이 들지 않아?"

"이런……, 신의 지팡이들이 하는 일로 보기엔 왠지 장난 같다. 그렇지?"

나와 샌슨은 잡담을 나누며 두 개의 문을 바라보았다. 그렇다면 어디 보자.

"에, 에, 에추우! 오, 오른쪽이야. 훌쩍."

우리는 모두 네리아를 돌아보았다. 네리아는 코를 킁킁거리며 말했다.

"문 손잡이가 닳은 정도로 알 수, 수, 에이치이!"

샌슨은 어깨를 으쓱하고는 말에서 내렸다. 그러고는 오른쪽 문을 밀었다. 삐이이걱.

"놀라운데?"

그때 이루릴이 방긋 웃었다. 그녀는 말에서 내리더니 왼쪽으로 다가갔다. 우리가 쳐다보는 가운데 이루릴은 왼쪽 문을 밀었다. 삐이이걱. 열리네?

"한쪽이 옳다고 해서 다른 쪽이 그르게 되는 것은 아니겠죠."

샌슨과 난 머쓱한 표정을 지었다. 네리아는 의아한 얼굴로 말했다.

"이상하다. 오른쪽 문이 더 많이, 많이, 에추!"

"오른손잡이가 많으니까 그렇겠죠."

이루릴은 간단히 대답하고는 고삐를 쥔 채 문으로 들어섰다. 샌슨은 감탄한 표정으로 왼쪽 문과 오른쪽 문을 번갈아 바라보다가 혼잣말 하듯이 말했다.

"재미있는걸. 일부러 문 두 개를 만들어놓지는 않았을 테고, 뭔가를 느끼라고 이렇게 만들었겠지?"

"뭔가가 느껴져?"

샌슨은 곰곰이 생각하다가 맥 풀리는 어조로 말했다.

"문 하나가 고장났을 때 편리하겠어."

안으로 들어서니 넓은 마당이 보였고 수련사들이 건물들에서 나오는 모습이 보였다. 그들은 우리들이 문 두 개를 다 열고 들어서자 재미있다는 표정을 지었다. 그리고 그들 뒤로 프리스트 한 명이 걸어나왔다. 팔뚝이 굵직한 그 프리스트는 텁수룩한 수염을 쓰다듬다가 말했다.

"산문에 들어선 손님들을 환영하오. 필요할 때를 위한 작은 행운을."

샌슨은 잠시 당황하다가 이루릴을 바라보았다. 그러자 이루릴이 앞으로 나서서 대답했다.

"마음 가는 길은 죽 곧은 길. 저희들은 지나가던 여행객들입니다. 날은 저물고 바람은 차가워 귀 신전의 지붕 아래 하룻밤을 유했으면 합니다."

그 산적 두목같이 생긴 프리스트는 가볍게 고개를 끄덕이며 수련사들에게 말했다.

"손님들을 안으로 모시고 식사 수발 들거라."

그때 샌슨이 황급히 앞으로 나섰다.

"아, 저, 잠깐만요. 에……."

그리고 샌슨은 자기 머리를 딱 치더니 갑자기 슈팅스타의 안장을 뒤지기 시작했다. 실오라기, 종이조각, 먹다가 쑤셔박아 둔 빵 덩어리와 햄 조각, 씻기 싫어서 대충 닦아 쑤셔박아 둔 컵이라든지 식기, 부러진 화살촉들 몇 개와 기름이 시커멓게 묻은 각종 주머니들이 테페리의 프리스트 앞에 선을 보이게 되었고 수련사들은 킬킬거리기 시작했다. 나는 망신스러워서 하늘을 올려다보았고 네리아는 기침을 하면서 동시에 깔깔거리느라 결국 딸꾹질까지 하게 되어 몹시 괴로워했다.

간신히 샌슨은 칼라일 영지에서 사만다에게서 받아둔 소개장을 찾아낼 수 있었다. 샌슨은 소개장에 묻은 빵가루와 기름 얼룩을 보고는 얼굴이 벌개졌다가 송구스럽게 앞으로 걸어나갔다.

소개장을 내밀자 프리스트는 먼저 참 한심스럽다는 얼굴이 되었다. 샌슨은 어쩔 줄 몰라했지만 프리스트는 별말 없이 소개장을 받아들여 읽기 시작했다.

한참을 읽어내려가던 프리스트의 얼굴에 이채가 떠올랐다.

"우리 자매분의 소개장이군요."

"예. 그렇습니다. 아, 저, 죄송합니다. 여행이라는 것이 품위에는 별로 도움이 되지 않는 것이라……."

"아, 괜찮소. 편지는 마음을 전달하면 충분하오. 우리 종단의 친구로서 여러분들을 맞이합니다. 먼저 들어오셔서 노독을 푸시지요. 이야기는 천천히 나누도록 하십시다."

"예. 감사합니다."

수련사들의 안내를 받아 건물 안으로 들어가게 되었다.

대충 손발을 씻고 나자 그들은 우리에게 방 두 개를 내어주었다. 샌슨과 내가 한 방, 그리고 이루릴과 네리아가 한 방에 들어갔다. 방 안에 배낭과 보따리를 던져두고 갑옷을 벗어두고 무기도 풀어둔 다음 잠시 기다리자 수련사들이 찾아왔다.

"오세요! 하루중 가장 중요한 행사를 할 시간입니다!"

샌슨의 얼굴을 보니 내 얼굴도 아마 저럴 것이라 생각되었다. 우리 두 사람은 얼떨떨한 얼굴로 그 수련사를 바라보다가 뭐라고 말도 못한 채 일어났다. 수련사는 싱글거리며 우리를 안내했다. 밖으로 나와 여자들이 있는 방 쪽을 보니 네리아는 보이지 않고 이루릴만 걸어나왔다.

"네리아는?"

"음식 생각이 없다고…… 침대에 누워 있습니다."

"아, 그래요. 흠. 아파도 잘 먹어야 될 텐데."

우리들을 안내하던 수련사들이 말했다.

"아, 아까 그분, 안색이 좋지 않더군요. 감기입니까?"

"예. 그런 것 같습니다."

"흠. 그럼 식사가 끝나고 약을 가져다 드리도록 하겠습니다. 저희들이 가져다드리는 약을 드시면 아마 내일 아침엔 봄날 망아지만큼이나 건강해지실 겁니다. 하하하."

샌슨은 간신히 감사를 표시했다. 봄날 망아지? 신전에서 사용되는 어휘치곤 조금 저속하군. 봄날 망아지라는 것은 우리나라에서는 바람 피우느라 정신 없는 여자를 말하는데, 여기서도 그럴까?

식당 안의 모습은 역시 산 위의 신전다운 분위기였다. 사방 벽에는 나무 기둥들이 드러나 보였고 벽은 두꺼웠지만 별로 화려하지는 않았다. 그저 거대한 오두막 정도로도 볼 수 있었다. 하지만 아늑한 분위기가 있었다.

그러나 프리스트들의 분위기는 별로 아늑하지 않았다. 그들은 모두 크게 낄낄거리며 왁자지껄하게 식사를 나누고 있었다. 우리를 안내해 들어간 수련사 역시 들어가자마자 웃으며 고함을 질렀다.

"이봐! 좀 비키라고! 하하. 손님들 모셔왔어!"

"여! 어서들 오세요!"

삽시간에 여기저기서 환호가 터져나왔고 그래서 우리는 사방에 대고 절을 해야 했다. 잠시 후 우리들은 종단의 친구로서 신전의 하이 프리스트와 같은 테이블로 안내되었고 거기서 처음으로 하이 프리스트를 뵙게 되었다.

"프리스티스 사만다의 소개장은 보았소. 난 링거스트라 하오."

샌슨은 눈치 있게도 '안녕하쇼, 링거스트 씨.' 어쩌고 하지는 않았다. 경험이란, 결국 시간이란 무서운 거다.

"예, 하이 프리스트. 황야의 방랑자에게 베풀어주신 귀 신전의 우의에 감사드립니다."

하이 프리스트는 빙긋 웃으며 우리들에게 음식을 건네고 간단한 인사말들을 주고받았다. 물론 간단한 인사말마저도 거의 고함에 가깝게 큰 소리로 나누어야 했다. 이게 신전인가? 난 크게 웃으며 포크와 나이프로 용맹 무비한 칼싸움을 벌이고 있는 수련사들을 보고는 얼이 빠져버렸다. 그 옆에선 젊은 프리스트 하나가 껄껄거리며 응원까지 하고 있었다. 허어, 참.

약간 떨어진 곳에서는 한 수련사가 식탁 위로 뛰어올라 다른 수련사에게 달려들려고 했고 그 모습을 본 근엄한 얼굴의 프리스트는 근엄하게 팔을 뻗어 수련사의 다리를 걸어 넘어뜨렸다. 수련사는 식탁 위에서 굴러 떨어져 바닥에 나뒹굴었고 그 모습을 본 주위의 수련사들은 배를 잡고 웃기 시작했다. 난 샌슨에게 말했다.

"언제 달아날까?"

"밥은 먹고서…… 달아나고 싶은데……."

샌슨은 재빨리 빵을 입 안에 쑤셔넣기 시작했고 그 모습을 본 나 역시 눈 앞에 보이는 음식들을 집어삼키기 시작했다. 우리가 참으로 맛있게 식사를 하는 것을 본 하이 프리스트는 즐거운 표정을 지었다. 그리고 그는 주위를 향해 고함을 질렀다.

"이봐! 조용히들 해! 이야기 중이잖아!"

그러고는 하이 프리스트께서는 우리들에게 말씀하셨다.

"그래, 이 나라에는 무슨 용무로 찾아오시었소?"

샌슨은 재빨리 빵을 삼키고는 가슴을 좀 두드리고 말했다.

"아, 예. 저희는 바이서스의 사절단을 따라 이 나라에 왔습니다만 저희들에겐 따로 개인적인 용무가 있습니다. 이 나라에 있는 누군가를 찾는 것이 저희들의 용무입니다."

하이 프리스트는 사절단을 따라왔다는 말에 조금 놀라는 표정을 짓다가 다시 말했다.

"누군가를 찾아왔다고? 흐음."

"예. 바로 그 일로 테페리의 신전의 조력을 원합니다만."

"우리가 도와드릴 것이 있소? 말씀해 보시오."

"테페리의 성직자들 중 한 분을 모셔갔으면 하는데요."

이것이 칼이 샌슨에게 말한 계획이다.

우리들은 드래곤도, 드래곤 라자도 아니므로 그 붉은 머리 소녀가 과연 할슈타일 가문의 딸인지 알 도리가 없다. 하지만 테페리의 성직자들은 둘 중 하나일 경우 맞출 수 있는 권능이 있다. 따라서 테페리의 성직자 한 분을 모셔가서는 질문을 하는 것이다. 그 소녀를 보여주며 '이 아이가 드래곤 라자입니까, 아닙니까.' 이런 식으로 답이 둘 중 하나만 될 수 있는 질문을 하는 것이다. 칼은 역시 머리가 잘 돌아가.

하이 프리스트는 고개를 갸웃거리다가 말했다.

"모험 동료가 필요하시다는 겁니까?"

"아니오. 그렇지 않습니다. 저희들은 내일 델하파의 항구로 갈 생각인데, 그곳에서 테페리의 지팡이에게 확인받을 것이 있어 그렇습니다. 그 확인만 끝난다면 저희들의 용무는 끝나며, 동행해 주신 성직자분은 다시 이 신전까지 모셔다드리겠습니다. 그러니 늦어도 모레쯤까지만 저희들과 동행해 주시면 되는 겁니다."

"아…… 그래요? 내 알아보도록 하지."

"아, 감사합니다."

"이거 좀 마셔봐요. 프리스트가 직접 만들어준 약이에요. 이걸 마시면 봄날 망아지처럼 뛰게 된다던데요?"

네리아는 이상스러운 눈으로 날 바라보다가 다시 약사발을 바라보았다.

"아…… 훌쩍. 에추! 이빨이 부딪혀."

모포 속에 틀어박혀 있던 네리아는 벌벌 떨면서 일어나 앉았다. 그녀는 먼저 약그릇을 보더니 곧 코를 찡그렸다.

"이거 색깔이 왜 이래? 냄새도 이상하고……."

"약이 그럼 맛있게 보일 거 같아요? 어서 마셔요."

네리아는 한손으로 코를 쥐더니 약그릇을 단숨에 비웠다. 그러고는 곧 볼을 크게 부풀렸다. 나는 기겁하며 말했다.

"삼켜요오!"

꿀꺽. 네리아는 간신히 약을 삼키고는 코를 놓았다. 그녀는 곧 혀를 날름거리기 시작했다.

"으아, 아, 에엑, 너무 써."

그러자 샌슨이 웃으며 말했다.

"그래? 그렇다면 약효가 좋은 모양이다."

이루릴은 방긋 웃으며 배낭을 뒤지더니 곧 엄청난 것을 꺼내어 네리아에게 내밀었다. 네리아는 환호를 올렸다.

"설탕이다!"

"너무 많이 먹지는 말아요. 속 버려요."

네리아는 고개를 끄덕이더니 주머니에 손을 집어넣었다가 빼서 손가락을 핥기 시작했다. 샌슨은 피식거리며 의자에 앉더니 말했다.

"하는 거 보니 내일 당장 출발해도 무리 없겠군."

쩝쩝거리며 손가락을 핥던 네리아는 곧 너무 달다는 표정을 지으며 주머니를 묶어서 이루릴에게 돌려주며 말했다.

"그래, 뭐래? 이추! 성직자 한 사람 내어주겠대? 훌쩍."

"음. 하이 프리스트를 뵈었어. 알아본다고 하시더군."

"언제 대답해 주겠대?"

"그건 모르겠어."

그때 똑똑 하고 문 두드리는 소리가 들렸다. 네리아가 말했다.

"들어오세……추우!"

문이 열리면서 하이 프리스트와 젊은 프리스트 한 명이 들어섰다. 젊은 프리스트는 약 20대 중반쯤의 흑발 머리가 산뜻한 사나이였다. 쭉 찢어진 눈이 장난기 있게 생긴 것과 계속 싱글거리고 있는 입매가 특이할 뿐 나머지는 평범한 인상의 젊은이였다. 입고 있는 옷이 프리스트의 사제복이 아니라 수련사의 사제복이었으면 더 어울릴 듯한데.

하이 프리스트는 들어서더니 먼저 네리아에게 목례하고는 말했다.

"아, 이분이 편찮으시다는 그 동료분이군요. 좀 어떠십니까?"

네리아는 재빨리 설탕과 침 범벅인 손을 아래로 숨기며 고개를 까딱했다.

"훨씬 괜찮아요. 감사합니다."

"그렇습니까. 다행이군요."

하이 프리스트는 그렇게 말하고는 곧 옆에 서 있는 젊은 프리스트를 가리켰다.

"이 녀석은 간신히 테페리의 지팡이 흉내는 내니까 데려가시면 도움이 될 거라고 생각합니다. 그렇지 않아도 이놈을 좀 세상으로 쫓아내려고 고심을 하고 있던 참인데 퍽 잘되었습니다. 수고스럽겠지만 좀 데려가 주시겠습니까?"

윽. 소개 말이 좀 괴이하다. 그런데 저 젊은 프리스트는 왠지 낯이 익은데? 아, 그렇군. 아까 저녁 시간에 수련사들의 칼싸움을 구경하며 박수치던 그 프리스트다.

샌슨은 도대체 어떻게 대답해야 될지 난감하다는 표정으로 하이 프리스트를 바라보았다. 하지만 그가 고민할 사이는 없었다. 그 젊은 프리스트가 먼저 실망스러운 표정으로 말했다.

"이런! 남자 둘에 여자 둘이라. 그렇다면 내가 끼어들면 짝이 맞지 않잖아요."

따악! 저건 어디서 많이 보던 거다. 하이 프리스트의 강맹한 주먹이 그 젊은 프리스트의 뒤통수에 경쾌하게 날아가 부딪혔다. 젊은 프리스트는 뒤통수를 움켜쥐고 팔짝팔짝 뛰었으며 하이 프리스트는 여전히 근엄한 얼굴로 얼이 빠져 있는 우리들에게 말씀하셨다.

"보시는 바와 같은 놈이오. 그래도 괜찮으시다면……."

샌슨은 대단히 의심스러운 표정으로 말했다.

"아, 저, 죄송합니다만 프리스트니까 당연히 테페리의 권능에 닿아 계시겠지요?"

그러자 젊은 프리스트는 씨익 웃으며 말했다.

"당연하죠. 음. 맞춰볼까요? 당신은 틀림없이 남자군요. 그리고 미혼이고, 애인은 있고, 오른손잡이군요."

샌슨은 '남자군요.'에서는 맥 풀린 표정을 지었다가 그 뒤로 가면서 점점 놀란 표정을 지었다.

"어떻게 알았지요?"

"남자라는 거야 보면 알고, 결혼 반지가 없으니 미혼이고, 그 대신 목에 반지가 있으니 애인은 있고, 검을 차는 고리가 혁대 왼쪽에 있으니 오른손잡이지요."

샌슨은 한층 의심스러운 표정으로 하이 프리스트를 바라보았고 하이 프리스트는 크게 한숨을 쉬었다. 그때 네리아가 냉큼 말했다.

"이거 보세요. 그럼 이거 맞춰보세요. 이추! 저기 벽에 기대어 있는 트라이던트 보이죠? 저게 여기 청년의 것일까요, 아니면 소년의 것일까요?"

젊은 프리스트는 주저하는 기색도 없이 빠르게 대답했다.

"모르겠는데요?"

"정답. 내 것이니까."

네리아는 히죽 웃더니 주머니를 뒤져 동전을 하나 꺼내었다. 그녀는 동전을 위로 던졌다가 받아서 손으로 가리고는 말했다.

"앞면인가요, 에취! 뒷면인가요?"

젊은 프리스트는 역시 웃으며 빠르게 대답했다.

"모르겠는데요?"

뭐야? 그러자 네리아는 히죽 웃으며 손을 치웠다. 손에는 동전이 없었다. 손 빠르네. 어디로 빼냈지? 젊은 프리스트는 고개를 끄덕이며 네리아에게 다가갔다. 네리아가 빤히 바라보는 가운데 젊은 프리스트는 두 손을 모아 기도했다. 저 친구는 기도하면서도 싱글거리네? 갑자기 그의 손에서 빛이 떠올랐다. 나와 샌슨이 놀란 눈으로 바라보는 가운데 그는 네리아에게 손을 내밀었다.

"놀라지 마세요."

그는 네리아의 이마를 짚었다. 그리고 잠시 후 그의 손에서 빛이 사라졌다. 네리아는 눈을 껌뻑거리다가 얼굴을 환하게 폈다.

"기침이 안 나와! 콧물도 안 나오고."

나와 샌슨은 감탄한 얼굴로 그 프리스트를 바라보았다. 이루릴이 조용히 말했다.

"테페리의 권능에 닿아 계시는군요."

하이 프리스트는 근엄하게 고개를 끄덕이셨다.

"그렇소. 정말 테페리의 불행이지."

고개를 끄덕여야 되나?

테페리의 불행이라는 그 젊은 프리스트는 자신을 제레인트 침버라고 소개했다. 제레인트는 끝없이 싱글거리며 말했다.

"아, 그렇잖아도 이 신전의 밥 축내기 싫어서 순례 여행이나 떠날까 생각 중이었죠. 멋진 모험가분들과 함께 출발하게 되어 기분 좋습니다."

샌슨은 미소를 지으며 말했다.

"저, 우리들은 모험가가 아닙니다. 저희들은 그저 제레인트 님께서 델하파의 항구에서 무엇을 좀 확인해 주셨으면 합니다만. 그 후에는 다시 우리나라로 돌아갈 겁니다."

"그래요? 멋지군요! 나도 바이서스에 가보고 싶었습니다. 페어리퀸과 핸드레이크의 전설이 숨쉬는 땅에는 매력이 있어요. 빌붙는 거 같습니다만, 나도 도움이 될 겁니다. 바이서스까지만 좀 데려다 주시겠습니까? 그 후에는 포교 활동을 빙자하여 유람이나 다닐 생각입니다. 바이서스는 아름답겠죠? 짠바람은 이제 지겹습니다. 바이서스는 아마도 초목의 향기가 나는 땅일 것 같은데."

"예? 아…… 예. 원하신다면 그렇게 해드리죠. 바이서스는, 제 생각엔 아름다운 곳입니다."

"감사합니다. 정말 기쁘군요. 드디어 레브네인 호수를 보게 되다니, 꿈만 같습니다! 산중에 펼쳐진 바다요, 땅에 떨어진 하늘의 거울이라던가요? 정말 기대됩니다. 바이서스에는 테페리의 신자들이 많습니까? 종단 사정은 잘 모릅니다만 그쪽으로의 포교 활동에 대한 이야기는 많이 듣습니다."

"예. 그렇잖아도 저희들은 테페리의 프리스티스의 소개를 받고 찾아온 길입니다."

"멋지군요! 신의 지팡이가 당신들을 나에게 안내하고, 당신들은 날 모험 속으로 안내하겠군요!"

"아, 우리들은 그저……."

"야! 멋진 검이군요. 그렇지. 모험가들은 무기를 가지고 다녀야 되지요? 어디 보자. 난 무슨 무기를 들고 나간다? 다룰 줄 아는 무기가 아무것도 없는데요. 아, 샌슨은 전사지요? 무기 좀 골라주시겠습니까?"

"예? 아, 그렇게 해드릴 수 있긴 합니다만, 어디서 말입니까?"

"창고에 무기 비슷한 것들이 몇 개 있었던 것 같아요. 거기 숨어서 술 마시다가 본 것이라 기억이 정확한지는 모르겠네. 따라

오세요!"

그리고 제레인트는 곧장 샌슨을 잡아끌듯이 하고 달려나가 버렸다. 원 참. 정신 사나운 프리스트로다. 네리아는 그 모습을 보며 드러누운 채 킬킬거렸다.

"저 사람과 함께하게 된 이상…… 나 앞으로 말수가 줄어들 것 같아."

"하. 그렇군요. 그럼 몸조리 잘하세요. 난 이만 내 방에 가볼게요."

이루릴과 네리아에게 인사를 보내고 내 방으로 돌아와 드러누웠다. 신전의 침대라기보다는 왠지 고향 마을에 있는 우리집의 침대 같다. 나무로 튼튼하게 속을 채우고 짚으로 매트리스를 만들고 이끼를 잘 깐 다음 천으로 덮는, 완전 시골식의 침대였다. 흐음. 이런 건 정말 오래간만이야. 좋은 꿈을 꿀 수 있을 것 같은데.

그러나 잠이 들려고 하는 찰나에 요란한 소리가 나며 샌슨과 제레인트가 우리 방에 들어섰다. 제레인트는 들어서자마자 나에게 말했다.

"후치라고 했나? 봐. 이거 나에게 어울리냐?"

난 눈을 부비며 일어났고 곧 폭소를 터뜨렸다. 제레인트는 이 컴컴한 신전의 방 안에 황야의 분위기, 즉 거친 황야에서 드래곤과 대치중인 전사의 분위기를 만들어내었다. 굉장해. 어떻게 저런 무기를 들고 그런 분위기를 만들어내는 거지? 제레인트는 양손에 하나씩 블랙잭을 들고서는 팔을 거창하게 펴들고 그런 분위기를 만들어내고 있는 것이다. 블랙잭을 들고 드래곤과 대치라. 나쁠 건 없겠지. 아무리 그래도 여행길에 목숨을 담보하게 되는 무기로는 좀 적절치 못한 것 같다. 제레인트는 여러 가지 포즈를 잡아보면서 물었다.

"어때? 블랙잭의 제레인트라면 어떨까?"

나는 그런 황당한 칭호를 불러주기에 앞서 샌슨에게 말했다.

"샌슨, 도대체 어쩌자고 저걸 골랐지?"

"메이스나 플레일 멋진 것이 제법 되던데, 제레인트 씨가 도통 들지를 못하더군."

난 한숨을 쉬고는 제레인트에게 평했다.

"그거, 괜찮기는 한데 별로 도움은 안 되겠어요."

"다른 건 무거워서 안 되겠던데?"

"그걸 쓰려면 몸이 보통 빨라서는 안 될 텐데. 제레인트 씨는 빠르게 몬스터의 뒤로 다가가서 그걸로 뒤통수를 후려칠 자신이 있어요?"

"앗! 그렇구나! 이건 짧아서 접근해서 써야 되는 거지? 샌슨 씨, 갑시다!"

샌슨은 쓰다 달다 말도 못하고 또다시 제레인트에게 끌려갔다. 잠도 다 달아나버렸군. 난 제레인트의 무기 고르기 장면이나 구경할까 해서 그들의 뒤를 따랐다.

과연 제레인트가 우리를 데려간 곳은 신전의 구석에 있는 창고였다. 곡식 자루로 보이는 자루들이 쌓여 있었고 갖가지 약초무더기들과 여러가지 주머니들이 천장에 매달려 있어 창고 특유의 그윽한 냄새가 났다. 제레인트는 램프에 불을 붙이더니 농기구들과 함께 몇 가지의 무기들이 걸려 있는 곳으로 우리들을 데리고 갔다.

샌슨은 말했다.

"아까도 말했지만 역시 이게 제일 괜찮을 것 같은데요."

나와 제레인트가 동시에 고개를 가로저었다. 샌슨이 가볍게 들어올린 것은 아무리봐도 중량이 20파운드는 되어 보이는 메이스였다. 원 참. 난 샌슨에게 손을 내밀어 그 메이스를 받으려다가 발등 찍을 뻔했다.

"제레인트 씨는 샌슨처럼 오거가 아니니까…… 역시 무기는 긴 게 좋지. 제레인트. 저 스태프 어때요?"

"그래? 어디 들어볼까?"

제레인트는 씩씩하게 기다란 스태프를 들어올려 휘두르다가 곧 천장에 매달린 약초 무더기를 떨어뜨리고 말았다. 그래서 우리는 구시렁거리며 약초를 그러모아 다시 묶어 천장에 매달기 시작했다. 그 소동을 부린 탓에 곧 밖에서 누군가의 목소리가 들려왔다.

"안에 누구냐?"

"아, 접니다. 제레인트."

"또 거기서 술 마시고 춤 추는 게냐?"

나와 샌슨은 미심쩍은 시선으로 제레인트를 바라보았고 제레인트는 머쓱한 표정으로 말했다.

"자주 그러지는 않아요. 가끔."

"그러시군요."

창고 문을 밀면서 나타난 것은 늙수그레한 프리스트였다. 그는 우리들의 모습을 보자 의아해했고, 사정을 설명하자 곧 웃기 시작했다.

"제레인트 저놈은 농기구도 제대로 다루지 못하오. 그런데 언감생심 무기라니. 당신들이 측은하구려. 진심으로 테페리의 가호가 함께하길 기도해야겠소."

제레인트는 자신을 정확히 지정하여 말하는 이 비난에도 그저 빙글빙글 웃기만 했다. 이거……, 아무래도 이상한 사람을 동료로 하게 된 것 같다.

다음날 아침, 하이 프리스트는 제레인트와 함께 하게 된 우리 일행을 위해 특별 기도를 소집했고 그래서 우리는 더욱 우울한 마음으로 예배당에 앉아 있게 되었다.

기도의 내용이야 우리들의 여행을 축원하며 제레인트가 훌륭한 테페리의 지팡이로 성장하기를 기원한다는 교훈적이고도 품위 있는 내용이었지만, 제레인트는 싱글거리며 도반들과 잡담을 나누면서 우리들을 불안하게 만들었다.

"야, 제레인트. 모험 떠난다고?"

"그래, 자식아. 몇 년 후에 내 노래가 만들어질 거야."

"음. 제목이 그럴 듯하겠지. 제레인트의 파멸, 아니면 대륙의 불행 제레인트."

"부러우면 솔직히 부럽다고 말해, 임마."

이 엄숙한 기도 순간에 제레인트는 쉴 새 없이 소곤거렸고 그래서 하이 프리스트는 대로한 표정으로 기도를 빨리 마쳤다. 제레인트는 기도가 끝난 것도 모르고 잡담을 나누다가 다시 하이 프리스트의 신성한 응징을 받게 되었다. 따악!

수련사들과 프리스트들은 마당까지 나와서 우리들을 전송했다. 아무리봐도 제레인트와 함께하게 된 우리들의 불행을 슬퍼하는 듯한, 혹은 고소하다는 듯한 표정이어서 왠지 전송 분위기답지 않은 분위기였다. 그런데 제레인트는 어디로 간 거지? 하이 프리스트는 주위를 둘러보며 말했다.

"제레인트는 어디 있느냐?"

그때 저쪽에서 고함소리가 들려왔다.

"여기, 여깁니다! 지금 갑니다!"

고함소리가 들려오는 쪽을 보자 마구간에서 회색 노새 한 마리를 끌고 오는 제레인트의 모습이 보였다. 하이 프리스트는 기가 찬 표정으로 그를 바라보았지만 제레인트는 꿋꿋하게 노새를 끌고 와서는 하이 프리스트에게 당당히 말했다.

"선물 감사합니다!"

"이놈아, 그걸 가져가면 짐은 어떻게 나르라고!"

"제가 모험을 성공적으로 끝내면 틀림없이 대미궁의 침범자 제레인트, 혹은 아비스의 승리자 제레인트라고 불릴 겁니다. 혹은 발러의 불행 제레인트도 괜찮겠고. 그럼 제가 그 고대의 보물들을 모조리 교단에 바칠 텐데, 이까짓 노새 한 마리가 문제인가요? 투자를 해야 얻는 것이 있죠."

샌슨은 기이한 신음소리를 내었고 네리아는 갑자기 에보니 나이트호크의 발굽을 매섭게 노려보았다. 웃음을 참느라 그러는 것이다. 아무래도 저 제레인트는 이것을 옛노래에 나오는 모험의 시작으로 생각하는 모양인데. 그는 우리들이 그에게 대단히 현실적인 요구가 있어 찾아왔다는 것을 깨끗이 무시하고는 우리들을 그저 모험가로 생각하는 모양이다. 발러의 불행이라고? 맙소사. 아비스의 미궁에 들어갔다가 죽을 뻔했던 터커 일행이 생각나는군.

하이 프리스트는 머리가 아프다는 표정으로 말했다.

"가져가라. 가져가. 내가 잘못 생각했다. 네놈을 쫓아내는 대가로 노새 한 마리는 너무나 싸다. 가져가."

"감사합니다!"

"멍청한 놈. 너 주려고 준비한 선물은 따로 있었는데 고작 노새냐. 그럼 그 노새를 가져가고……."

"어서 주세요."

제레인트는 빠르게 손을 내밀었고 하이 프리스트는 그 손을 씹어먹을 듯이 노려보았다. 하지만 제레인트는 싱글거렸을 뿐이다. 하이 프리스트는 질린 표정으로 로브 자락에 손을 집어넣더니 곧 디바인 마크 하나를 꺼내었다. 제레인트의 눈이 커졌다.

하이 프리스트는 그 디바인 마크를 찰싹 소리가 나도록 세차게 건네주며 말했다.

"가지고 꺼져라!"

제레인트는 멍하니 자신의 손에 놓인 디바인 마크를 바라보았다. 그건 사만다가 가지고 있던 것과 모양은 비슷했지만 그것보다 훨씬 정교하고 아름다우며 보석으로 장식까지 되어 있는 물건이었다. 제레인트는 갑자기 울먹거리기 시작했다. 오, 맙소사!

"흑, 흐윽. 이건 하이 프리스트가 교단 본부에서 선사받으신…… 감사합니다."

"시끄럽다. 어서 가거라."

"예. 하이 프리스트. 흐윽. 테페리의 뜻에 어긋나지 않는 지팡이가 되겠습니다."

"테페리의 분노나 일으키지 않으면 다행이다. 이놈아."

하이 프리스트의 눈시울도 붉어지기 시작했다. 정말 못 말릴 사람들이다. 산 위에 틀어박혀 사는, 게다가 종교적인 이유로 낙천적인 사람들이라서 그런가? 다른 수련사들도 매우 감동적인 표정으로 그 광경을 바라보고 있었고 그래서 속물들에 가까운 나와 샌슨, 네리아는 매우 거북한 표정을 짓게 되었다. 물론 이루릴은 따스함이 넘치는 미소를 지어보였다.

결국 제레인트는 거의 반강제적으로 얻어낸 노새에 올라타고는 우리들과 함께 출발하게 되었다. 참으로 화창하고도 맑은 겨울날 아침, 괴상한 전송을 받으며 시작된 출발이었다.

"다시는 오지 마라!"

"오면 가만 두지 않는다!"

"꼭 돌아오려거든 로브를 뒤집어 입고 신발을 벗어 입에 물고 '날 때리시오.' 라고 적힌 팻말을 등에 걸고 돌아와라!"

제레인트는 그러한 환송의 말에 일일이 응수해 주느라 시간을 많이 잡아먹었다. 어쨌든 간신히 출발은 하게 되었다. 샌슨은 앞으로 우리 여행에 있을 암담한 미래에 대해 깊은 고뇌에 빠진 표정이 되었다.

노새가 끼여 있어서 어제처럼 빠르게 달리지는 못했다. 제레인트는 노새 위에서 스태프를 들고서 랜스 차지의 모습을 흉내내어 보였지만 그런다고 해서 노새가 달려줄 까닭은 없다. 그 고집스러워 보이는 회색 노새는 위에 타고 있는 사람이 무슨 짓을 하든, 바로 옆에 자신의 두 배는 되어 보이는 거마들이 걷고 있든 어쩌든 상관하지 않고 꿋꿋이 자신의 속력을 지키고 있었다.

제레인트는 쉼없이 이야기를 해서 우리는 알기 싫어도 그에 대해 많은 것을 알게 되었다.

그는 항구의 보통 소년이었다. 폭풍우가 치는 바다를 바라보며 새하얗게 질려버리는 어머니를 보며 세월을 헤던 것이 멈춰지곤

하던 항구의 소년. 어머니는 항상 출항한 아버지가 돌아오지 못할 것을 두려워했다. 결국 어느 날 아버지는 돌아오지 않았고, 어머니는 침대에 누웠다가 얼마 있지 않아 무덤 속에 몸을 누이게 되었다. 제레인트는 바다를 한 번 흘겨보고는 산으로 들어갔다. 그래서 그는 산중의 테페리의 신전에서 자라나게 되었다.

결국 그의 인생 경험은 대개 테페리의 신전에서 읽은 책과 소설 등을 통한 간접 경험의 총괄이게 되었다. 그래서 그의 남성관은 소설 속의 남성들처럼 정의롭고 씩씩한 불굴의 남성이었고 그의 여성관은 모두 아름답고 상냥하고 우아한 여성이었다. 매일처럼 계속된 신앙의 생활은 그의 그런 소박한 감성들을 더욱 고착시키는 결과를 낳았다. 그에겐 생각할 시간이 많았기 때문에, 생각이 고착되는 것도 훨씬 간단한 것이었다.

희한하게도, 신앙의 독특함 때문에 그는 자신의 마음 속의 세계관과 괴리를 일으키는 현실의 모습에 고통을 느끼지는 않았다. 그의 생각을 간단히 요약하면 결국 이런 것이다.

'결국, 모든 사람들은 다 착하고, 언제든 남을 도울 준비가 되어 있다. 기회가 온다면 그들은 언제든 남을 도울 것이다.'

소박하지만 오히려 단단한 믿음이었다. 네리아는 미소를 지었지만, 노새에 타고 있는 제레인트는 네리아의 허리에 눈을 보내게 되는지라 네리아의 미소를 보지 못한 채 이야기하게 되었다.

"그런데 내가 확인할 것은 도대체 무엇입니까? 궁금한데요."

샌슨은 잠깐 고개를 돌려 제레인트를 바라보더니 고민하는 표정이 되었다. 그 이야기를 들려줄 것인지 어떤 것인지 고민하는 모양이다. 샌슨은 날 바라보았다.

"어쩔까?"

"말하지, 뭐. 내가 할까?"

"흠. 그래. 네가 잘못 말하면 내가 막지."

"괜찮군."

우리들의 대화를 들으며 제레인트의 눈은 빠르게 왔다갔다했다. 뭔가 대단히 재미난 일을 기대하는 악동의 눈이었다. 그것 참. 난 입을 열었다.

"그러니까…… 에, 제레인트 씨. 크라드메서라는 드래곤의 이야기를 들어보셨어요?"

제레인트의 얼굴이 허옇게 질려버렸다.

"테페리의 이름으로! 그 드래곤을 잡으러 가는 거야? 드래곤 슬레이어가 되려고……."

"아니오! 도대체 무슨 생각을 하시는 겁니까?"

"어, 아냐? 아, 날 걱정해서 거짓말을 할 필요는 없어. 깊은 땅 밑, 공포가 살갗에 스치는 바람이 되어 휘몰아치는 드래곤의 굴에서라도 테페리의 가호가 나와 함께한다. 사실대로 말해. 두려움 때문에 동료를 버리고 도망가지는 않아."

제레인트의 장엄한 얼굴이 퍽이나 아름다웠다.

"……당신은 안 두려울지 몰라도 우린 두려워요. 어쨌든 크라드메서에 대해서는 아는 모양이군요."

"어, 그러니까 너희 나라를 완전히 쑥밭으로 만들었다는 이그누스 드래곤 아니야?"

"예. 그렇다면 드래곤 라자라는 존재에 대해서도 아시죠?"

"물론이지. 드래곤을 부리는 사람 아니야?"

"예? 어…… 뭐, 그렇게 말할 수도 있긴 하지만. 어쨌든 드래곤 라자가 없는 드래곤은 위험하다는 것도 잘 아시겠지요?"

"그래그래. 음. 이거 무서운 이야기가 될 것 같은데?"

제레인트의 얼굴은 전혀 무서워하는 얼굴이 아니어서 그 말이 내겐 아주 이상하게 들렸다. 어쨌든 난 한숨을 푹푹 쉬어가며 노새 위의 프리스트에게 설명했다.

"우리는 어떤 경로를 통해서 크라드메서가 조만간에 다시 활동기에 접어들 것이라는 것을 알게 되었습니다."

제레인트는 얼빠진 목소리로 말했다.

"말도 안 돼!"

제레인트의 비명 같은 고함소리. 난 고개를 끄덕여주었다.

"예. 참으로 안타까운 일입니다만……."

"그게 아니고! 크라드메서가 벌써 일어날 까닭이 없어. 크라드메서가 사람처럼 불면증이라도 걸렸단 말이야?"

이번엔 나와 샌슨이 얼빠진 얼굴이 되었다. 샌슨은 당황한 얼굴로 제레인트에게 질문했다.

"그게 무슨 말입니까? 제레인트 씨의 생각으로는 수면기가 너무 짧다는 말입니까?"

"예. 수면기에 들어선 것이 언제라고 벌써 일어나다니…… 아! 그래서 드래곤 라자를 찾으시는 거군요? 알았습니다. 이해했습니다. 흠. 그러므로 제가 확인해야 되는 것은……."

난 팔을 마구 휘둘러 제레인트의 말을 막고 말했다.

"잠깐! 잠깐만요. 제레인트 씨가 이해했다는 것은 다행입니다만 안타깝게도 우린 아직 이해하지 못했어요."

"뭐가?"

"크라드메서가 벌써 일어난다는 것은 말이 안 된다고요?"

"응. 말이 안 되지. 크라드메서가 어떤 드래곤인데 벌써 활동기에 들어가? 그렇다면 이유는 한 가지뿐이지. 드래곤 라자의 존재를 느끼고 깨어나는 거겠지."

"존재를…… 느낀다?"

제레인트는 우리들의 얼굴을 전부 한 번씩 둘러보고는 고개를 갸웃거렸다.

"모르는 모양이네요?"

"더 슬픈 건 모른다는 사실도 모르는 거지요. 도대체 무슨 말이죠?"

"별로 어려울 것은 없어. 크라드메서가 깨어날 때가 아닌데도 깨어난다는 것은, 드래곤 라자가 그를 부른다는 말이잖아?"

"드래곤 라자가 부른다? 그렇다면 크라드메서의 드래곤 라자가 벌써 대륙에 존재한다는 말입니까?"

"그렇지 뭐. 어? 그럼 당신들은 크라드메서의 드래곤 라자를 찾는 거 아니신가?"

"마, 맞기는 맞는데 순서가 반대네요."

"순서가 반대라고?"

"우리는 크라드메서가 깨어나는 것을 알게 되고는 그를 진정시키기 위해 그의 드래곤 라자를 찾는 겁니다."

제레인트는 기분좋게 웃었다.

"아, 그래? 순서는 반대지만 결과는 같네. 그게 바로 테페리의 갈림길이지! 갈림길은 갈림길 그 자체이지 결과가 아니야. 갈림길 때문에 결과를 잊으면 곤란하지. 우리 신전에 정문이 두 개 있던 것 기억나나?"

제레인트의 만사 태평식의 웃음을 뚫고 샌슨이 다급하게 질문했다.

"잠깐만요, 제레인트 씨. 그렇다면 드래곤 라자는 벌써 자신이 드래곤 라자인 것을 알고서 드래곤을 부른다는 겁니까?"

"그렇지는 않겠죠. 그 라자는 스스로가 어떤 사람인지를 알지는 못하겠지요. 오히려 잠들어 있던 크라드메서가 그 라자의 존재를 느끼고 깨어난다는 것이죠."

"아, 그렇습니까?"

그때 이루릴이 말했다.

"문제가 복잡해지는군요."

우리는 모두 이루릴을 쳐다보았다. 이루릴은 생각을 하며 말하는 듯한 얼굴이었다.

"크라드메서의 웨이크닝이 다름아닌 드래곤 라자의 존재를 느꼈기 때문이라면……, 그는 깨어나자마자 드래곤 라자를 찾아가겠군요. 그렇다면 우리가 찾을 필요가 없지 않나요?"

"예?"

샌슨은 놀라서 말고삐를 떨어뜨렸지만 난 놀란 나머지 제미니의 옆구리를 걷어차고 말았다. 그래서 한참 달려갔다가 다시 돌아와야 했다.

샌슨은 침착하려고 애쓰면서 다시 말했다.

"제레인트 씨. 도대체 어디서 그런 지식들을 얻으셨습니까?"

"글쎄요? 어느 책에서 읽은 건데 어느 문헌이었는지는 기억나지 않는군요. 신전이라는 곳이 얼마나 많은 책이 오가는지는 짐작하지 못하시겠지요? 책이라고 하면 마법사를 떠올리기 쉽겠지만 마법사들은 오히려 책을 별로 읽지 않아요. 그들이 보는 것은 어려운 책들뿐이죠. 하지만 성직자들은 세상을 순례하면서 별의별 책을 다 접하게 되고 그래서 신전으로 그러한 책들을 가져오게 되지요. 물론 떠나갈 때 그런 책을 가지고 떠나가기도 하고…… 신전은 책의 사거리 같은 곳이죠. 많은 책이 있긴 하지만 머무는 책은 적은."

"그렇다면 그 생각이 정확한 것인지 아닌지 확신할 수 있습니까?"

"어…… 중요한 일이니까 서투른 확신은 삼가해야겠죠?"

"확신할 수 없으신가 보군요."

"예. 미안합니다만."

제레인트는 고개를 조아리며 말했다. 샌슨은 다시 깊은 고민에 빠졌다. 그는 고개를 주억거리며 말했다.

"이야기가 겉돌았군요. 원래 우리 계획대로 진행합시다."

"원래 계획이라는 것은 참 좋은 거예요. 비록 내가 그것을 자세히 알지는 못한다 하더라도."

제레인트의 말에 샌슨은 웃으며 말했다.

"예. 우리는 드래곤 라자일 가능성이 높은 어떤 소녀를 찾아가는 길입니다. 당신이 그 소녀가 드래곤 라자인지 확인해 준다면, 우리는 그 소녀를 데리고 갈색 산맥으로 크라드메서를 찾아갈 생각입니다."

"멋지군요! 알았어요."

이루릴은 샌슨을 쳐다보았고 그래서 샌슨은 설명했다.

"크라드메서가 스스로 드래곤 라자를 찾아간다면 다행한 일이긴 합니다. 하지만 제레인트 씨의 말에 의하면 확실치 않은 일입니다. 따라서 무조건 희망을 가지고 있기보다는 할 수 있는 행동을 계속 취해야겠습니다."

"알았습니다. 옳은 말입니다."

네리아가 처음으로 입을 열었다.

"헤이! 결국 델하파로 달려간다는 이야기지? 그럼 가자고! 이랴!"

"잠깐! 노새를 탄 사람도 생각해 줘요!"

점심 시간까지 아껴가면서 우리는 델하파로 달려갔다. 그래서 짧아진 해 안에 간신히 델하파에 들어설 수 있었다. 제레인트는 자신이 4인의 기사와 함께 달려온, 전무후무한 노새의 기수라고 생각하게 되었다. 하지만 그의 생각은 별로 중요하지 않았다. 난 언덕바지에서 탁 트인 수평선을 바라보며 가슴 깊이 짠바람을 불어넣었다. 후우우우욱!

딱! 켈록, 켈록, 누구야? 네리아가 등을 치는 바람에 사레가 들릴 뻔했다. 눈을 홉뜨면서 네리아를 돌아보니 네리아는 얼굴이 멍해진 채 한 방향을 가리키고 있었다.

"후치야, 후치야! 저거, 저 배 좀 봐! 궁궐보다 더 크다!"

네리아가 가리킨 것은 항구 한켠의 도크에서 건조중인 거대 범선이었다. 허, 땅 위에 올려놓고 보니 정말 큰데? 그 옆에서 꼬물거리고 있는 것이 사람이라는 말이지? 우와, 말도 안 나온다! 그 옆의 다른 건물들 지붕이 모두 그 배의 허리춤에도 못 올라가고 있었다. 띵깡, 탱! 띵깡, 탱! 멀리서부터 바람을 타고 들려오는 망치질 소리가 경쾌하다. 도크 한켠에는 아예 노천 용광로가 만들어져 있어 그곳에서 배에서 사용되는 각종 철 부품과 의장들을 만들어내고 있었다. 그리고 다른 편에는 산더미 같은 목재와 나무통이 쌓여 있었다. 정말 많아도 너무 많다.

제레인트가 웃으며 말했다.

"배를 만드는 것은 세계의 창조를 이해하는 데 가장 도움이 되는 것이라고 했던가요. 항해중인 배는 바다로 완전히 둘러싸인 고립된 세계, 그 안에서 모든 선원들의 생활을 처리해 내어야 되지요. 100명 이상이 타는 배는 확실히 거의 세계를 설계하는 기분으로 만들어야 된다고 하더군요."

이루릴은 배를 바라보며 말했다.

"아름답군요. 세계의 축소판이라……."

샌슨 역시 감동받은 눈으로 그 배를 바라보고 있었다. 성이나 궁전이 거대한 것은 그렇게 이상하지도 않다. 하지만 저 거대한 것은 움직이는 물체다. 저렇게 커다란 것이 물 위에서 떠서 움직이다니, 정말 머리가 이상해지는 느낌이다.

"배는 어째서 가라앉지 않는 거지?"

내 혼잣말에 네 사람이 동시에 대답했다.

"배니까."

"뜨게 만들어져 있으니까."

"가라앉고 있기 때문에."

"물이 받치고 있으니까."

난 나머지 일행들이 서로를 쳐다보는 것을 보며 히죽 웃었다.

"자, 내려가죠! 어느 술집이죠?"

이루릴의 안내를 받아 우리는 델하파의 항구로 들어섰다. 항구도시 주변을 둘러싼 얕은 성이 보였고, 성은 도시보다 약간 높은 곳에 위치하고 있었기 때문에 우리는 성벽을 따라 걷는 동안 도시의 전경을 잘 감상할 수 있었다. 마치 그릇 가장자리를 따라 걸으며 그릇 밑바닥에 있는 것들을 보는 기분이었다.

성문을 통과하는 것은 간단했다. 엘프도 있는데다가 성직자도

끼여 있어 아무도 우리를 의심스럽게 바라보지는 않았다. 성문 경비병들은 우리를 검문하지도 않고 통과시켜 주었다. 하긴 이 나라는 우리나라처럼 전시에 있는 것도 아니지. 우리들 외에도 많은 수의 상인들과 여행객들이 성문을 통과하고 있었다.

포석이 잘 깔린 길을 따라 다가닥거리며 걷자 점점 낮은 지형으로 들어서게 되었다.

항구의 사나이들은 확실히 분위기가 달랐다. 날씨가 꽤 쌀쌀한데도 모두들 두꺼운 선원용 외투를 어깨에 둘러매거나 아예 셔츠 하나만 입고 돌아다니고 있었다. 일단 짠바람 부는 곳이라 그런지 철제 갑옷 같은 것은 구경할 수도 없었다. 모두들 덥수룩한 수염을 기르고 대부분 머리에 선원모나 수건을 얹고 있는데 그 눈가에는 역풍 속에서 항로를 바라보느라 생긴 잔주름들이 가득했고 꽉 다물린 입술은 당장이라도 술병 마개를 씹어 부술 것 같은 강인함이 느껴졌다. 덩치들이 모두 이만저만 큰 것이 아니었다. 샌슨이 보통 체격으로 보일 정도이니……. 네리아는 감동적인 얼굴로 주위를 둘러보았다.

"모두들 대단히 크다아?"

"뱃일은 힘들 테니까."

샌슨은 간단히 대답했고 네리아는 입술을 삐죽거렸다. 그때 제레인트가 대답했다.

"대해원의 시련을 생활로 여기는 사나이들이니까요."

"그 대답이 한결 마음에 드네."

이루릴은 주위를 둘러보고 있었다. 이곳의 사나이들은 바이서스와는 달리 엘프에는 그다지 신경도 쓰지 않았다. 엘프는 숲의 종족이었지. 저들은 바다의 사나이들이고.

이루릴은 곧 고개를 끄덕였다.

"기억나는군요. 이쪽 길이에요."

이루릴은 우리들을 안내하기 시작했다.

항구의 건물들은 모두 꽤 단단해 보였다. 일스 공국에 들어오면서부터 계속 느끼는 것인데 벽이 정말 두껍다. 바닷바람 때문인가? 그리고 건물들이 대개 땅딸막해 보인다는 것도 특징이라면 특징이었다. 곳곳에서 비릿하게 풍겨오는 생선 냄새, 그리고 우리들의 눈을 휘둥그레지게 만드는 각종 해산물들이 보였다. 여러 명의 사나이들이 괴상하게 생긴 물고기(?)를 들고 가는 모습을 보고 네리아는 질겁을 했다. 저게 물고기 맞나? 생긴 것은 휘우듬하고 멋진 날개가 양쪽에 붙어 있어 거대한 방석처럼 생겼는데 마치 창처럼 생긴 꼬리가 뒤에 길죽이 나 있었다. 네리아는 그것이 그대로 날아와 덮칠지도 모른다는 표정으로 말했다.

"무, 무슨 물고기가…… 물고기 맞나?"

제레인트는 히죽 웃으며 설명했다.

"저건 바다의 악마군요."

"악마요?"

"가오리입니다. 바다의 악마라는 것은 선원들이 부르는 별명이지요. 저 거대한 날개를 펼치면서 간혹 바다 수면 위를 날아다닌답니다. 그럴 때 보면 영락없이 검은 망토를 두른 바다의 악마지요. 이 계절에는 잘 잡히지 않는 물고기인데, 아마도 자이펀 해쪽의 원양 항해에서 잡아온 것인가 보군요."

자이펀해라. 흠. 하긴 여기는 일스 공국이니까 얼마든지 자이펀 해 쪽으로 항해할 수 있겠지. 이루릴 역시 놀란 눈으로 그 가오리라는 물고기를 바라보다가 다시 우리들을 안내했다.

사람보다 바람이 더 많이 다니는 포석길을 따라 한참을 걸었다.

삐이걱.

바람에 간판이 삐걱거리는 펍이 보였다. 간단한 2층 건물로 간판에는 웨일스 본야드라고 적혀 있었다. 고래의 묘지라고? 샌슨은 말에서 내려 펍 앞에서 잠시 주춤거렸다. 말을 매어둘 말뚝이 없는 것이다. 샌슨은 안을 향해 외쳤다.

"이거 보셔, 주인장! 웨일스 본야드에 주인장 계십니까? 말은 어디다 묶으면 되오?"

"네! 잠시 기다리세요!"

안에서 짜랑짜랑한 소녀의 목소리가 들려왔다. 이 묵직한 항구도시에서 듣기엔 왠지 맑아서 이상한 목소리였다. 우리는 그 소녀의 목소리에 크게 긴장할 수밖에 없었다. 소녀의 목소리라? 그렇다면?

이윽고 문이 열리며 안에서 10대 후반쯤으로 보이는 소녀가 달려나왔다. 간단한 모직 원피스를 입고 앞치마를 두른 소녀였다. 소녀는 머리를 질끈 묶고 있었고 우리는 그 머리를 뚫어져라 노려보기 시작했다.

타는 듯한 붉은 머리였다.

소녀는 먼저 우리 일행을 보고는 크게 놀라는 표정을 지었다. 아무래도 우린 외국인이니까 복장에서부터 여러 가지로 많이 달라보이겠지. 한편 우리는 그 소녀의 머리카락을 보며 크게 긴장하고 있었다. 그래서 잠시 동안 아무도 말을 못 꺼내고 있었다.

네리아가 먼저 말했다.

"안녕하세요?"

꼭 적당하다고는 할 수 없지만 그래도 특별히 흠잡을 것도 없는, 상당히 무난한 말이었다. 소녀도 그제야 자신의 역할을 알아차린 듯이 말했다.

"아, 안녕하세요? 전에 오신 분이군요?"

소녀는 이루릴에게 말했다. 이루릴은 미소를 지으며 대답했다.

"절 기억하세요?"

"예. 엘프분이시니까요. 그런데 다른 분들은 처음 뵙네요."

제레인트가 냉큼 말했다.

"아, 난 일스 사람이고 이분들은 저 전설이 숨쉬는 초원의 땅 바이서스에서 오신 손님들이오, 아가씨."

전설이 숨쉰다고? 헤헷? 그 소녀는 곧 선망의 눈초리로 우리들을 바라보았다. 그러다가 갑자기 자기 이마를 가볍게 치고는 말했다.

"아, 말을 데리고 절 따라오세요. 일스는 항구라 말들이 별로 없긴 하지만 저희 펍에서는 마구간을 만들어두었지요. 말들은 바람을 싫어하지요? 마구간을 뒤쪽에 만들어두었어요."

"아, 예."

우리는 긴장된 걸음걸이로 그 소녀를 따라 걸어갔다. 건물 뒤편을 돌아가니 그런대로 마구간처럼 보이는 곳이 있었다. 흠. 그 소녀는 여기가 썩 훌륭한 마구간이 아니냐는 눈으로 바라보았고 우리는 그래서 참으로 대단한 마구간이라는 표정을 지어주었다. 우리 말들의 속마음은 어땠는지 모르지만.

말들을 매어두고 다시 건물 안으로 들어섰다. 들어서자마자 네리아는 입을 쫙 벌렸다.

"히야아아……!"

건물 안은 온통 거대한 뼈와 이빨로 장식되어 있었다. 왜 웨일스 본야드인지 알 것 같다. 아마 고래뼈인가 보다. 마치 건물의 기둥처럼 벽에는 거대한 갈빗대(그 갈빗대를 보자 고래가 얼마나 큰지 알 수 있었다.)가 세워져 있었고 옷걸이 대신 커다란 이빨이 나란히 꽂혀 있었다. 바를 보자 정말 할말이 없어졌다. 바에서 식당으로 통하는 문은 거대한 머리뼈(아마 고래 머리뼈겠지.)로 장식되어 있어 주방으로 통하는 입구는 마치 고래 뱃속으로 들어가는 느낌이 들도록 되어 있었다. 장관인걸?

안에는 두세 명의 손님들이 앉아 있을 뿐 한산했다. 아마 선원일 것이라고 생각되는 그 사람들은 모두 엄청나게 독해 보이는 시커먼 술을 마시고 있었는데, 모두 별 말도 없이 조용했다. 그들은 우리들이 들어섰는데도 쳐다보지도 않았다.

그 소녀는 재빨리 빈 테이블 하나를 행주로 훔치더니 우리들을 앉게 했다.

"뭘로 주문하시겠어요?"

샌슨은 떨떠름한 표정으로 말했다.

"이 펍이 자랑할 만한 술이 뭡니까?"

"어떤 술이든 다 좋아요. 아, 제가 마셔보지는 않아서 잘 모르겠지만 손님들은 다 좋아해요."

"맥주 있습니까?"

소녀는 재미있다는 표정으로 우리들을 바라보았고 그래서 우리는 의아해졌다. 소녀는 말했다.

"역시 초원의 나라에서 오신 분들이군요. 일스에선 맥주보리가 자라지 않아요."

"아, 그렇겠군요. 음. 그럼 저기 저분들이 마시는 걸로 주세요."

이루릴은 웃으며 말했다.

"저는 전에 마시던 걸로. 기억하세요?"

"와인이죠? 물론이에요."

그러자 네리아와 제레인트도 와인을 주문했다. 거 참 호기심도 없군 그래. 난 샌슨과 마찬가지로 '저기 저분들이 마시는 것.'이라는 기다란 이름의 술을 주문했다.

소녀는 뽀르르 달려갔다. 그 새에 샌슨은 재빨리 낮은 목소리로 말했다.

"자, 확실한 거 같지? 10대 후반이고, 머리카락은 정말 붉은데?"

네리아는 고개를 끄덕이며 말했다.

"그럼 이제 고아인지 확인하면 되겠네?"

그러자 이루릴이 뭐라고 말하려 했다. 그러나 샌슨은 재빨리 말했다.

"아, 걱정 말아요. 이루릴. 우리 중엔 그럴 사람이 정해져 있으니까. 어이, 후치야? 너만 믿는다."

"엉? 무슨 말이야?"

"수단과 방법을 가리지 말고 고아인지 확인해."

"왜 나야?"

"네가 우리 중 제일 얼굴이 두꺼우니까."

샌슨은 왜 저리도 아이들과 이야기를 나누는 것을 어려워할까. 게다가 저 소녀는 이제 아이라 부를 수도 없이 다 큰 처녀인데. 제레인트는 우리들의 대화를 보며 얼떨떨한 표정을 지었다. 난 샌슨에게 푸념 섞인 표정을 지어주고는 고개를 끄덕였다. 그리고 이루릴은 난처한 표정을 지었다. 헤헷. 고아냐고 물어보는 것이 어려운 일이긴 하지.

잠시 후 그 소녀는 소반을 받쳐들고 와서 잔을 내려놓았다. 샌슨은 좀 과장되게 나에게 눈짓을 보내었고, 난 그 소녀에게 말을 걸었다.

"아, 저, 지금 바쁘신가요?"

"예? 아뇨. 별로 바쁘지는 않은데요."

"우리는 여행자들이거든요. 그래서 델하파의 이것저것에 대해 궁금한 것이 많아요. 좀 물어봐도 될까요?"

"그러세요, 얼마든지."

그렇게 말하며 소녀는 의자를 끌어와 앉았다. 그러자 저쪽의 바에서 주인으로 짐작되는 중년 남자가 흘깃 우리 쪽을 바라보며 말했다.

"이봐! 손님들을 번거롭게 만들지 말라고 했잖아!"

그러자 소녀는 기세 좋게 말했다.

"시끄러워요! 아빠는 조용히 해요! 여기 외국 손님들이 뭘 좀 물어볼 게 있다고 그랬단 말이에요!"

그러자 주인은 피식거리며 다시 자기 일로 돌아갔다. 그런데 아빠라고? 샌슨은 맥이 탁 풀리는 표정을 지었다. 오우, 젠장! 이 먼 일스까지 찾아왔는데 아니라니. 네리아는 짜증 섞인 표정으로 이루릴을 바라보았다. 그러나 이루릴은 여전히 무표정했다. 허, 이것 참. 나도 기운이 쭉 빠졌지만 그렇다고 말을 걸어놓고 그만둘 수는 없었다. 난 체념한 표정으로 말했다.

"난 후치라고 해요. 후치 네드발."

소녀는 웃으며 말했다.

"흠. 바이서스의 이름은 신기하네요. 아, 이상하다는 의미는 아니에요. 저, 좀 낯설다는 거지요. 난 레니예요."

"레니라. 멋진 이름이네요. 그런데 성은 뭐지요?"

레니는 살짝 웃으며 말했다.

"성은 없어요. 고아거든요."

6

나도 놀랐지만 샌슨은 정말 감탄한 표정을 지었다. 샌슨은 레니의 뒤통수 쪽에서 나에게 엄지손가락을 내밀어 보이며 소리없이 환호를 보내었고 그 얼굴을 보느라 난 하마터면 웃어버릴 뻔했다. 네리아는 환한 얼굴이 되더니 이루릴에게 미안한 표정을 지었고 이루릴은 살포시 미소를 지었다. 아하! 그녀는 알고 있었구나. 그래서 아까부터 말하려 했던 것이군.

난 기운이 펄펄 나서 질문했다.

"아, 미안합니다. 아까 저기 저분을 아버지라고 부르지 않았어요?"

"예. 진짜 아버지는 아니에요. 저분이 절 맡아서 키워주셨거든요. 그래서 그렇게 부르는 거예요."

"아, 그럼 레니 양의 친부모는 어떻게 되었는데요?"

"저도 잘 몰라요. 전 어릴 때 이 항구에 어떻게 들어왔대요. 어디서 나타난 여행자가 절 데리고 왔대요. 그 여행자도 제 부모는 아니었는데, 어머, 죄송해요. 제 이야기를 늘어놓았군요."

"아뇨, 괜찮아요. 계속하세요."

"예? 아, 예. 별로 대단할 것도 없는 이야기인걸요. 그 여행자는 이 펍에 절 맡겨놓고는 배를 타고 떠났대요. 그러곤 돌아오지 않았어요. 헤헤. 흔한 이야기지요?"

레니는 자신의 우울한 과거 이야기를 하면서도 미소를 지었다. 단단한 아가씨로군. 바닷바람이 그녀를 그렇게 만들었을까?

"레니라는 이름은, 그럼?"

"그 여행자가 절 그렇게 불렀대요."

여행자라……. 도대체 어떤 여행자인 걸까? 흠. 어쨌든 이젠 확인의 순간이군. 샌슨과 네리아는 누가 보면 우리들에게 덮쳐들려고 작정하고 있다고 판단할 정도로 긴장된 표정을 짓고 있었다. 난 짐짓 목소리를 깔면서 말했다.

"저, 레니. 잠시 실례 좀 해도 될까요?"

"예? 무슨 말씀이죠?"

"사실, 우리는 어떤 소녀를 찾고 있어요. 고아 소녀지요. 우리는 여기 엘프분의 말을 듣고 바로 당신을 찾아왔어요."

"예?"

레니는 크게 당황한 표정을 지었다. 난 그녀가 생각할 틈을 주지 않고 말했다.

"놀라지 말아요. 우리는 어쩌면 당신이 우리들이 찾던 그 소녀일지도 모른다고 생각했어요. 그래서 여기까지 찾아온 겁니다."

"저, 저를요?"

레니는 크게 놀라서 어쩔 줄을 모르는 표정이었다. 어떻게 진정시켜야 되지? 에라, 그냥 밀고 나가자.

"우리는 절대로 이상한 사람들이 아닙니다. 그 소녀를 꼭 찾아야 되는 임무가 있어요. 그런데 우리가 그 소녀에 대해 알고 있는 것은 붉은 머리이고, 10대 후반이며, 그리고 고아라는 겁니다."

"저, 저랑 같네요?"

"예. 그래서 이 머나먼 일스 공국까지 찾아온 겁니다."

"저, 왜 그 소녀를 찾는데요?"

"그건 지금으로선 말씀드릴 수 없습니다. 아직은 당신이 그 소녀인지 확실하지 않아서 말이죠."

"그럼, 그럼 어떻게 절 확인하실 거죠? 전 어릴 때의 기억 같은 것은 없어요. 뭔가 증거가 될 만한 물건을 가지고 있지도 않고……."

난 제레인트를 가리키며 말했다.

"여기 테페리의 프리스트가 계시지 않습니까."

제레인트는 놀라는 표정으로 날 바라보았다가 다시 레니를 바라보았다. 레니 역시 날 바라보았다가 제레인트를 바라보았다. 그 모습이 내겐 너무 우습게 보였지만 난 엄숙하게 말했다.

"테페리의 프리스트께서 그 디바인 파워로 당신을 확인하실 겁니다."

제레인트는 먼저 레니에게 좀 어설픈 미소를 지어주고는 다시 날 쳐다보았다.

"어, 후치. 그러니까 뭘 확인하면 되는 거지? 이 소녀가 너희 일행이 찾는 그 소녀인지를 확인하면 되는 거야?"

"예. 그래요."

그때 레니가 재빨리 말했다.

"저, 설마 아프거나 한 것은 아니지요? 무슨 준비를 해야 된다거나……."

그러자 제레인트는 웃으며 말했다.

"아뇨. 그런 것은 없습니다. 벌써 끝났으니까요."

"끝났다고? 벌써?"

네리아가 놀라서 외쳤다. 레니도 놀라는 표정으로 제레인트를 바라보았다. 제레인트는 히죽 웃으며 고개를 끄덕였다.

"모르겠어요."

"뭐라고?"

이건 샌슨의 놀라는 목소리다. 나도 놀란 눈으로 제레인트를 바라보았다. 주점의 다른 손님들이 의아한 표정으로 우리들을 바라보다가 다시 자신들의 관심사로 돌아갔다.

제레인트는 웃음을 거두며 진지한 얼굴로 말했다.

"모르겠어요. 아무런 생각도 떠오르지 않는데요? 아마 당신들의 질문이 잘못된 것 같아요."

"질문이 잘못되었다니요? 그게 무슨 말이죠?"

"당신들은 정확하게 어떤 사람을 찾고 있지요? 붉은 머리 소녀, 10대 후반, 고아의 소녀라면 내게 물어볼 것도 없이 확실하게 이 소녀가 맞아요. 테페리께서 날 통해 확인할 필요도 없지요."

샌슨은 어이없는 표정을 지었다. 그때 이루릴이 말했다.

"아……, 그렇군요. 그렇다면 다시 질문하지요."

이루릴은 손을 들어 레니를 가리켰다. 레니는 움찔하면서 불안한 눈으로 그 손가락을 바라보았다. 이루릴은 레니를 가리킨 채 제레인트에게 말했다.

"테페리의 지팡이, 그 지팡이를 쥔 자의 권능에 의지하여 묻겠으니, 이 소녀에게 드래곤 라자의 자질이 있나요?"

제레인트는 고개를 끄덕였다.

"예."

대답이 너무 간단해서 난 잠시 비현실적인 느낌이 들었다. 마치 아니라는 대답을 들은 것 같았다. 하지만 제레인트는 분명히 대답했다. '예.'.

환호를 올려야 되나? 덩실덩실 춤이라도 춰야 되나? 그러나 샌슨은 싱겁게 고개를 끄덕였다.

"됐군요, 그럼."

네리아는 멍한 얼굴로 제레인트를 바라보다가 샌슨의 말에 정신을 차렸다. 그녀는 박수를 딱 쳤다.

"뭐가 그리 간단해! 됐네! 그럼 레니가 바로 그 소녀구나!"

샌슨도 그제야 웃음을 지었다.

"하, 하하하. 그렇군. 다행이군."

이루릴도 미소를 지었고 나도 멍청한 웃음을 지었다. 레니는 아직 뭐가 뭔지 몰라서 어이없는 표정이었다. 우리들 모두가 웃고 있는 것을 보다가 레니는 조심스럽게 질문했다.

"자, 잠깐만요. 드래곤 라자라니요? 제가요?"

샌슨은 웃으며 고개를 끄덕였다.

"예. 당신이 바로 우리들이 찾던 드래곤 라자입니다."

"드래곤 라자면…… 드래곤을 부리는 그 드래곤 라자 말인가요? 제가요? 말도 안 돼요!"

레니는 크게 당황하기 시작했다. 그녀는 자리에서 일어나더니 말했다.

"제가요? 제가 드래곤 라자라고요?"

주점의 손님들이 다시 우리들 쪽으로 고개를 돌렸다. 그런데 이번에는 계속해서 우리들을 바라보았다. 그들은 레니의 입에서 나온 드래곤 라자라는 말에 크게 놀란 표정이었다. 바 쪽에서는 주인도 놀란 얼굴이 되어 우리들을 바라보았다. 난 당황해서 말했다.

"잠시만요, 레니. 설명할게요. 그렇게 서 있지 말고 앉아보세요. 천천히 설명을 들어보면 이해가 될 거예요."

레니는 어쩔 줄 모르고 우리들을 번갈아 쳐다보았다. 그녀의 모습은 마치 그대로 뒤로 돌아 달아나고 싶어하는 표정이었다. 그때 이루릴이 말했다.

"레니 양."

"예, 예?"

"당황스럽겠지만, 마음을 진정시키고 앉아보세요. 우리들은 최선을 다해 설명하겠습니다. 그 다음 우리들의 설명이 합당한지 판단해 보세요. 그러니 먼저 우리들에게 설명할 기회를 주시겠어요?"

레니는 한참 동안 이루릴의 얼굴을 바라보더니 곧 주춤거리며 의자에 도로 앉았다. 난 주위를 둘러보았고, 그러자 손님들은 의아한 시선을 보내며 다시 고개를 돌렸다. 하지만 그들이 우리들 쪽으로 비상한 관심을 쏟는 것은 확실했다.

그때 바 쪽에 있던 주인이 우리 쪽으로 다가왔다.

"실례하겠습니다만. 난 그레이든이라 하오."

"아, 반갑습니다. 그레이든 씨. 난 샌슨 퍼시발입니다. 그렇잖아도 주인장께도 말씀드려야 되겠군요. 거기 좀 앉으시지요."

그레이든은 역시 의자를 끌어오더니 레니 옆에 바싹 붙어 앉으며 말했다.

"댁들은 바이서스 분들이지요? 그런데 드래곤 라자라는 것은 무슨 말이오?"

"들으신 그대로입니다. 우리는 여기 있는 레니 양이 드래곤 라자라고 생각합니다."

레니는 마치 치한이라도 만난 소녀가 자기 아버지를 바라보듯이 그레이든을 바라보았다. 그리고 그레이든은 마치 딸을 보호하는 아빠처럼 레니 쪽으로 몸을 기울이며 말했다.

"무슨 근거로 그렇게 생각하시오?"

"여기 계신 테페리의 프리스트께서 확인하셨습니다."

그러자 그레이든은 제레인트를 바라보았다. 제레인트는 고개를 끄덕이며 말했다.

"저의 확신은 곧 테페리의 확신입니다. 레니 양은 드래곤 라자의 자질을 가지고 있습니다."

그레이든은 불안한 눈으로 제레인트를 바라보았다가 다시 레니를 바라보았다. 레니는 애처로운 눈으로 그레이든을 바라보았고 그레이든은 고개를 가로저었다.

"믿을 수가…… 믿을 수가 없군. 어떻게 이런 일이……."

그레이든은 샌슨을 도전적으로 바라보며 말했다.

"당신들은 도대체 뭣들 하는 사람들이오?"

"말씀드리겠습니다. 우리는 폭풍과 코스모스의 에델브로이의 총본산 그랜드스톰에서 의뢰를 받고 드래곤 라자의 자질을 가진 소녀를 찾고 있는 사람들입니다."

이번엔 제레인트가 놀란 표정을 지었다. 샌슨은 침착하게 설명했다.

"우리나라에는 드래곤 라자의 혈통이 약속되는 가문이 있습니다."

그레이든은 고개를 끄덕였다.

"알아요. 할슈타일 가문 말이지?"

"아시는군요. 그 할슈타일 가문에서 과거 언젠가 어떤 소녀가 실종되었습니다. 우리는 드래곤 라자의 자질을 가진 그 소녀를 찾기 위해 동분 서주하던 도중, 마침내 이곳까지 이르러 레니 양이 바로 그 소녀임을 확인하게 된 것입니다."

나와 네리아는 감탄한 표정으로 샌슨을 바라보았다. 저렇게 의젓하다니. 음. 멋있는데? 확신에 찬 샌슨의 음성은 도저히 반론의 여지를 남겨두지 않았다. 그레이드은 이마를 짚었다가 말했다.

"그럼, 레니가 할슈타일 가문의 딸이란 말입니까?"

"그럴 거라고 생각합니다."

그레이드은 갑자기 자리에서 일어났다. 그는 저쪽 테이블에 앉아 있던 그 두세 명의 남자들에게 고함질렀다.

"이봐! 오늘 장사 끝이다. 어서들 일어나."

남자들은 모두 그레이드에게 불평 섞인 시선을 보내었지만 그레이드은 완고한 표정을 지었고 남자들도 별말 없이 일어났다. 그들이 술값을 치르고 나가자 그레이드은 술집의 문을 닫아버리고는 다시 우리들 쪽으로 걸어왔다.

"이제 조용하니 터놓고 이야기하도록 합시다. 그렇다면 당신들의 말대로라면 레니는 할슈타일 가문의 후손으로, 그러니까 당신나라의 귀족이라는 말입니까?"

"예. 그렇습니다."

"맙소사……, 레니. 멋지군, 그래?"

그레이드은 얼빠진 표정으로 레니를 바라보았지만 레니는 여전히 질린 얼굴이었다. 그레이드은 사나운 얼굴로 우리들을 바라보았다.

"도대체 뭐요?"

"예?"

"도대체 왜 이렇게 많은 시간이 흐른 다음에야 찾아온 거요? 왜 지금껏 찾지도 않다가 이렇게 많은 시간이 흐르고 나서 우리들을 찾아온 거요? 그렇소. 우리들이라고 말했소. 레니와 난 피도 섞이지 않은 남남이지만, 15년이 넘도록 같이 살아온 사이오. 레니는 나에게 친딸이나 다름없소."

"이해합니다."

"이해한다고? 말은 간단해서 좋군. 당신들이 뭘 이해한단 말이오? 당신들이 이해해 줄 것은 아무것도 없소!"

그레이든의 사나운 기세에 우리는 모두 죄나 지은 것처럼 움츠러들 수밖에 없었다. 샌슨이 다시 뭐라고 말하려 할 때 그레이든은 한숨을 쉬듯 말했다.

"언제 데려갈 거요?"

"아빠!"

레니는 그레이든에게 비명을 질렀다. 하지만 그레이든은 레니의 손을 꽉 쥐었다.

"레니야."

"싫어요! 전 안 갈 거예요! 싫어요!"

그레이든은 묵묵히 레니를 바라보며 말했다.

"레니야. 왜 이제껏 너에게 내 성을 주지 않았는지, 이해하지 못하는 것은 아니겠지?"

레니는 울먹거리며 그레이든을 바라보았다. 그레이든은 말했다.

"난 널 내 친딸이라고 생각하며 키웠어. 그 점만은 뱃사람들이 가장 무서운 맹세를 할 때 거론하는 절망의 바다에 걸고 맹세할 수도 있다. 하지만 내가 널 내 친딸로 생각한다고 해서 너에게 행복을 줄 수 있을 거라고는 생각하지 않았다. 어쩌면 넌 너의 친부모를 찾아가는 것이 더 행복하다고 여길지도 몰랐거든."

레니는 고개를 떨구고 울기 시작했다. 우리는 숙연한 표정으로 그 부녀를 바라보았고 그레이든은 레니의 어깨를 두드리며 말했다.

"그래서, 난 네가 친부모를 확실히 알게 될 때까지 너에게 성을 주지 않기로 결심했던 거야. 다행히도, 네가 귀족의 딸이었구나. 허허. 정말 꿈에도 생각하지 못했던 일이다. 정말 다행한 일이야."

"뭐가, 뭐가 다행이에요! 아빠, 아빠가 나의 아버지예요!"

레니는 울먹이면서도 단호하게 말했다. 하지만 그레이든은 고개를 가로저었다.

"난 많은 생각을 했다. 간혹 영영 너의 친부모를 알 수 없게 되면 어쩌나 생각도 했지. 그럴 경우라면 네가 고아라는 것을 확실히 해두었기 때문에 너에게 좋지 않은 미래를 주게 되는 것이 아닌가 걱정도 했었지. 정말 괴로운 결정이었다. 하지만, 내 결정은 옳았어. 허허, 아마 나에게 테페리의 은총이 내렸나 보다."

그레이든의 눈가에 굵은 눈물이 맺혔지만 그는 그것을 무시했다. 그는 오히려 웃으며 말했다.

"아니, 이젠 말을 높여야 되나? 레니 아가씨."

"아빠!"

레니는 바락 고함을 지르고는 곧 일어나서 달려가 버렸다. 그녀는 고래 머리뼈로 만들어진 그 주방 입구로 달려가더니 곧 사라져 버렸다. 그레이든은 그 뒷모습을 바라보다가 눈을 거칠게 비비고는 다시 우리들을 바라보았다.

"걱정 마시오. 자기 방에 올라갔을 거요."

"아, 예."

그레이든은 다시 제레인트를 흘깃 보았다가 말했다.

"테페리의 성직자께서 확인하셨으니, 아마 확실하겠군. 그렇다면 좋소. 하지만 이거 하나는 확인해야겠소."

그레이든은 사나운 눈길로 샌슨을 노려보았다.

"왜 이제야 찾아온 거요? 당신들이 아무리 귀족이라 해도 15년 동안 행복하게 살도록 내버려 두었다가 이제야 그 행복을 깨는, 그런 권한까지 있지는 않을 것이오!"

샌슨은 우물쭈물하면서 대답을 했다.

"저, 저 우리는 귀족이 아닙니다."

"뭐라고? 어쨌든 귀족의 심부름꾼 아니오!"

"아, 저, 아닙니다. 아까도 말씀드렸다시피 우리는 그랜드스톰의 의뢰를 받고 찾아온 것입니다."

그레이든은 완전히 당황해 버렸다. 그는 우리들의 얼굴을 이리저리 둘러보더니 말했다.

"잠깐, 그럼 그게 무슨 말이오? 할슈타일 가문에서 찾아온 것이 아니라고?"

"그렇습니다. 우리는 할슈타일 가문과는 상관이 없는 사람들입니다."

"그렇다면 왜 찾아온 것이오? 그 가문과는 상관도 없으면서?"

샌슨은 난감한 얼굴이 되었다. 허, 이거 참. 그러고보니 우리 입장이 좀 이상하긴 하군 그래. 할슈타일 가문과는 아무런 상관도 없으면서 그 잃어버린 딸을 찾아왔는걸? 그 이유는…….

칼이 그 이유를 말해 주지 않았기 때문이다. 아버지가 딸을 찾으면 안 되는 이유.

설마 이걸까? 칼은 레니가 보나마나 지난 세월 동안 행복하게 살았을 것을 짐작했고, 따라서 지금 그녀에게 원래의 부모에 대해 이야기하는 것은 잔인한 일일 것이라는 것을 짐작했다는 것인가? 설마. 아니겠지. 그렇지는 않겠지. 그렇다면 이유가 도대체 뭘까?

샌슨은 천천히 설명하기 시작했다. 마치 그 스스로에게 확신을 주기 위해서 말하는 것처럼 샌슨은 조심스럽고 진지한 태도로 설명했다.

"우리나라에 크라드메서라는 드래곤이 있습니다. 그 드래곤은 언젠가 우리나라에 엄청난 해를 입혔습니다. 만일 그 드래곤에게 좀더 시간이 있었다면 그는 우리나라를 멸망시켰을지도 모릅니다."

그레이든은 갑자기 엉뚱한 이야기가 나오자 의아한 얼굴로 말했다.

"그 이야기는 나도 들어 아오. 수면기에 들어서지 않았소?"

"예. 갈색 산맥에 있는 그의 레어에 잠들어 있습니다. 그런데 갈색 산맥의 드워프들이 그 크라드메서가 다시 깨어날 채비를 갖추고 있다는 것을 알게 되었습니다."

그레이든은 숨막히는 얼굴로 말했다.

"다시 깨어난다고?"

"예. 드워프들은 그 점을 확신하고 있습니다. 그 드래곤이 다시 깨어나게 된다면 우리나라만의 문제가 아닙니다. 그 강력한 이그누스 드래곤은 대륙 전체의 위험이 될 것입니다. 따라서 대처가 필요합니다. 많은 고명하신 분들의 의견 교환 끝에, 저희들은 크라드메서에게 드래곤 라자를 맺어주는 것이 가장 안전한 방법일 것이라고 결론내리게 되었습니다."

"그래서 레니를?"

"예……. 아시는지 모르겠습니다만 대륙에서 더 이상 드래곤 라자를 발견하기가 어려워지고 있습니다. 그런데 할슈타일 가문의 후손인 레니 양은 확실한 드래곤 라자이며, 어쩌면 가장 강한 드래곤 라자일 것입니다. 그래서 저희들은 레니 양을 찾아 이곳까지 온 것입니다."

그레이든은 창백한 얼굴로 말도 제대로 못한 채 우리들을 바라보았다. 그는 갑자기 이루릴을 바라보았다.

"실례합니다. 성함이?"

"이루릴 세레니얼입니다."

"예. 엘프는 거짓말을 하지 않지요. 대답을 하지 않을지언정 거짓말은 하지 않는다고 들었습니다. 이 말이 진실입니까?"

"진실입니다."

이루릴이 너무도 간단히 시인해 버리자 그레이든은 힘이 쭉 빠지는 표정을 지었다. 그는 갑자기 얼굴을 감싸쥐었다.

"하, 이런……. 오늘은 도대체 말싸움도 못 해볼 사람들만…… 찾아오는군. 테페리의 프리스트에 엘프라……, 오늘이 내 인생 최악의, 최악의 날인가? 아니면 내가……, 내가 가장 처절한 가을을 맞이해 버린 건가? ……이게 마법의 가을인가?"

그레이든은 혼잣말을 하듯이 띄엄띄엄 말했고 우리는 모두 아무 말도 못한 채 그를 바라보았다. 그레이든은 손을 치우더니 갑자기 바로 걸어갔다. 그러고는 바에서 술병 하나를 꺼내더니 병째로 주욱 들이켰다. 우리는 가만히 그 모습을 바라보았고 그레이든은 술병을 든 채 다시 걸어왔다.

"그렇다면, 저 애를 데리고 갈색 산맥으로 그 드래곤을 찾아가는 거요?"

"그렇습니다."

"미쳤어……. 모두들 제정신이 아니군. 이게 핸드레이크와 페어리퀸이 나오는 옛이야기인가? 레니가, 내 주방에서 빈 술병이나 닦아가며 자라온 레니가 드래곤을 만나러 초원의 나라 바이서스로 찾아가서, 그러곤 크라드메서를 만난다고? 최악의 이그누스 드래곤을?"

"믿기 어려우시겠지만……."

"됐소! 엘프가 확신했고 테페리의 프리스트가 확신했소! 제기랄. 여기서 내가 말도 안 된다고 말하면 내가 미친 놈이겠지."

그레이든은 다시 술병을 들이켰고 우리는 불편한 심정으로 그를 바라보았다. 갑자기 그레이든은 술병을 탕 내리면서 말했다.

"어떻게 되는 거요?"

"예?"

"만일 크라드메서가 레니를 받아들이지 않으면 어떻게 되는 거요?"

갑자기 우리는 말문이 막히고 말았다. 샌슨은 눈을 크게 끔뻑거렸다. 이, 이런. 그 생각은 못 해봤는데? 샌슨은 입을 꽉 다물었다가 말했다.

"레니 양의 안전은 걱정하지 마십시오. 제가 목숨을 걸고 지키겠습니다."

"그래요? 그래서 목숨을 건 기사들을 두었던 그 많은 레이디들이 죽어갔던 모양이지?"

그레이든의 비아냥거림은 왠지 칼의 그것과 비슷했다. 샌슨은 무안한 얼굴이 되었지만 다시 말했다.

"다시 말씀드리겠습니다만 전 기필코……."

"됐소! 필요없어. 그러면 저 아이는 다시 돌아오는 거요?"

"예?"

샌슨은 다시 얼빠진 표정이 되었다. 이런. 그럼 어떻게 해야 되지? 만일 크라드메서가 레니를 받아들이지 않는다면……. 아니, 이건 받아들이고 아니고의 문제가 아니다. 레니는 앞으로 어디로 가야 되는 거지? 할슈타일 가문으로 돌아가야 되나? 아니면 여기 그레이든에게로 돌아와야 되나? 난 갑자기 모든 것을 다 말해 버리고 싶은 생각이 들었다. 할슈타일 가문에서는 딸로서 레니를 찾는 것이 아니다. 품종 개량의 도구로서 레니를 찾는 것이다! 레니는 반드시 여기 그레이든에게로 돌아와야 한다. 그건 확실하다.

그때 네리아가 처음으로 말했다.

"저희들에게는 레니의 거취를 결정할 권한이 없어요."

"뭐요?"

그레이든은 네리아를 바라보았고 우리들 모두가 네리아를 바라보았다. 네리아는 차분하게 말했다.

"레니 스스로 결정할 문제라고 봐요. 그녀는 어린애가 아니잖아요. 아니, 어린애라도 그런 것을 결정할 수는 있을 테지요. 아무리 어린애라도 누가 더 자신을 사랑하는 사람인지도 모를까요?"

그레이든은 멍한 얼굴로 네리아를 바라보았다. 네리아는 자신의 말에 스스로 고개를 끄덕이며 말했다.

"그래요. 그녀는 알 거예요. 우리는 그녀의 결정에 따르겠어요. 당신, 좋은 기회를 잡은 거예요. 호호호."

"뭐라고요?"

"후작가와 아무 상관이 없는 우리들이 찾아온 것 말이죠. 우리는 후작가와 상관이 없기 때문에 오로지 레니의 의사만 존중할 거예요. 레니가 여기로 돌아오길 원한다면 책임지고 여기로 돌려보내 드리겠어요. 하지만 레니가 귀족 부모를 원한다면 당신도 그 뜻에 따라야 해요. 무슨 말인지 아실 테지요. 마음의 부담이 있었으면서도 15년 동안이나 성을 주지 않았던 당신이니까."

그레이든의 얼굴이 환해졌다. 네리아는 주저하지 않고 말했다.

"하지만 레니가 우리와 함께 떠나야 된다는 것에는 변함이 없어요. 크라드메서는 너무너무 위험해요. 이건 대륙의 사활이 걸린 문제이고, 그 점에 있어서는 당신이든 레니든 할슈타일 가문에서든 그 누구도 뭐라고 할 수 없어요. 아시겠지요?"

"아, 어, 알겠소. 그렇다면 레니가 크라드메서의 드래곤 라자가 된다면?"

네리아는 한쪽 눈을 가볍게 깜빡여 보이고는 말했다.

"난 드래곤 라자에 대해서는 잘 모르지만, 아마 그녀는 어쩌면 크라드메서를 타고 이곳으로 돌아올 수 있을지도 모르지요. 만일 그녀가 여기로 돌아오고 싶어할 경우에 한해서."

샌슨은 감탄한 얼굴로 네리아를 바라보았다. 나도 정말 놀랐다. 네리아가 저렇게 말을 잘하다니. 그레이든은 결심을 굳힌 얼굴이 되었다.

"알겠소……. 무슨 말인지 알겠소. 대륙의 사활이란 말이지. 허헛! 이거 정말 옛이야기로군. 정말 핸드레이크와 페어리퀸이

나오는 옛이야기야."

"허락하시는 거죠?"

"허락하지 않을 수 있소? 레니에겐 내가 말하겠소. 언제 출발하실 거요?"

네리아는 샌슨을 바라보았고 샌슨은 허둥지둥 말했다.

"빠르면 빠를수록 좋습니다. 내일 당장이라도……."

그레이든은 샌슨을 흘겨보며 말했다.

"알았소. 그럼 그렇게 합시다. 헛, 그래도 마지막 밤을 함께 보내게는 해주는군."

"아, 예……."

그레이든은 다시 한번 삼엄한 눈길을 보내며 말했다.

"분명한 거죠? 오로지 레니의 의사를 존중하겠다는 거?"

"명예를 걸고 맹세하겠습니다."

샌슨은 다부지게 말했다. 설령 루트에리노 대왕의 여덟 별이 부활해서 일렬로 늘어선 채 맹세를 한다 해도 지금의 샌슨만큼이나 믿음을 주지는 못할 거라고 생각된다.

웨일스 본야드를 빠져나왔다. 레니는 물론 나오지 않았고 그레이든도 나오지 않았다. 우리는 말을 끌어내어 올라타면서 다시 한번 그 고래의 묘지를 바라보았다. 그들 부녀가 호젓하게 이야기 나눌 수 있도록 우리는 내일 아침에 여기로 오기로 했다.

샌슨은 네리아에게 말했다.

"야, 네리아. 정말 감탄했어."

"헤에. 그랬어? 하지만 그 이야기 그만해. 가슴이 아파."

"그래? 음. 하지만 넌 잘 말했는데. 나도 네 말에 그대로 찬성이야."

네리아는 샌슨을 노려보았다가 다시 앞을 보며 말했다.

"내가 한 말? 좋은 말이지. 너무너무 옳은 말이지. 하지만 그 아이에게 그런 결정을 내리라고 말하는 것 자체가 잔인한 일이라고 생각되진 않아?"

"……어쩔 수 없잖아."

"맞아. 어쩔 수 없지. 그리고 그게 슬픈 일이라는 것도 어쩔 수 없어."

네리아는 매몰차게 대답했고 그래서 샌슨의 처지는 매우 곤궁해졌다.

제레인트는 노새 위에서 참으로 경건한 표정으로 고개를 숙이고 있었다. 무슨 기도를 올리고 있는 듯한 얼굴이었다. 이루릴은 반대로 멍하니 하늘을 올려다보았다. 나는……

나는 다시 고래의 무덤을 되돌아보았다. 어쩌면 오늘 밤은 그들 부녀의 마지막 밤이 될지도 모르지.

갑자기 우리 아버지가 생각난다.

아버지는 그 마지막 날, 마치 친구 집 나들이나 가듯이 가볍게 떠나셨지. 그리고 나도 그렇게 행동했고. 하지만 우리는 다시 만날 것이다. 레니를 데리고 가서 크라드메서를 진정시키고, 보석을 준비해서 아무르타트에게 가져다주면, 아버지는 다시 돌아오시는 것이다.

하지만 레니는?

"바다가 보이는 방이 없다니요! 일부러 밖에서 그런 방이 있는지 둘러보고 들어왔는데!"

"2층은 꽉 찼소."

"3층은요!"

"그 방은 나와 우리 가족들의 방이오."

여관 주인의 말에 네리아는 말이 막혀버렸다. 샌슨은 피식거리며 말했다.

"더 돌아다니기에도 늦었다. 그냥 여기서 자지. 밤바다를 못 본다고 해서 큰일 생기는 것도 아니고."

"이이잉. 싫어! 나가자."

"뭐야? 이봐, 네리아."

"언제 또 돌아올 거라고! 안 돼. 빨리 나가자."

네리아는 그렇게 말하고 그대로 나가버렸다. 그래서 샌슨과 내가 주인장에게 사과를 하고 나와야 했다. 밖으로 나오니 네리아는 발돋움을 하며 바다 쪽으로 창이 난 건물을 찾아보고 있었다. 제레인트는 한숨을 쉬었고, 이루릴은 미소를 지었고, 샌슨은 소리없이 투덜거렸지만, 네리아는 기어코 그런 여관을 찾아내고야 말았다.

'청새치의 노래'라는 좀 이상한 이름의 여관으로 들어가게 되었다. 항구 한쪽에, 길게 바다 쪽으로 나 있는 곳에 위치한 여관이라 밤바다의 풍경은 확실히 아름다울 것 같았지만 건물이 너무 낡은 것 같다. 흐음. 게다가 시내에서도 꽤 떨어져 있었다. 하지만 네리아는 히죽거리며 여관으로 들어갔고 우리들도 더 돌아다니기에 지쳐서 그냥 말없이 따라 들어갔다.

여관 안은 그래도 꽤 튼튼해 보이는 건물이었고, 그리고 주인도 마치 이 여관처럼 겉으로 보기엔 허술한 듯했지만 꽤 야무진 눈매를 가진 노인이었다. 그는 우리들을 보더니 말했다.

"방은?"

간단하군. 샌슨이 방을 잡는 동안 난 주위를 둘러보았다. 벽 한쪽에 걸려 있는 거대한 수레바퀴가 눈길을 잡았다. 흐음. 이 주인장은 아마 젊었을 적에 수레꾼이었나 보지? 그런데 저 수레바퀴는 정말 이상한데. 왜 바퀴 둘레에 촘촘하게 손잡이가 달려 있는 거지? 저래가지고서야 굴러가지도 않을 텐데?

제레인트는 내 시선을 보더니 웃으며 말했다.

"타륜이야. 아마 주인장이 젊었을 적에 조타수였나 보지."

윽. 조용히 있길 잘했다.

어쨌든 방 두 개를 잡자마자 네리아는 이루릴을 이끌고는 욕탕으로 돌진하여 사라지고 말았다. 나 이거 참.

"밤바다가 보고 싶다고 그렇게 떠들더니."

샌슨은 투덜거리며 주방장을 닦달하기 시작했다. 주방장은 샌슨의 주문에 황당한 표정을 지었지만 어쨌든 먹어보라는 표정으로 4인분이 넘을 듯한 요리를 대령했고, 샌슨은 남김없이 먹어치워 주방장에게 깊은 감명을 주었다.

잠시 후, 취한 선원들이 우루루 여관으로 들어왔다. 선원들은 모두 시내 곳곳을 돌아다니며 몇 군데의 술집을 전전하다가 이제야 잠자리를 찾아드는 모양이었다. 우리들은 홀이 소란스러워 술병 하나와 잔 몇 개를 들고서 방으로 올라왔다.

방은 침대가 두 개 있었는데 이층 침대였다. 허허, 그것 참. 무슨 침대를 선반처럼 저렇게 쌓아두었지? 제레인트는 우리들이 이상한 표정으로 바라보자 뭐가 잘못되었는지 두리번거리다가 머리를 딱 치면서 말했다.

"아, 이건 배에서 사용하는 침대를 흉내낸 겁니다. 배 안은 좁아서 침대를 많이 만들 수가 없거든요. 그래서 침대를 위아래로 쌓는 겁니다."

"아아, 그렇군요."

샌슨은 고개를 끄덕이더니 곧 위로 올라갈 준비를 갖추었다. 나는 그에게 매달려 말리느라 한참 동안 애써야 했다. 도대체 저 덩치로 윗침대에 올라가겠다니!

샌슨을 말리고 나서 난 갑옷을 벗어던지고는 창가로 다가갔다.

"네리아가 고생시키기는 했지만, 그래도 나쁘지 않은 고생이었어."

샌슨은 곧 내 등 뒤로 다가오더니 나와 같이 밤바다를 내려다보기 시작했다.

시커먼 먹물, 아니, 아예 아무것도 보이지 않는 끝없는 해원, 그리고 그 수면 위로 달빛의 조각들이 부서져 떠다니고 있었다. 루미너스와 셀레나 모두 천공에 있는 시간이라 밤하늘은 검푸르게 빛나고 있었지만 바다 위에는 부서지는 달빛 이외에는 아무것도 보이지 않았다. 그리고 바다 표면의 달빛도 거대한 해원의 암흑에 감싸여 그 빛이 퇴색해 있었다. 마치 무의 공간처럼 보였다. 칠흑 같은 바다는 원근의 감각을 무디게 만들었다. 밤하늘의 별들이 오히려 바다보다 가까이 느껴져 마치 하늘이라도 나는 것 같은 기분이 들었다.

"괜찮은데."

이런 샌슨 같은! 아, 샌슨이지.

샌슨은 방 한귀퉁이에 놓여 있던 테이블을 끌고 오더니 창가에 딱 붙이고는 침대를 의자삼아 앉았다. 제레인트 역시 침대에 앉았고 난 나의 독특함을 추구하는 경향성을 만족시키기 위해 이층 침대로 올라가 창을 굽어보며 술을 마시기 시작했다. 멋진 방의 멋진 밤이로군. 좋은 꿈을 꿀 수 있을 것 같아.

창밖으로 검은 것이 휘익 지나갔다. 갈매기인가?

"응? 박쥐다?"

샌슨은 창밖을 내다보며 말했다. 난 침대에서 몸을 쭉 내밀어 밖을 보려고 하다가 굴러 떨어질 뻔했다. 박쥐라고? 샌슨은 창밖을 그윽하게 바라보더니 혼잣말처럼 말했다.

"아프나이델은 좀 어떨까."

아, 그렇군. 아프나이델. 그 박쥐가 죽어서 아프나이델은 큰 충격을 받았었지. 그 박쥐……

이루릴.

샌슨은 큭큭거리기 시작했고 나도 침대 위에서 쓴웃음을 지었다. 제레인트는 의아한 얼굴이 되었지만 샌슨은 별 말없이 술잔만 들어올렸다. 그때 노크 소리가 들렸다. 똑똑.

"예?"

문을 열고 들어선 것은 네리아와 이루릴이었다. 샌슨은 갑자기 폭소를 터뜨렸다. 네리아와 이루릴은 놀란 표정이 되었고 그 얼굴에 나도 모르게 웃음을 터뜨렸다.

"푸하하하!"

"왜들 웃는 거야?"

"아, 하하하. 그, 그냥 그런 일이 있어. 푸히히히!"

네리아는 이마에 가로주름을 만들더니 말했다.

"무슨 웃음소리가 그래? 어쨌든 잘 자."

"아, 그래, 그래. 킥킥킥."

샌슨은 네리아의 밤인사를 받으면서도 계속 웃었다. 이루릴은 우리들이 자신 때문에 웃는 것인 줄도 모르고는 그저 미소를 짓더니 나갔다. 우리는 계속 웃으며 술잔을 비웠고, 그래서 제레인트는 우리를 매우 불안한 눈으로 바라보았다.

"쾅쾅쾅쾅!"

문을 두드리는 거야, 내 머리를 두드리는 거야? 난 머리를 마구 휘저으며 일어나다가 천장에 머리를 부딪히고 말았다. 으윽. 난 이층 침대에 누워 있었지. 그래서 천장이 꽤 가깝다. 창문을 돌아보다가 난 눈을 껌뻑였다. 지독한 햇살이 쏟아지고 있었다. 벌써 이른 낮인가 보다? 어라? 그런데 낮치고는 햇살의 궤도가 퍽 낮은데. 겨울이 벌써 이렇게 가까운 것인가?

"쾅쾅쾅쾅!"

"이봐! 그렇게 두드려서 문이 부서지겠어?"

난 홧김에 그렇게 말해 주고는 침대에서 뛰어내렸다. 샌슨은 다리 하나를 침대 밖에 던져둔 채 잠들어 있었고 제레인트는 그와 정반대로 몸을 있는 대로 오그리고 잠들어 있었다. 그때 밖에서 다급한 목소리가 들려왔다.

"이보세요! 이봐요! 바이서스에서 오신 분들 맞아요?"

어라? 웬 소녀의 목소리……, 레니의 목소리잖아?

난 주섬주섬 옷을 입고는 바닥에 굴러다니는 술병을 피해서 문으로 걸어갔다. 샌슨과 제레인트도 눈을 비비면서 일어났다.

문을 열자마자 레니가 튀어들어오듯이 들어왔다. 그녀는 날 보자마자 어깨를 붙잡고 흔들기 시작했다. 와! 숙취가 더 심해지는 것 같다!

"이봐요, 제발! 당신들 따라갈게요! 우리 아빠 좀 살려줘요!

예? 제발!"

으윽, 머리야. 그런데 이게 무슨 말이야?

"자, 잠깐만요. 일스 법률에도 아마 그런 건 없겠지만, 그래도 아침 일찍 침대에서 끌려나온 사람에겐 상세한 전후 사정을 들을 권리가 있다고 생각되는데, 그 점에 대해서 레니 생각은 어때요?"

샌슨은 주먹을 휘둘러 내 헛소리를 막고는 말했다.

"레니 양. 그레이든 씨에게 무슨 일이 생겼단 말입니까?"

"아버지가 이상해요, 병에 걸리셨어요, 예, 병이오. 마구 열이 나시는데 오히려 춥다고 그러세요. 그런데 땀을 내고 있어요. 어떻게 해야 될지 모르겠어요!"

제레인트는 일어나다가 해를 보고는 눈살을 찌푸리며 로브를 걸쳤다. 그는 하품을 하며 말했다.

"왜 의사를 부르지 않고……?"

"의사도 아파요!"

"예?"

제레인트는 놀란 표정을 지었다. 레니는 미쳐 날뛰듯이 말했다.

"제발요! 어서요! 제발 좀 도와주세요! 예? 의사에겐 이미 달려가 봤어요. 그런데 의사 선생님도 중환이세요! 이 마을엔 의사가 하나밖에 없어요. 제발! 당신들은 모험가잖아요? 그리고 프리스트께서도 계시고……."

"아, 예. 알겠습니다. 갑시다."

제레인트는 그렇게 말하며 일어났다. 우리들도 갑옷과 무기를 챙겨들고 나섰다. 그때 네리아와 이루릴도 밖으로 나왔다. 네리아는 눈을 비비며 말했다.

"옆에까지 다 들리더라. 어서 가보지."

레니 덕분에 1층을 뛰어내리듯이 내려오게 되었다. 홀에는 주인장이 테이블에 엎드려 있었다. 이런, 이 바쁜 아침 시간부터 웬 졸음이람.

샌슨은 그의 어깨를 툭툭 치면서 말했다.

"여보세요. 우리 나갑니다. 여관비는……."

콰당!

"꺄아아악!"

레니의 비명소리. 뭐야? 샌슨이 건드리자 주인장은 갑자기 의자째 옆으로 넘어지고 말았던 것이다. 레니는 스르르 주저앉았고 놀란 제레인트가 황급히 그녀를 받쳤다. 이루릴과 내가 황급히 주인장에게 다가갔다. 주인장은 쓰러진 채 부들부들 떨고 있었다. 이빨을 딱딱 부딪히면서 떨고 있는 여관 주인장의 얼굴에는 검붉은 반점들이 나타나고 있었다. 이게 뭐야? 그때 이루릴이 급하게 외쳤다.

"제레인트! 프로텍션 프롬 디바인 파워! 급해요!"

"예? 아, 예."

제레인트는 의아한 얼굴이 되더니 레니를 네리아에게 넘겨주고는 곧 기도에 들어갔다. 제레인트가 기도를 올리자 곧 푸르스름한 막이 형성되며 우리를 둘러쌌다. 샌슨은 질린 표정으로 이루릴을 바라보았다.

"설마……?"

이루릴은 고개를 끄덕이며 말했다.

"이런 장면을 어디선가 본 적이 있지요?"

난 질린 표정으로 창밖을 바라보았다. 아까부터 엄청난 햇살이 내려쬐고 있던 그 창문을.

창밖으로 보이는 도시에는 그림자가 없었다.

7

샌슨은 우선 주인장을 업고서 방으로 옮겼다. 우리는 여관의 방마다 돌아다니며 투숙객을 조사해 보았다. 투숙객들은 많지 않았지만 모두들 제각기 다른 병에 걸려 있었다. 미치겠군. 이건 칼라일 영지처럼 작은 영지도 아니야. 엄청나게 큰 항구라고. 샌슨은 질린 얼굴이었지만 그래도 빠르게 지시를 내렸다.

"모두 한 방으로 모아라. 아냐, 홀이 좋겠군. 후치, 시트를 끌어모아. 제레인트 씨는 이 여관 전체를 막아주십시오. 네리아와 이루릴은 나와 함께 환자들을 옮깁시다."

이루릴은 고개를 가로저었다.

"안 돼요. 지금 바로 움직여야 돼요."

"예?"

"여긴 대단히 큰 도시이고 우린 겨우 다섯 명입니다. 오늘 아침에서야 이런 일이 발생한 것으로 보아 아마 어젯밤에 의식이 있었을 겁니다. 그리고 오늘 아침 해가 뜨면서 발병이 시작되었고요. 아직까지는 환자가 별로 많지 않겠지만 우리가 치료하느라 시간을 소모하면 환자는 더 늘어날 거예요. 그러니 빨리 디바인 마크를 찾는 것이 더 나을 겁니다."

"아, 예."

제레인트는 우리들이 도대체 무슨 말을 나누는지 모르겠다는 표정으로 바라보았다. 난 그에게 설명했다.

"프리스트시니까, 세이크리드 랜드는 아시죠?"

제레인트의 얼굴이 하얗게 바뀌었다.

"맙소사, 여기가! 모험의 시작으로는 너무 과격한데?"

"지금 모험이 문제가 아니에요. 시간을 끌면 많은 사람들이 죽어갈 거예요. 빨리! 당신은 테페리의 프리스트예요. 당신이 우릴 안내해야 된다고요. 세이크럴라이즈의 증거물을 찾아서 회수해야 돼요!"

제레인트는 고개를 끄덕였다.

"좋아, 알겠어. 그런데 너희 일행은 이 일에 대해 너무 잘 아는데?"

"우리는 몇 주일 전에 바로 이런 세이크리드 랜드를 지나왔거든요."

제레인트의 눈에 선망과 동경이 떠올랐다고 해서 지금 우쭐거리고 있을 수야 없다. 우리는 그를 다그쳐서 밖으로 나왔다. 네리아는 질린 얼굴로 주위를 둘러보았다.

"그, 그림자가……!"

항구도시 특유의 저 단단한 돌 건물은 지금 찬란한 회색이었다. 회색이 저렇게 찬란할 수 있다니. 그러나 그 요괴스러운 음영의 부재는 보는 사람을 미치게 만들고 있었다. 제레인트 역시 얼이 빠져버린 채로 주위를 둘러보았다. 그때였다.

"크아아악!"

재빨리 옆을 돌아보았다. 조금 떨어진 건물에서 웬 사나이가 달려나왔다. 그런데 아무리 봐도 제정신이 아닌 것 같았다. 입에는 거품을 물고 머리는 풀어헤치고 손은 미친 것처럼 휘젓고 있었다. 그는 주위를 둘러보더니 곧 우리 쪽으로 달려왔다. 샌슨이 악에 받혀서 고함질렀다.

"제기랄! 간질병이다!"

"우오오오!"

샌슨은 무기를 뽑아들려다가 곧 고개를 가로젓더니 검집째로 검을 들어올렸다. 그러고는 곧 무지무지한 속도로 검집을 휘둘렀다. 퍼어억! 사나이는 맞고는 그대로 나가떨어져 기절해 버렸다.

"좀 미안하지만, 시간이 없으니 어쩔 수 없어."

샌슨은 기절한 사나이에게 사과를 보내었고 제레인트는 대단히 감탄한 얼굴로 샌슨을 바라보았다. 제레인트는 입술을 핥고는 말했다.

"이, 이거, 이건 진짜 모험이군."

샌슨은 콧방귀를 뀌고는 곧 마구간에서 말을 꺼내면서 내게 말했다.

"후치! 장작개비를 찾아서 전부에게 쥐어줘. 무기는 안 돼. 나에게도 하나 가져다주고."

"알았어."

난 빠르게 장작개비를 찾아서 각자에게 내밀었다. 레니는 부들부들 떨면서 그 몽둥이를 받아들었고 이루릴도 탐탁찮은 눈으로 받아들었다. 네리아는 트라이던트를 거꾸로 쥐었고 제레인트는 자신의 스태프를 힘껏 쥐었다. 샌슨은 말에 올라타더니 말했다.

"레니! 당신은…… 아니, 우리와 함께 있어요. 그게 안전하니까."

"에?"

"설명할 시간이 없어요! 우리 옆에 붙어 있어야 돼!"

그러자 네리아는 레니를 잡아올려 에보니 나이트호크에 태웠다. 레니는 말에 처음 타는 것인지 치마를 주체하지 못해 애먹으며 올라탔고 모두들 말에 오르자 샌슨은 말했다.

"제레인트, 아니, 레니! 이 도시의 한가운데가 어딥니까?"

"예? 예?"

"가운데! 그러니까 도시의 정중앙 말입니다!"

레니는 눈물이 그렁그렁한데다가 당황해 버려 말을 제대로 못했다.

"자, 잠깐만요. 우리 아빠에게 가는 것이 아니라……."

"아니! 제기랄. 당신 아버지를 구하기 위해서라고요! 우리 말을 믿어요!"

레니는 완전히 혼란에 빠져버렸다. 샌슨은 속이 타는 표정을 지었다. 그때 이루릴이 조용히 말했다.

"일단 시내 쪽으로 달리죠. 우리는 도시의 외곽 쪽에 있으니까 저쪽이 중심 방향이겠군요."

"이랴아!"

샌슨은 다급하게 출발했지만 곧 우리들 중에 노새에 탄 사람이 있는 것을 깨닫고는 혀를 차며 속력을 줄였다. 우리는 애타는 마음과는 달리 트롯 정도의 가벼운 속력으로 달려가면서 주위를 둘러보았다.

미칠 것 같은 광경이었다.

그림자 하나 없는 건물들에선 비명소리나 신음소리들이 울려 퍼졌고 간혹 타는 듯한 갈증을 호소하며 바다에 뛰어드는 사람의 모습까지 보였다. 고열로 정신 착란을 일으킨 모양이다. 건물의 문으로 비척거리며 기어나오는 사람들의 모습도 보였다. 사람들은 그렇게 기어나오다가 무슨 말인지 모를 말을 외치면서 쓰러져 버렸다. 샌슨은 달려가면서 그 중 변변해 보이는 사람, 그러니까 악성 무좀인 듯한 병으로 고생하는 사나이에게 외쳤다.

"이봐! 시청으로 달려가서 빨리 프리스트들을 모두 집합시키라고 그래! 이 도시는 지금 세이크리드 랜드라고 전하라고!"

사나이는 무슨 말인지 몰라 잠시 얼떨떨한 얼굴로 샌슨을 바라보며 말했다.

"뭐? 뭐라고? 무슨 랜드?"

"세이크리드 랜드!"

사나이는 의심스러운 표정이었지만 나름대로 기민한 사람인지 즉각 몸을 돌려 달려가기 시작했다. 샌슨은 이를 악물었다. 그때 제레인트가 다급하게 말했다.

"그렇다면, 이것은 누군가가 저주를 내렸다는 말이군요?"

샌슨은 고개를 끄덕이다가 곧 놀란 눈으로 제레인트를 바라보았다.

"당신! 어떻게 말을 하면서 이 방어막을 계속 형성할 수 있지요?"

어라? 그러고 보니 우리들은 계속 그 푸르스름한 막에 둘러싸여 있었지만 제레인트는 전혀 기도를 하지 않고 있었다. 에델린은 기도하는 동안 다른 일을 전혀 하지 못했는데? 나 역시 놀란 표정으로 제레인트를 바라보았고, 그러자 제레인트는 말했다.

"예? 아, 예. 이것 덕분이죠."

제레인트는 로브 자락 속으로 손을 집어넣더니 곧 찬란한 빛을 뿜어내는 디바인 마크를 꺼내었다. 모두들 눈이 부셔서 어쩔 줄을 몰랐다. 특히 제레인트는 크게 놀란 표정이었다.

"와? 진짜 반짝거리네?"

우리는 조금 괴상한 눈으로 제레인트를 바라보았다. 음, 저건, 아. 테페리의 하이 프리스트가 그에게 선물한 바로 그것이었다. 샌슨은 놀란 얼굴로 말했다.

"그거, 굉장한 물건인가 보군요?"

제레인트는 웃으며 고개를 끄덕였다. 샌슨은 다행스러운 얼굴이 되더니 다시 앞을 향해 달려갔다.

델하파는 꽤 넓은 도시였지만, 안타까운 마음이 이끄는 속도로는 순식간에 횡단할 수 있는 거리였다. 샌슨은 주위를 둘러보다가 말했다.

"아무래도 여기쯤인 것 같다. 그럼 제레인트……, 젠장!"

샌슨은 말을 하다가 화를 내었다. 그러고 보니 우리들이 서 있는 곳은 주위로 다섯 개의 갈림길이 있는 광장이었다. 테페리의 프리스트는 선택의 폭이 둘일 경우에만 그 권능을 사용할 수 있다. 이런, 다섯 개라니. 우리는 어쩔 줄 모르고 주위를 둘러보았다. 그때 이루릴이 말했다.

"땅에 묻었을 겁니다. 모두 포석이 깔려 있으니 지금 즉시 포석이 파헤쳐진 곳, 흙이 드러나 있는 곳을 찾아보지요."

"아! 그렇군! 그럼……."

"으아아아!"

뭐야? 우리는 얼빠진 얼굴로 네리아를 바라보았다. 네리아는 어떤 방향을 바라보며 질려 있는 상태였다. 뭐지? 뭣 때문에? 우리는 네리아가 바라보는 방향을 쳐다보았다.

"오, 맙소사. 테페리여!"

"젠장!"

멀리 항구쪽에서 물살이 움직이고 있었다. 파도는 아니었다. 수면 아래에서 무언가 엄청나게 많은 것들이 움직이고 있었다. 그리고 그것들은 해변으로 걸어올라오고 있었다.

바다로부터 수많은 해골들과 시체들이 걸어나오고 있었다.

“수장된 시체들! 그것들이 언데드가 되었어!”

샌슨의 고함소리였다. 그렇다. 여긴 항구 도시다. 그들은 시체를 어떻게 처리하는가. 그들은 평생토록 거친 바다에 애증을 던지며 살아왔던 선원들을 마지막에 어디로 돌려보내는가.

“우아아!”

항구쪽에서 아스라한 비명소리가 들려왔다. 이루릴은 눈살을 찌푸리더니 말했다.

“흙을 찾으세요. 빨리!”

그러곤 이루릴은 래셔널 셀렉션을 돌렸다. 샌슨은 놀라서 외쳤다.

“뭐하는…… 안 됩니다! 방어막을 벗어나면 이루릴도 병에 걸려요!”

“전 괜찮습니다. 빨리 그 디바인 마크를 회수해 주세요.”

이루릴은 그렇게 말하며 바로 달려갔다. 샌슨은 악을 쓰기 시작했다.

“이런! 멍청한! 혼자 달려가서 어쩌겠다고!”

“악쓰는 건 나도 할 수 있어! 이루릴을 생각한다면 어서 흙을 찾아!”

네리아의 앙칼진 고함소리였다. 그리고 나도 외쳤다.

“괜찮아! 이루릴은 칼라일 영지에서도 병에 걸리지 않았어. 그때 에델린은 이루릴을 축복하지 않았잖아?"

샌슨은 그제야 고개를 끄덕였지만 다시 고개를 가로저었다.

"그래도 저 많은 언데드를 어쩌겠다고!"

우리는 모두 당황해서 어쩔 줄을 몰랐다. 제기랄. 칼이 있어야 하는데. 우리는 지도자 없는 쥐떼처럼 우왕좌왕하고 있었다. 그때 난 레니를 보았다. 그녀는 힘겹게 입술을 놀리고 있었다. 네리아는 내 시선을 보더니 자기 앞에 앉아 있는 레니를 내려다보았다.

"뭐라고? 이봐! 조용히 좀 하라고!"

네리아는 레니에게 몸을 기울였다. 레니는 힘겹게 말했다.

"흙이라면…… 저쪽에 공원이……."

"달려!"

우리는 레니가 가리키는 방향으로 달려가기 시작했다. 제레인트는 우리들이 방어막의 범위를 벗어날까 봐 죽어라고 달려왔다. 잠시 건물들과 골목을 지나고 나자 과연 넓은 공원이 보였다. 공원은 이 접시 모양의 도시를 둘러싸고 돌아가는 환형 도로의 중간에 위치하고 있어 아래쪽으로 멀리 항구가 보이는 약간 높은 지대였다. 이 공원에도 포석이 깔려 있기는 했지만 나무들과 풀이 자라는 곳은 흙이 드러나 있었다. 그런데 이 넓은 곳에서 어떻게 그걸 찾지? 우리는 막막한 눈으로 사방을 둘러보았다. 그때 난 샌슨의 얼굴을 보고 놀라고 말았다.

샌슨의 눈에서 불꽃이 튀기고 있었던 것이다.

난 그 얼굴에 질린 채 샌슨의 시선을 따라갔다. 이른 아침, 이타오르는 듯한 대기 속으로 꿈틀거리는 아지랑이들. 그 사이로 공원 저편에 서 있는 사람의 모습이 보였다. 그 사람은 공원 한

켠의 바위 위에 편안한 얼굴로 앉아 있었다.

"넥슨 휴리첼!"

넥슨, 넥슨! 저 빌어먹을 놈. 저놈이 여기 왜 있는 거지? 넥슨은 고개를 들어 작렬하는 태양을 흘깃 바라보다가 다시 우리들에게 고개를 돌렸다.

"의외로군. 꽤 빨리 오는군."

난 목이 터져라 고함을 질렀다.

"여기서 뭘 하고 있는 것이냐! 네가 이 도시를 세이크럴라이즈한 것이냐?"

넥슨은 빙긋 웃으며 일어났다. 샌슨은 턱을 덜덜 떨면서 말에서 내렸다. 난 말에서 내린 다음 네리아에게 말에 타고 있도록 손짓했다. 레니가 걱정되는 것이었다. 네리아는 고개를 끄덕였고 제레인트는 의아한 얼굴로 노새에서 내려섰다. 제레인트는 나에게 살며시 물어왔다.

"저 사람은 누구지?"

"우리나라의 반역자예요. 자이펀과 손잡고 반역을 꿈꾸다가 들통나서 달아났지요. 그런데 왜 여기 있는 거지?"

샌슨은 검을 뽑아들면서 음산하게 말했다.

"여기서 뭐하냐?"

"기다리고 있었지."

"우리를? 우리를 따라온 것인가?"

"그렇지는 않다. 하지만 어쩌다 보니 너희들이 이 도시에 있는 것을 알게 되었지."

난 갑자기 어젯밤의 기억이 떠올랐다. 창가를 날아가던 박쥐.

"그 박쥐가!"

샌슨은 의아한 표정으로 날 바라보았다. 난 이를 악물면서 외쳤다.

"그 뱀파이어도 와 있었군! 낮이라서 못 나오는 모양이지? 그렇군. 역시 이 도시의 이 질병도 그 여자의 작품이군?"

샌슨은 눈을 크게 뜨더니 곧 넥슨을 사납게 노려보았다. 넥슨은 고개를 갸웃거렸다.

"놀랍군. 정말 무서운 놈들이야. 모르는 것이 없는걸."

"왜? 왜 자이펀과 바이서스의 전쟁에는 아무 상관도 없는 이 나라에 이런 짓을 하는 거야?"

넥슨은 히죽 웃었다. 그러고는 천천히 검을 뽑아들었다.

"설명할 의무가 없다."

"뭐야?"

그때 샌슨이 앞으로 나섰다. 롱소드를 쥔 샌슨의 팔에 힘줄이 돋는 것이 보였다. 지독한 열기와 지독한 감정의 소용돌이로 공원은 기이하게 보였고, 모든 것이 백열하여 끓어오르는 아지랑이 사이에서 두 사람은 서로를 마주보았다.

샌슨은 말했다.

"아마 넌 디바인 마크의 위치를 알겠지. 말한다면 죽이지 않겠다."

넥슨은 피식 웃었다.

"너희들은 여러 가지로 방해가 된다. 너희들에 대한 복수를 생각하고 있었긴 하지만, 그것은 좀 더 장엄하고 고상한 장면에서 이루어지길 바랐지. 이런 시시한 장소에서일 줄은 몰랐지. 하지만 기회가 왔으니, 내 복수심을 충족시키겠다."

"말은 필요없군."

샌슨은 앞으로 달려나갔다. 제레인트가 기겁한 고함을 질렀다.

"샌슨 씨! 나가면 병에 걸립니다!"

그러나 샌슨은 뒤도 돌아보지 않고 그대로 검을 휘둘렀다.

광캉!

넥슨 저 빌어먹을 자식은 여전히 내 OPG를 끼고 있었다. 그는 무서운 힘으로 샌슨에게 검을 휘둘러대었다. 하지만 샌슨은 그 굉장한 힘이 실린 검을 상대하지는 않았다. 샌슨은 가볍게 발을 놀리며 넥슨의 검을 피해 나갔다. 그리고 샌슨은 평범하게까지 보이는 찌르기를 시작했다.

넥슨은 질겁하며 물러났다. 샌슨의 공격은 극히 평범했지만 도저히 피할 수 없는 공격이었다. 단순한 중단 찌르기. 그리고 곧 가벼운 상하단 베기. 넥슨은 극히 놀란 얼굴로 뒤로 물러섰다. 하지만 샌슨은 가볍게 발을 움직여나갔고 그의 팔은 계속 움직였다. 마치 파리나 쫓는 듯이 가벼운 팔놀림. 그러나 넥슨은 그 가벼운 검의 궤적에 당황하며 계속 물러나는 것이다.

네리아는 감탄을 터뜨렸다.

"대단해……."

난 이마에 흐르는 땀을 닦을 새도 없이 샌슨과 넥슨의 대결을 바라보았다. 샌슨은 여전히 귀찮은 파리를 쫓는 노인처럼 검을 이리저리 휘둘러대었다. 하지만 그 공격에 넥슨은 주춤거리며 물러나는 것이다. 넥슨은 몇 번 반격하려는 듯이 어깨를 움직였지만 그때마다 반격을 포기하며 물러날 수밖에 없었다. 네리아는 침을 삼키며 말했다.

"전부 막히고 있어…… 저렇게 간단히 휘두르는 건데."

달인이군 그래. 샌슨은 대충대충 넥슨을 공격하고 있었다. 그야말로 그가 항상 연습하는 그 교본에 나오는 공격 자세 그대로였다. 그런데도 넥슨은 어쩔 줄 모르면서 물러났다.

그러나 한참 밀려나던 넥슨은 고함을 질렀다.

"으아압!"

넥슨은 고함을 지르며 뒤로 크게 뛰었다. 그러곤 뒤로 내디딘 발로 그대로 다시 땅을 박차며 돌진했다. 순전히 힘으로 밀어붙이기로 작정한 듯했다. 샌슨은 주춤거리며 물러났다. 바우우웅!

목 뒤에 소름이 돋았다. 이 뜨거운 태양 아래서 갑자기 한기가 느껴진다. 넥슨이 휘두른 검에서는 믿을 수 없는 소리가 들려왔고 샌슨은 아랫입술을 깨물면서 뒤로 물러났다. 검으로 막아낼 수는 없다. 저 무지막지한 힘을 막는 것은 불가능하다. 샌슨은 뒤로 물러나면서 견제를 위해서 아래를 베었다. 그러나 넥슨은 그것을 무시하면서 검을 휘둘러내렸다.

"크으윽!"

"아아악! 샌슨!"

네리아의 비명소리. 피다! 피! 넥슨은 허벅지에 깊은 상처를 받으면서도 샌슨의 어깨를 내리쳤다. 저 자식이 완전히 미쳤구나! 아래로 깊이 베어들어가던 참이라 샌슨은 간신히 목이 통째로 날아가지는 않았다. 대신 어깨에 깊은 부상을 입으며 뒤로 물러났다. 샌슨은 어깨를 부여잡으며 말했다.

"뭐냐……, 죽으려고 작정한 거냐?"

넥슨은 빙긋 웃었다. 다리에 깊은 상처를 입어 바지가 피에 젖어가는데도 그는 웃고 있었다. 하얗게 타오르는 태양 아래 그의 웃음이 시퍼렇게 빛났다.

"상처는 고치면 그만이야. 희생을 두려워하면 결과를 얻지 못해."

"희생을……, 그래. 너다운 행동이군. 아무 데나 가벼운 희생이라는 말을 붙이는. 그 아이도 가벼운 희생이었지?"

샌슨은 경멸적인 표정으로 넥슨을 바라보았고 넥슨의 얼굴이 일그러졌다. 넥슨은 고함을 질렀다.

"죽어랏!"

넥슨은 무자비하게 검을 휘둘러대기 시작했다. 견디지 못한 내가 달려나가려고 했다. 그러나 그 순간 샌슨이 갑자기 피를 토하며 물러났다.

"크으…… 칵!"

샌슨은 황급히 입을 가로막았고 네리아와 레니는 동시에 비명을 질렀다. 샌슨은 하얗게 된 얼굴로 말했다.

"폐병인가? 젠장. 하필이면……."

넥슨은 싸늘하게 웃었다. 제기랄! 난 앞뒤 없이 달려나가고 말았다. 샌슨은 뒤를 보더니 놀란 표정을 지었다.

"후치! 이 자식아, 나오지 마!"

"시끄러워! 입에서 피 토하면서 할말 못할 말 구분도 못하는 바보 같으니! 물러나!"

난 바스타드를 단단히 감아쥐고 넥슨의 앞을 가로막았다. 그러나 샌슨이 거칠게 내 어깨를 붙잡아 밀어버려 난 휘청거렸다. 제기랄, 이런 때 샌슨과도 싸워야 되나? 그러나 바로 그 순간 넥슨이 달려들기 시작했다. 이런, 제기랄!

"쾅쾅쾅콰앙!"

대지가 진동했다.

말들의 비명소리, 이힝힝힝힝! 나는 샌슨에게 밀리다가 그대로 발디딤이 불안해져서 땅에 주저앉고 말았고 달려들던 넥슨도 휘청거리느라 더 이상 달려들지 못했다. 이게 뭐야? 네리아는 고개를 돌려 바라보다가 외쳤다.

"바다가!"

바다에서 거대한 소용돌이가 일어나고 있었다.

칼라일 영지에서 본 그것과 같다. 다른 점이 있다면 그때는 불의 회오리였고 지금은 물의 회오리라는 것. 이루릴이구나! 이루릴이 바다에 거대한 소용돌이를 일으켜서 언데드들을 휘말아올리는 소리였다. 바다에서 하늘로 뻗어오르는 그 소용돌이는 직경이 수십 큐빗은 되어보였고 이 거리에서 보아도 그 크기에 압도당할 지경이었다. 제레인트는 그 광경에 질려 부들부들 떨었고 넥슨마저 얼빠진 표정으로 그 광경을 내려다보았다.

"그 엘프인가. 놀랍군. 그때처럼 정령 둘을 불러들인 모양이군. 저건…… 실프와 언딘인가?"

난 최대한 빠르게 일어나며 외쳤다.

"그래! 이제 곧 그녀가 올 것이다. 그러면 넌 끝장이야! 지금은 낮이라서 그 뱀파이어도 널 돕지 못해! 항상 네 옆에 붙어다니던……, 어라?"

그 마부는? 항상 넥슨에게 붙어다니던 그 말없는 마부는 어떻게 된 거지? 갑자기 넥슨의 눈에 이상한 빛이 번뜩였다. 뭐지?

"아아악!"

비명소리에 놀라 뒤를 돌아보았다. 말에서 떨어지는 네리아가 보였다. 그리고 네리아 대신 말에 올라타는 남자의 모습도. 그 마부다! 네리아는 팔에 깊은 상처를 입고 있었고 제레인트는 황급히 스태프를 휘저었다. 그러나 마부는 검을 휘둘러 가볍게 스태프를 쳐내고는 그대로 말을 출발시켰다. 샌슨이 외쳤다.

"너, 레니를!"

저 빌어먹을 녀석이 레니를 노리고 있었군! 넥슨은 히죽 웃었다. 그러나 그때 쇠약한 네리아의 음성이 들려왔다.

"실수야, 실수."

뭐라고? 그리고 다음 순간 레니의 비명소리가 들려왔다.

에보니 나이트호크, 저 용맹한 말은 바뀐 주인을 인정하지 않았다. 에보니 나이트호크는 발길질을 하며 마부와 레니를 떨어뜨려버렸다. 나와 샌슨은 잠시 서로를 쳐다본 다음 곧장 레니에게 달려갔다. 지금 이 순간에는 레니가 가장 중요하다. 그녀는 크라드메서의 드래곤 라자, 절대로 보호해야 된다.

뒤에서 넥슨이 고함질렀다.

"거기 서라!"

웃기네. 샌슨은 어깨와 입에서 피를 흘리면서도 무섭게 달려갔고 나 또한 무슨 말인지도 모를 고함을 지르면서 달려갔다. 마부는 말에서 떨어진 충격으로 몸을 가누지 못했고 그 사이에 우리는 레니를 붙잡았다. 레니는 거의 제정신이 아니었다. 나와 샌슨은 레니를 뒤로 돌리면서 앞을 가로막았고 제레인트와 네리아가 양쪽에서 레니를 둘러쌌다. 달려오던 넥슨은 고개를 가로저었다.

"끈질긴 놈들이군!"

그럼! 우리는 순종 헬턴트 사나이거든? 샌슨은 온몸이 피범벅이 된 채로 웃고 있었다. 하하. 나도 쌀쌀맞게 웃으며 넥슨을 바라보았다. 넥슨은 고개를 갸웃거리며 우리를 바라보았다.

"웃어? 뭐가 우스운 거지?"

난 피식거리며 말했다.

"인생이 너무 즐겁거든. 드문드문 불쾌한 녀석들이 끼어들긴 하지만 말이야."

샌슨은 콜록거리면서도 웃었다.

"쿨럭, 큭큭. 그래. 여기도 죽을 자리로는 괜찮군. 쿨럭. 인생이 장밋빛이군."

넥슨은 우리들의 이야기를 도저히 이해하지 못할 것이다. 그때 그 마부가 비칠거리며 일어났다. 마부는 넥슨에게 다가서더니 머리를 조아렸다. 넥슨은 말했다.

"됐어. 예상 외의 일이었으니."

말을 하던 넥슨은 갑자기 휘청거렸다. 마부는 당황해서 넥슨을 부축했다. 저 녀석, 역시 다리의 상처가 크지?

넥슨은 이를 악물면서 우리를 노려보다가 마부에게 뭐라고 귓속말을 했다. 그러자 마부는 손을 품 안에 집어넣었다. 뭐지? 마부는 품속에서 스크롤을 꺼내었다. 넥슨은 마부에게 부축된 채로 말했다.

"오늘도 아쉽게 헤어져야겠군."

무슨 말이야? 마부는 한 팔로 넥슨을 부축한 채 이빨과 손으로 스크롤을 찢었다. 그러자 그 순간 이 뜨거운 태양빛 아래에서 다시 한번 무서운 빛이 터져나왔다. 잠시 후 눈을 떠보니 넥슨과 마부의 모습은 사라졌다. 제레인트가 힘없이 말했다.

"텔레포트……."

털썩. 샌슨은 무릎을 꿇었다. 레니와 네리아는 모두 질겁을 하면서 샌슨에게 달려들었다. 그러나 샌슨은 조용히 팔을 휘저으며 말했다.

"제레인트 씨. 치료가 되겠습니까?"

"아, 예."

"그럼 됐습니다. 후치. 잠시 네가 좀 찾아봐라. 그 디바인 마크를."

난 온몸에서 피를 흘리다시피 하고 있는 그를 바라볼 수가 없었다. 그래서 고개를 돌리며 말했다.

"알았어."

하지만, 하지만 어디서 그것을 찾지? 젠장. 난 일단 미친 듯이 뛰어다니기 시작했다. 도대체 어디 있는 거야? 난 흙이 보이는 곳은 모조리 달려가 보았다. 하지만 일일이 다 파헤쳐 보아야 하나? 제기랄! 도대체 어떻게 땅속에 있을 그것을 찾는다는 말이야?

그때였다. 멀리서 다가닥거리는 말발굽 소리가 들려왔다. 고개를 돌리자 달려오고 있는 래셔널 셀렉션과 이루릴의 모습이 보였다. 이루릴은 말이 채 멈추기도 전에 뛰어내리며 말했다.

"여기서 빛이 번뜩이던데요? 어머, 샌슨!"

"넥슨……, 그 개자식이 여기 있었어요."

네리아의 대답에 이루릴의 얼굴이 어두워졌다. 그녀는 재빨리 주위를 둘러보았다.

"여기 흙이 있군요. 이 근처인가요?"

"예. 그럴 것 같아요."

이루릴은 주위를 둘러보다가 역시 당황한 얼굴이 되었다. 공원에는 온통 나무들이었고 따라서 엄청나게 많은 흙이 있었다. 이걸 도대체 어쩌면 좋지? 칼라일 영지에서는 얼마 되지 않는 네거리였다. 하지만 여기는 너무 넓다!

그때 제레인트가 나에게 말했다.

"이봐. 찾는 것이 디바인 마크야?"

"예? 아, 예. 그래요."

"진작 말하지!"

제레인트는 혀를 차며 말했다. 그리고 그는 곧 자신의 디바인 마크를 들어올리며 말했다.

"잠시 참아주십시오. 잠시면 될 겁니다."

그리고 제레인트는 곧 푸른 방어막을 없애버렸다. 그는 디바인 마크를 두 손으로 들고 기도에 들어갔다. 우리들 모두 숨죽인 가운데, 그는 기도를 마치고 외쳤다.

"디텍트 디바인 파워!"

그는 잠시 디바인 마크를 들러올린 채 서 있다가 당황한 얼굴이 되었다.

"어라? 무슨 느낌이 이렇지?"

이루릴은 어깨를 축 늘어뜨리더니 말했다.

"여기 전체가 세이크리드 랜드입니다. 이 도시 전체에 디바인 파워가 가득한 셈이지요. 디텍트로는 알아낼 수가 없을 겁니다."

그녀의 목소리에도 짜증스러운 느낌이 있을 수 있다는 것을 처음으로 알게 되었다. 아니, 내가 짜증스러워서 그런 것인가? 제레인트는 당황한 얼굴이 되더니 다시 방어막을 형성했다. 우리는 잠시 말을 잃은 채 주위를 둘러보았다. 시간은 급한데, 방법은 없다. 난 일단 다시 뛰어다니며 흙을 살피기 시작했다.

"후치! 이런, 돌아와!"

제레인트가 고함을 질렀다. 하지만 빨리 찾아야 된다고! 이렇게라도 하지 않으면 안 돼. 제기랄! 하지만 이렇게 해서 언제 찾아내지? 도시에선 계속 사람들이 죽어갈 텐데!

"커억, 헉!"

갑자기 숨이 막혀왔다. 뭐야, 이건? 조금 달렸다고 왜 숨이 막혀와? 난 핑핑 도는 머리를 붙잡으며 허리를 꺾었다.

"헉, 커어억! 콜록콜록, 카아악!"

이런, 천식인가? 무슨 병이지? 숨이 막힌다. 나도 걸려버렸어. 난 숨이 막힌 채로 주저앉아 버렸다. 이루릴이 달려와 날 일으켰지만 도대체 숨이 쉬어지질 않는다.

"우…… 칵! 커어억! 쉬이익, 쉭."

목에서 피리소리 같은 소리가 난다. 제기랄, 하필이면! 안 돼, 빨리 찾아야 돼! 그런데 왜 앞이 캄캄해지는 거지?

8

머리가 깨질 듯이 아프다. 앞은 캄캄하고, 그리고 무엇보다 참을 수 없는 것은 이 뜨거운 열기다. 난 헐떡거리며 눈을 뜨려고 했다. 하지만 눈이 떠지지 않았다. 내 머리가 어디 있지? 다리는 또 어디에 있지? 위아래도 구분되지 않았고 내 팔이 어디에 있는지도 느껴지지 않았다.

"후치? 후치야."

네리아의 목소리다. 그리고 이마를 짚는 손길이 느껴졌다. 그 감각으로 간신히 내 머리가 어디에 있는지 알게 되었고, 그래서 그 위치를 통해 추측하여 난 간신히 눈을 뜰 수 있었다.

네리아의 얼굴이 보였다.

"네……리아. 여긴?"

"임시 구호소야. 시청에서 만든."

"임시……구호소. 빌어먹을……, 그런데 디바인…… 마크는?"

네리아는 내 볼을 쓰다듬으며 말했다.

"걱정 마. 지금 시청에서 소집한 프리스트들과 도시 경비 대원들이 찾고 있어. 대규모 인원이 그 공원에 투입되었으니까 곧 찾아낼 거야."

"아직…… 못 찾았군요. 그럼……, 많이 죽었겠군요."

네리아는 대답하지 않았다. 난 감겨지는 눈을 힘겹게 뜨며 말했다.

"샌슨은……?"

"으응. 제레인트 씨가 다 치료했어. 지금 제레인트 씨는 이 구호소를 방어하고 있어."

"예……. 제레인트도…… 꽤 대단한 디바인 파워를……."

"아니. 그 디바인 마크가 대단한 것인가 봐. 뭐 그렇다고 해서 그의 노고를 깎아내릴 수는 없지만. 지금 제레인트 씨는 환자들을 돌보느라 여념이 없어. 이루릴도 그렇고. 나도 이만 가봐야겠네. 후치. 푹 자도록 해."

"예……."

다시 정신을 차렸을 때는 저녁이었다.

주위는 컴컴했다. 아마 조명에 신경쓸 사람이 없나 보다. 들리는 것은 신음소리와 간혹 찢어지는 비명소리, 그리고 울음소리뿐이었다. 뭔가 잘못된 세상에 눈을 뜬 기분이 든다.

난 몸을 일으켰다.

난 바닥에 깔린 시트 위에 있었고, 주위는 공회당인지 뭔지 어쨌든 커다란 천장과 꽤 넓은 실내가 보였다. 그리고 그 넓은 실내에는 온통 시트와, 그리고 환자들이었다.

우리 일행은 어디 있지?

약간 떨어진 곳에 몰려 앉아 있는 사람들이 보였다. 그리고 그 중에서 등을 돌리고 있는 붉은 머리가 보였다. 네리아였다. 난 비틀거리며 일어나서 그쪽으로 걸어갔다.

"후치?"

이루릴의 목소리였다. 그리고 곧 날 돌아보는 사람들이 보였다. 네리아가 일어나서 내게 달려와 부축했다.

"이런, 왜 일어났어? 누워 있지 않고."

"아뇨. 괜찮아요. 역시 밤에는 병이 진행되지 않는 모양이죠?"

"어? 너 어떻게…… 아참. 너 전에도 이런 일 겪었다고 했지?"

네리아는 날 부축하여 사람들이 앉아 있는 곳으로 데려갔다. 거기엔 어깨에 붕대를 감아맨 샌슨의 모습과 이루릴, 그리고 초췌한 모습의 제레인트가 보였다. 제레인트는 내게 힘겨운 미소를 지어보였고 난 고개를 끄덕이며 앉았다. 다른 사람들은 누군지 잘 모르겠다. 아마 이 도시의 시청 관계자들이겠지.

그 모르는 사람들 중에 하나가 헛기침을 하더니 말했다.

"그러니, 당신들 말대로라면 그 디바인 마크만 회수하면 이 모든 질병이 멈춘다는 말입니까?"

샌슨은 고개를 끄덕였다.

"예. 그렇습니다. 말씀드렸다시피 지금 계속 수색해야 됩니다. 밤이라 어둡긴 하지만 낮이 되면 병이 더욱 심하게 확산될 겁니다. 그러니 오늘 밤중에 찾아야 됩니다."

"알겠습니다."

그리고 그 사람과 다른 사람들은 일어나 어딘가로 걸어갔다. 남은 것은 우리 일행뿐이었다. 난 자꾸 구겨지려고 하는 몸을 힘겹게 곧추세우며 말했다.

"아직 못 찾았구나."

"응."

"레니는……, 그레이든 씨는?"

"레니는 그레이든 씨를 간호하고 있어. 제레인트 씨가 수고해줘서 이젠 좀 괜찮아."

제레인트는 다시 힘겨운 미소를 지었다. 난 정신을 차리기 위해 고개를 힘껏 가로저었다가 말했다.

"그런데…… 왜 이 나라에서 이런 짓을 하는 거지? 자이펀과 일스는 전쟁을 하는 것도 아니잖아."

샌슨은 피곤한 듯이 얼굴을 감싸며 말했다.

"젠장. 내가 어떻게 알아."

"우린 어쩌지?"

"응?"

자꾸 고개가 앞으로 쳐박혀지는걸. 제기랄. 난 무릎을 꽉 누르면서 말했다.

"우리가 남는다고 해서 디바인 마크를 찾아준다거나 할 수는 없어. 칼라일 영지에서는 펠레일이나 사만다가 있어서 쉽게 찾았지만, 여긴 넓은 도시야. 우리가 뭐 도움 될 것이 없는걸."

샌슨은 대답없이 묵묵히 바닥만 쏘아보았다. 난 바싹 마른 입술을 적시며 말했다.

"내일 출발하는 거야?"

"레니가 받아들일 수 있을까?"

어렵겠지. 위중한 아버지를 두고 떠나라는 말은 듣기 어렵겠지. 난 고개를 끄덕이며 말했다.

"바로 그 말을 하고 싶었어. 레니를 설득해야 되지 않을까?"

샌슨은 다시 말없이 바닥을 쏘아보았다. 시야가 너무 흔들거리는군. 난 눈을 꽉 감았다가 다시 떴다. 하지만 여전히 시야는 어지러웠다. 내 입김이 너무 뜨거운걸.

"레니는 어디 있지?"

"이봐, 후치. 지금은 조용히 있자."

"샌슨."

"일단……, 일단 그 디바인 마크를 찾으러 간 사람들이 그걸 찾아내기를 기다리자. 그렇게 된다면 그레이든 씨도 곧 나을 테니 말하기 쉬울 거야. 지금은 기다리자."

"으음……."

다음날 새벽, 공원으로 떠났던 사람들은 기어코 그 디바인 마크를 찾아왔다. 사람들의 떠드는 말을 들어보니 공원 전체를 파헤치다시피해서 찾아온 모양이다. 우리 일행은 모두 안도의 한숨을 쉬었고 사람들은 우리를 흘끔흘끔 바라보다가 곧 불안한 얼굴로 동쪽 하늘을 바라보았다. 지독한 긴장감 속에서도 마침내 동쪽 하늘에서는 어김없이 해가 떠올랐고, 건강한 사람들은 재빨리 자신의 친지와 가족들에게 달려갔다.

사람들은 불평을 터뜨렸다. 아마 그들은 해가 뜨면 환자들이 다 나을 것으로 생각했던 모양이다. 샌슨은 힘겨운 얼굴이었지만 차근차근 설명해 주었다. 디바인 마크를 회수했으니 더 이상 병이 진전되지는 않게 된 것이며, 따라서 환자들도 열심히 치료하면 나을 것이라고 설명했다. 사람들은 불평 섞인 시선이었지만 그래도 고개를 끄덕였다.

우리는 힘든 몸을 이끌고 레니에게 말을 걸었다. 그러나 레니는 세차게 고개를 저었다.

"아버지가 이러신데, 떠날 수는 없어요."

난 막막한 시선으로 그레이든 씨를 내려다보다가 다시 제레인트를 바라보았다. 제레인트는 기절할 듯한 얼굴이었지만 그래도 입술을 깨물며 기도에 들어갔다.

레니는 놀란 표정으로 제레인트를 바라보았고 제레인트는 손에서 빛을 내더니 곧 그레이든 씨를 치료했다. 그는 현기증을 느끼며 주저앉았다. 우리는 그를 눕히고는 그레이든 씨를 살펴보았다.

그레이든 씨는 한결 평온한 표정으로 숨을 쉬고 있었다.

"이제 나으신 건가요?"

"예."

"……아버지는 말했어요. 제가 가지 않으면 대륙이 위험해진다고."

"맞는 말씀입니다."

레니는 처연한 표정으로 허공을 바라보았다. 그녀는 허공을 바라보며 말했다.

"그런가요. 알았어요. 같이 떠나겠어요. 하지만 절대로 아버지와 날 떼어놓을 수는 없어요. 난 반드시 여기로 돌아오겠어요."

"당신의 의사를 존중하겠습니다."

"고마워요. 시급하시죠?"

"예."

"그럼, 지금 떠나야 되나요?"

"그래주시면 고맙겠습니다."

"알았어요. ……특별히 준비할 것은 없나요?"

"갈아입을 옷만 몇 벌 준비하면 됩니다."

"예. 그럼 일단 집으로 가야겠군요."

그렇게 말하고도 레니는 한참 동안 그대로 허공을 바라보았다. 우리는 조바심내면서 그녀를 바라보았지만 아무도 말을 하지는 않았다. 잠시 후, 레니는 허리를 굽혀 그레이든의 뺨에 키스하고는 일어났다.

"가지요."

혼수상태에 가까운 제레인트와 부상당한 샌슨, 그리고 밤을 세워 환자들을 간호하느라 힘이 쭉 빠져버린 이루릴과 네리아, 그리고 병에 걸렸다가 겨우 나은 나. 아주 초라한 일행이었다. 멋지도록 초라했다. 그 중에서도 가장 가슴에 걸리는 것은 가면이라고 착각될 정도로 잔뜩 굳은 얼굴을 한 채 걸어가는 레니의 모습이었다.

델하파의 시청이나 여기저기서 귀찮은 일이 생길까봐 우리는 최대한 빠르게 짐을 챙겨 출발했다. 레니는 네리아와 함께 말에 탔다. 그녀의 짐보따리는 처량하도록 작았다.

"전 외출을 할 일이 없어서 아무런 옷이 없어요. 평상복뿐이죠."

"아, 예."

더이상 지체하다간 아무래도 귀찮은 일이 생길 것 같았다. 우리 스스로도 이 도시에 왜 이런 일이 생긴 것인지 이유를 모른다. 우리는 물론 그 범인을 알고 있지만 이것은 국제적인 문제이고 따라서 우리 스스로도 전모를 모르는 이야기를 할 수가 없다.

그래서 우리는 황급하게 델하파를 빠져나왔다. 모두들 힘들었지만 델하파에서 충분히 떨어진 다음 쉬기로 했다. 제레인트는 몇 번이나 나귀에서 떨어질 뻔했고 샌슨은 부상 때문에 몹시 힘겨운 표정이었다. 나 또한 제정신이 아니었고.

도대체 무슨 정신인지도 모르게 간신히 한발 한발을 내딛은 끝에 우리는 겨우 델하파에서 멀어질 수 있었다.

레니는 처음으로 자신의 고향을 벗어나는 것이다. 그녀는 주위의 모든 것이 불안하다는 표정이었다. 산도 숲도 들도 나무도 그녀에겐 모조리 낯설었고, 마음대로 하라고 하면 지금 당장이라도 뒤로 돌아 아버지에게 달려가 버릴 듯한 얼굴이었다. 레니는 네리아의 허리를 꽉 붙잡곤 그저 고개를 푹 숙이고 있었다.

네리아는 피곤한 얼굴이었지만 그래도 간혹 레니에게 말을 걸었다. 하지만 얼마 있지 않아 포기해 버렸다. 무슨 말을 걸어도 레니는 시큰둥한 반응만 보여주었다. 네리아는 짜증스러운 얼굴로 고삐를 늘어뜨리고는 묵묵히 앉아 있었다.

이루릴은 변함이 없었다. 그녀는 그저 간혹 안쓰러운 얼굴로 레니를 바라보았을 뿐 아무런 말이 없었다.

지칠 대로 지쳐빠진 우리는 많이 걷지도 못하고 오후 중간쯤에 멈춰 서게 되었다. 모두들 피곤해서 점심이고 뭐고 관두라는 심정이었고, 그래서 서로에게 말 한 마디 건네지 않은 채 무거운 손으로 시트를 끄집어내어 바닥에 대충 쓰러져 잠이 들었다. 샌슨은 불침번을 서려고 했지만 이루릴이 조용히 그를 눕히고 대신 나무에 기대어 앉았다.

난 모포 속에 몸을 틀어박고는 날씨와 아직 남아 있는 병기운 때문에 덜덜 떨리는 몸을 어떻게든 진정시켜 보려고 애썼다. 그런 내 귀에 이루릴의 목소리가 들려왔다. 이루릴은 별 피곤한 기색도 없이 조용히 말했다.

"레니 양. 피곤하지 않아요?"

그리고 조금 후 레니의 목소리가 들려왔다.

"예? 예. 괜찮아요. 그런데……."

"그런데?"

레니는 한참 기다린 다음에 말했다.

"어떻게 생각하실진 모르지만…… 대륙을 구하는 여행이 아니라 무슨 초라한 유랑민 같아요."

"그런가요?"

킥, 키긱! 유랑민이라. 하긴 온통 아픈 사람에 지친 사람들, 게다가 후다닥 달아난 사람들이다. 멋스러운 점은커녕 비장한 점이나 그럴듯한 면도 없다. 이런 우리가 지금 대륙의 위기를 구하기 위해 대륙에서 가장 소중한 소녀를 호송하는 영웅들인가? 푸헷헤헤!

갑자기 제레인트의 목소리가 들려왔다.

"인생은 그렇게 멋있는 것도, 영웅 서사시 같은 것도 없어요. 특히 자신의 인생은."

"그런가요?"

레니가 대답했다. 난 모포에서 눈만 꺼내어 바라보았다. 제레인트는 힘든 표정이었지만 그래도 잠들기 전에 기도를 올리고 있었다. 그는 싱긋 웃으면서 말했다.

"당신이 우주를 구한다고 해도, 당신의 인생이 다른 수많은 인생보다 특별히 가치 있어지진 않아요. 그때문에 대부분의 사람들은 자신이 시시하게 산다고 생각하지요. 하지만 틀려요."

"틀리다고요?"

"모두들 똑같이 고귀해서 특별히 뛰어난 것이 없다는 것이지, 모두들 시시해서 특별히 뛰어난 것이 없다는 것은 아니에요."

"이 유랑민 같은 여행도? 푸훗."

"하하. 오히려 지금의 이 상황은 모험중인 영웅들에게 어울리는 고난 아닌가요? 핸드레이크가 드래곤 로드에게 패해 달아날 때는 이보다 더 심했지요."

난 소리내어 웃을 뻔했다. 제레인트, 제레인트. 정말 못 말리겠군. 그렇게 고생을 했으니 모험이라는 말에 정이 다 떨어질 줄 알았는데. 난 기분 좋게 잠들 수 있었다.

우두둑, 뚜둑!

"아, 아이고 뼈다귀야."

레니는 감탄한 얼굴로 몸에서 어떻게 그런 소리를 내냐는 표정을 지어보였다. 그리고 레니의 관심 대상이 되어버린 네리아는 입술을 삐죽거렸다. 그러곤 팔다리를 휘둘러 잠기운을 모두 몰아내기 시작했다.

샌슨도 자고 일어나서 그런지 안색이 한결 나았다. 샌슨은 행복한 잠에 취했던 멧돼지처럼 모두에게 미소를 지어주곤 곧 내게 이빨을 들이대었다.

"밥!"

"악! 악! 악!"

난 투덜거리며 물통을 뒤적거리고 돌을 모았다. 레니가 다가왔다.

"저, 야외에서 요리하는 방법은 모르지만, 도와주고 싶은데……."

"도와준다고요? 고맙지요. 거기 앉아서 나 하는 것 잘 본 다음에 다음번 식사 준비 때 그대로 해요."

"예? 아, 예."

"아, 그리고 말 놓지? 난 17살인데."

레니는 상냥하게 고개를 끄덕였다.

"응. 알았어. 내 나이는……."

"비슷하겠지? 됐어."

그러자 레니는 모은 무릎 위에 턱을 얹고는 재미있다는 듯이 날 바라보았다.

커다란 돌멩이를 모아 불을 지피고 물 끓이고, 프라이팬 꺼내어 휘파람 불며 닦고. 네리아는 자신의 태도를 대단히 정확히 했다. 그녀는 요리에 대해서는 관계하지 않고 식사에 대해서는 중요한 위치를 차지하겠다는 단순 명쾌한 논리로 편안하게 모포 속에 드러누워 있었다. 이루릴은 생긋 웃더니 우리 일행에 생물은 인간만 있는 것이 아니라는 것을 확인시켜 주듯 말들을 살펴보러 갔다. 제레인트는 내 옆에 쪼그려앉아서는 침을 꿀꺽꿀꺽 삼키면서 전혀 성직자답지 못한 태도를 보여주고 있었다. 그것은, 에, 은근슬쩍 프라이팬에 손을 뻗어 팬케익 훔쳐가려다가 튀는 기름에 데고는 자지러지는 비명을 지르며 테페리를 부르고는 손가락을 입에 넣어 쭉쭉 빤다든가 하는 그런 거……. 아이고. 정말 요리할 분위기 만들어주는군.

결국 한 시간 후, 우리는 한손에 커다란 팬케이크(먹고 목이나 메어버리라는 심정으로 프라이팬이 넘치도록 만들어준 특대형이다)를 들고 말에 올라탄 샌슨의 인도를 받아 출발하게 되었다.

"가자. 실키안 레이크로. 온통 물뿐인 나우르첸으로 가자."

우리는 한참 동안 이상한 눈으로 샌슨을 바라보았다. 네리아가 먼저 한숨을 쉬며 말했다.

"온통 물뿐인…… 같은 말이라도 좀 품위 있게 못하니?"

그리고 내가 말을 받았다.

"그렇지. 은색의 대지, 그 푸르른 수면에 고고히 서 있는 저 나우르첸으로 우리의 지향을 보내자."

"그것도 괜찮고. 수면으로 떠올라 수면으로 사라지는 태양빛이 하루 종일 머무는 아름다운 나우르첸으로."

샌슨은 볼이 미어져라 팬케익을 쑤셔넣더니 말했다.

"그래서? 품위가 없다고 안 갈 거야?"

"가야지, 뭐."

흠. 역시 제레인트의 말대로 인생은 그렇게 멋있는 것은 아니군. 그래도 걸음은 앞으로 나가고, 시야는 높이 두는 것이지. 가자구.

"온통 물뿐인 나우르첸으로."

일스 공국의 수도 바란 탄으로 간 칼 일행은 일스 대공을 접견한 다음 나우르첸으로 돌아와 우리들과 합류하기로 했다. 그래서 우리는 나우르첸 성으로 향했다.

레니가 익숙지 않은 여행에 자주 피곤해했지만 그외에 별다른 일은 없었다. 단 하나 특기할 사항이 있다면 제레인트가 멋모르고 자신이 가진 디바인 마크는 대단히 값비싼 것이라는 말을 꺼낸 이후로 간혹 네리아가 눈을 번뜩이게 된 것뿐이랄까.

어쨌든 드래곤 라자 소녀도 찾았고, 우리 임무는 깨끗이 완료다. 바란 탄으로 떠난 칼이야 별로 걱정되지 않고. 이제 레니를 데리고 갈색 산맥까지 돌아가면 되는군. 에구, 기나긴 여정이었다.

해변을 따라 걸으며 어제 오늘 다르게 쌀쌀해진 바람을 맞는다. 산등성이를 돌아 올라갈 때는 겨울로 넘어가는 숲의 신비로운 죽음들. 그리고 산기슭에서 내려다보니 멀리 끝없이 펼쳐진 호수가 보인다.

"실키안 레이크다."

샌슨은 말했고 네리아의 등 뒤에 있던 레니는 고개를 내밀어 앞을 바라보고는 눈이 동그래졌다.

"저게 호수예요? 저, 저쪽의 저 바다와 연결된 거 아니에요?"

네리아는 어깨를 으쓱거리더니 말했다.

"호수야. 너희 나라의 유명한 호수인데, 모르니?"

"집을 떠나본 적이 없어요."

"응. 그래. 그럼 잘 봐둬. 늙었을 때 손자 손녀 모아놓고 이야기할 거리는 있어야지."

레니는 입술을 샐쭉거렸다.

"난 시집 안 갈 거예요."

푸훅! 난 어이가 없어서 말에서 떨어질 뻔했다. 도대체 뭐야? 애도 아니고. 저런 유치해서 귀여운 말이라니. 샌슨도 어이가 없어서 레니를 바라보았다. 보라구. 저 오거도 놀라잖아.

네리아는 해죽 웃으며 말했다.

"그럼, 아빠하고 살 거야?"

"어떻게 알았어요?"

레니는 눈을 동그랗게 떴고 우리는 모두 폭소를 터뜨렸다.

목적지가 눈 앞에 보이게 되면서부터 발걸음이 조금씩 빨라졌다. 호수에 어리는 햇살의 눈부심이 갈수록 강렬해지고, 그리고 우리는 나우르첸 성에 도착했다.

성문 앞에 서 있던 문지기들은 우리들을 알아보고는 인사를 건네어왔다.

"돌아오셨군요. 칼 님이 기다리고 계십니다."

"예? 칼이 벌써 돌아왔어요?"

어? 이상하다. 여기서 바란 탄까지의 거리는 델하파까지의 거리와 비슷하다고 듣긴 했지만, 게다가 우리는 델하파에서 하루를 지체했지만, 그래도 칼은 대공 전하를 만나러 간 것이라 시간이 많이 걸릴 줄 알았는데?

우리는 얼떨떨한 얼굴로 성 안에 들어갔다. 레니는 감탄한 얼굴로 성을 둘러보았고, 그래서 우리는 그녀가 성을 구경할 수 있도록 네리아와 함께 남겨놓고는 먼저 칼을 만나러 들어갔다.

성 안으로 들어서서 하인들의 안내를 받아 우리가 쓰던 방으로 갔다. 칼과 스카일램이 그 거실에 앉아서 우리들을 기다리고 있었다.

"돌아왔는가?"

칼은 자리에서 일어나며 반가운 표정을 지었다. 칼은 먼저 샌슨의 부상을 보고는 놀란 얼굴이 되었다. 그러고는 주위를 둘러보다가 제레인트를 보았다. 칼은 알겠다는 듯 고개를 끄덕였다.

"이분은 테페리의 프리스트이신가 보군?"

제레인트는 고개를 끄덕였다.

"말씀들었습니다. 칼 헬턴트 님이시죠? 전 제레인트 침버라고 합니다. 필요할 때를 위한 작은 행운을."

"마음 가는 길은 죽 곧은 길. 반갑소. 어서 오시오."

스카일램 트리키도 대충 인사를 나눴다. 그 동안 칼은 불안한 눈으로 주위를 둘러보다가 말했다.

"저, 네리아 양은? 그리고 그 소녀는……, 못 찾았는가?"

샌슨은 웃으며 베란다를 가리켰다. 우리들 모두 베란다로 걸어가서 아래를 내려다보았다. 네리아와 함께 성의 여기저기를 바라보며 감탄하는 레니의 모습이 보였다. 칼은 소녀를 바라보다가 다시 샌슨을 바라보았다. 샌슨은 고개를 끄덕이며 대답했다.

"저 소녀의 이름은 레니이고, 제레인트 씨가 확인한 바로는 바로 드래곤 라자입니다."

"다행이군!"

칼은 크게 기뻐하는 얼굴이 되더니 다시 레니를 내려다 보았다. 그때 네리아가 위쪽의 시선을 알아차리고는 위를 올려다보며 손을 흔들었다.

"야호! 칼 아저씨!"

레니는 놀라서 위를 쳐다보더니 곧 고개를 숙이고 네리아의 뒤로 돌아가 버렸다. 네리아는 웃음을 터뜨리더니 레니에게 뭐라고 말했지만 우리들에게는 들리지 않았다.

"그런데, 어떻게 된 겁니까. 이렇게 빨리 돌아오시다니요."

칼의 얼굴에 문득 어두운 표정이 스쳤다. 그러나 칼은 웃으며 말했다.

"아, 그건 천천히 설명함세. 자네들 모두 긴 여행길이었나 보군? 그리고 이 상처는 또 웬 건가? 아무래도 많은 이야기를 듣게 될 것 같은데, 그렇다면 먼저 푹 쉬고 들려주게나."

샌슨은 고개를 갸웃거렸다가 다시 끄덕였다.

"예. 알겠습니다."

씻고, 갈아입고, 먹고, 좀 자고, 그러고 우리는 저녁 식사 후에 다시 거실에 모였다. 네리아와 레니는 방 안에 틀어박혀 무슨 이야기를 나누는지 나와볼 생각도 하지 않았다. 레니가 낯선 곳에서 힘들어할까봐 네리아가 붙어다니는 모양이다. 그래서 거실에 모인 것은 칼과 나, 샌슨, 이루릴, 스카일램, 그리고 제레인트였다. 먼저 칼이 이야기했다.

"그래, 자네들 이야기를 들려주게."

샌슨은 고개를 끄덕이고 말을 시작했다.

"예. 먼저 테페리의 신전에 들러 제레인트 씨를 만나고, 그리고 델하파에 가서 레니를 만났습니다. 제레인트 씨는 레니가 드래곤 라자임을 확인했고, 그래서 레니의 보호자였던 그레이든이라는 분의 동행 허락을 얻어 돌아오려던 참이었지요. 아, 저 그레이든 씨는 레니를 15년이 넘도록 길러오신 분으로 친딸과 같이 생각하시더군요. 하지만 크라드메서의 위험을 이해하시고 허락해 주었습니다. 이후 레니의 거취에 대해서는…… 아니, 이 점은 천천히 이야기하도록 하지요. 예. 그런데 그 출발일 아침, 갑자기 델하파의 항구가 세이크리드 랜드가 된 것을 알게 되었습니다."

"세이크리드 랜드!"

칼과 스카일램이 동시에 신음을 흘렸다. 그들은 갑자기 서로를 쳐다보았다. 샌슨은 무거운 얼굴로 말했다.

"예. 저희는 그날 아침이 바로 세이크럴라이즈의 첫날일 것이라고 판단하고는 도시의 중심부를 찾아갔습니다. 거 왜, 칼라일 영지에서는 그렇지 않았습니까?"

"맞아, 그렇지. 그래서?"

"예. 그런데 도시의 중심부에 해당하는 공원에서 넥슨 휴리첼을 만나게 되었습니다."

"뭐라고?"

칼의 반문은 극히 낮았다. 목소리가 제대로 나오지 않는 모양이다. 제레인트는 그날 아침의 기억을 떠올리는 건지 어두운 얼굴이 되었다. 나도 소름이 돋는데.

샌슨은 주먹을 불끈 쥐며 말했다.

"전 그와 싸웠습니다만 세이크리드 랜드에서의 싸움이라 제대로 싸울 수가 없던데요. 정말 아쉬웠습니다만 그래도 전 그 녀석이 물러날 정도의 상처를 입혔습니다. 젠장. 그놈도 OPG를 가지고 있어서 저에게 이 멋진 상처를 남겨주었습니다. 하지만 결국 무승부가 되고 녀석은 달아나버렸습니다."

"이런…… 맙소사. 그가 일스에 있었군. 그래, 자네 상처는 괜찮은 건가?"

"예. 괜찮습니다. 어쨌든 델하파 시청의 도움을 얻어 디바인 마크를 회수하고는 레니와 함께 여기로 돌아온 것입니다."

"아, 그래. 정말 수고들 했네. 감사합니다, 제레인트."

제레인트는 언제나처럼 유쾌하게 웃으며 말했다.

"아뇨. 역시 모험은 영웅들과 함께 다녀야 안전하다는 것을 깨닫게 되었습니다. 전 이분들 뒤만 열심히 따라다녔는 걸요. 하하하."

그리고 샌슨은 질문했다.

"그런데, 칼은 왜 이렇게 일찍 돌아온 거죠?"

칼은 한숨을 쉬었다. 그는 먼저 스카일램을 바라보았다가, 다시 말했다.

"우리는 별 무리없이 바란 탄에 도착했네. 아름다운 도시였네만 그건 중요한 것이 아니지. 어쨌든 사절의 자격으로 대공 전하를 만날 수 있었네. 난 찾아간 목적을 이야기했고, 대공 전하를 설득하기 시작했지. 운차이도 사실대로 다 이야기했고. 처음엔 잘 풀려나갔어. 대공 전하는 크게 노여워했고 내 말에 깊은 관심을 보였지."

"과거형이군요. 그런데 뭔가 안좋은 일이 일어났다?"

내 말에 칼은 고개를 끄덕였다.

"그렇다네. 바로 그 다음날, 갑자기 대공 전하는 회견 중단을 통고해 오더군. 어처구니가 없었다네. 여기저기로 알아본 결과 그날 아침, 일스 곳곳이 세이크리드 랜드가 되었다는 사실을 알게 되었네."

머리가 띵해지는걸? 난 눈이 튀어나올 듯한 기분을 느끼며 칼을 바라보았다. 제레인트는 입을 빼끔거리기 시작했다.

"자네들 이야기를 들으니 확실히 알겠군. 그 이야기가 역시 사실이었군 그래."

"맙소사……."

샌슨은 입술을 깨물면서 고개를 가로저었다. 난 무서운 예감이 들었다.

"그렇다면, 그 시오네는 확실히 실험에 성공했고……."

칼은 날 보며 말했다.

"계속 말해 보게, 네드발 군."

"예……, 시오네는 칼라일 영지에서의 실험에 성공해서……, 이제 어느 땅이든 디바인 마크만 묻으면 세이크리드 랜드로 바꿔버릴 수 있는…… 그런 무기를 만들었군요."

칼은 무겁게 고개를 끄덕였다.

"내 생각도 그렇다네."

"맙소사, 그렇다면. 그런데 왜 일스를?"

사람들은 모두 긴장해서 칼을 바라보았다. 칼은 깊은 한숨을 쉬며 말했다.

"간단하잖은가? 일스 공국이 바이서스에 협력하지 못하도록 위협한 거지."

샌슨은 입을 딱 벌렸다.

"그렇군요!"

"그렇지. 바이서스가 일스 공국에 사절을 보냈다는 것이야 비밀도 아니지. 그래서 자이펀에서는 우리들이 일스 공국과 손잡게 되는 것이 마음에 들지 않아서……, 그래서 그 무기, 이름을 뭐라고 불러야 될까? 질병의 무기라고 해야 될까? 어쨌든 그 무기의 최초 실험겸해서 이런 일을 벌인 것일 게야."

스카일램은 이를 갈면서 말했다.

"끝장이군요. 자이펀에서 그런 무서운 무기를 개발했다면…… 어서 고국으로 돌아가서 방도를 찾아야 됩니다!"

"어떤 방도가 있을지 의문이오. 누구든 밤에 몰래 도시 가운데다가 몰래 디바인 마크를 묻기만 하면 되오. 그러면 그 다음날로 그 도시는 질병의 율법만이 판을 치는 세이크리드 랜드가 되는 것이오. 그리고 모든 사람이 쓰러지고 나면 전투도 아닌 점령을 시작하고, 그리고 디바인 마크를 파내기만 하면 되지. 그러면 땅은 원래대로 돌아가고……. 정말 가공할 무기로군."

스카일램은 시퍼렇게 질려버렸다. 맙소사. 이건 여느 무기가 아니다. 아마 스카일램도 전략에는 꽤 조예가 있겠지만 이런 황당한 무기에 대해서는 들어보지도 못했을 것이다. 실내의 온도가 갑자기 한참 내려간 듯한 느낌이 든다. 싸늘하군. 칼은 말했다.

"할 수 없지. 일단 돌아갑시다. 방도라고 해봐야 도시의 가운데를 경계하고 간첩을 열심히 색출하라는 것뿐이겠지만. 어쨌든 돌아가서 전하께 알리도록 합시다."

"예. 그럼 내일 출발을?"

"그렇게 하지요."

"예. 알겠습니다. 부하들에게 준비시키겠습니다."

그리고 스카일램은 씩씩하달 수는 없는 걸음걸이로 방을 나갔다. 칼은 깊은 한숨을 쉬었다. 그는 혼잣말처럼 말했다.

"핸드레이크라도 이런 무기에는 대책이 없을 거야. 전쟁의 룰이 바뀌는데."

우리는 모두 무거운 얼굴이 되었다. 제레인트는 자신이 갑자기 말려든 이 거대한 이야기에 당황한 얼굴이었다. 인생은 굉장한 서사시는 아닐지 몰라도, 느닷없이 굉장한 비극은 될 수 있군요. 제레인트.

이루릴을 바라보았다. 그녀는 테이블 위에 올려둔 자신의 두 손을 서로 꽉 쥐고 있었다. 이루릴은 창백한 얼굴로 말했다.

"인간은…… 마침내 신의 권능까지도 인간의 무기로 쓰기 시작했군요."

칼은 이루릴을 바라보다가 고개를 푹 숙였다.

〈5권에서 계속〉

드래곤 라자 작업을 도와주신 분들

저작권 감수 | 김병수
세트 지도 작업 및 드래곤 문양 | 홍연주
독자편집자 | 이호, 박든든나름

드래곤 라자 4

1판 1쇄 펴냄 2008년 11월 26일
1판 27쇄 펴냄 2024년 7월 23일

지은이 | 이영도
발행인 | 박근섭
편집인 | 김준혁
펴낸곳 | 황금가지

출판등록 | 2009. 10. 8 (제2009-000273호)
주소 | 06027 서울 강남구 도산대로 1길 62 강남출판문화센터 5층
전화 | **영업부** 515-2000 **편집부** 3446-8774 **팩시밀리** 515-2007
홈페이지 | www.goldenbough.co.kr

ISBN 978-89-6017-261-6 04810 (4권)
ISBN 978-89-6017-270-8 04810 (세트)

㈜민음인은 민음사 출판 그룹의 자회사입니다.
황금가지는 ㈜민음인의 픽션 전문 출간 브랜드입니다.

사진 · 조선희

이 영 도

1972년에 태어났다. 두 살 때부터 마산에서 자라난 마산 토박이로 경남대학교 국어국문학과를 졸업했다. 1993년부터 본격적으로 소설을 쓰기 시작, 1997년 가을 컴퓨터 통신 하이텔에 판타지 장편소설 〈드래곤 라자〉를 연재했다. 일만 삼천여 매에 달하는 방대한 분량으로 이용자들의 폭발적인 부흥의 전기를 마련했다. 1년 후 내놓은 〈퓨처워커〉는 한층 심도 있는 주제와 새로운 구성으로 전작을 뛰어넘는 작품성을 인정받았다. 그 후 〈폴라리스 랩소디〉를 출간하며 완성된 작품 스타일을 보여주었는데, 이 작품은 기존의 반양장 형태의 서적 외에도 500부 한정으로 고급 양장본으로 제작되어 단숨에 매진될 정도로 많은 이의 관심을 불러모았다. 그 외에 〈이영도의 판타지 단편집〉이 있다.